BATTLESTAR BOTANICA

H. LENOIR

BATTLESTAR BOTANICA

Éditions Sarbacane
Depuis 2003

De la même autrice

Chez le même éditeur :

– *Félicratie* (coll. Exprim', 2021)
– *Catch, tournevis et lutins-robots* (coll. Pépix, 2020)

En auto-édition :

– *La Traque des Anciens Dieux, Aller-Retour en Terres Nakings* (novella, 2019)
– *La Traque des Anciens Dieux, 2. Le Magicien, la Sorcière et la Fée* (2017)
– *La Traque des Anciens Dieux, Le Troisième Village Ensorcelé* (novella, 2016)
– *La Traque des Anciens Dieux, 1. Les Deux Princes* (2015)

L'autrice a bénéficié d'une aide du CNL pour l'écriture de cet ouvrage.

Bande-son

#1
– THE KINKS, *The Village Green Preservation Society*
– FIRST AID KIT, *My Silver Lining*

#2
– LUIGI BOCCHERINI, *Quintette à cordes opus 11 n° 5 – Menuet*
– ADELE, *Rolling in the Deep*

#3
– CAMILLE SAINT-SAËNS, *Le Carnaval des Animaux – Aquarium*
– NOISESTORM, *Crab Rave*

#4
– MACKLEMORE & RYAN LEWIS, *Thrift Shop*
– GUNS N' ROSES, *Welcome to the Jungle*

#5
– THE HEAVY, *Short Change Hero*
– MURDER BY DEATH, *Space*

#7
– CHUCK BERRY, *School Days*
– JOHNNY RIVERS RIVERS, *Secret Agent Man*

#8
– MUSE, *Starlight*
– FRANK SINATRA, *Fly Me to the Moon*

#9
– DANIEL L. K. CALDWELL, *Prospect Theme*

À tous ceux et toutes celles
qui ont trouvé ou qui cherchent encore leur famille,
qu'elle soit de sang ou de cœur.

« Tout comme l'intégrité, l'amour de la vie n'était pas un sujet d'étude : c'était une maladie contagieuse. Et vous deviez l'attraper d'une personne déjà contaminée. »

« L'envie d'être stupide est une motivation très puissante, mais il existe toujours des alternatives. »

Lois McMaster Bujold, *La danse du miroir / Un clone encombrant*

CLASSES DE VAISSEAUX

Chasseur Classe 1 = 15m long

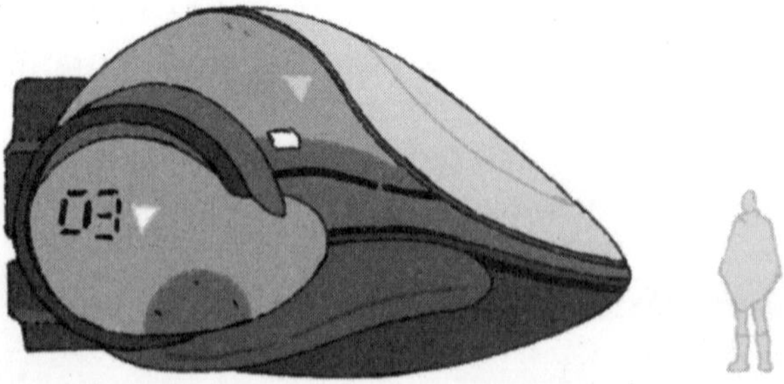

Transporteur Classe 2 = 60m long

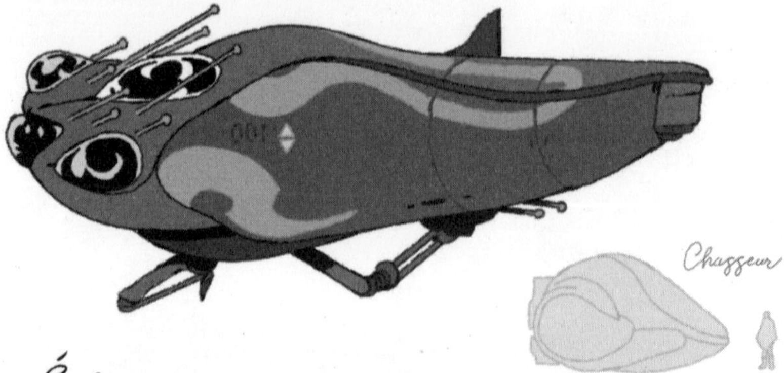

Éclaireur Classe 3 = 600m long

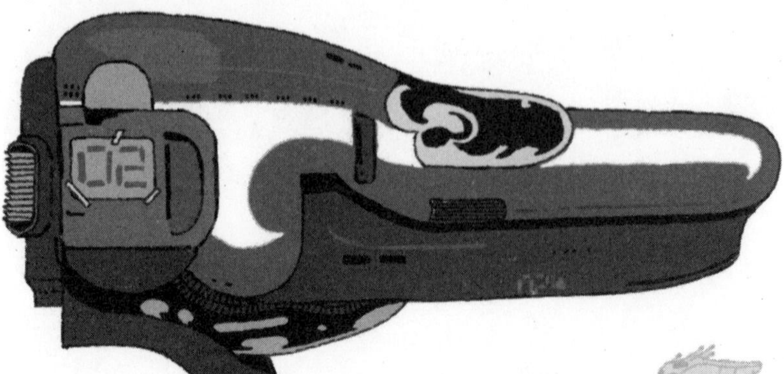

Corvetta Classe 4 = 2km long

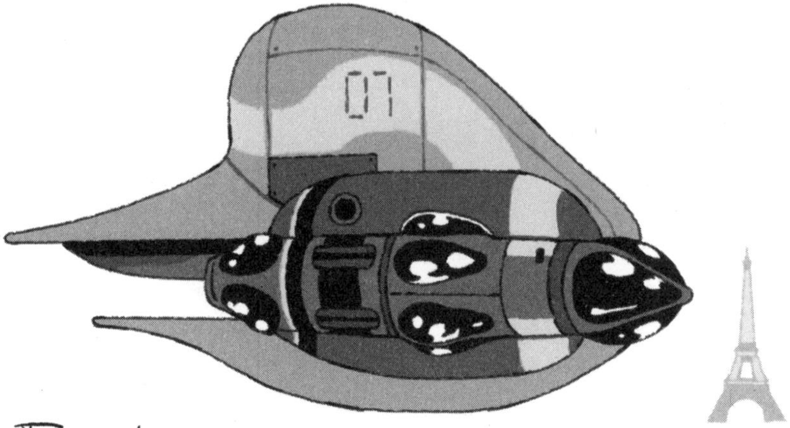

Frégate Classe 5 = 10km long

Croiseur Classe 6 = 50km long

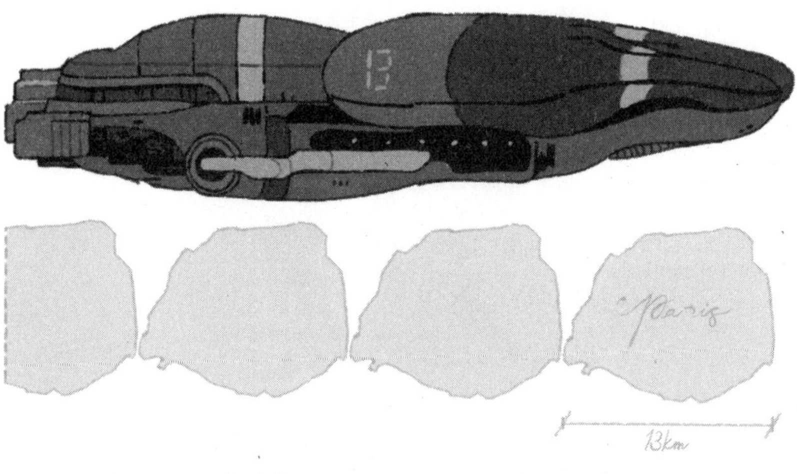

CAPITAINE
NAHÉMA BARRET

Ref.0303-45AFG-03-001

NOM DE LIGNÉE :	APPELLATIONS SECONDAIRES :
BARRET (Cap.)	NAHÉMA
ÂGE (CYCLES YUMANS) :	FONCTION PRINCIPALE :
47	CAPITAINE DU *LOQUACE*

ANTÉCÉDENTS :

- Naissance sur Prométida.
- Gène Wright identifié à 8 ans (double allèle W-008).
- Formation à l'Académie de Pilotage de Prométida (11-15 ans).
- Pilote dans la Troisième Flotte Humaine (8-22 ans).
- Officier dans la Troisième Flotte Humaine (22-30 ans).
- Sous-traitante indépendante (30 ans - présent).

FAMILLE ET RELATIONS :

- Une fille, BARRET KANI (17 ans).
- Liens étroits avec son propre équipage.
- Contacts dans l'armée humaine (Troisième Flotte, Logistique, Renseignements, Infanterie, Forces Spéciales) et dans la Guilde Humaine des Pilotes.
- Relations professionnelles avec l'Université de Prométida et l'Université de Caskii.
- Relations officieuses avec le Clan Shŭ, la Résistance Cleeweelu et diverses organisations criminelles.

COMPÉTENCES :

- Astronavigation
- Combat spatial
- Combat armé
- Combat mains nues
- Négociation
- Langues (voir annexe A)

CONCLUSION :

Élément dangereux mais intelligent.

Discrétion estimée : 90%

Efficacité estimée : 80%

NOM DE LIGNÉE :	APPELLATIONS SECONDAIRES :
BARRET	KANI
ÂGE (CYCLES YUMANS) :	FONCTION PRINCIPALE :
17	PILOTE DU *LOQUACE*

ANTÉCÉDENTS :

- Naissance sur Prométida dans le cadre du programme de reproduction des pilotes de la flotte alliée (dossier BK367).
- Gène Wright identifié à 5 ans (double allèle W-008).
- Préformation à bord du *Loquace* (0-10 ans).
- Formation à l'Académie de Pilotage de Prométida (11-15 ans).
- Contrat sur le *Loquace* (16 ans - présent).

FAMILLE ET RELATIONS :

- Fille de BARRET NAHÉMA (47 ans).
- Liens étroits avec l'équipage du *Loquace*.
- Contacts avec l'équipe enseignante de l'Académie de Pilotage de Prométida (excellente élève, troisième de sa promotion).

COMPÉTENCES :

- Astronavigation
- Langues (voir annexe A)

CONCLUSION :

Jeune pilote talentueuse dépendante de sa mère/ capitaine.

Discrétion estimée : 95%

Efficacité estimée : 80%

PILOTE
KANI BARRET

Ref.0303-45AFG-03-006

GUIDE CCELWUUTLII

Ref.0303-45AFG-03-003

NOM DE LIGNÉE :	APPELLATIONS SECONDAIRES :
CCEL *(-tlii)*	CCELWUUTLII
ÂGE (CYCLES YUMANS) :	FONCTION PRINCIPALE :
22	CARTOGRAPHE DU *LOQUACE*

ANTÉCÉDENTS :

- Naissance sur Caskii - première couvée.
- Héritière unique de la lignée Ccel.
- Éducation traditionnelle (0-8 ans).
- Disparition avec suspicion d'attachement avec les factions renégates lutiennes (9-10 ans) (non confirmé).
- Retour. Étouffement de l'affaire par la lignée Ccel.
- Missions diverses de diplomatie au sein de la Trialliance (11-15 ans).
- Inactivité (16-17 ans).
- Agrément de Guide stellaire (18 ans)
- Contrat sur le *Loquace* (18 ans - présent).

FAMILLE ET RELATIONS :

- Mère: Ccel-*tlii,* Caskii (34 ans).
- Quatre pères, quatre frères.
- Liens inexistants avec le reste de la lignée Ccel.
- Contacts avec la Guilde des Guides de Caskii.
- Contacts suspectés avec les factions renégates lutiennes.
- Liens étroits avec son propre équipage.

COMPÉTENCES :

- Astronavigation
- Repérage spatial
- Combat spatial
- Combat armé
- Combat mains nues
- Négociation
- Langues (voir annexe A)

CONCLUSION :

Élément dangereux, à la loyauté compromise. Se méfier.

Discrétion estimée : 20%

Efficacité estimée : 80%

NOM DE LIGNÉE :	APPELLATIONS SECONDAIRES :
COOPER	Margaret / « TYCHO »
ÂGE (CYCLES YUMANS) :	FONCTION PRINCIPALE :
49	SECOND DU *LOQUACE*

ANTÉCÉDENTS :

- Naissance sur la station Saint-Christophe.
- Délinquance mineure variée.
- Enrôlement dans la Troisième Flotte Humaine (18 ans).
- Transition de genre officielle à 22 ans.
- Promotion caporal (24 ans).
- Promotion sergent (29 ans).
- Contrat sur le *Loquace* (32 ans - présent).

FAMILLE ET RELATIONS :

- Pas de famille connue.
- Liens étroits avec son propre équipage.
- Contacts dans l'armée humaine (Troisième Flotte, Infanterie, Forces Spéciales).
- Relations officieuses avec le Clan Shŭ, la Résistance Cleeweelu et diverses organisations criminelles.

COMPÉTENCES :

- Langues (« Bavard »)
- Langues (voir annexe A)
- Combat spatial
- Combat armé
- Combat mains nues
- Combat à distance
- Armement

CONCLUSION :

Élément chaotique et dangereux.

Grande expérience du combat.

Loyauté atypique envers la capitaine Barret.

Discrétion estimée : 02%

Efficacité estimée : 95%

SOLDAT BAVARD
TYCHO COOPER

Ref.0303-45AFG-03-002

MÉCANICIEN ZKRRECK

Ref.0303-45AFG-03-005

NOM DE LIGNÉE RUCHE :	APPELLATIONS SECONDAIRES :
14-AF-02	ZKRRECKTKPPK / « ZKKRECK »
ÂGE (CYCLES YUMANS) :	FONCTION PRINCIPALE :
6	MÉCANICIEN DU *LOQUACE*

ANTÉCÉDENTS :

- Lignée d'ingénieurs dans la ruche 14-AF-02.
- Volontaire pour intégrer la Première Flotte Alliée (2 ans).
- Service à bord du cuirassé Rio.
- Promotion ingénieur en chef (3 ans).
- Contrat sur le *Loquace* (4 ans - présent).

FAMILLE ET RELATIONS :

- Relations interrompues avec la ruche 14-AF-02 selon le protocole d'intégration ekta de la Trialliance.
- Relation possible avec l'équipage de Rio (incertain).
- Relation possible avec la Guilde des Mécaniciens (incertain).
- Mentor de Gwylhom Genest, assistant mécanicien du *Loquace*.

COMPÉTENCES :

- Mécanique spatiale
- Combat pinces nues
- Langues (voir annexe A)

CONCLUSION :

- **Élément peu impliqué sur le plan politique.**
- **Pas de loyautés connues envers son ancienne ruche.**

Discrétion estimée : 75%

Efficacité estimée : 60%

NOM DE LIGNÉE : GENEST	APPELLATIONS SECONDAIRES : GWYLHOM
ÂGE (CYCLES YUMANS) : 19	FONCTION PRINCIPALE : ASSISTANT MÉCA. DU *LOQUACE*

ANTÉCÉDENTS :

- Naissance sur Prométida.
- Sourd de naissance.
- Éducation classique (0-10 ans).
- Fugues répétées.
- Placé en foyer suite à violences domestiques (10 ans).
- Éducation mixte entendant/LSF (10-13 ans)
- Apprentissage en mécanique industrielle (13 ans).
- Contrat sur le *Loquace* (15 ans - présent).

FAMILLE ET RELATIONS :

- Père et mère toujours en vie, Prométida (47, 39 ans).
- 3 frères, 2 sœurs (26, 24, 23, 21, 16 ans).
- Liens étroits avec l'équipage du *Loquace*.
- Relation possible avec la Guilde des Mécaniciens (incertain).
- Apprenti de « ZKKRECK », mécanicien du *Loquace*.

COMPÉTENCES :

- Mécanique moteur
- Mécanique spatiale
- Langues (voir annexe A)

CONCLUSION :

Jeune mécanicien fidèle à son équipage.

Discrétion estimée : 95%

Efficacité estimée : 50%

ASSISTANT MÉCANICIEN
GWYLHOM GENEST

Ref.0303-45AFG-03-007

DOCTEUR LUCAS DAHL

Ref.0303-45AFG-03-004

NOM DE LIGNÉE :	APPELLATIONS SECONDAIRES :
DAHL (Dr)	LUCAS
ÂGE (CYCLES YUMANS) :	FONCTION PRINCIPALE :
44	BOTANISTE DU *LOQUACE*

ANTÉCÉDENTS :

- Naissance sur la Terre.
- Éducation sur Prométida.
- Doctorat en botanique (24 ans).
- Enseignement/recherche à l'Université Galactique Humaine (UGH) (25-31 ans).
- Missions de recherche pour SolaPharma (30-31 ans).
- Inactivité (32-33 ans).
- Contrat sur le *Loquace* (34 ans - présent).

FAMILLE ET RELATIONS :

- Un père survivant, Prométida (71 ans).
- Une sœur, Prométida (39 ans).
- Liens étroits avec son propre équipage.
- Contacts à l'Université Galactique Humaine de Prométida, à l'Université de Caskii et dans le monde pharmaceutique.

COMPÉTENCES :

- **Botanique**
- **Technologies laborantines**
- **Protocoles laborantins**
- **Langues** (voir annexe A)
- **Premiers secours**

> (brevet à réactualiser)

CONCLUSION :

Élément cultivé, scientifique, sans attaches connues avec des menaces identifiées.

Discrétion estimée : 90%

Efficacité estimée : 70%

NOM DE LIGNÉE : LIIT (-sule)	NOM COMPLET : LIITEKTIIPIT
ÂGE (CYCLES YUMANS) : 12	FONCTION PRINCIPALE : ASSISTANT BOTA. DU *LOQUACE*

ANTÉCÉDENTS :

- Naissance sur Caskii - troisième couvée.
- Frère jumeau de Liitekluuli, héritière primaire de la lignée.
- Éducation traditionnelle (0-8 ans).
- Formation à l'Université de Caskii (9-12 ans).
- Doctorat en botanique (12 ans).
- Contrat sur le *Loquace* (12 ans - présent).

FAMILLE ET RELATIONS :

- Mère: Liit-tlii, Consule de Caskii.
- Sœur: Liitekluuli-tle, héritière de la lignée Liit.
- Quatre pères, cinq frères, une autre sœur (4e couvée).
- Liens étroits avec la lignée Liit.
- Contacts avec l'Université Caskiite, section biologie.
- Note: relations superficielles avec l'équipage du *Loquace* / arrivée récente.

COMPÉTENCES :

- Botanique
- Technologies laborantines
- Protocoles laborantins
- Langues (voir annexe A)

CONCLUSION :

- Loyauté faible envers *le Loquace*.
- Contact direct avec la Consule.
- Intérêt principal: suivi et renseignement.
- Discrétion estimée : 100%
- Efficacité estimée : 30%

ASSISTANT BIOLOGISTE
LIITIP

Ref.0303-45AFG-03-008

ÉPISODE #1

L'histoire avec les colons consanguins

Fun fact!

La notion de population viable minimale est étudiée depuis des décennies, sur de nombreuses populations animales et végétales.

Concernant l'humain, dans le cadre de missions de colonisation spatiale, cette population minimale a récemment été modélisée à 98 personnes. (Marin F. and Beluffi C., *Computing the minimal crew for a multi-generational space travel towards Proxima Centauri b*, arXiv: 1806.03856, 2018.)

Cette étude s'intéresse principalement à la question génétique et ne prend pas en compte les catastrophes naturelles et artificielles, ou les environnements hostiles qui pourraient accueillir un nouveau groupe de colons.

– On est perdus, déclara Ccel.

Ce qui était, quand on vivait à bord d'un vaisseau spatial, la deuxième plus mauvaise nouvelle qu'on pût entendre. (La première étant, bien entendu, Tycho en train de sortir des toilettes, annonçant qu'elles étaient de nouveau bouchées.)

Plantée au milieu du cockpit du *Loquace*, la capitaine Barret, observant la verrière et l'espace infini qui scintillait de façon innocente, acquiesça d'un signe de menton : on était bel et bien, irrémédiablement, paumés.

Autour d'elle, les trois membres d'équipage présents poussèrent des grognements de frustration. Kani, leur pilote attitrée, colla son front contre l'un des hublots.

Le vaisseau était un Transporteur de Classe 2, long de soixante mètres, de forme ovoïde et recouvert de cuivre, comme tous ceux que les humains volaient aux ektatesks depuis deux siècles. En cet instant précis, il flottait paisiblement au cœur du vide. Contrairement à Ccel, leur cartographe lutienne, Kani n'était pas capable de se localiser simplement en jetant un œil aux constellations qui les entouraient ; cependant, après dix-sept ans de vie dans l'espace, elle savait se repérer dans une bonne partie de la galaxie. Et présentement, les étoiles autour d'elle lui semblaient parfaitement étrangères.

Tycho balança une bordée de jurons que, pour une fois, personne ne lui reprocha. Il parcourait la pièce à grandes enjambées nerveuses, agitant ses longs bras d'épouvantail hyperactif. C'était un homme d'une bonne quarantaine d'années dont la maigreur et l'apparence crasseuse cachaient, eh bien, peu de qualités, devait admettre Kani. Sauf si l'efficacité meurtrière était une qualité. Kani n'était pas sûre de l'avoir jamais vu au repos.

– Super ! grogna Tycho. Encore des semaines enfermé avec vos odeurs de pieds puants !

– J'ai lancé le protocole de repérage, continua Ccel d'une voix impassible.

– Gnagnagna gna gnagnacole de gnagnarage, répéta Tycho d'une voix aiguë.

Personne ne lui prêta attention. Si on commençait à prêter à attention à Tycho, on ne s'en sortait pas.

Ccel était penchée sur ses écrans. Leur lueur illuminait son bec acéré et caressait ses plumes noires, ourlées d'un magnifique bordeaux. Comme toutes les lutiennes, elle était immense, haute d'environ deux mètres. On aurait dit un oiseau de proie prêt à vous déchiqueter – même si, généralement, son espèce était pacifiste. À vingt-deux ans, elle n'avait que quelques années de plus que Kani, mais vieillissait deux fois plus vite : elle était donc en pleine maturité biologique. Kani avait entendu dire que, pour d'autres lutiennes, Ccel était d'une beauté stupéfiante. Ce qui ne la surprenait pas. Kani, elle-même, prenait un plaisir innocent à l'admirer voler quand ils faisaient étape sur des planètes accueillantes.

– Je détecte trois mille deux cent trente-quatre systèmes solaires à portée d'une micro-perce, annonça Ccel. Si le repérage prend trop de temps, nous trouverons peut-être une planète ou une lune habitable.

– *Faen !* geignit Tycho. Sérieusement ? Une autre planète à la con avec…

La capitaine se leva de son fauteuil, lui coupant la parole :

– On fait comme ça. Ccel, tu en profiteras pour diagnostiquer les moteurs macro avec Gwylhom. Tycho, tu feras le point sur les armes et munitions. On a deux mois de retard pour valider nos autorisations et tu le sais. (Le concerné se laissa tomber dans un fauteuil en soufflant bruyamment, mais ne protesta pas.) Kani, va informer les autres, tu veux bien ?

La capitaine inclina la tête vers Kani. Nahéma Barret n'avait pas la grande taille et la vitalité terrifiante de Tycho, son second, ou le port majestueux de Ccel. Néanmoins, avec sa voix rauque, ses yeux noirs froids, attentifs, et sa silhouette d'ancienne militaire, elle avait tendance à imposer le respect dans le milieu des navigateurs indépendants. Vêtue d'une combinaison gris sombre dénuée de toute décoration, elle n'accordait qu'une seule entorse à sa tenue sobre et fonctionnelle : ses cheveux. Aujourd'hui, ils étaient nattés et torsadés selon un chignon complexe qui partait de son front et allait jusqu'à sa nuque.

L'adolescente hocha la tête.

– J'y vais, m'man.

###

Elle se laissa glisser en bas de l'échelle qui reliait le cockpit au pont principal. Le *Loquace* vibrait paisiblement autour d'elle. Tout en parcourant ses coursives familières, Kani effleura ses cloisons des doigts. À part quelques séjours planétaires, de courte durée, elle y avait passé son existence entière. Plus de dix-sept années. D'une certaine façon, le vaisseau était sa vie, et cet équipage disparate, sa famille.

Comme elle s'y attendait, elle retrouva Gwy et Liitip dans la cuisine, en train de jouer aux cartes sur la grande table où ils prenaient tous leurs repas. Ses deux compagnons, humain et lutien, redressèrent la tête en la voyant entrer.

– Alors ? demanda Gwy.

– Perdus, répondit-elle en se laissant tomber sur une chaise près d'eux et en gobant une cacahuète atlante dans un bol qui traînait.

Liitip cliqueta du bec, inquiet. Il était beaucoup plus expressif que Ccel. Kani, fascinée, lui découvrait de nouvelles mimiques chaque jour. Elle les cataloguait soigneusement. Les lutiennes ne se mélangeaient pas beaucoup aux humains.

– Ccel va lancer un repérage ? demanda Gwy.

– C'est en route. Ça peut prendre un moment. On va chercher de quoi faire escale d'ici là.

Gwy poussa un grognement, identique à celui de Tycho un peu plus tôt.

Ouais. Les planètes désertes n'étaient pas forcément les plus… accueillantes. Si elles étaient désertes, c'était généralement pour une bonne raison.

Elle les regarda jouer à la bataille. Avec elle, ils constituaient les plus jeunes membres de l'équipage. Kani savait qu'elle avait de la chance qu'ils soient là. Beaucoup de pilotes, fraîchement sortis de l'Académie, ne cohabitaient qu'avec des adultes, ce qui pouvait être barbant à la longue.

Pourtant, ils n'auraient pu être plus différents tous les trois. Elle, la jeune pilote pragmatique petite et rondelette ; Gwy, le géant silencieux aux muscles comme des melons ; et Liitip, leur bébé, âgé de douze ans, le lutien frêle et nerveux.

Elle agita le bras pour attirer l'attention de Gwy.

– La capitaine veut que tu fasses le diagnostic des moteurs macro avec Ccel, lui dit-elle avant d'oublier.

Gwy renifla, hocha la tête et se leva. À dix-neuf ans, il était presque aussi grand que Tycho, et bien plus épais.

Mais Tycho était cinglé, et expérimenté, alors que Gwy n'aurait pas fait de mal à un siffle-mouche.

– Et moi ? demanda Liitip, abandonné devant sa partie de cartes interrompue.

Trop mignon, songea Kani alors qu'il s'agitait sur sa chaise, les plumes de sa nuque nerveusement aplaties. Embauché quelques mois plus tôt pour assister Lucas, il cherchait encore sa place au sein de l'équipage. Kani se demandait quelle serait sa réaction quand ils feraient face à une prochaine catastrophe. Ce qui leur arrivait régulièrement. Elle espérait qu'il tiendrait le coup. Ils étaient un bon nombre pour les jeux de société.

– Lucas n'a pas besoin de toi ?

Le lutien baissa tristement le bec.

– Il m'a dit que j'avais quartier libre. Il y a trois jours.

Kani et Gwy échangèrent un regard.

– Il est encore plongé dans sa classification phylogénétique caskiite, c'est ça ?

– Oui, dit Liitip d'un ton misérable.

Kani se leva. Elle allait forcer le charmant docteur Dahl à se sortir la tête du c… de ses recherches, et à former l'assistant qu'il avait réclamé à cor et à cri. Lucas était attentif, et bienveillant, et d'une grande sagesse. Il était aussi complètement à l'ouest.

Elle invita Liitip à la suivre d'un signe de tête

– Viens, on va aller inventorier des échantillons.

– À plus, lança Gwy qui partait vaquer à ses propres occupations.

Ils s'enfoncèrent plus profondément dans les entrailles du vaisseau. Les larges coursives ondulaient, tournaient, montaient et descendaient, telles les interminables galeries d'une fourmilière volante. D'après ses leçons d'histoire technique, Kani savait qu'il avait fallu quatre ou cinq générations aux humains pour s'habituer au mode de pensée des ektatesks, les extraterrestres qui avaient envahi la Terre deux cents ans plus tôt et qu'on appelait autrefois les smnörgs, avant de savoir parler leur langue.

Elle avait, elle-même, du mal à imaginer les antiques constructions terriennes, avec leurs bâtiments rectangulaires et leurs couloirs bien droits. Ils lui semblaient à la fois ordonnés, ce qui était une bonne chose, mais aussi terriblement prévisibles, et donc d'un ennui mortel.

Liitip la suivait souplement. Les serres soigneusement taillées de ses jambes crissaient sur le sol en cuivre. Ses plumes étaient brunes, bordées de bleu pervenche, une couleur assez discrète qui renforçait son air timide. Il portait des bottes qui les laissaient dégagées, ainsi qu'un short qui s'arrêtait sous ses rectrices caudales et un gilet qui n'entravait pas ses ailes. Alors que Ccel préférait les couleurs vives et les tissus luxueux, il avait choisi une toile grise qui rappelait l'uniforme officiel du *Loquace* – un uniforme, d'ailleurs, que l'équipage ne respectait que de façon laxiste. Kani préférait de grosses chaussures aux bottes traditionnelles, par exemple. Gwy avait découpé les manches de sa combinaison, où ses biceps ne rentraient pas.

Ils arrivèrent. Le labo occupait une place considérable dans le vaisseau. Après tout, il s'agissait de leur gagne-pain et, même si les adultes de l'équipage se comportaient parfois comme des clowns, jugeait Kani, ils redevenaient sérieux dès qu'on parlait de botanique.

– Lucas ? Docteur Lucas Philémon Massimiliano Da-ahl ? chantonna-t-elle.

L'homme en question releva sa tête blonde, ébouriffée, de l'herbier qu'il étudiait, et lui sourit gentiment. Ses yeux bleus pétillaient de bonté et de douceur. Kani l'avait vu assassiner verbalement un officier de la Trialliance qui se moquait de son travail, un jour. Elle n'était plus dupe depuis longtemps.

– Kani, Liitektiipit. Que puis-je pour vous ?

– On est perdus. Ccel lance un repérage. Et je te rappelle que tu es *censé* former ton assistant, répliqua-t-elle avec fermeté.

Lucas prit un air contrit. Dans ses qualités, on pouvait lui reconnaître qu'il était toujours prêt à admettre ses erreurs.

– Tu as raison. J'ai été distrait. Je m'excuse, Liitip. (Le lutien pépia une protestation en agitant ses ailes.) Malheureusement, je n'ai pas d'échantillons très intéressants à bord en ce moment. Voyons voir, qu'est-ce que je pourrais te faire faire…

Kani s'appuya sur la table, au centre de la pièce, en souriant d'un air angélique.

– On pourrait centrifuger les racines d'orchidée d'Atlantis ?

Il l'observa, amusé. Les racines en question n'avaient rien de rare, mais donnaient une enzyme cocasse qui, ingérée, colorait la peau en bleu pendant vingt-quatre heures. La Guilde des Pharmacistes en offrait un prix correct.

– D'accord, mais pas de transfert *accidentel* dans la bière de Tycho.

– Oups ? répondit platement Kani.

Elle déposa un baiser sur la joue de Lucas. Depuis le temps qu'elle les connaissait, lui et Tycho, ils occupaient une place d'oncles officieux/guides spirituels désastreux dans sa vie. Ensuite, elle fila en entraînant Liitip derrière elle.

La salle d'outillage scientifique se trouvait un peu plus loin. Ils enfilèrent leurs blouses, remplirent avec soin le cahier expérimental, puis Kani lui montra comment broyer les racines avant d'équilibrer la centrifugeuse. Ils regardèrent ensuite les tubes tournoyer.

– C'est déjà arrivé ? demanda timidement Liitip. De… de vous perdre, comme ça ?

– Quatre fois. C'est surtout très long et très ennuyeux.

– Il faut… il faut réussir à retrouver un itinéraire, c'est ça ?

Kani hocha la tête et, machinalement, attrapa un feutre pour commencer à dessiner sur la table en plexiglas, installée par Lucas lors de son arrivée à bord, dix ans plus tôt. Les lutiennes, avec leur durée de vie limitée, avaient tendance à compartimenter leur enseignement. Les connaissances de Liitip en navigation étaient quasiment nulles.

– On ne connaît encore qu'une infime partie de la galaxie. Ce sont les ektatesks qui l'ont le plus explorée et, pour être honnête, les humains se contentent de profiter des cartes qu'ils ont établies. (Elle dessina une branche, qu'elle divisa en plusieurs niveaux de sous-branches.) Un itinéraire, c'est une suite de macro-perces, de sauts spatiaux, qui fonctionne et qui ne présente aucun risque. Sauf que parfois… (Son stylo dessina une spirale brouillonne jusqu'au bord de la table.) Quelque chose dérape et le vaisseau sort de l'itinéraire. Il faut se localiser – ce qui peut prendre plusieurs jours si on est dans un coin vraiment perdu – et ensuite regagner l'itinéraire le plus proche, en effectuant des perces à l'aveuglette et en croisant les doigts pour ne pas percuter une étoile ou autre chose. (Elle rassura Liitip.) Ce n'est jamais arrivé. L'espace est immense.

– Et c'est toi qui pilotes, n'est-ce pas ? Comment est-ce que tu… déclenches les perces, quand tu es *dans* le vaisseau ?

Kani tapota du stylo sur la table, un sourire aux lèvres. Comment lui expliquer ? Comment lui décrire la beauté multicolore, multidimensionnelle, de l'*esprit* du vaisseau ? Beaucoup de gens comparaient cet espace, où plongeaient les pilotes, à son âme. Kani n'était pas d'accord : l'engin ne restait qu'une gigantesque machine, immense, mystérieuse, fantastique, mais une machine tout de même.

Néanmoins, elle ne pouvait s'empêcher de s'émerveiller à chaque fois qu'elle s'y connectait.

– C'est… (Elle chercha ses mots.) C'est un espace coloré, fait de lumières et de sensations. Pour déclencher une perce… La capitaine me prévient, me dit où chercher, et je trouve le bon endroit au bon moment. Je ne sais pas comment exactement : il y a un changement de couleur, de pression. Je donne la bonne instruction. (Elle haussa les épaules, embarrassée.) À chaque fois, je me dis qu'il faudrait que j'étudie ça de plus près, que je trouve un moyen de l'expliquer. Et, à chaque fois, je me retrouve juste…

Envoûtée. Exaltée. Apaisée.

Ce qui était dur à décrire, ou même à admettre, pour une personne rationnelle.

Les plumes de Liitip frémirent en signe d'acquiescement.

– C'est une technologie étrangère. Les yumans – pardon, les humains – ne sont sans doute pas faits pour la contrôler parfaitement.

– Je trouve qu'on se débrouille pas mal, répondit Kani. Mais tu as raison. La Guilde des Pilotes essaie d'avancer sur le sujet depuis des siècles, et on n'a pas progressé d'un poil.

– Et tu aimes ça ? demanda-t-il timidement. Piloter ? Fusionner avec le vaisseau ?

– Je…

Kani resta la bouche ouverte. Ce n'était pas vraiment une question d'*aimer*. C'était ce qu'elle avait toujours fait. C'était ce pour quoi elle était née. La question ne se posait pas, ne s'était jamais posée de toute son existence.

Mais peut-être qu'elle commençait, un tout petit peu, à se poser.

– C'est indescriptible, se contenta-t-elle de répondre.

À son soulagement, la centrifugeuse bipa. Ils retournèrent à leurs racines d'orchidée.

###

À l'heure du dîner, le cycle de repérage tournait toujours. L'équipage abandonna ses activités diverses pour se réunir dans la cuisine, qui se remplit d'agitation. La bonne humeur régnait. Ils sortaient d'une mission concluante, qui leur avait rapporté un bon petit pactole, avaient passé quinze jours sur Atlantis à profiter des sources chaudes, et il était encore trop tôt pour s'inquiéter concernant leur situation. Lucas avait préparé des pâtes bolognaises, un plat qui convenait aussi bien aux humains qu'aux lutiennes, et même à Zkrreck après qu'il y eut rajouté une bonne dose de gelée violette.

Leur mécanicien ekta émergea des profondeurs du *Loquace* en faisant cliqueter ses longues pattes chitineuses sur le sol. Avec souplesse, il glissa son corps insectoïde jusqu'au bout de la table, qu'on lui réservait pour des questions pratiques : même si le vaisseau était adapté à sa taille, ses collègues ne souhaitaient pas se faire écraser par mégarde, ni effleurer son dard venimeux. De la tête jusqu'au bout de la queue, il mesurait bien trois mètres. Sa carapace, autrefois noire et brillante, s'était ternie avec l'âge, observa Kani en se demandant, un peu tristement, combien de temps il resterait encore avec eux. Son espèce dépassait rarement les dix ans.

Ses mandibules claquèrent et un nuage de phéromones affamées – qui, heureusement, avaient une odeur proche de celle des oignons grillés – s'éleva.

– *Miam !* s'exclama-t-il.

Ce qui, en ekta, donnait simplement : « *Nourriture [genre +2]* », mais l'équipage avait appris à reconnaître les intonations qui indiquaient son degré d'appréciation.

Dagobert, le chat de bord, fit son apparition. Le gros matou roux, sans hésiter, sauta sur les genoux de Kani, lui pétrit violemment les cuisses, puis s'assit en posant le menton sur le rebord de la table, miaulant d'un ton autoritaire. Elle poussa vers lui quelques crevettes bleues qu'il entreprit de becqueter d'un air raffiné.

Kani observa l'équipage – sa famille, corrigea-t-elle – s'empiffrer à qui mieux mieux. Finalement, songea-t-elle avec amusement, ils avaient presque toute la collection de la Trialliance et ektatesks associés, à l'exception d'un représentant des mystérieux olumanlus : comme il s'agissait de créatures aquatiques aux tendances recluses, qui s'adaptaient difficilement à de nombreuses planètes, il était rare d'en croiser. D'après les ragots, ils ressemblaient à des sortes de poulpes translucides télépathes. Elle-même n'en avait jamais vu.

Tycho et Zkrreck engloutissaient le contenu de leurs assiettes, sa mère et Lucas discutaient calmement, Gwy dévorait sa portion avec efficacité, Ccel et Liitip avalaient les spaghettis par petites déglutitions successives. Les rires, les crissements de mandibules et les claquements de becs fusaient. Elle sentit une bouffée d'affection, violente et incontrôlable, lui remonter du fond du ventre. C'était ce qu'elle avait toujours connu : le *Loquace*, et ce regroupement de gens étranges, un peu barrés, qui avaient choisi de parcourir la galaxie dans un morceau de ferraille, loin de tout, vivant leur vie comme ils l'entendaient.

Elle sourit, gonflée d'amour et de reconnaissance.

###

Elle voulait les tuer. Tous. Jusqu'au dernier.

Trois semaines plus tard, le programme de repérage tournait encore. Ils s'étaient *vraiment* perdus. Et, trois semaines plus tard, Kani aurait assassiné ses compagnons avec joie. Dans d'horribles souffrances. Avec un outil mal affûté, pour faire durer la torture – un tournevis ou une cuillère, peut-être.

Elle ne supportait plus Tycho qui, pour pallier son ennui, passait le temps à asticoter et à provoquer le reste de l'équipage. Et il savait toucher là où ça faisait mal : il était leur Bavard, après tout, spécialisé en attaque linguistique. Les noms d'oiseaux fusaient, Ccel avait failli lui arracher la tête et Zkrreck, pourtant endurci contre ses piques grammaticales, avait verrouillé la porte de la salle des moteurs.

Elle ne supportait plus sa mère qui avait décidé que tout allait très bien, merci beaucoup, qu'ils allaient profiter de cette « accalmie bienvenue » pour rattraper leur retard sur l'entretien du vaisseau, sur leurs entraînements et sur leurs formations respectives, et qui les houspillait à la moindre seconde.

Elle ne supportait plus Lucas qui, comme souvent dans les moments de tension à bord du vaisseau, passait la majeure partie de son temps dans le labo et se contentait, quand il croisait quelqu'un, de commentaires pseudo-sereins et sages qui n'étaient qu'un ramassis de phrases toutes faites qui n'aidaient vraiment *personne*. « Quand on ne trouve pas le repos en soi-même, inutile de le chercher ailleurs » ? « Être dans le présent est la condition de la paix intérieure » ? Elle allait lui coller sa paix intérieure dans le fion, oui !

Elle ne supportait plus Liitip qui parcourait les coursives d'un air pleurnichard, désœuvré, attendant qu'on lui donne des instructions. *Boe*, qu'il trouve à s'occuper tout seul !

Pire que tout, elle ne supportait même plus Gwy qui en était arrivé au stade monosyllabique et qui, le traître, avait fini par débrancher ses appareils auditifs. Maussade, son meilleur ami avait le culot de faire semblant de ne pas la voir quand elle agitait les bras dans sa direction. Oh, il ne voulait pas lui parler ? Très bien, elle pourrait ruminer *toute seule* !

Exaspérée, elle se laissa tomber sur sa couchette, dans sa petite cabine peinte en bleu. Au moins, elle avait fini ses corvées pour la journée. Ils allaient la laisser tranquille pour quelques heures. Elle attira son ordinateur à elle, rajusta sa tasse de thé et son bol de pop-kjurn sur le rebord du hublot qui lui tenait lieu de table de nuit. Avec un soupir satisfait, elle s'adossa ensuite à ses oreillers – deux, un petit plaisir qu'elle appréciait particulièrement. Une heure de calme avant le dîner. Une heure sans drames et sans mauvaise humeur. Elle étira ses épaules puis lança la vidéo.

On frappa – sèchement – à la porte.

– QUOI ? hurla-t-elle.

La porte coulissa, laissant apparaître sa mère qui, en treillis, encore luisante de sueur, venait sans doute de terminer ses deux heures quotidiennes à se taper dessus avec Tycho de toutes les façons possibles et imaginables.

Sa mère observa son petit nid douillet d'une expression qui voulait tout dire.

– Tu as fini d'étiqueter la caisse 38 ?

– Oui !

– Tu as fait les vérifications B3 ?

– J'ai fait les B2, Gwy a fait les B3.

– Tu as terminé ton mémoire de physique orbitale ?

– Il est corrigé, prêt à être envoyé dès qu'on aura retrouvé le réseau !

– Mmmh. Tu en es où de ton entraînement au corps-à-corps ? Tycho est encore motivé, ce serait l'occasion de perfectionner…

– M'man ! (Kani désigna son ordinateur.) Je fais des trucs !

Sa mère se pencha pour observer l'écran. Son expression impassible ne changea pas.

– C'est une *telenovela* lutienne.

– C'est culturel ! C'est Ccel qui me l'a passée, d'accord ?

Elle ne mentait qu'à moitié. Le feuilleton était surtout hilarant : derrière leurs airs dignes, les lutiennes étaient de véritables drama queens qui, étrangement, n'avaient aucune imagination scénaristique. Les mêmes évènements revenaient régulièrement en boucle. Elle en était, en dix épisodes, à la troisième scène où le modeste héros d'une lignée campagnarde se faisait traiter de « tête de *pikkruut* » – le pikkruut étant un petit oiseau vert qui vivait sur Caskii, la planète mère lutienne – et où la séduisante héroïne volait à son secours. La musique était outrageusement dramatique. Elle était accro.

Sa mère la scruta avec attention. Kani décida que la meilleure défense était l'attaque.

– J'ai fait toutes mes corvées, d'accord ? Est-ce que c'est trop demander d'avoir une petite heure tranquille *sans que tu me respires sur la nuque* ?

– Kani, si tu veux un jour commander ton propre vaisseau…

– Je ne veux pas ! Je vois ta tête et j'ai vraiment pas envie !

– Kani…

Telle l'intervention d'une déesse spatiale, les sauvant toutes les deux de choses qu'elles allaient très certainement regretter d'avoir prononcées, la voix de Ccel résonna dans les haut-parleurs du vaisseau :

– *Repérage terminé. Itinéraire le plus proche localisé. Je répète : repérage terminé. Estimation des micro-perces nécessaires : neuf. Une planète super-habitable sur la trajectoire.*

Kani retint un sanglot de joie et fut certaine de voir sa mère, elle aussi, soulagée d'enchaîner sur autre chose que leurs prises de bec quotidiennes.

###

Les micro-perces, de façon paradoxale, demandaient plus de calculs et de préparations que les macro-perces, dont les itinéraires étaient entrés dans la mémoire de bord. Assise dans son fauteuil de pilote, Kani observait

Ccel et sa mère qui, à partir des données acquises par le système de repérage, déterminaient un chemin qui leur permettrait de rejoindre l'itinéraire le plus proche sans percuter de soleil au passage.

Gwy occupait la quatrième place du cockpit. Il avait demandé à être présent. Depuis quelque temps, il s'intéressait à la cartographie spatiale. Ccel avait accepté de le former, ainsi qu'elle le faisait déjà avec Kani.

Gwy était plus doué, ce qui était profondément *injuste*.

Pendant que sa mère et la lutienne pianotaient sur leurs tablettes, Kani signa dans la direction de son ami, avec une expression sarcastique :

[Ça y est ? Tu acceptes de nouveau de parler ?]

Il roula des yeux et répondit de même, ses doigts épais bougeant souplement :

[Tu étais chiante.]

[Tout le monde était chiant !]

[Tu étais très chiante.]

Elle lui répondit par un geste vulgaire, sans grande méchanceté. Il haussa une épaule. Sourit légèrement. Sur son visage musculeux, l'expression était comme un rayon de soleil. Elle l'adorait parce que, sous ses dehors bougons, son cœur était gros comme une supernova.

[J'ai mis du jus d'orchidée dans le café de Tycho.]

Elle retint un gloussement de rire. Le signe pour désigner Tycho était le même que « fou », mais avec le pouce et l'index croisé, comme pour la lettre « T ». Sa mère fronça les sourcils dans leur direction. Kani reprit son sérieux.

– C'est prêt, déclara Ccel. Trois perces jusqu'à la planète.

Ils avaient décidé de s'y arrêter. Après trois semaines d'encalminage, leurs réserves d'oxygène avaient diminué de moitié. De plus, un peu d'eau fraîche ne leur ferait pas de mal : on avait beau dire, l'eau recyclée gardait toujours un petit goût.

Et puis, qui sait, Lucas pourrait passer du temps à terre et ils découvriraient peut-être, enfin, un substitut à la légendaire fève de cacao, rarissime depuis deux siècles, qui les rendrait infiniment riches jusqu'à la fin de leurs jours. On pouvait toujours rêver.

– Kani, prête ?

– Prête, confirma-t-elle.

Sans hésiter, elle enfonça elle-même la fiche de connexion dans la prise greffée sur sa nuque.

Sa tête bascula en arrière comme celle d'une poupée. Le cockpit disparut aussitôt.

Elle flottait dans la conscience numérique du *Loquace*. Un élan de plaisir l'envahit en retrouvant l'univers silencieux rempli de couleurs flamboyantes. Ici, elle était entièrement seule. Seule aux commandes de leur vaisseau. Elle était utile. *Indispensable*, chuchotait parfois un coin orgueilleux de son esprit. C'était la vérité : elle était leur unique pilote, une denrée rare au sein de l'humanité qui, en deux siècles et demi, s'était répandue dans tous les recoins de la galaxie, telle la population exponentielle d'une famille de rats débarquant d'un navire de colons sur une nouvelle terre. Ils avaient, sans hésitation, traqué et vampirisé la technologie des ektatesks pour découvrir de nouveaux systèmes, de nouvelles planètes. De nouvelles espèces intelligentes.

Une limite naturelle avait freiné leur expansion : le pourcentage d'humains capables, d'un point de vue génétique, de piloter les vaisseaux ektas, de fusionner avec eux. Malgré les recherches en cours, le phénomène était encore mal expliqué. Les concernés, sans exception, perdaient leur pouvoir après avoir dépassé une vingtaine d'années.

La Trialliance ne pouvait pas *forcer* les pilotes à se reproduire entre eux – pas sans aller à l'encontre de ses grands principes – mais ils y étaient fortement encouragés, à grand renfort de primes et d'achats de gamètes. De *dons subventionnés* de gamètes, pardon. Tout était dans le vocabulaire, songea Kani avec dérision.

Elle repoussa l'idée terrifiante qu'il ne lui restait que cinq ans, peut-être six ou sept si elle était chanceuse, avant de perdre ce pouvoir qui définissait une bonne partie d'elle-même, qui lui donnait sa place au sein de l'équipage. La plus vieille pilote jamais connue avait perdu son don à vingt-sept ans. La mère de Kani, elle-même, n'avait pas dépassé les vingt-trois.

Flottant dans le vide, admirant le labyrinthe de lumières qui représentait les circuits, les machines et les habitants du vaisseau, elle sentit une main enlacer la sienne, la presser avec douceur. Les pilotes humains, inertes et aveugles une fois la fusion lancée, ne pouvaient survivre sans copilote – et ce copilote ne pouvait pas être n'importe qui. Le plus souvent, un ancien pilote faisait l'affaire ; néanmoins, la communication était meilleure avec un proche. La compréhension était plus instinctive, immédiate.

Elle inspira profondément, essaya d'imaginer la douleur de sa mère de ne plus pouvoir revenir dans cet endroit, de ne plus ressentir cette impression de liberté absolue, de toute-puissance paisible. Elle soupira, puis se concentra sur le réseau de filaments argentés, sur sa droite, qui représentait les commandes des micro-perces. Un point lumineux palpitait vivement. D'un geste de la main, elle l'amplifia, le cajola, encore et encore, jusqu'à ce qu'il soit sur le point d'exploser, de remplir son univers entier, de les emporter, brutalement, à travers une déchirure du temps et de l'espace, un peu plus loin dans l'univers.

Le monde devint blanc.

Le *Loquace* venait d'entamer sa micro-perce dans l'espace.

###

Le *Loquace* tournait en orbite autour d'une planète d'aspect terrestre, aux petits continents verts, bruns, ocre et blancs entourés d'océans bleus. Pour l'occasion, tout l'équipage s'était entassé dans le cockpit. Zkrreck, debout près de la porte, grattouillait la tête de Dagobert d'une griffe délicate.

– IST 0,95. SPH 0,98. PHI 4,38*, releva Ccel sur ses écrans.

Des bruits enthousiastes lui répondirent. Lucas se pencha d'un air intéressé.

– C'est prometteur.

– Composition atmosphérique ? demanda la mère de Kani.

– Compatible. Il faudra faire une analyse locale pour des agents pathogènes, mais les masques et les combinaisons légères devraient suffire.

[Et la gravité ?] cliqueta Zkrreck.

Les plumes de Ccel ne frémirent pas.

– 11,23 m/s^2.

Kani fit la grimace, alors que Liitip s'agitait d'un air déçu. 11,23, c'était bien trop pour les os fragiles et creux des lutiennes, dont la planète d'origine possédait elle-même une gravité plus faible que celle de la Terre. Sur le *Loquace*, la gravité artificielle tournait autour de 9,5, ce qui empêchait la décalcification des humains mais restait parfaitement acceptable pour les lutiennes, qui de toute façon n'avaient pas besoin de voler en intérieur.

– Désolé, les poussins. C'est pas aujourd'hui que vous allez vous dégourdir les ailes, observa Tycho.

La mère de Kani lui lança un regard sévère, Lucas un regard déçu. Chacun ses armes. Ccel ne répondit pas, habituée aux provocations nonchalantes du Bavard de l'équipage, mais Liitip trembla violemment sous l'insulte.

---

*Indice de Similarité avec la Terre, compris entre 0 et 1 ; Standard Primary Habitability, comprise entre 0 et 1 ; Indice d'Habitabilité Planétaire, compris entre 0 et 4,53.

Tycho savait ce qu'il faisait, il savait *exactement* ce qu'il faisait : les ektatesks pouvaient littéralement *mourir* d'une forme grammaticale trop insultante, et les tranquilles lutiennes déclencher des *guerres* si on les traitait de poules mouillées. Gwy posa une main apaisante sur l'aile frémissante de Liitip. Kani se rapprocha d'eux. Ccel était endurcie, mais Liitip devait apprendre à encaisser l'outrage. La guerre linguistique faisait partie de leur mode de vie.

– Qui descend ? demanda Kani pour détourner l'attention. On y va tous ?

– Non, on va se contenter de la navette, décida sa mère. Je préfère garder Ccel et Liitip avec moi en orbite tant qu'on n'a pas fait d'analyse pathogène. Liitip, ce sera l'occasion de te former sur nos communications orbitales. (L'équipage acquiesça. Les lutiennes possédaient une constitution plus fragile que les humains.) Lucas, Tycho, vous descendez. Zkrreck ? (L'ektatesk émit un cliquètement négatif.) Dans ce cas, Gwy, tu peux y aller.

Les élus quittèrent le cockpit dans un brouhaha heureux. Kani – qui descendrait forcément, étant la seule à pouvoir piloter la navette – s'arrêta quelques barreaux en dessous du niveau du cockpit, retenue par la voix de Lucas.

– Tu pourrais nous accompagner, Nahéma, disait-il, affectueux et légèrement réprobateur. Tu le mérites aussi.

– Il faut que quelqu'un reste à bord au cas où, coupa sa mère d'un ton sec.

Avec un soupir, Kani se laissa glisser en bas de l'échelle.

###

Le pilotage de la navette, un ancien chasseur ekta reconverti, était différent de celui du *Loquace* : plus réduit, plus succinct, sans les embrouillaminis de couleur blanche et verte qui représentaient les systèmes les plus complexes du vaisseau galactique. Kani, plongée dans son interface, regretta une fois de plus de ne pas pouvoir profiter du spectacle de la planète en approche. Elle avait vu des vidéos, bien sûr, mais jamais, véritablement, la surface d'un monde en train de s'agrandir alors qu'on se précipitait vers lui à une vitesse catastrophique. C'était toujours elle qui avait piloté.

Elle effleurait des jets de lumière bleue, violette, corrigeant leur trajectoire selon les instructions de Lucas qui la guidait en lui tenant la main. La compatibilité entre pilotes et copilotes demeurait un grand mystère. C'était la mère de Kani qui, habituellement, assurait la transition entre le cockpit et son esprit, qui murmurait à son oreille, devenant la seule voix que Kani entendait dans son monde de silence et de couleurs. Bien qu'ils aient essayé plusieurs fois, elle n'était jamais parvenue à percevoir Tycho, Ccel, Gwy ni Zkrreck, alors même qu'il s'agissait d'une technologie de son espèce… Aucun succès. Seul Lucas, pour une raison inconnue, se débrouillait bien, même si ce n'était pas sa spécialité. De manière générale, Lucas faisait partie de ces gens qui se débrouillent dans tout ce qu'ils entreprennent, ce qui était légèrement agaçant. (OK, Kani avait parfois envie de lui casser les genoux. C'était profondément injuste.)

– Correction de trois degrés nord, transmit-il. On va traverser une légère zone de turbulences, qui devrait durer deux minutes. Ensuite, tu pourras activer la rétropropulsion et relancer les moteurs.

Elle ne pouvait pas répondre, pas verbalement, juste en manipulant le vaisseau. De la pensée, elle fit clignoter un voyant précis au-dessus de leur tête. Deux coups longs, un court, un long. La lettre Q en morse. *Question.*

– Oh, oui. Ccel a repéré une zone tempérée, avec végétation mixte, relief collinaire et quelques lacs à proximité. Ce sera parfait pour faire connaissance, répondit-il avec son léger accent qui trahissait, quand il n'y faisait pas attention, son éducation privilégiée.

Dix minutes plus tard, ils atterrissaient sans incident à l'endroit concerné.

Un brusque flash. Retour à la réalité.

Kani cligna des yeux, redécouvrant l'intérieur du petit cockpit de la navette. Derrière la vitre, un paysage de collines rousses, couvertes d'herbes hautes, ondulait sous les caresses d'un vent paresseux. Lucas enroulait le câble qu'il venait de débrancher de son cou. Il lui fit un sourire encourageant.

– Jolie descente. Ça va ?

– Ça va, dit-elle d'une voix enrouée.

Les lèvres sèches, elle but quelques gorgées du verre d'eau qu'il lui tendait. À l'arrière, elle pouvait entendre Tycho en train de se chamailler avec… le reste du monde, comme d'habitude. Dans ce cas précis, Gwy, qui devait superbement l'ignorer.

– Et pourquoi je deviens bleu, putain ? Oh, espèces de petits salopiauds…

Ils s'équipèrent avec des masques à gaz et des combinaisons imperméables légères, couleur rouille, qu'ils utilisaient dans ces cas-là. Les scanners de la navette tournaient à plein régime, analysant l'air, le sol, les radiations et les bruits qui les entouraient. Kani fit quelques pas dehors en attendant les résultats.

Comme d'habitude, durant les premières secondes, la fermeté du sol la déstabilisa. Elle avait l'habitude des coursives vibrantes du *Loquace*, des mouvements caractériels de la navette. Elle enfonça ses semelles dans les touffes d'herbe, un sourire aux lèvres, puis retint une exclamation de joie quand un petit animal, une sorte de lagomorphe aux longues oreilles terminées par des pompons de fourrure, apparut soudain devant elle, pila en la voyant, et détala tout aussi vite. Elle fronça les sourcils.

– Tycho ?

– *Je suis bleu partout,* faen. *Quoi ?!* répondit-il dans son oreillette.

– Soit la planète est habitée, soit la faune est étrangement flippée.

– *Tā mā de !*

Elle le vit s'éloigner, d'un pas pesant sous la gravité sévère, en direction du sommet de la colline la plus proche. Pendant ce temps, Lucas était déjà à genoux par terre, en train de compter les sépales d'une plante violette à fleurs orange. Gwy, serré aux entournures dans sa combinaison, la rejoignit. Ils contemplèrent en silence la steppe mouvante et le ciel d'un bleu royal éblouissant. Une source clapotait idylliquement entre les rochers à une trentaine de mètres de leur site d'atterrissage.

Les scanners de la navette bipèrent.

Kani remonta la rampe en poussant sur les muscles de ses cuisses, qui peinaient après un mois dans la gravité légère du *Loquace*. Elle se laissa tomber dans le fauteuil devant la console. Observa les résultats. Poussa un bruit étranglé.

– Tycho ! Lucas ! Gwy !

Trois minutes plus tard, Lucas et Gwy observaient les résultats penchés par-dessus son épaule. Tycho était encore en cavale, mais suivait la conversation à distance.

– Ce sont bien des habitations, confirma Lucas en étudiant les photos aériennes du lac le plus proche, prises durant leur descente.

– *Ouais, sans blague,* grommela Tycho dans leurs oreillettes. *Je peux les voir d'ici. Qu'est-ce qu'ils foutent sur ce caillou ? Attendez, je vous envoie un visuel.*

Un écran s'alluma, relié à la caméra de son casque. La rive d'un lac apparut, couverte d'une végétation ocre, couronnée d'une chaîne de montagnes sombres en arrière-plan. Des habitations, dans la même pierre sombre, s'entassaient au pied de leurs contreforts. Il y avait même des quais en bois qui s'avançaient sur l'eau. On devait trouver une forêt à proximité…

Tycho zooma. Un éclat métallique violet bondit hors de l'eau, agita la queue, puis replongea dans le lac. De minuscules silhouettes brunes s'agitaient devant les habitations.

– Tu peux augmenter encore ?

– Non, je suis au max. On dirait des bipèdes. Je ne sais pas si c'est des vêtements, de la fourrure ou des plumes. Humains ou lutiennes, en tout cas.

– Ou des autochtones ? proposa Gwy.

– Putain, ce serait la découverte du siècle, alors.

Lucas appuya sur un autre bouton pour les connecter au *Loquace*. Le visage impassible de leur capitaine apparut à l'écran.

– Tu as vu les rapports ? demanda Lucas.

– Oui. Et les photos.

– Que fait-on ?

– Récupérez Tycho et redécollez. Pas de risques. Pas de contact. On va trouver un autre endroit pour faire le plein. Même si vous ne les avez pas survolés, la navette n'est pas forcément discrète. Restez près d'elle et ouvrez l'œil.

– Bien, capitaine. Je peux ramasser quelques échantillons en attendant Tycho ? demanda Lucas d'un air innocent.

La mère de Kani soupira. Derrière elle, ils entendirent Ccel claquer du bec, amusée.

– Un quart d'heure. Fais attention et respecte les protocoles de contamination.

– Pour qui me prends-tu ?

– Ne traînez pas. Nous allons repérer un autre site, et essayer d'obtenir des clichés plus précis de la colonie. À plus tard.

L'écran s'éteignit. Les communications spatiales et orbitales étaient gourmandes en énergie. Ils revinrent à la caméra de Tycho, qui…

… était en train de se rapprocher de l'eau.

– Tycho, gronda Lucas dans le micro. Cesse ta progression et rentre immédiatement.

– *Je me dépêche. Je veux prendre d'autres photos. Et il y a des plantes cheloues sur la rive. On dirait des roseaux, mais avec des sortes de branches ou une connerie dans le genre.*

– Oh ! (Le visage de Lucas s'éclaira.) Est-ce qu'elles ont l'air rhizomateuses ? Comment est la ramification ? Continue ou rythmique ?

– *Je t'en ramène deux ou trois, joli cœur.*

– N'abîme pas les racines. Tu as pris ta pelle avec toi ?

Kani les abandonna à leur flirt botanique, renfila son casque et retourna à l'extérieur. Gwy la suivit en attrapant des sachets stériles dans le sas.

– Je vais faire des prélèvements pédologiques.

– Prends aussi de la caillasse. Le taux de radioactivité est faible. Je vais voir les buissons là-bas.

Elle s'éloigna dans la direction opposée de la colline, de Tycho et du lac, vers un bosquet d'arbrisseaux qui ne dépassaient pas deux mètres de haut. L'équipage était bien rodé, avec chacun sa spécialité. Le quart d'heure se révélerait peut-être productif. L'Université Consulaire de Caskii payait un bon prix pour des données inédites. Si la planète était habitable, ils toucheraient même une jolie récompense.

Si elle était *habitée*, la situation serait bien plus complexe… mais ce ne serait pas leur problème.

Les larges feuilles des buissons, rondes et violettes, bruissaient doucement dans la brise. Kani les photographia, saisit la pince et le sécateur attachés à sa ceinture, puis entreprit de découper quelques branches sans les toucher. On ne savait jamais de quoi elles étaient couvertes, ces cochonneries. Un jour, Gwy avait vomi pendant trois jours après avoir effleuré une jolie fleur bleue sur Atlantis.

Avec une petite pelle pliante, elle déterra ensuite trois rejetons vigoureux, les glissa chacun dans un sac, qu'elle scella, avant de redresser la tête et de rencontrer un visage terrifié et deux yeux bleus écarquillés.

Avec un glapissement aigu, Kani bascula en arrière. L'herbe épaisse amortit sa chute. Les deux yeux bleus et le corps qui allait avec lui sautèrent dessus, s'assirent sur sa poitrine et lui pressèrent un couteau sous la gorge – enfin, contre le tube d'alimentation de son casque. *M de.* Double m de.

L'intrus débita un torrent de paroles incompréhensibles, et il fallut quelques secondes à Kani pour reconnaître du norvégien, qui était loin d'être sa langue de prédilection, avec un accent et des tournures qu'elle n'avait jamais entendus. N'osant bouger, elle détailla du mieux qu'elle put son agresseur – agresseuse. Humaine. Jeune, très jeune, plus jeune qu'elle en tout cas. Le visage petit et pâle, avec une traînée de taches de rousseur, les cheveux d'un blond presque blanc coupés au carré, les yeux bleu pervenche, et une expression à la fois paniquée et féroce pour couronner le tout.

Vive comme une couleuvre, Kani se tortilla, pivota et la renversa sous elle, lui plaquant le poignet au sol. Elle ne se faisait pas hebdomadairement castagner par Tycho pour rien, non madame. La fille se débattit comme un chat enragé, essayant d'attraper les tubes de son casque. Des jurons lui échappaient. Kani tendit l'oreille : ils n'étaient pas tous norvégiens. En fait…

– *Wait, wait! Speak english?* demanda-t-elle, hors d'haleine.

La fille s'immobilisa, les yeux lançant des éclairs, les lèvres retroussées.

– *Yeah. Let me fucking go!*

– Français ?

Les yeux bleus se plissèrent.

– Un peu. Lâche-moi, connasse.

Elle paraissait maîtriser l'essentiel, en tout cas. Kani se redressa, la relâchant avec lenteur, se redressant au-dessus d'elle après avoir récupéré le couteau dans l'herbe. Elle hésita à dégainer le minuscule pistolet à trois coups qu'ils portaient tous, caché dans une poche contre leur cuisse. Non, lui conseillèrent ses tripes. Ce ne serait pas une bonne idée.

La fille – douze ans ? treize ? – se remettait debout, ramassée sur elle-même, prête à bondir. Elle portait une tunique en laine teintée en bleu, simple mais propre, brodée d'une couleur plus sombre et ornée de perles en bois sculpté. Maigrichonne, elle lui arrivait à peine au menton. On aurait dit un chat sauvage furieux. Même énergie que Tycho, songea Kani en levant les mains avec calme.

– OK, OK. On essaie de ne pas s'entretuer deux minutes, d'accord ?

La fille renifla.

– Tu crois que tu me fais peur, avec ton gros cul ?

Kani, chagrinée, retint la réplique qui lui montait aux lèvres. D'accord, elle n'était pas très grande et elle avait des rondeurs. Était-ce une raison pour le souligner ? Enfin. Dans ces circonstances, elle devait se montrer adulte.

– Tu viens de la colonie ? Sur le lac ? (La fille hésita, méfiante, puis hocha la tête. Kani désigna la navette dont on apercevait l'extrémité derrière un rocher.) Je viens d'un vaisseau en orbite.

– Sans blague, pouffiasse ?

La fille maîtrisait *aussi* le sarcasme.

– Pourquoi tu m'as attaquée ?

Prise de cours, l'inconnue perdit un instant son expression enragée.

– Je voulais juste te regarder. Mais tu m'as vue. (Elle contre-attaqua.) Pourquoi tu portes un casque ? Et une combinaison ? Tu es malade ?

– Non, c'est juste par précaution.

– Tu peux l'enlever. Personne n'en porte dans le village.

– Peut-être, mais s'il y avait quelque chose dans l'air qui ne vous rendait pas malades, mais qui pouvait me tuer ? (L'idée laissa la fille songeuse. Kani en profita.) Je m'appelle Kani Barret. Et toi ?

– Rikke. Halvorsen, grommela la fille.

– Enchantée, Rikke Halvorsen. Bon, on fait quoi maintenant ? (Une fois de plus, son attaquante se tut, déstabilisée.) Pour être honnête, enchaîna Kani, on comptait repartir très vite. On ne voulait pas vous déranger. Peut-être que tu peux juste…

Avec deux doigts, Kani fit signe de marcher tranquillou vers le lac.

– Non !

Elles se turent, clignant des yeux, toutes les deux surprises par le désespoir dans la voix de la fille. Rikke serra les lèvres, crispa les poings, puis cracha, comme si on lui arrachait les mots des tréfonds de la cage thoracique :

– Est-ce que… je pourrais… partir avec vous ?

What, songea Kani.

Un choc, sur le crâne, la fit brusquement trébucher d'un pas. Des étoiles explosèrent devant ses yeux. Sa tête pulsa sourdement. Sans comprendre, elle leva la main jusqu'à l'arrière de son casque, en caoutchouc souple. *Aïe.*

Un nouveau choc : elle bascula en avant, perdant connaissance.

###

Douleur. Douleur. *Gāi sǐ*, tout tournoyait. Un goût de terre dans sa bouche. Ah, non. De la vraie terre. Qui crissait entre ses dents. Cracher. Beurk. Elle… Elle était, elle s'appelait… un truc. Et elle se trouvait… Oh, c'étaient ses jambes et ses bras, ces machins. Attrapés. Non. Attachés. Oui. Non. Juste lourds. Pourquoi. Sol contre sa joue. Dur. Ouvrir les yeux.

– Lucas ! Elle se réveille, je crois !

Une main qui l'aidait à se redresser. Oooooh, tout tournait. Elle allait vomir.

Elle vomit. Beurk.

– Doucement.

De l'eau sur ses lèvres. Elle but goulûment. Mieux.

– Ça va, lapin ?

Lucas. Et elle était, elle était… Kani. Kani Barret. Le *Loquace*. Sa mère. Gwy. Tycho Zkrreck Ccel Dagobert et le nouveau, là, le dernier… Liitip. Voyage. Encalminage. Fichue planète. La fille. La *fille*.

– Néoù ? marmonna-t-elle.

– Prisonniers. Dans une cellule, répondit Lucas.

Elle soupira, se laissant aller contre le mur où il l'avait appuyée. Bien sûr qu'ils étaient dans une cellule. Journée de crotte.

Gwy était là, et lui fit boire encore un peu d'eau. On leur avait pris leurs casques. Elle respira profondément, calmement, tout en observant autour d'elle. Sa tête l'élançait toujours mais son tournis disparaissait. *Doucement. Chaque chose en son temps.*

– Ow, dit-elle tandis que Lucas tâtait sa bosse.

– Bel œuf de pigeon, commenta-t-il. Ton casque a amorti le choc. On vérifiera sur le *Loquace* pour une commotion cérébrale. En attendant, reste calme.

La cellule était bâtie en blocs de pierre sombre. Un des côtés donnait directement sur l'extérieur. Elle plissa les yeux. Ce n'était pas une grille, ou des barreaux, mais un épais panneau de plexiglas. Mmmh. De l'autre côté, elle aperçut une rue pavée avec les mêmes pierres, un peu feuilletées, comme des ardoises. Il y avait d'autres bâtiments du même style et, entre deux blocs, le reflet du lac. Elle se demanda si la colline qu'elle apercevait en face était celle que Tycho avait grimpée plus tôt. Sans doute. Elle distinguait même la masse vert sombre des fichus roseaux hypothétiquement rhizomateux.

– Tycho ? demanda-t-elle.

– Dans la nature, répondit Lucas avec un sourire qui, quand on le connaissait bien, contenait un brin de satisfaction mesquine.

Oh. C'était une bonne nouvelle. Enfin, mauvaise pour ceux qui les avaient enfermés.

– Qu'essaipassé ?

– Coup de malchance. Il y avait un groupe de colons dans les parages. Des soldats. Ils cherchaient une fugitive et ils ont aperçu la navette. Ils ont encerclé Gwy et ils m'ont pris par surprise à l'intérieur, pendant que j'échangeais avec Tycho. J'ai préféré ne pas résister.

– Mmmh. J'ai vu la fille. Celle qu'ils cherchaient. (Elle se massa les yeux. Ses pensées reprenaient lentement leur place et leur fonctionnement habituel.) Elle était d'origine scandinave. Le reste aussi ? Ce sont des isolationnistes ?

– Je crois que c'est plus incroyable que ça.

Elle le regarda sans comprendre. Ils étaient nombreux, les groupes souvent nationalistes, à vouloir se dissocier de la Trialliance qui s'était formée un siècle plus tôt entre humains, lutiennes et olumanlus. Le plus souvent, ils revendiquaient une planète et résistaient farouchement à toute tentative de communication, parfois avec violence. Pour le moment, la Trialliance les laissait tranquilles. Il y avait déjà suffisamment à faire avec les ektatesks, l'ennemi principal de tout le monde dans la Galaxie, et l'Empire théocrate boedecien, des gros malades fanatiques pro humains.

– Nous pensons que ce sont des colons de la première vague, expliqua Gwy.

Kani cligna des paupières.

– Genre… ceux qui sont partis au hasard de la Terre ? Il y a deux cents ans ? Avec les premiers vaisseaux ekta ?

Lucas acquiesça. Wow. Si c'était vrai, alors la colonie où ils se trouvaient avait vécu en complète autarcie depuis *tout ce temps*. Sans nouvelles de la Terre, du monde extérieur, de l'exploration humaine du reste de la galaxie.

On avait redécouvert deux colonies de ce type, une cinquantaine d'années plus tôt. Depuis, le reste des premiers colons avait été supposé disparu.

Elle grimaça, résistant à l'envie de se frotter le crâne.

– Pourquoi ils nous ont enfermés ? Tu as pu discuter avec eux ?

– Pas vraiment. Mon norvégien est moins bon que celui de Tycho, mais je crois qu'ils nous prennent pour des éclaireurs. Et ils n'ont pas l'air ravis de renouer avec le reste de l'humanité. Si j'ai compris, leur colonie s'appelle Vårheim.

Curieuse, Kani s'avança avec précaution jusqu'au plexiglas. Un garde, planté devant la cellule, lui lança un regard suspicieux. Il devait avoir une quarantaine d'années, vêtu lui aussi de laine bleue et de bottes en cuir. Du mouton, probablement. Un animal polyvalent, qui s'adaptait bien et qui avait toujours été le favori des colons. Un antique pistolet à six coups pendait à sa ceinture. Un chat gris bâillait près de lui, allongé sur une caisse, en agitant indolemment la queue. Un peu plus loin, accroupis, des enfants les observaient avec animation, ainsi que quelques badauds. Ils avaient tous les mêmes yeux et cheveux pâles. Et ils semblaient tous un peu… hum… comment dire…

Très génétiquement liés.

Lucas vint s'asseoir près d'elle, sur le sol.

– Je pense qu'en deux siècles, ils ont eu quelques soucis d'appauvrissement génétique, confirma-t-il avec tact et délicatesse.

Kani regarda les mains du garde. Il avait six doigts. D'accord.

Elle ouvrait la bouche, sur le point de demander si leurs capacités intellectuelles en avaient pâti, si cela jouait en leur faveur, quand un rugissement familier lui cloua le bec. Médusée, elle leva les yeux.

La navette – *leur* navette – filait au-dessus du lac.

Ce qui était impossible, puisque Kani n'était pas dedans.

– Diantre, murmura Lucas.

Gwy les rejoignit. Il fronça les sourcils.

– Bizarre, commenta-t-il.

Kani bredouilla d'indignation. Quelqu'un était en train de piloter *sa* navette – et de la piloter mal, qui plus est. L'engin vacillait, tressautait, s'abaissait dangereusement au-dessus de l'eau. Il disparut sur leur gauche, derrière une maison. Ils entendirent un *crac*, suivis d'un choc sonore. Les moteurs s'éteignirent.

– Ma navette ! couina Kani.

Lucas lui tapota l'épaule.

– On dirait que leurs pilotes originels ont procréé.

– Ma navette...

###

L'après-midi passa sans qu'on leur apporte à manger, juste de l'eau. Que faisaient les autres ? Tycho devait être en train d'observer la colonie de loin et d'élaborer un plan. Le reste de l'équipage, à bord du *Loquace*, était bloqué en orbite. Sans Kani, impossible de manœuvrer le vaisseau. Les systèmes d'armement et de communication, adaptés aux humains, restaient opérationnels, mais c'était tout. Sa mère devait bouillir de rage et d'impuissance. (Heureusement, Ccel et Zkrreck avaient l'habitude.)

Ils avaient déjà été dans la panade. Ce n'était pas la première fois.

Elle se demanda ce que devenait la fille, Rikke, et pourquoi elle s'était enfuie.

Le soleil baissait sur l'horizon quand d'autres soldats apparurent. Uniquement des hommes. Culture genrée, nota Kani. Beurk.

– Sortez, ordonna un homme avec un accent après avoir déverrouillé une porte incrustée dans le panneau de plexiglas.

Kani se demanda où étaient les restes de leur vaisseau originel, et s'ils l'avaient entièrement démonté pour construire la ville – plus proche d'un village, soyons honnêtes. Entourés par les hommes, ils les accompagnèrent le long de la rive, en direction d'un des rares bâtiments à deux étages. Les badauds les dévisageaient en murmurant. Enfin, ils dévisageaient surtout Kani. Avec un petit choc, elle réalisa qu'ils n'avaient sans doute jamais vu de personne noire de leur vie. L'idée était déconcertante pour elle, qui avait grandi non seulement dans une mixité de couleurs mais une mixité d'*espèces*.

Ils pénétrèrent dans l'immeuble, qu'elle classa comme une sorte de bâtiment public. Son rez-de-chaussée était composé d'une grande pièce sombre dont les fenêtres étroites donnaient sur le lac. Le mobilier était un étrange mélange d'objets rustiques, en bois, en cuir, en laine et en jonc, et d'artefacts survivants de leur exode en métal, plastique et plexiglas. Des ampoules brillaient au plafond. Ils produisaient de l'électricité.

Le reste de la scène ressemblait à une série historique de mauvaise qualité : au fond de la salle se dressait une estrade où s'alignaient plusieurs fauteuils, occupés par des individus plus âgés, avec des cheveux blancs, qui portaient des vêtements plus riches. Un conseil d'Anciens ou quelque chose. Kani se retint de rouler des yeux vers le plafond. Un autre groupe attira son attention, sur sa droite : une quinzaine de personnes, d'âges et de genres variés, assises sur des bancs. Ils portaient les mêmes perles en bois que Rikke. D'ailleurs, la fille était là, pressée entre deux hommes plus vieux. Elle était tendue comme un arc, toujours à la limite de la peur et de la colère. Sans doute son humeur par défaut. Kani croisa son regard mais préféra ne pas montrer qu'elle la reconnaissait.

Leurs gardes les arrêtèrent devant les Anciens, les Vieux Sages, le Conseil, peu importait le nom qu'ils se donnaient.

Celui du milieu prit la parole, dans un français laborieux et ampoulé :

– Étrangers. Vous avez fait irruption chez nous. Qui êtes-vous ?

Lucas s'avança d'un pas, l'expression paisible.

– Des scientifiques. Nous ignorions que la planète était habitée. Nous cherchions un endroit accueillant pour refaire nos réserves d'eau et d'oxygène. Nos ordinateurs de bord ont sélectionné le même emplacement que vous, bien longtemps auparavant.

Le public répondit par des murmures.

– D'autres vaisseaux suivent-ils le vôtre ?

– Pas pour le moment. Notre vaisseau principal est en orbite. Le reste de notre équipage nous y attend.

Des réponses sincères mais générales, avec le moins de renseignements possible. Malheureusement, le croûton était futé.

– Qui est votre pilote ?

Lucas se tourna vers Kani, qui hocha la tête. Nouveaux murmures, plus véhéments. L'Ancien hocha la tête.

– En avez-vous un autre ?

– À bord du vaisseau, oui, mentit effrontément Lucas. (Il profita d'un silence pour enchaîner.) Nous ne vous voulons aucun mal. Laissez-nous repartir, et vous pourrez revenir à votre vie d'avant.

C'était un gros bobard, bien entendu. Tout équipage indépendant qui repérait une forme de vie intelligente non répertoriée avait l'obligation de la déclarer. Les Anciens ne furent pas dupes. Leur chef fit claquer sa langue.

– Non. Demain, vous contacterez votre vaisseau et vous leur direz de vous rejoindre. Sinon, vous mourrez. (Il inclina la tête vers les gardes. Kani puisa dans ses faibles connaissances de norvégien pour suivre ce qu'il disait.) *… de to mennene… den utvalgte…*

Utvalgte. « Élu. » Un vieux mot pour désigner les pilotes, à l'époque où les humains se battaient encore pour récupérer la Terre, aux griffes des ektatesks, deux siècles plus tôt. Oh, elle n'aimait pas ça…

Elle ne fut qu'à moitié surprise quand on la sépara de Lucas et de Gwy pour l'entraîner vers la bande des perles de bois. Lucas inclina la tête sur le côté. *Joue le jeu.* Elle ne résista pas, se contentant de lui lancer un regard noir.

Le petit groupe l'entraîna hors du bâtiment, vers une autre maison à l'écart de l'agglomération. Rikke était la plus jeune du lot. Il y avait quelques adolescents, trois ou quatre jeunes femmes enceintes, des hommes solides et bien nourris, une vieille femme fripée. Les plus curieux effleuraient sa peau sombre et ses cheveux crépus. Pas cool. Ils lui posaient des questions dans un mélange d'anglais et de français simplistes. Elle serra les dents et répondit de façon conciliante, cherchant elle aussi à en savoir davantage :

– *You are… the chosen ones ?*

– *De utvalgte!*

– *You can use the machines, can't you ?*

– *Ja!*

Elle comprit que les colons avaient formé une caste qui rassemblait tous les individus capables de piloter les vaisseaux ekta ou d'utiliser leur technologie. Ils possédaient peut-être encore quelques navettes en état de fonctionner, et avaient adapté les anciens systèmes du vaisseau pour faire fonctionner leur ville…

Et Rikke en faisait partie. L'idée ne semblait pas l'enchanter. Kani observa les femmes enceintes. La plus jeune avait environ son âge, seize ou dix-sept ans. Un profond sentiment de malaise lui tordit le ventre.

Leur logement comportait une grande salle commune, remplie de technologie ekta à différents stades de démantèlement ou de réparation. L'endroit était plutôt confortable, avec des canapés, des couvertures, une cheminée où patientait une bouilloire en métal. Les adolescentes lui firent visiter l'endroit. L'arrière de la maison était occupé par des petites chambres aux duvets de plume. Il y avait des toilettes – fonctionnelles – et une douche en plastique en bon état. À la fin, Rikke aboya quelques phrases en lui saisissant la main. Un des hommes grogna quelque chose. La vieille femme intervint d'une voix paisible, les filles et les femmes de la caste se refermèrent sur Kani comme une volée de moineaux, et elle se retrouva chahutée en direction d'une chambre où, bientôt, ne restèrent que Rikke, la vieille et une autre femme d'une trentaine d'années.

– Bienvenue en enfer, grommela Rikke en verrouillant le loquet.

– Vous n'avez pas vraiment le choix, hein ? devina Kani. (La vieille poussa un gloussement bref, se rembrunit, prononça quelques mots. Rikke pâlit – enfin, vu son teint, elle devint plutôt verdâtre.) Quoi ? Qu'est-ce qu'il y a ?

– Je vais recevoir une punition. Parce que je me suis enfuie.

Kani sentit son cœur lui remonter au bord des lèvres.

– Et… tu es censée faire des enfants à partir de quand ?

– D'ici quelques années. (Rikke grinça des dents.) Parfois, on meurt en couches. Pour en faire beaucoup, les Anciens préfèrent attendre qu'on perde le pouvoir. C'est plus… (Elle chercha ses mots.) Productif.

Le sentiment nauséeux s'installa bien profondément dans son estomac. Kani inspira avec lenteur. Fichue bande d'arriérés.

La vieille femme parlait de nouveau. Sa collègue ajouta quelques mots.

– Elles demandent comment ont évolué les choses, traduisit Rikke. Là-haut. Depuis le vaisseau qui tournait autour de la Terre. Depuis l'exode. Depuis qu'on est sur Vårheim.

Kani se laissa tomber sur un des lits.

– Il s'est passé beaucoup, beaucoup de choses.

###

Bien, songea Kani tandis que Rikke et leurs deux compagnes de chambre, Dagmar et Annfrid, roupillaient autour d'elle. Si on faisait le point, ils étaient prisonniers d'une bande de colons consanguins qui reproduisaient leurs pilotes comme du bétail afin de faire fonctionner leurs dernières miettes technologiques. Et apparemment, ils comptaient l'ajouter au cheptel. En tout cas, ils n'envisageaient pas de les laisser repartir.

Magnifique.

Les colons allaient vite comprendre qu'ils n'avaient pas d'autre pilote et que le *Loquace* était coincé en orbite. Ils pourraient le laisser là…

Ou ils pourraient utiliser la navette, pilotée par l'un de leurs « élus », pour tenter de le prendre d'abordage. Elle imagina leur tête en tombant nez-à-mandibules avec Zkrreck.

Tycho avait intérêt à vite trouver une solution.

Elle roula sur le côté. Dans le lit voisin, Rikke l'observait en silence, les yeux grands ouverts dans la semi-pénombre.

– Alors ? Si je t'aide, vous m'emmenez ? demanda Rikke à voix basse. C'est ça ou me faire engrosser dans quelques années par ce connard de Guttorm. (Elle fit la grimace, écœurée.) Il a les pieds palmés.

Sa voix demeurait acide, emplie de colère, mais Kani pouvait lire la peur dans ses doigts crispés sur les draps.

– Si on part, de toute façon, on préviendra l'Ambassade humaine, chuchota Kani. Ils enverront des vaisseaux sur Vårheim. Ils viendront vous parler. Ils laisseront ceux qui veulent rester ici, mais ils emmèneront les autres.

La fille se détendit un peu.

– Les Anciens ne voudront pas.

– Ils ont des équipes spécialisées pour ce genre de cas. (Surtout pour les sectes cheloues isolationnistes, n'ajouta-t-elle pas.) Et ils repasseront régulièrement. Pour les enfants.

Rikke hocha la tête dans le noir.

– Combien de temps ? Pour qu'ils arrivent ?

– Quelques semaines, si tout se passe bien.

Kani fut certaine d'entendre un reniflement.

– Ce serait bien.

– Oui. Mais pour ça, il faut qu'on parte d'ici.

– Dis-moi ce que je peux faire, dit Rikke et la rage était revenue dans sa voix.

###

Le lendemain matin, les *utvalgte* la mirent au travail sur un ancien purificateur d'eau rouillé. Tandis qu'elle ponçait ses rouages, les hommes la gardaient à l'œil. Le reste de l'équipe bavardait tout en œuvrant. Elle observa le dénommé Guttorm et un adolescent quitter le bâtiment. Un quart d'heure plus tard, les moteurs de la navette rugirent à l'extérieur. Le petit groupe se précipita dehors. Les deux nigauds, sans doute pilote et copilote, s'y prenaient comme des manches, décida Kani en observant la navette tournoyer avec maladresse au-dessus du lac.

Un caillou lui frappa l'arrière de l'épaule gauche.

Sans se retourner, Kani recula d'un pas. Puis d'un autre. Puis d'un troisième, qui l'amena près d'un éboulis de pierres, sur le côté du bâtiment.

– Salut, lapin ! chuchota la voix guillerette de Tycho.

Elle faillit en pleurer de soulagement. Observant toujours le lac, elle signa du mieux qu'elle put, dans son dos :

[Quand. Comment.]

– On va pas traîner. Dès qu'ils reposent la navette et qu'ils lui foutent la paix, je fais sortir Joli-Cœur et Grognon. On met le bazar. Tu te débrouilles pour rejoindre la navette, t'attends neuf secondes pour nous permettre de rapatrier nos miches, et tu décolles. *¿Entendido?*

[Copilote.]

– *Shit.* Ça marche, je t'envoie Lucas en priorité.

[Diversion.]

– Oh, t'inquiète. J'ai trouvé des trucs sympas dans un bâtiment. À toute !

Des trucs sympas. Oh *boe*, un vrai bazar les attendait.

Elle rejoignit le reste des *utvalgte*, qui poussaient des « ooooh » et des « aaaah » en admirant la navette. Seule Rikke l'observait avec intensité.

– Tu veux toujours me filer un coup de main ? demanda Kani.

Sa petite tête rageuse se fendit d'un sourire féroce.

– Oui.

###

La navette cessa ses acrobaties une heure plus tard. Les idiots ne pensaient même pas à économiser son carburant, songea Kani. L'hélium-3 n'était pas rare dans la galaxie, mais elle doutait qu'ils en aient beaucoup sous la main. Avec une autonomie de trois ans, ce n'était pas un problème pour Kani, mais l'idée *l'agaçait*…

Les *utvalgte* déjeunaient dans leur coin. C'était loin d'être optimal pour une évasion. Elle allait devoir courir vers le centre du village. En plus, ils lui avaient pris sa combinaison. Elle portait une tunique en laine bleue et des sandales en cuir. Kani étudia le sol caillouteux d'un œil critique. Il ne manquerait plus qu'elle se torde bêtement la cheville.

Elle n'était pas inquiète concernant le signal de départ de leur tentative d'évasion. Tycho était... explicite dans ses interventions.

Quand une explosion fit trembler le village, elle recracha sa bouchée de fromage de brebis, bondit sur ses pieds et fila hors du bâtiment en évitant les *utvalgte* ébahis.

Vite, vite, vite ! Elle dégringola la faible pente qui menait aux habitations, sauta par-dessus des rochers et des touffes d'herbe. Plus vite ! Elle pouvait entendre Rikke souffler derrière elle, des cris, des exclamations. Devant, la colonie s'agitait, telle une termitière affolée. Des coups de feu. Leurs armes étaient encore fonctionnelles. Rikke la rattrapa agilement, lui empoigna la main. Elle se laissa guider parmi les maisons, en direction de l'esplanade où était posée la navette. Rikke freina brutalement quand un groupe d'homme surgit devant elles.

Cependant, ils ne les avaient pas vues, leurs regards concentrés sur... Kani tendit le cou : oui, Tycho était là, devant la vitre en plexiglas de la prison, et il portait, en bandoulière sur l'épaule...

Une mitrailleuse ?

Oh *tā mā de*.

Avec un rire strident, il commença à tirer.

Le monde explosa.

Kani attrapa Rikke par l'épaule, la projeta derrière l'angle d'une maison. Le fracas était assourdissant. Les éclats de pierre giclaient en tous sens, la rue s'emplissait de poussière noirâtre. Elles se recroquevillèrent, les mains sur les oreilles.

La cellule faisait face à la rue, légèrement en hauteur et en retrait : Tycho disposait maintenant d'un emplacement facilement défendable.

Il y eut une accalmie. Puis une autre explosion. Il avait dû faire sauter le plexiglas, ou un mur. Elle ne se demanda pas comment. Tycho ne se promenait jamais sans quelques bombes. « Au cas où. »

– La navette, siffla-t-elle à Rikke tandis que le crépitement reprenait.

Elles filèrent vers l'engin en question, abandonné. Les colons étaient totalement dépassés. Depuis combien de temps n'avaient-ils pas été attaqués ? Vraiment attaqués ? Bien fait, pensa Kani avec mesquinerie. Ça leur apprendrait.

Elles grimpèrent la rampe à toutes jambes. Kani bondit vers le cockpit, se glissa dans son fauteuil.

– Tu as commencé ton entraînement ? demanda-t-elle à Rikke tout en lançant les moteurs. Ils t'ont connectée ?

– Non. Juste pour l'épreuve. Quand ils regardent si nous avons le pouvoir.

Kani se redressa, jeta un coup d'œil par le pare-brise. La poussière noirâtre dissimulait toute la rue. Impossible de voir où se trouvaient Tycho, Lucas et Gwy. Elle se mordit les lèvres. Elles ne pouvaient pas rester là.

– Donne-moi la main. On va tenter un truc.

De l'autre, Kani saisit le câble. Elle plongea son regard dans les yeux limpides de Rikke. La fille semblait terrifiée, mais aussi résolue. Parfait. Elle entrelaça leurs doigts plus étroitement.

– C'est toi qui vas me guider. Ce n'est pas compliqué. Dis-moi tout ce qui se passe. Pour les hauteurs, les distances, les directions, utilise ta main. (Elle la guida vers la droite, la gauche, le haut, le bas, avec des gestes précis, s'arrêtant fermement à chaque fois.) On va décoller et tu vas me guider jusqu'à la butte, derrière la cellule. On récupère mes amis là-bas. Compris ? (Rikke hocha sévèrement la tête.) C'est parti.

Kani espéra que, contre toute attente, la connexion allait matcher entre Rikke et elle. Elle n'avait pas le choix. Elle enfonça le câble dans sa nuque.

Silence. Apesanteur. Couleurs.

Et la voix de Rikke dans son oreille ! Ça marchait !

– *Dritt. Dritt. Dritt.* D'accord, décolle, décolle. (La main entraîna la sienne vers le haut, s'arrêta. Kani la copia et cessa le mouvement de la navette.) Tourne vers la gauche. Tes amis, ils tirent toujours. En avant. *Dritt.* Je ne les vois pas. Je ne vois rien. (Kani effleura une lumière orange. Elle savait que, à l'extérieur, la navette venait de pousser un sifflement suraigu, que ses amis entendraient.) Oh ! D'accord. La butte. Avance, avance encore. On est au-dessus. Descends lentement. Stop ! Je vois tes amis ! Il y a un homme avec eux. Il a l'air, mmh, *føkka*. Ils grimpent vers nous. Les soldats, ils leur tirent dessus, mais ils sont de l'autre côté de la rue. Il y a toujours la poussière. Tes amis sont sous la navette. Je ne les vois plus. Attends, je…

La voix et la main disparurent, laissant Kani absolument seule au centre de son univers. Elle flotta quelques secondes dans son vide coloré, familier. Impossible de savoir ce qui se passait au-dehors. Elle résista à la sensation de confort et de béatitude qui l'envahissait comme à chaque fois. Non, il fallait qu'elle s'inquiète, qu'elle se tienne prête…

Une autre main s'empara de la sienne. La voix douce de Lucas résonna.

– On est tous là, Kani. Tycho demande si on emmène ta nouvelle connaissance ? (Elle fit clignoter un voyant vert sur la console.) Dans ce cas, c'est parti. Tout droit, angle et vitesse de décollage standard.

###

Elle n'émergea de la conscience de la navette qu'une fois dans la soute du *Loquace*, en orbite. Pendant que les portes isobares se refermaient, Lucas lui tendit une gourde d'eau. Elle but avidement, n'osant encore y croire. Ils l'avaient fait. Ils étaient en sécurité.

La tension des dernières vingt-quatre heures s'évapora, la laissant sans forces. Elle avait été assommée, kidnappée, affamée, enfermée, traumatisée par une colonie de vieux masculinistes consanguins, mise au travail forcé, assourdie par des explosions, et… tout retombait.

Elle fit pivoter son fauteuil. Dans le couloir du chasseur, assis sur un banc, Tycho, l'air curieux, tapotait Rikke avec la crosse de sa mitrailleuse. La fille lui montra les dents en grondant sourdement. Il sourit, charmé.

Gwy, assis entre eux, croisa le regard de Kani et lui sourit. Il était couvert de sueur et d'une épaisse couche de poussière noire, mais vivant.

– Personne n'est blessé ? bredouilla-t-elle.

– Tycho s'est pris une balle dans la fesse, je crois, répondit Lucas en éteignant les systèmes de vol de la navette. Il va s'en remettre.

La soute se pressurisa. Ils abaissèrent la rampe et, épuisés, descendirent rejoindre le reste de l'équipage, qui les attendait en contrebas.

Kani se laissa engloutir dans les bras de sa mère sans protester.

– Tu vas bien ? murmura cette dernière. (Son visage était calme, mais ses mains tremblaient.) Je vous avais dit de faire attention.

– Ça va, m'man. Je vais bien.

Elle pressa sa joue contre celle de sa mère, respirant le parfum de ses cheveux. Huile de rose. Sa mère mit plusieurs longues secondes à la relâcher.

– On ramène un p'tit cadeau de la planète des consanguins ! claironna Tycho en présentant Rikke comme un trophée devant lui.

À ce moment, la fille aperçut Zkrreck, Ccel et Liitip derrière leur capitaine.

Elle hurla.

Ils cliquetèrent.

Oh boy, on n'était pas rendus. Kani ramassa Dagobert qui se frottait contre ses jambes et partit prendre une douche, laissant les autres gérer les présentations.

###

Kani rangea soigneusement le câble sur son crochet et s'extirpa de son fauteuil de pilote. Sa mère s'écarta pour se tourner vers les écrans et vérifier leur itinéraire.

– Beau travail. On sortira de la première macro-perce dans sept heures. (Elle hésita.) Tu as quartier libre, si tu veux.

– J'ai prévu de m'entraîner avec Tycho.

– Vise sa fesse gauche.

– Beurk.

Avec un brin d'embarras, elles pressèrent leur poing l'un contre l'autre. Kani hocha la tête, puis se laissa glisser en bas de l'échelle.

Dans la cuisine, Zkrreck et Liitip découpaient agilement des poivrons, sous le regard méfiant de Rikke qui les observait, les coudes sur la table. Kani les laissa à leurs activités, continua en direction de la soute secondaire qui leur servait de gymnase. Elle y retrouva Gwy, sur son banc de musculation préféré, et Tycho qui jonglait avec trois couteaux.

– Prête à te faire botter les *nádegas*, lapin ?

– Dans tes rêves.

Même si elle râlait parfois – souvent –, elle aimait s'entraîner avec lui. Ses leçons étaient pragmatiques et efficaces. Comment vaincre un adversaire plus gros, plus fort, plus puissant qu'elle. Pas de philosophie, pas de réflexion sur la vie. Elle s'échauffa, puis se plaça en position, et ils commencèrent à se taper dessus.

Une heure plus tard, en sueur, leurs cheveux humides plaqués sur le front, ils reprenaient leur souffle, étalés sur les épais tapis rembourrés. Tycho restait plus rapide, et bien mieux entraîné, mais il ne rajeunissait pas. Et elle n'avait aucun scrupule à en tirer parti.

Gwy, entre-temps, avait disparu.

Kani fixa le plafond métallique.

– Est-ce que tu trouves que je ressemble à M'man ? demanda-t-elle.

Tycho resta pensif. Il savait être sérieux, dans certains cas rares. Il fallait juste être capable de le chronométrer : sa gravité dépassait rarement les quatre minutes trente, après quoi il redevenait lui-même.

– Oui et non, dit-il d'une voix traînante. Vous êtes casse-bonbons toutes les deux, et vous voulez toujours *accomplir* quelque chose. Mais Nahéma… Elle veut surtout diriger des gens. Elle le fait bien, note : elle sait exploiter le meilleur d'eux-mêmes tout en les protégeant. C'est super chiant. Toi… (Il gratta sa joue efflanquée, où poussait un début de barbe brune avec quelques fils argentés.) Tu veux surtout comprendre. Explorer. Réfléchir. Les gens, tu t'y intéresses surtout quand ils te gênent dans tes projets – ou quand ils peuvent t'aider.

C'était plutôt vrai, admit-elle. Sa description sonnait un brin machiavélique, guère flatteuse pour elle. Ce n'était pas totalement vrai, bien sûr : elle aurait tout fait pour protéger les membres du *Loquace*. Et Tycho ne semblait pas la juger.

– Je ne sais pas si je serais une bonne capitaine de vaisseau, lâcha-t-elle.

Il poussa un bruit vulgaire, rempli de dérision.

– La vraie question, c'est : est-ce que tu *veux* devenir capitaine ?

Il l'attrapa par le col de son T-shirt pour l'attirer vers lui et lui grattouiller le cuir chevelu. Parmi ses rares qualités, il avait celle de les aimer, tous, d'un amour féroce.

– Putain, j'aurais jamais pu être capitaine, reprit-il. Et il y a des milliers d'autres choses à faire dans cette galaxie. Tu es passée par l'Académie, merde, tu as fini troisième de ta promo : tu trouverais du boulot sur n'importe quelle planète, dans n'importe quoi.

– Je ne sais pas si j'aimerais rester à terre, murmura-t-elle.

– Ouais, on s'habitue vite, hein ? L'espace. Les planètes désertes. Tes abrutis de collègues qui te font chier. (Elle le sentit hausser les épaules.) Peut-être que tu trouveras un autre équipage. Peut-être que tu trouveras une autre place que pilote. Peut-être que tu deviendras quelqu'un à qui tu ne t'attends absolument pas, qui sait ? Tu as le temps. (Il se redressa brusquement.) *Fuck*, qu'est-ce que tu me fais faire à parler de sentiments ? Sérieux ? Va plutôt voir Lucas pour ces conneries.

– Il serait tout compréhensif et empathique, gémit-elle. Il essaierait d'en parler pendant des heures.

Tycho se mit à rire.

– Oui, c'est bien son genre, hein ? Allez, viens, je vais te montrer comment déboîter l'épaule de quelqu'un qui veut t'étrangler.

Elle attrapa sa main pour se relever, souriante, plus sereine. Il avait raison.

Elle avait le temps.

Ils étaient désormais dix à bord, et elle avait le temps.

ÉPISODE #2

L'histoire avec la réception de l'ambassadrice

Apprends la grammaire lutienne avec Liitip

***-tlii*: suffixe honorifique féminin, permettant de s'adresser à une lutienne adulte.** Les jeunes lutiennes, ainsi que les lutiens de tout âge emploient ce suffixe.
Par exemple: Ccelwuutlii-*tlii*
Dans le cas d'une cheffe de lignée, le suffixe peut être employé directement après le nom de la lignée, pour exprimer davantage de respect.
Par exemple: Ccel-*tlii*

-tle: suffixe honorifique féminin, permettant de s'adresser à une jeune lutienne.
Par exemple: Liitekluuli-*tle*
(Sœur jumelle de Liitip.)
Les lutiennes obtiennent le statut d'adulte lors d'une cérémonie où elles fondent leur première couvée, aux alentours de quinze ans. (Environ trente années yumanes.) Dans le cadre familial, ou avec des amis du même âge, il est acceptable d'omettre ce suffixe.

-sulii, suffixe honorifique masculin, permettant de s'adresser à un lutien adulte.
Par exemple: Siileetleet-*sulii*
(Père de Liitip.)
En général, une lutienne adulte n'emploiera ce suffixe que dans un cadre officiel, pas dans son cercle personnel.
Depuis la découverte des olumanlus, des ektatesks et des yumans, les mêmes suffixes sont employés par les lutiennes pour s'adresser à eux.
Par exemple: Tycho-*sulii* ou Lucas-*sulii*

-sule: suffixe honorifique masculin, permettant de s'adresser à un jeune lutien.
Rarement employé, sauf dans un cadre officiel.
Par exemple: Liitektiipit-*sule*
(Surnommé Liitip.)
Les lutiens obtiennent le statut d'adulte en intégrant une couvée. Pour les lutiens restant célibataires après quinze ans, ce suffixe peut devenir source d'embarras.

Le *Loquace* était posé sur l'une des plateformes de l'astroport planétaire de Caskii, lui-même construit sur un plateau rocheux à proximité de la capitale.

Perché sur le toit du vaisseau, savourant la gravité légère, Liitip contemplait la jungle épaisse, couleur d'émeraude, de sa planète natale avec émotion. C'était la première fois qu'il l'avait quittée, et elle lui avait horriblement manqué.

Il soupira, malheureux. Les yumans n'étaient pas à proprement parler inhospitaliers, loin de là. Non, ils étaient juste…

Juste…

Ô divinité ailée, ils étaient juste *horribles*.

Avec un roucoulement embarrassé, il se cacha la tête sous l'aile, mortifié. Comment osait-il songer de telles choses envers ses hôtes ? Envers ces alliés, qui avaient accepté de le prendre à bord, de lui enseigner ce qu'ils savaient ? Honte sur lui ! Honte ! Les équipages mixtes étaient encore très rares ; il avait reçu un grand honneur en se voyant confier cette mission ; et voilà qu'il se plaignait parce qu'ils… parce qu'ils…

Parce qu'ils étaient tellement *eux*.

C'était surtout les dents, songea-t-il en s'ébrouant. Ils avaient *tellement* de dents. Trente-deux ! Et ils les montraient, tout le temps ! Quand ils étaient en colère, quand ils étaient blessés, quand ils étaient effrayés, quand ils étaient *joyeux*. Ils appelaient ça un « sourire » et, en toute sincérité, Liitip avait failli mourir d'un arrêt cardiaque la première fois. Heureusement, Ccelwuutlii-*tlii* l'avait prévenu à l'avance pour leur « rire » : il était parvenu à réprimer ses couinements de terreur quand la situation s'était présentée. Même leur vocabulaire était violent, musa-t-il. « Éclater de rire. » Il frémit.

Et ils puaient, ils puaient tellement…, se désola-t-il en étirant ses rémiges sous le soleil printanier. Mais bon, ce n'était pas leur faute.

Des cris et des imprécations retentirent sous ses pieds, en provenance de la soute. Il claqua du bec avec nervosité. Les yumans se révélaient si… expressifs ; leurs désirs, leurs revendications, leurs mécontentements étaient si *envahissants*. Pourtant, Liitip avait grandi dans une lignée plutôt laxiste sur la question : sa mère ne les avait jamais punis, lui et ses frères, pour oser exprimer leur curiosité, par exemple. Évidemment, ils ne manifestaient jamais de désaccord ! Si tout le monde protestait, comment fonctionnerait le monde ? Les lutiennes songeaient d'abord au bien commun, ce qui leur avait permis de vivre en paix depuis dix mille cycles ; les yumans, eux, n'étaient que des… que des *klawweets* se chamaillant dans la poussière pour des morceaux de fruits fermentés.

Pour la millième fois, avec ahurissement, il se posa la question qui asticotait son peuple depuis un siècle : comment avaient-ils fait pour résister aux ektatesks ?

– Hé, Liitip ?

Poliment, il abandonna sa contemplation pour se tourner vers la trappe la plus proche, d'où jaillissait la tête jaune de leur dernière recrue. La jeune yumane le fixa de ses yeux globuleux. Son visage était si lisse et glabre et *rosâtre*, et cette bouche toute mouillée… En plus, l'idée qu'ils aient le même âge le perturbait.

– Oui, Rikke ?

– Je peux venir avec toi ?

– Je t'en prie.

La petite yumane se hissa sur le toit avec la souplesse menaçante de son espèce. Il avait, lui-même, volé jusqu'au toit pour s'y percher, mais il restait toujours impressionné par l'agressivité avec laquelle les yumans compensaient leur manque d'ailes. Cinq fois plus lourds et plus massifs que les lutiennes, agiles comme les gros mammifères prédateurs qu'ils étaient, ils ressemblaient à de solides et compactes machines à tuer.

Rikke se laissa tomber à côté de lui, trop proche pour respecter son espace personnel.

– Tu as le mal du pays ? demanda-t-elle d'un ton maladroit.

Elle lui parlait sans faire de façons, comme Kani ou Gwy, qui étaient proches de son âge et familiers avec lui. Il avait vite appris, avec eux, à ignorer les suffixes honorifiques d'usage. Bien entendu, il n'aurait jamais osé la même chose avec leur capitaine, Barret-*tlii*, et encore moins avec Ccelwuutlii-*tlii*. Quant à Tycho-*sulii*, Lucas-*sulii* et Zkrreck-*sulii*, ils avaient tous les trois tendance à le terrori… à l'intimider, chacun à leur façon.

Il était encore en train de se demander comment lui répondre – l'idée d'un « mal du pays », même s'il la comprenait, était encore nouvelle pour lui – quand la petite yumane enchaîna, sans retenue, sans filtre sur ses émotions :

– C'est beau.

Liitip suivit son regard en direction du vert intense qui bruissait devant eux, qui s'étendait à perte de vue. Les tours blanches de la capitale caskii, aériennes, élancées, en jaillissaient ici et là sans jamais en perturber l'harmonie. Il inspira profondément de ses quatre poumons l'air pur et frais. Son cœur se gonflait de retrouver les vols d'oiseaux colorés qui survolaient la canopée, croisant parfois le chemin d'une lutienne qui filait dans les airs.

– Oui, avoua-t-il. Je suis heureux d'être de retour.

Rikke hocha la tête avec gravité. Ils restèrent pensifs un moment, plongés dans leurs rêveries. Songeait-elle à sa propre planète ? Parfois, Liitip avait l'impression de suivre les pensées yumanes avec une facilité déconcertante.

(Parfois, absolument pas, notamment quand ils parlaient pendant des heures de nourriture, ce qui semblait être leur passe-temps général. Ou bien de la meilleure façon de cacher un cadavre, autre obsession complètement incompréhensible.)

Il cligna des paupières quand Rikke pointa une lutienne, en vol, du doigt :

– Kani dit qu'il y a cinq fois moins de lutiennes femelles que de mâles. C'est vrai ?

Depuis son arrivée sur le *Loquace*, trois semaines plus tôt, la jeune yumane se montrait généralement méfiante. Néanmoins, il lui arrivait d'enchaîner les questions avec le tempo d'une symphonie caskiite printanière – très rapide, donc. Ce qui était compréhensible : Liitip constituait, avec Ccelwuutlii-*tlii* et Zkrreck-*sulii*, les premiers non-humains qu'elle eût jamais croisés. Il se remémora sa rencontre initiale avec une délégation yumane venue visiter sa mère, huit ans plus tôt. Lui aussi avait été dévoré de curiosité. Aussi répondait-il avec diligence : ce serait plus bénéfique pour l'équipage – même si certaines de ses questions étaient horriblement indiscrètes, voire frôlaient le sans-gêne.

– Environ. Les lutiennes représentent 16 % de la population, répondit-il courtoisement.

– Et ce sont elles les cheffes de famille, c'est ça ? C'est bizarre.

Elle plissa le nez, ce qui signifiait… Il ne savait pas trop ce que cela signifiait. Il essaya de se mettre à sa place, réfléchit aux propos rapportés par Kani, d'un ton qui lui avait semblé mécontent, sur la colonie yumane d'où elle venait.

– C'est plus logique. Comme elles doivent pondre une dizaine d'œufs pour assurer le maintien de notre espèce, elles ont évolué pour être plus grandes et plus résistantes. Quand nous avions encore des prédateurs, c'était elles qui défendaient nos familles, parce qu'elles étaient plus puissantes. Ensuite, les lutiens se sont organisés autour d'elles pour élever les jeunes. (Il chercha une bonne façon d'expliquer les choses.) Elles sont précieuses, et indispensables à notre bon fonctionnement. C'est normal que ce soient elles qui prennent les décisions importantes.

– Mmmh. (Rikke, assise sur le rebord du toit du vaisseau, balança ses pieds dans le vide. Kani lui avait prêté une combinaison, bien trop grande pour elle, dont elle avait roulé les manches et les jambes. Elle portait encore ses sandales en corde.) Alors, c'est la cheffe de ta famille qui décide ce que tu fais ? Ta mère ?

Il acquiesça d'un claquement de bec mesuré.

– Elle voulait développer notre influence dans le domaine scientifique. Et comme elle travaille en relation avec les yu… avec les humains, elle m'a inscrit dans ce programme d'apprentissage.

– Et toi, c'est ce que tu voulais faire ?

La question le prit au dépourvu. Comment ça ? Son rôle, son intérêt et sa motivation étaient d'aider sa famille au mieux, ainsi que son espèce. Une nouvelle fois, il bouscula un peu son cerveau, se força à adopter un point de vue plus individualiste.

– Je voulais faire de la recherche, oui, même si je n'avais pas de domaine préféré. Et… (Il hésita, sentit ses plumes se plaquer nerveusement sur sa nuque.) J'ai toujours voulu… enfin… j'ai souvent imaginé… quitter Caskii, pas longtemps, juste quelques cycles avant de rejoindre une lignée. (Ses rectrices frémirent d'embarras.) Vivre un peu l'aventure, avoua-t-il timidement en grattouillant de sa serre la peinture écaillée du vaisseau.

– Ben, tu es servi, nan ? rétorqua Rikke. Je veux dire, depuis que je suis là, on a déjà rencontré des sortes de baleines de l'espace et tout l'équipage s'est tapé la grippe verte intergalactique. Tu ne dois pas t'ennuyer…

Elle-même souriait, sincèrement ravie. Liitip frémit de la tête aux serres. La grippe verte avait été particulièrement gênante et odorante. Il s'huilait encore les plumes tous les matins pour en chasser les relents. Rikke reprit :

– Et puis, avoue, tu as un gros béguin pour Ccel, pas vrai ?

Liitip faillit sauter aussitôt dans le vide et filer à tire-d'aile jusqu'à une cime paisible et déserte, là où aucun, *aucun* yuman n'aurait pu le suivre, avec son absence de pitié verbale caractéristique. Socialement parlant, les lutiennes n'y auraient vu aucun inconvénient. Il était de bon ton d'ignorer les questions trop indiscrètes. Hélas, Liitip avait vite constaté que les yumans se délectaient d'appuyer à l'endroit qui provoquait le plus de réactions. Ses yumans, en tout cas. Il paraissait qu'ils n'étaient pas tous ainsi. Il attendait encore de voir.

Il ouvrit le bec, le referma, prononça un « *pyiii* » peu convaincant. Par bonheur, il fut sauvé d'une mortification totale par l'apparition de Kani et Gwy par la trappe.

– La capitaine nous a virés de la cabine, les informa Kani. (Elle semblait excitée. Ses yeux noirs brillaient dans son visage brun.) Elle attend une visite « professionnelle ».

Elle agita ses index et ses majeurs de chaque côté de sa tête en prononçant le dernier mot. De l'ironie, déchiffra Liitip. La visite n'était donc pas professionnelle, ou du moins pas entièrement professionnelle. Un peu inquiet, il les regarda s'allonger tous les deux sur le toit du vaisseau, à plat ventre, pour observer la plateforme sans se faire repérer. Rikke les imita. Il en fit autant en repliant ses ailes contre lui.

Ils discutèrent à voix basse une dizaine de minutes sous le soleil tiède qui leur chauffait le dos. Liitip sentit sa membrane nictitante coulisser, ses paupières se fermer. Il y avait des moments, quand les yumans oubliaient d'être menaçants, où il se sentait curieusement à l'aise en leur compagnie.

– Le voilà ! chuchota soudain Kani. C'est Guo Jin !

Curieux malgré lui, Liitip étudia le yuman qui, émergeant d'un ascenseur, s'avançait vers le *Loquace* d'un pas paisible. Il était plutôt grand, presque aussi grand qu'une lutienne. Élancé, il portait un costume sombre de style yuman, avec une chemise blanche. Il avait la peau claire et ses cheveux étaient noirs, tout comme ses yeux, plus fins que ceux des compagnons de Liitip. Il était adulte, sans doute proche en âge de la capitaine Barret-*tlii*.

– C'est qui ? Il fait quoi ? Pourquoi il est là ? demanda Rikke.

Kani et Gwy échangèrent un regard.

– C'est le directeur adjoint du pôle Botanique de l'UGH. L'Université Galactique Humaine, expliqua Kani. (Rikke hocha la tête comme si elle comprenait. Liitip se demandait parfois si c'était vraiment le cas.) Il nous file parfois du travail en nous envoyant récupérer des plantes sur des planètes éloignées. Mais…

Nouvel échange de regards. Les yumans avaient aussi une certaine prédilection pour les secrets, les non-dits, voire les *mensonges*. Une idée absolument inenvisageable pour toute lutienne saine d'esprit. Liitip, qui n'avait jamais prononcé un seul mensonge de sa vie, n'imaginait même pas *comment s'y prendre*. Quand il s'imaginait déclarer quelque chose de faux, sciemment, sa langue s'empâtait et son cœur s'emballait. C'était peut-être pour cela que les yumans étaient si brusques, songea-t-il. Ils avaient toujours la possibilité de nier, de détourner la vérité. Poussées dans leurs retranchements, les lutiennes étaient d'une franchise sans faille. Ce qui, souvent, n'était confortable pour personne, admit-il en frémissant de gêne.

– Mais quoi ? insista Rikke.

– D'après les ragots, il trempe aussi dans des histoires avec le clan Shǔ.

– Le clan quoi ?

– Le clan Shǔ. Ils contrôlent trois grosses colonies dans les secteurs indépendantistes. En général, ils se tiennent à l'écart de la Trialliance et ils font leurs affaires… à leur façon.

– Illégale, ajouta laconiquement Gwy.

Les yeux bleus de Rikke se firent encore plus globuleux.

– Comme des contrebandiers ? Des pirates ?

– Plutôt du crime organisé. Tu sais, lui dit Kani d'un ton que Liitip jugea une plume moralisateur, je crois que tu as trop écouté d'histoires quand tu étais petite.

– *Fean ta deg*, rétorqua furieusement Rikke. Tu t'es vue avec tes séries lutiennes débiles ?

Liitip, qui appréciait lui-même beaucoup *La Plume Sacrée de l'Amour*, retint un bruit malheureux. Gwy resta paisible tandis que les deux yumanes insultaient leurs passe-temps intellectuels respectifs. Le ton montait.

– Hé ! La bande de petits fouineurs ! brailla une voix. (Ils tendirent le cou. Tycho-*sulii*, planté en bas de la rampe du vaisseau, les poings sur les hanches, levait la tête vers eux. Ses cheveux huileux étaient vaguement plaqués sur son crâne. Il montrait ses dents. D'un point de vue subjectif, Tycho-*sulii* avait beaucoup de dents, encore plus que les autres, songea Liitip.) Vous vous croyez discrets ? Franchement, Liitip, je suis pas surpris pour les trois zigotos, mais j'attendais mieux de toi !

Liitip se sentit palpiter de honte. Le yuman avait raison. Il trahissait leur confiance en espionnant leur visiteur, il se montrait incroyablement impoli, il…

– Fiche-lui la paix ! cria Kani avant de se tourner vers lui. Ne fais pas attention. Il veut t'endurcir un peu, c'est sa façon de montrer qu'il t'aime bien.

Liitip en doutait fortement, mais il ne dit rien.

– Allez, le gamin emplumé, descends ! continua Tycho-*sulii*. La capitaine veut te voir !

– Moi ? couina Liitip.

– Tu vois un autre fils de consule lutienne dans les parages ?

Les trois jeunes yumans le dévisagèrent avec surprise. Embarrassé, il se redressa, sauta dans le vide et virevolta jusqu'à se poser près de Tycho-*sulii*. Ce dernier lui donna une tape sur l'aile – très légère, parce qu'une de ses bourrades habituelles aurait sans doute brisé les os fins et creux de Liitip.

Il retint un couinement sous l'agression physique.

– En route, mauvaise troupe.

###

Liitip suivit Tycho-*sulii* en silence. La surprise de ses compagnons était compréhensible : il n'avait jamais fait état de ses relations familiales auprès d'eux. Oh, la capitaine était au courant, bien entendu, et il semblait qu'elle en avait informé les autres adultes de son équipage. Néanmoins, Liitip lui-même n'aimait pas en faire étalage : pendant ses études, on avait trop souvent chuchoté dans son dos. Les lutiennes n'étaient pas sujettes au népotisme, mais – il le reconnaissait malgré lui – elles aimaient les drames et les commérages.

Il avait grandi au sein d'une famille classique constituée de sa mère, de ses quatre compagnons de couvées et de leurs enfants. Sa mère était Consule de Caskii, l'un des postes les plus prestigieux de la Trialliance, et s'était spécialisée dans les relations yumanes. Pourquoi la capitaine voulait-elle le voir ? Sa mère l'avait-elle contactée ?

Liitip hésita à questionner Tycho-*sulii*. Mais, d'une part, le yuman le terrifiait, et de l'autre la *réponse* possible le terrifiait.

– Traîne pas des pattes, on est pressés ! lançait ce dernier devant lui.

Il s'inquiétait : une mauvaise nouvelle ? Un drame dans sa famille ? Ses pères occupaient des postes respectables et utiles qui convenaient à leurs positions respectives : comptable pour le premier, puis ingénieur, bibliothécaire, et enfin musicien pour le quatrième. Le géniteur de Liitip avait lui-même été œuf de troisième couvée avant de devenir compagnon de troisième couvée. Il était rare d'observer de grands changements dans leur échelle sociale, sauf quand un compagnon engendrait une héritière.

Son sang se glaça dans ses veines. Était-ce sa sœur ? Liitekluuli, sa jumelle de couvée, intrépide et assurée, qui l'avait entraîné dans ses bêtises durant une bonne partie de leur enfance ? Après l'école militaire, elle débutait une formidable carrière d'officière dans la flotte lutienne, et lui manquait terriblement. Lui était-il arrivé quelque chose ?

Une dernière pensée lui traversa l'esprit alors qu'ils atteignaient la cabine principale : et si son apprentissage était terminé ? Si sa mère lui avait trouvé un parti ? Liitip savait qu'il devrait bientôt rejoindre une lignée. Il espérait, un peu timidement, que sa mission au sein d'un équipage yuman et ses futures découvertes botaniques provoqueraient l'intérêt d'une marieuse et lui offriraient, s'il était chanceux, une place de deuxième compagnon. (Mais pas de premier, il ne fallait pas rêver non plus.)

Malgré tout, l'idée de cesser là ses aventures, après seulement quelques mois, l'enchantait bien moins qu'elle ne l'aurait dû.

###

Dans la large cabine principale du *Loquace*, qui leur servait d'espace de vie commune et de salle de réunion, Liitip découvrit la capitaine, Ccelwuutlii-*tlii*, Lucas-*sulii* et leur invité, tous installés autour de la table. Tycho-*sulii* se laissa tomber dans son fauteuil préféré avant de poser bruyamment ses bottes sur le meuble. La capitaine fit signe à Liitip de les rejoindre. Il se percha à sa place habituelle sur la barre en acier boulonnée dans le pont, l'enserrant nerveusement de ses serres.

– Liitektiipit, merci de nous avoir rejoints, dit la capitaine. Je te présente le docteur Guo, directeur adjoint du pôle Botanique de l'Université humaine.

Liitip se retint de lui répondre qu'il était déjà au courant et inclina poliment la tête en direction du visiteur. Ce dernier le dévisageait sans mot dire, avec attention. Son visage était plutôt impassible pour celui d'un yuman.

À côté de lui, en face de Liitip, Ccelwuutlii-*tlii* restait silencieuse. Il évita de la dévisager – il n'était plus un oisillon naïf ! Cependant, Rikke n'avait pas entièrement tort : Ccelwuutlii-*tlii* était absolument magnifique, avec ses plumes bordées d'un rouge profond qui rappelaient le soleil couchant sur les feuilles des arbres géants de Caskii. Grande, robuste, elle affichait une envergure d'ailes impressionnante – et un mépris total des conventions sociales : en refusant de perpétuer sa lignée, hautement prestigieuse, puis en s'alliant avec des yumans sans demander la permission, elle avait pratiquement lâché une fiente sur l'autorité du Consulat. Avec ses yeux dorés et son bec presque noir, elle avait tout de l'héroïne fringante et scandaleuse d'une série télévisée, rêvassa-t-il. En plus, elle était responsable et attentionnée. Même son dédain pour la diplomatie avait un côté émoustillant…

Oh non, voilà que les yumans commençaient à déteindre sur lui ! paniqua-t-il.

– Liitip ?

– Oui ? pépia-t-il en revenant au présent.

Tycho-*sulii* poussa un rire qui ressemblait au cri de rut d'un quadrupède particulièrement repoussant. La capitaine haussa ses arcades sourcilières. Surprise ? Mépris ?

Amusement ? Liitip avait encore du mal à faire la différence. Il rentra la tête entre ses ailes.

– Le docteur Guo souhaite nous présenter des clients potentiels, répéta la capitaine. Des clients importants, appartenant à la Trialliance. Pour des raisons diplomatiques, nous souhaitons que tu nous accompagnes.

Liitip ouvrit le bec. Le referma. Il avait des soupçons sur la raison de leur demande : a priori, personne ne serait allé s'encombrer d'un jeune lutien apprenti botaniste dans une négociation diplomatico-commerciale. Sauf dans un cas particulier… Il était confus. Même de cette façon, il ne voyait guère comment leur être utile.

– Exprime ta pensée, ordonna Ccelwuutlii-*tlii* qui n'avait pas levé les yeux de la tablette sur laquelle elle pianotait.

Ainsi autorisé, il demanda d'une voix hésitante :

– Est-ce que la demande vient des clients en question, ou de vous ?

Les quatre yumans échangèrent des regards. Ccelwuutlii-*tlii* ne releva pas la tête mais les plumes, sur sa nuque, frémirent brièvement, une seule fois, en signe d'approbation. Il évita de se rengorger comme un stupide petit coq.

– Il est intelligent, commenta Guo-*sulii* en parlant pour la première fois. Je l'aime bien.

Il avait une voix posée et mélodieuse, sans brusquerie. Liitip se détendit un peu en l'entendant. À l'autre bout de la table, une tasse de thé dans la main, Lucas-*sulii* hochait la tête.

– C'est un excellent apprenti. De grands talents d'observation et de synthèse.

Liitip décida qu'il allait mourir de gêne, là, sur place.

– La demande vient des clients, confirma la capitaine. La rencontre va se dérouler à la prochaine réception de l'ambassade humaine ici même, sur Caskii, ajouta-t-elle en confirmant ses suspicions.

Alors, sa mère devait être impliquée, songea Liitip.

Envahi d'un mélange de joie, de fierté et d'angoisse, il essaya d'imaginer le pourquoi de cette demande. Serait-elle présente ? Sans doute que oui, c'était son rôle de consule d'assister à de tels évènements. Voulait-elle le revoir ? Il en était moins persuadé. Leurs interactions avaient toujours été... conventionnelles. Il lui devait respect et affection, elle lui devait encouragements et protection, mais c'était tout. Elle avait toujours favorisé la compagnie de ses filles, ce qui était normal, Liitip ne lui en avait jamais voulu.

Tout de même, il se demanda s'il oserait lui parler en privé, partager ses expériences avec elle...

– Liitip ?

Les yumans l'observaient toujours, comme s'ils attendaient quelque chose... Oh.

– Il s'agira d'un buffet et d'un bal, précisa la capitaine. Ensuite, rien d'officiel, mais nous profiterons de l'occasion pour rencontrer nos contacts.

– Je viendrai, confirma-t-il. Je ferai ce que vous attendez de moi.

Ccelwuutlii-*tlii* eut soudain un geste d'agacement, et même l'expression avenante de Lucas-*sulii* sembla s'assombrir. Liitip n'eut pas le temps d'y réfléchir : déjà, Tycho-*sulii* se remettait debout en frappant dans ses mains.

– Parfait ! Dans ce cas, tu m'accompagnes vite fait au marché le plus proche. On a des emplettes à faire.

– Tycho, non, grommela la capitaine.

Son second se contenta d'un ricanement terrifiant.

###

Tout oisillon le savait : depuis un siècle que leurs espèces cohabitaient, les relations diplomatiques entre lutiennes et yumans avaient été semées d'erreurs, d'incompréhensions et de malentendus. Néanmoins, grâce à la patience infinie des unes et l'entêtement inaltérable des autres, leurs peuples étaient arrivés à une cohabitation fonctionnelle. Liitip se demandait si c'était parce qu'ils avaient besoin les uns des autres : les lutiennes pour résister à l'avancée des terribles ektatesks, les yumans pour trouver leurs repères et leur place dans cette immense galaxie qu'ils commençaient tout juste à explorer.

Par conséquent, leurs représentants faisaient de leur mieux, en toutes circonstances, pour honorer leurs alliés. La réception à l'ambassade yumane était donnée en l'honneur de l'anniversaire d'une générale lutienne qui, vingt ans plus tôt, avait sorti une de leurs flottes d'une embuscade, sauvant ainsi plusieurs dizaines de milliers de vies yumanes. Les tenues, la musique, le menu et l'ensemble de l'aspect culturel suivraient donc les coutumes lutiennes.

C'était pour cette raison, une heure avant le gala en question, que la cabine principale du *Loquace* s'était transformée en ce que Kani et Gwy appelaient en rigolant « un vrai défilé de mode ». Tycho-*sulii*, malgré ses protestations, avait rapporté plus d'une vingtaine de tenues pour Liitip, Lucas-*sulii* et la capitaine. Après tout, se consola Liitip, leur apparence devrait être irréprochable.

Il regarda Tycho-*sulii* ajouter un collier supplémentaire de perles en verre coloré autour du cou de Lucas-*sulii*, qui ployait déjà sous leur poids.

– Je pense que dix, ça suffit, Tycho.

– Ouais, ben je ne vais pas pouvoir en porter, alors la ferme, hein ? Tu es beau comme un cœur, mon petit docteur, ronronna-t-il.

– Tycho, je n'ai même pas encore mis ma tunique.

Kani apparut derrière eux, les bras chargés d'un épais vêtement cérémonial qu'elle tendit à Lucas-*sulii*.

– La capitaine s'est décidée pour la bleue, finalement.

– Et je suppose que je n'ai pas mon mot à dire ? soupira celui-ci avec bonne humeur.

Sans protester, il ôta ses colliers et le haut de sa combinaison pour se changer. Par chance, les tuniques lutiennes étaient plutôt amples. Celle-ci, constata Liitip, ressemblait à un modèle de l'an passé, sans doute revendue par un lutien aisé après la dernière saison sociale. Heureusement, elle ne faisait pas encore démodée.

Lucas-*sulii* en lissa le devant sur son torse. Les riches broderies avaient un effet incongru sur le yuman ordinairement vêtu de sa combinaison sobre.

Tycho-*sulii* lui tapota la joue.

– Et voilà. Un parfait petit compagnon de couvée.

Lui-même s'était acheté – pour le pur plaisir puisqu'il ne viendrait pas avec eux – une tunique d'un violet criard qui n'avait aucune signification culturelle pour les lutiennes. Un costume de théâtre, en toute probabilité. Lucas-*sulii* le détailla de la tête aux pieds :

– Je perds un point à chaque œil dès que tu passes dans mon champ de vision.

Liitip se retint de roucouler d'amusement. Il y avait quelque chose de réconfortant, de familier dans leurs interactions. La capitaine était, sans discussion possible, la dirigeante de leur équipage, le poste qui revenait à une cheffe de famille. Tycho-*sulii* et Lucas-*sulii* occupaient les responsabilités habituelles de premier et deuxième compagnon de couvée, même si leur hiérarchie n'était pas toujours fermement définie – Tycho-*sulii* semblait prendre le contrôle quand les choses devenaient violentes et Lucas-*sulii* quand il s'agissait de sciences ou de diplomatie. Ensuite venaient les oisillons : Kani, Gwy, Liitip lui-même et désormais Rikke. Ccelwuutlii-*tlii* et Zkrreck-*sulii* orbitaient autour de cette famille comme des membres périphériques, sans attaches, ce qui était courant sur les vaisseaux spatiaux.

Il lissa avec soin sa tunique verte, qui retombait gracieusement de chaque côté de sa queue et effleurait ses ailes avec élégance.

Kani lui tendit un autre collier tiré du coffret qu'il avait rapporté de sa cabine.

– Et celui-là ? Il est plutôt joli.

Liitip étudia les perles en argent affriolantes.

– C'est un collier de présentation, expliqua-t-il avec embarras. Il veut dire que je suis prêt à intégrer une lignée.

– Comme les filles qui agrandissaient leur décolleté au village ? demanda Rikke qui s'était assise par terre et qui, malgré son air dédaigneux, caressait le tissu des tuniques avec des doigts légers, peut-être envieux.

Liitip se rappela que, en effet, les yumanes avaient tendance à présenter leurs glandes mammaires pour augmenter leurs chances de séduction.

– La comparaison n'est pas mauvaise. (Du bout de l'aile, il indiqua un autre collier à Kani, en perles d'ambre bleu sculptées selon des motifs complexes.) Celui-ci, peut-être ? Il décrit mes études et mon parcours professionnel.

Elle le lui passa sans attendre ; il le glissa autour de son cou, puis le caressa de ses serres.

– Je pourrais peut-être rajouter quelques perles, musa-t-il.

– Pour dire ce que tu as accompli depuis que tu es avec nous ? s'intéressa Kani.

– Oui. Je me demande s'il en existe une pour avoir survécu à une épidémie de grippe verte dans un équipage yuman ?

Kani rit et Liitip la joignit d'un léger pépiement. En même temps, il se renifla discrètement les rémiges. Ouf, l'odeur avait entièrement disparu.

– Prêt ? demanda Ccelwuutlii-*tlii* en surgissant dans la cabine.

– Ou… oui, Ccelwuutlii-*tlii* !

Il se retint de frétiller timidement. Dans sa tunique noire, elle était magnifique. Un liseré rouge, provocateur, rappelait le motif de ses plumes. Bien entendu, elle ne portait pas de bijoux, qui restaient des accessoires trop frivoles pour les lutiennes, surtout les *tlii*. Néanmoins, c'était autre chose qui rendait sa tunique absolument scandaleuse… un manque, sur les pans et dans le dos de la tunique, là où d'ordinaire était brodé le… Gasp ! Liitip claqua du bec avec agitation.

– Je… je ne vois pas le blason de votre lignée, Ccelwuutlii-*tlii* ?

– Non, se contenta-t-elle de répondre.

Oh là là ! Et si les gens la prenaient pour une renégate ?! Les lutiennes ayant renié le Consulat n'étaient pas les bienvenues sur Caskii !

– Tout le monde sait qui je suis, Liitip-*sule*, murmura-t-elle pour le rassurer.

– On y va ? demanda la capitaine en les rejoignant.

Le brun strict de sa tunique était approprié. Ses cheveux, comme toujours, étaient nattés et coiffés de façon élaborée sur son crâne, avec une élégance que Liitip admirait, mais qui lui semblait encore une fantaisie étrange sur une yumane. Leurs habitudes sociales inversées étaient décidément déstabilisantes.

– Soyez sages ! cria Tycho-*sulii* tandis qu'ils descendaient tous les quatre la rampe d'atterrissage. Ne faites pas le genre de trucs que je ferais moi !

Plus inquiété qu'allégé par ce trait d'esprit, Liitip suivit la capitaine, Ccelwuutlii-*tlii* et Lucas-*sulii* vers l'ascenseur qui menait à la ville.

###

Liitip n'avait jamais mis les pieds à l'ambassade yumane, réputée comme antre de comportements incohérents, de diplomates absurdes et de ragots éhontés. La bonne société lutienne se délectait des scandales qui s'y déroulaient. Bon nombre de lutiennes se seraient parjurées pour y être invitées. Il savait que le bâtiment lui-même était un ancien monument historique caskiite, offert aux yumans en gage de bonne volonté, mais il ignorait à quoi s'attendre concernant l'intérieur. L'avaient-ils redécoré dans un de leurs styles néonéonéoclassiques ? Les dignitaires yumans semblaient obsédés par le verre, la moquette et les plantes vertes.

L'apparence de l'atrium principal, transformé en salle de bal pour l'occasion, le rassura aussitôt. Il s'arrêta sur le seuil, ébloui. De la plateforme où ils se trouvaient, et où leur hôtesse accueillait ses invités, un escalier descendait jusqu'au niveau principal.

– Plutôt pas mal, hein ? murmura Lucas-*sulii* derrière lui. Je suis déjà venu quelques fois. Ils ont gardé le sol et les fresques originales.

Liitip renversa la tête pour tout voir. Les tourbillons de bleu, de blanc et d'argent, supposés rappeler le ciel, scintillaient à la lueur des lanternes cuivrées qui illuminaient la salle. Baissant les yeux, il contempla la foule chamarrée qui se mouvait, parlait, caquetait, riait, évoluait en un flot perpétuel et bruyant. Il devait y avoir deux cents, peut-être trois cents personnes, autant de lutiennes que de yumans. Un flot d'agoraphobie l'envahit soudain. Son pouls s'emballa, sa vision s'étrécit.

Un petit cri strident lui échappa en sentant deux griffes lui pincer la nuque – non, deux doigts.

Son tuteur lui adressa un sourire. Quand il souriait à Liitip, il avait pris l'habitude de garder les lèvres closes. Liitip lui en était reconnaissant.

– Ça va ? Je ne voulais pas empiéter sur ton espace privé, mais Ccel dit qu'elle a parfois du mal à se réacclimater après un séjour prolongé dans l'espace.

Ccelwuutlii-*tlii* était parfois nerveuse ? Liitip avait du mal à le croire, mais l'idée qu'elle soit plus lutienne, plus accessible, n'arrangeait pas son entichement.

– Ça va aller, assura-t-il.

Il n'était pas sûr de tenir toute la réception. Un buffet, un bal… se mouvoir parmi ses semblables et tous ces étrangers, au cœur de l'attention générale…

– Réexplique-moi les codes des couleurs, tu veux bien ? lui demanda Lucas-*sulii*.

Avec reconnaissance, Liitip accepta de se laisser distraire pendant que la capitaine et Ccelwuutlii-*tlii* saluaient leur hôtesse.

En français – un dialecte que peu de lutiennes maîtrisaient, contrairement à l'anglais, ce qui lui permettait de créer une bulle pudique autour d'eux – il lui décrivit les invités : couleurs sombres pour les lutiennes, rouge pour les compagnons et les œufs de première couvée, bleue pour les deuxièmes, verte pour les troisièmes. Avec mortification, il constata qu'il était lui-même le seul vert de l'assemblée : le petit oisillon pauvre sans fortune et sans avenir qu'on regardait avec pitié. Les rouges étaient les plus nombreux, les bleus restaient discrets et modestes. Aucun jaune, bien entendu, la couleur des quatrièmes couvées.

Lucas-*sulii* l'étudia un moment mais, au grand soulagement de Liitip, ne fit pas de commentaires. De tout l'équipage, c'était sans doute le yuman le plus diplomate.

– Et les perles ? demanda-t-il à la place. Je suppose que la signification est différente ?

Liitip effleura machinalement ses perles bleues.

– Celles de couleur indiquent les carrières professionnelles. Le rouge est associé à l'administration et à la politique, le bleu aux sciences.

Les couleurs des perles différaient parfois des tuniques, mais rarement. Les premiers de couvées occupaient souvent des postes décisionnaires. Liitip, avec sa tunique et ses perles mal accordées, se détachait curieusement, comme un *pikkruut* au milieu d'un rassemblement de magnifiques ibis impériaux. Il se tortilla, gêné.

Devant eux, l'ambassadrice yumane terminait de saluer la capitaine et Ccelwuutlii-*tlii*, qui descendirent vers l'atrium. La femme posa un œil curieux sur Liitip tandis qu'il passait devant elle en inclinant respectueusement la tête.

Ils se retrouvèrent dans la masse murmurante des invités.

Le malaise de Liitip s'amplifia. Il n'avait jamais assisté à ce genre de réceptions – il n'y était pas destiné, contrairement à sa sœur…

Les autres *sule*, les jeunes lutiens, croulant sous les perles en argent, à la recherche d'une cheffe de lignée encore célibataire, lui jetaient des regards dédaigneux. Il regarda les domestiques yumans habillés de blanc qui se faufilaient habilement dans la foule. Les lutiennes n'employaient pas de serviteurs mais, si cela avait été le cas, nul doute qu'on aurait attendu de lui qu'il apporte des petits-fours. Ses plumes s'aplatirent sur sa nuque. Il baissa le bec.

Devant lui, la capitaine se faisait aborder par un autre yuman, un militaire, d'après son uniforme. Et Ccelwuutlii-*tlii*…

Ccelwuutlii-*tlii* avait aussitôt été identifiée comme un excellent parti par les *sule* assoiffés de réussite matrimoniale et leurs pères ambitieux.

La lignée Ccel était une *excellente* famille, avec un nombre réduit d'embranchements. Si ses souvenirs étaient bons, Ccelwuutlii-*tlii* comptait une autre consule parmi ses cousines. Malheureux, il observa les *sule* rouges se précipiter vers elle. Il fut réconforté en constatant qu'elle les traitait avec une attitude aussi glaciale qu'un croupion en hiver.

L'orchestre yuman, perché sur une galerie, accordait ses instruments. Malgré toute leur sauvagerie, la musique des yumans était étrangement belle, proche des sonorités lutiennes.

Les danses allaient commencer. Parmi l'escadrille des *sule*, les plumes se gonflèrent ; les serres se contractèrent ; les yeux brillèrent. Ccelwuutlii-*tlïi* se raidit. Si une connaissance l'abordait, elle ne pourrait pas refuser poliment de danser avec son fils. Lucas-*sulïi* sauva la situation :

– Et si on allait voir le buffet sur la terrasse ? lança-t-il joyeusement.

– Allons-y, répondit aussitôt Ccelwuutlii-*tlïi*.

Sans faire de manières, elle les empoigna tous les deux par le col pour les traîner derrière elle, abandonnant leur capitaine sans aucun remords. Elle annonçait ainsi à l'assemblée qu'ils étaient tous les deux sous sa protection. Liitip ne savait où se mettre. Lucas-*sulïi* se laissa faire avec bonne grâce. La foule s'écarta devant eux.

Ils franchirent une arche et émergèrent devant une table chargée de nourriture délicieuse. Derrière, le balcon donnait sur la jungle, qui scintillait sous les étoiles. Les yeux de Liitip se posèrent sur les plats – des plats *lutiens*. Il sentit son estomac gronder. Il y avait des semaines qu'il mangeait des plats yumans à bord du *Loquace*. Et voilà qu'on lui offrait – ô anges ailés, était-ce des asticots confits sous ses yeux ? Et là, des larves au piment noir ?

Sur sa droite, Lucas-*sulïi* attrapait une baguette effilée pour embrocher prestement les amuse-bouche. Sur sa gauche, Ccelwuutlii-*tlïi*, l'air morose, se versait un verre de nectar aromatique. Liitip se servit dans le pot de baguettes et oublia ses malheurs pour faire un sort aux asticots.

Bien entendu, il avait le bec plein quand la voix de sa mère résonna derrière lui :

– Ccel-*tlïi*. Comment allez-vous ? C'est une surprise de vous voir parmi nous.

Aucune agressivité dans sa voix, juste de la franchise. Il avait fallu plusieurs mois à Liitip pour comprendre le principe des commentaires passifs-agressifs des yumans. Au moins, son espèce allait droit au but. Il se retourna lentement, en déglutissant sa bouchée, pendant que Ccelwuutlii-*tlii* répondait :

– Liit-*tlii*. C'est une surprise pour moi aussi. Les asticots sont plutôt bons. Félicitations pour cette réception en collaboration avec les yumans.

La cheffe de la lignée Liit inclina la tête, acceptant le sobre compliment. Très grande, encore plus que son interlocutrice, elle possédait de superbes plumes couleur sable bordées d'un vert émeraude étincelant. (Malheureusement, Liitip, avec son plumage brun et bleu, tenait plutôt de son géniteur.) Sa tunique d'un gris métallique, d'un goût parfait, aux motifs presque imperceptibles, effleurait le sol autour de ses serres. Pour honorer ses hôtes yumans, elle portait une fleur épinglée sur sa poitrine, selon une coutume qu'ils appréciaient. L'effet, loin d'être excentrique, lui conférait une prestance à couper le souffle.

Suivant le protocole, elle se tourna ensuite vers Lucas-*sulii*. Son français était impeccable :

– Docteur Dahl. Je suis satisfaite de vous rencontrer. Les résultats de certains de vos travaux sont remontés jusqu'au Consulat.

– C'est un grand honneur, répondit Lucas-*sulii* dans un caskiite qui était, lui aussi, étonnamment mélodieux.

Elle se tourna enfin vers son fils.

– Liitektiipit-*sule*. (Elle le détailla en silence quelques secondes.) C'est une bonne chose que tu sois revenu sain et sauf. Quand tes supérieurs en auront terminé avec leurs affaires dans le bureau de l'ambassadrice, tu resteras me parler.

– Bien, Liit-*tlii*.

Avec un gracieux hochement de tête, elle s'éloigna. Liitip se détendit. Il ne lui avait pas fait honte en public.

Et elle avait presque – presque ! – eu l'air contente qu'il soit de retour ! Soudain guilleret, il goba une autre larve pimentée. Avec un effort, il pouvait pratiquement oublier les regards curieux ou mécontents autour de lui.

Leur trio incongru resta un petit moment près du buffet, avant d'être rejoint par leur capitaine. Barret-*tlii* poussa un grognement exaspéré.

– Il y a de l'alcool ? Non ? Du nectar, alors.

Ccelwuutlii-*tlii* émit un bruit amusé. La capitaine ne semblait guère apprécier les festivités raffinées, elle non plus.

Puis, soudain, Ccelwuutlii-*tlii* se raidit en regardant la foule et prononça une série de jurons en caskii que Tycho-*sulii* aurait été fier d'employer. Liitip en lâcha sa brochette de tiques marines sur la nappe du buffet. Elle avait… elle avait traité la Divinité Ailée de dinde plumée ! Il battit faiblement des ailes, au bord de l'apoplexie.

Trois doigts griffus se refermèrent sur son aile.

– Liitektiipit-*sule*. Allons danser.

Quoiiiiiiiiiiiiiiiiiiiii ?! hurla une voix dans l'esprit de Liitip.

Il perdit le fil des évènements quelques secondes. Quand il reprit conscience, il était planté au centre de l'atrium en face de Ccelwuutlii-*tlii* et l'orchestre attaquait un nouveau morceau. La lutienne s'inclina devant lui. Il l'imita avec précipitation.

Ils entamèrent les premiers pas.

C'était… c'était un rêve, décida-t-il, éberlué. Il n'y avait pas d'autre explication. Les cheffes de lignée ne dansaient pas avec les jeunes de troisième couvée comme lui. C'était impossible. Inenvisageable. Sauf peut-être dans les romans que les oisillons de troisième et quatrième couvée s'échangeaient en cachette de leurs parents. Oh, et une fois, dans *La Plume Sacrée de l'Amour*, mais l'épisode avait fait scandale, et toute la fin de la troisième saison avait été réécrite.

Il sentit un roucoulement hystérique lui remonter dans la gorge.

– Navrée, prononça Ccelwuutlii-*tlii* à voix basse alors qu'il lui sautillait autour, selon une danse traditionnelle inspirée de leurs antiques parades nuptiales. Mon géniteur de couvée est là avec un prétendant de bonne famille.

Liitip ne répondit pas, occupé à compter ses pas, réprimer son hilarité nerveuse et digérer le fait qu'elle venait de *s'excuser*. Auprès de lui. Aucun doute, il avait mangé un asticot hallucinogène. Il était sans doute allongé sous la table, en train de glousser comme un demeuré, tandis que la capitaine bricolait une excuse pour justifier sa disparition.

Il effectua un nouveau soubresaut en étirant ses ailes, fit tintinnabuler ses colliers. Même les réactions de la foule étaient crédibles : les lutiennes les regardaient avec horreur, fascination et, parmi les plus jeunes, une certaine envie. Quelques jeunes lutiens bleus lui lançaient même des… gestes d'encouragement ?

Sainte mère l'autruche, songea-t-il, la grossièreté la plus scandaleuse qu'il ait jamais osé penser. *C'est réel. Je suis en train de danser avec Ccelwuutlii-tlii.*

Il trébucha. Elle le rattrapa discrètement, avec grâce. Il songea qu'elle se compromettait avec lui, qu'elle risquait d'être la cible de tous les commérages du lendemain.

– Votre réputation ! pépia-t-il avec horreur.

Elle émit un caquètement peu élégant. Visiblement, Liitip n'était pas le seul à subir l'influence des yumans, et surtout de Tycho-*sulii*.

– Le peu qui m'en reste n'a pas d'importance. (Elle inclina la tête d'un air mécontent.) Mais je n'avais pas songé à la tienne. Je ne suis guère la bienvenue sur Caskii. Je n'ai pas réfléchi. Je m'excuse si tu en pâtis.

Rebelle, ténébreuse, honorable et attentionnée !

Liitip voulait couver ses œufs.

Il laissa échapper un pépiement qui, à sa grande horreur, sonnait presque *hystérique*. Par le Grand Nid, que lui arrivait-il ? Trois mois avec des yumans et il devenait un vrai barbare. Son excuse s'étrangla dans sa gorge tandis que Ccelwuutlii-*tlii*, l'air amusée, dépliait magnifiquement ses ailes, révélant les couleurs nacrées de la face cachée de ses plumes. Des gloussements d'intérêt, de surprise et d'indignation retentirent autour d'eux. La figure était particulièrement osée ! Une autre de ce genre et la réputation de Liitip serait définitivement compromise !...

Bizarrement, l'idée ne le gênait pas outre mesure. Pour une fois, c'était lui qu'on regardait. Pour une fois, c'était lui que les autres jeunes lutiens jalousaient. La sensation était grisante.

La danse arriva à son terme, trop vite à son goût. Ils s'inclinèrent respectueusement l'un devant l'autre. Liitip s'apprêtait à rejoindre ses autres compagnons quand, à son effarement, une lutienne s'interposa devant lui. Elle avait des plumes d'un joli gris-bleu, bordées de vert pâle. Un double galon argenté, sur le col de sa tunique grise, indiquait qu'elle recherchait un deuxième compagnon de couvée.

– Liitektiipit-*sule*. M'accorderez-vous la prochaine danse ?

Une expression yumane, souvent prononcée à bord du *Loquace*, lui revint en tête.

What the everloving fuck ?

###

Ce ne fut qu'au bout de quatre danses que sa capitaine l'arracha, étourdi, des griffes d'une nouvelle cavalière. Il la suivit avec soulagement. Ses serres et ses ailes en étaient presque douloureuses. Son cœur palpitait d'excitation, ses plumes vibraient d'émotion. Quoi qu'il lui arrive par la suite, décida-t-il, il aurait toujours cette soirée. Ce moment où il avait pu se croire précieux. Désiré.

En rejoignant le reste du groupe, il lança un regard reconnaissant à Ccelwuutlii-*tlii*. Elle inclina légèrement la tête en retour.

– Je crois que tu as gagné en valeur sur le marché matrimonial, lui lança joyeusement Lucas-*sulii*. Félicitations !

Liitip lui répondit par un pépiement de gêne qui ne masquait pas sa joie.

Ils suivirent un fonctionnaire lutien dans une partie plus calme de l'ambassade. Les bruits de la réception s'estompaient derrière eux ; la décoration devint plus yumane, avec des tableaux de paysages inconnus et des plantes vertes. (D'où venait la passion des yumans pour les plantes en pot ? Mystère.) Quelques chats déambulaient ici et là ou somnolaient, les yeux entrouverts, sur des canapés tapissés de velours. Symboles de la résistance à l'invasion ekta, ils avaient été accueillis avec joie sur Caskii, même s'ils restaient confinés dans les villes afin d'éviter une dégradation de l'écosystème de la planète.

Finalement, après quelques détours, le fonctionnaire ouvrit une porte à double battant. Ils entrèrent dans le bureau de l'ambassadrice yumane.

C'était une grande pièce, dont la baie vitrée surplombait la jungle caskiite. La décoration y était plus accueillante que fonctionnelle. Les serres nues de Liitip foulèrent un épais tapis aux motifs colorés. Plusieurs personnes étaient installées autour d'une table basse, dans des fauteuils confortables ou sur des barres scellées en acier. Liitip reconnut l'ambassadrice yumane, une femme à la peau brune qui répondait au nom de Jimenez-*tlii*. Il savait qu'elle avait plus de soixante ans, un âge inimaginable pour les lutiennes, qui dépassaient rarement les quarante. La mère de Liitip était également présente, ainsi que Guo-*sulii*, le yuman qui était passé au vaisseau plus tôt, et… un ektatesk.

– Je vous en prie, installez-vous, les invita l'ambassadrice.

Liitip hésita à rester en retrait mais, d'un signe de bec, sa mère lui fit signe de se percher près d'elle. Il s'exécuta.

Guo-*sulii* sirotait un liquide transparent qui dégageait une forte odeur d'éthanol. Il en proposa à la capitaine, qui accepta, et à Lucas-*sulii*, qui refusa.

Liitip lui prêta peu attention : il écarquillait les yeux devant l'ektatesk. Ses grandes pattes arachnéennes repliées sous lui, il effleurait néanmoins le plafond. Sa carapace chitineuse, d'un noir luisant et inquiétant, détonnait dans le bureau élégant. Liitip réprima le mouvement instinctif de fuite qui l'envahissait. Il n'y avait qu'un siècle – depuis leur alliance avec les yumans – que la vue d'un ektatesk ne signifiait plus systématiquement une mort immédiate et absolue, que ce soit par leurs dards empoisonnés, leurs griffes, leurs mandibules ou leurs projectiles de chitine.

Même si certains d'entre eux collaboraient avec la Trialliance, même si les lutiennes, les olumanlus et les yumans les côtoyaient désormais, il était rare d'en rencontrer en territoire lutien, après des siècles de guerre…

Il remercia intérieurement leur mécanicien, Zkrreck-*sulii*, de l'avoir habitué à leur apparence.

– Merci de nous avoir rejoints, entama gracieusement l'ambassadrice. Je ne pense pas que des présentations soient nécessaires, à l'exception de notre invité ekta, monsieur Krresssktptak, qui représente aujourd'hui sa /famille/ et sa /Reine/.

Liitip dépoussiéra rapidement son vocabulaire ekta, qui n'était pas vraiment sa spécialité. Certains mots restaient intraduisibles, que ce soit dans les langues lutiennes ou yumanes. La /famille/ désignait une « ruche » de race ekta, par opposition à la /non-famille/ qui regroupait toutes les autres espèces intelligentes. La /Reine/ était la cheffe de chaque « ruche ».

– En l'occurrence, monsieur Krressktptak parlera au nom de toutes nos /familles/ alliées.

– *Nos salutations et une longue prospérité à vos œufs*, cliqueta l'ektatesk.

L'ambassadrice yumane continua :

– Vous devez vous demander ce que vous faites ici…

– Vous avez du travail pour nous, coupa la capitaine.

Liitip admirait Barret-*tlii*. Il lui arrivait d'être brusque – un peu trop souvent – mais elle ne mentait pas, n'entortillait pas la vérité comme le faisaient de nombreux yumans. La mère de Liitip ébroua ses ailes, approbatrice.

– En effet, reprit l'ambassadrice. Un travail très confidentiel.

Un silence suivit ses paroles. Liitip se retint de s'agiter, nerveux. Tout le monde observait tout le monde.

– Et ? relança la capitaine, impassible.

– Vous aurez quartier libre pour l'accomplir, reprit l'ambassadrice. En l'occurrence, vous serez en complète autonomie. En cas de nécessité, le docteur Guo sera votre contact.

– Et ?

– Le temps n'est pas un facteur essentiel. La discrétion est primordiale.

– Et ?

– En échange d'un compte rendu de votre avancement, tous vos frais seront assurés : carburant, nourriture, matériel, pots-de-vin si nécessaire. Vous toucherez également une avance de vingt mille tricrédits par membre d'équipage. Le quadruple une fois la mission remplie. Vous pourrez mener vos opérations habituelles en parallèle.

À côté de la capitaine, Lucas-*sulii* écarquilla ses yeux bleus. Liitip lui-même dut se contrôler pour ne pas tomber de sa barre. Cent mille tricreds par tête ! La somme était importante. Un fonctionnaire moyen, ou un membre d'équipage indépendant, touchait environ dix mille tricreds par an de salaire.

– Et ?

L'ambassadrice et la mère de Liitip échangèrent un regard, puis se tournèrent toutes les deux vers Guo-*sulii*, qui se redressa et posa son verre sur la table. Contrevenant au thème de la soirée, il portait un habit de cérémonie humain, un *smoking*, si Liitip ne se trompait pas. Peut-être arrivait-il d'une autre réception.

Le yuman se pencha en avant, appuya ses doigts fins les uns contre les autres, et commença d'une voix posée :

– Il y a deux cent quatre ans, les ektatesks ont envahi la Terre*.

Un long silence suivit ses paroles. Liitip sentit son sang se glacer. Les lutiennes n'avaient jamais connu la guerre, du moins pas sur leurs planètes, pas depuis des millénaires. Certes, elles combattaient l'avancée des ektatesks, mais ces derniers n'avaient jamais mis le pied sur Caskii, n'avaient jamais menacé leur foyer.

– Nous n'étions pas prêts, bien entendu, continua Guo-*sulii*. Nous n'avions jamais rencontré d'autre espèce intelligente. Nous ne maîtrisions même pas le voyage interplanétaire. Nous n'avons survécu que par une chance inouïe, un hasard absurde. Les ektatesks étaient mortellement allergiques aux enzymes contenues dans la salive des *felidae*, une famille animale endémique de la Terre.

Liitip connaissait l'histoire, tout le monde la connaissait : les plus terrifiants prédateurs de la galaxie explosant en une gerbe d'entrailles bleues après avoir respiré les poils d'un petit animal malcommode appelé « chat ».

– L'humanité s'en est tirée d'un cheveu. À la suite d'une opération audacieuse, des résistants humains se sont emparés du *Gardien*, le vaisseau orbital des ektatesks, et ont isolé ces derniers sur le sol de la planète. Une guérilla

---

* Voir *Félicratie*, de la même autrice.

de trente ans s'en est suivie. Trente ans pour la possession de la planète. Les deux camps ont évolué et se sont adaptés. Des ektatesks se sont alliés aux humains. Des humains se sont alliés aux ektatesks. Pour contrecarrer la fulgurance de nos armes enzymatiques, ces derniers ont développé des armures et des masques. Puis, à bord du *Gardien*, une équipe scientifique a mis au point la première version du vaccin qui permettrait aux ektatesks d'être immunisés contre les poils de nos petits amis félins. C'était un pari dangereux : si l'ennemi mettait la main dessus, plus rien ne l'arrêterait. Cependant, il a permis à nos alliés ektas de se joindre à nous lors des combats, sans craindre pour leur vie. Ce qui, au final, nous a sans doute permis de l'emporter.

Se laissant porter par la voix mélodieuse du biologiste, Liitip imagina ces années de guerre – une guerre aussi longue que l'existence d'une lutienne ! Les horribles combats entre les ektatesks, ces machines à tuer de plus de deux mètres de haut, et les yumans plus petits, hargneux, teigneux, furieux, déterminés à survivre. Les affrontements dans les couloirs sombres des gigantesques vaisseaux-labyrinthes ektas. Les yumans entassés dans le vaisseau orbital, rapatriant désespérément leurs survivants, découvrant des technologies dont ils n'imaginaient même pas l'existence…

– Vous savez tous et toutes la suite de l'histoire : ayant reconquis la Terre, les humains se sont entredéchirés sur le sort des ektatesks survivants. Notre maîtrise rapide des technologies ekta a réglé la question : les camps antagonistes ont pu se séparer. Celui, majoritaire, qui avait accepté les ektatesks comme alliés et entendait protéger les survivants a entrepris de coloniser des systèmes, en conservant la Terre comme planète capitale. Les camps adverses, qui souhaitaient l'extermination des ektas, ont fait sécession et sont partis s'installer le plus loin possible.

Parmi eux, l'Empire boedecien en constitue l'exemple le plus évident… mais ce n'est pas le sujet.

L'ambassadrice approuva d'un bruit de gorge.

– Vingt ans après cet exode, continua Guo-*sulii*, il y a environ un siècle, la faction principale a établi le contact avec les lutiennes et les olumanlus. De cette rencontre est née la Trialliance. Nos intérêts, et surtout notre survie face aux ektatesks qui continuaient et continuent encore de s'épandre, coïncidaient. Nous nous sommes alliés.

Guo-*sulii* s'adossa plus confortablement dans son fauteuil, lissa ses cheveux noirs.

– Aujourd'hui, cent trente ans plus tard, plusieurs /familles/ ekta cohabitent avec la Trialliance. En échange de leur aide technologique et militaire, nous leur fournissons le vaccin, qui doit être inoculé au stade larvaire pour être efficace. Ce vaccin est l'un des secrets les mieux gardés de la galaxie. Si les autres ektatesks mettaient la main dessus… ou l'Empire, ou n'importe quel groupe criminel prêt à le revendre au plus offrant, les conséquences seraient catastrophiques. Nous avons semé de fausses informations à travers la galaxie, caché son origine avec précaution. Peu de gens connaissent sa véritable formule.

Il fit une pause.

– Et ? demanda la capitaine sans changer de ton.

Une légère grimace vint perturber le visage harmonieux de Guo-*sulii*.

– Nous venons d'être victimes d'un malheureux incident. Il s'avère, de façon ironique, que trop peu de gens connaissaient la formule en question.

Lucas ouvrit la bouche, mais ne dit rien. Liitip cligna des paupières. Guo-*sulii* était en train de leur avouer qu'ils avaient perdu le vaccin qui, s'il tombait entre les mains des ektatesks, risquait de signer l'anéantissement de leurs civilisations ?!

L'ambassadrice yumane reprit la parole :

– Si j'ai bien compris… (Elle lança un regard interrogateur au scientifique, qui acquiesça.) Le vaccin final, celui élaboré il y a une soixantaine d'années, ne peut pas être fabriqué de façon artificielle : un de ses éléments doit être extrait d'une plante bien précise.

Lucas-*sulii* levait déjà la main.

– La première version n'était pas viable, lui expliqua Guo-*sulii*. Les patients décédaient au bout de quelques mois.

– Or, continua l'ambassadrice, nous venons de perdre les coordonnées du vaccin actuel. Un incendie a ravagé le serveur où étaient stockées ces informations. L'enquête est encore en cours, mais la piste accidentelle est privilégiée. (Écartant le sujet d'un geste de la main, elle inspira comme avant de plonger.) Ce n'est pas tout. Le dernier approvisionnement date d'il y a vingt ans : pour le moment, il nous reste des stocks pour une quinzaine d'années… Ensuite, nous ne serons plus en mesure de produire le vaccin. Nous perdrions alors nos alliés ektas – et tous les avantages militaires que cela implique dans la guerre contre les ektatesks et contre l'Empire.

– *Sans le vaccin, la /famille/ ne prendra plus part aux combats de la /non-famille/*, confirma Krresskptak-*sulii*.

Un nuage de phéromones ponctua ses paroles, acide, un peu végétal.

La capitaine et Lucas-*sulii* restèrent songeurs.

– Vous avez *perdu* ses coordonnées, répéta enfin Lucas-*sulii*.

– Oui, confirma l'ambassadrice d'un ton neutre.

– Et, juste pour être clair, la molécule n'est vraiment pas possible à reproduire ?

– Trop complexe, déclara Guo-*sulii*. Nous avons également essayé de cultiver la plante, mais tous nos efforts se sont soldés par des échecs. Il s'agit d'une petite orchidée, *Pseudobestiola felis*, qui pousse dans des conditions très particulières. Docteur Dhal, il y a des décennies que nos équipes s'arrachent les cheveux dessus. Croyez-moi, il ne s'agit ni de négligence ni d'incompétence.

Lucas-*sulii* hocha la tête et n'insista pas.

Liitip, de son côté, était juste trop éberlué par cette nouvelle pour trouver des questions à poser. Que faisait-il ici ? paniqua-t-il. Que faisait-il dans cette pièce où on discutait de secrets gouvernementaux qui pouvaient renverser la galaxie ?!

– Et l'équipage du dernier approvisionnement ? demanda la capitaine. Ils avaient forcément les coordonnées. Même si elles ont été effacées du vaisseau, leur capitaine, leur Guide et leur pilote doivent avoir une idée du secteur dans lequel ils se trouvaient.

– Nous les avons fait chercher, confirma l'ambassadrice. Leur Guide lutienne est décédée de vieillesse il y a seize ans. Leur capitaine humain il y a onze ans. Seul leur pilote, qui était un adolescent à l'époque, est encore en vie. Il s'appelle Victorio Souza Zeng. Malheureusement, il a disparu dans la nature peu de temps après l'expédition. Le retrouver fera partie des pistes possibles de votre mission. Nous vous fournirons les dernières informations que nous avons pu retrouver à son sujet.

La capitaine pianota des doigts sur l'accoudoir de son fauteuil.

– Pourquoi nous ? demanda-t-elle.

C'était une excellente question, songea Liitip. Pourquoi eux ? Il sursauta et se tourna vers sa mère quand elle prit la parole :

– La Trialliance ne peut pas se permettre que l'information puisse fuiter. Or, d'après le docteur Guo, votre équipage est atypique mais efficace. Nous connaissons tout de vos contrats passés, y compris ceux qui sortent du cadre légal. (Le visage de la capitaine ne cilla pas.) Vos expériences en marge du système, justement, font de vous les meilleurs candidats. Vos compétences nous intéressent. Vous êtes spécialisés dans la recherche en milieu hostile. Le docteur Dahl est un expert reconnu en xénobotanique. Vous possédez de nombreux contacts dans le milieu militaire et celui du crime organisé. Votre équipage est inclusif, ce qui tend à prouver, psychologiquement, que vous n'éprouvez aucune loyauté envers l'Empire boedecien ou les factions isolationnistes.

– Malheureusement, reprit l'ambassadrice, un tel équipage peut également être le signe d'une agrégation d'éléments perturbateurs marqués par un refus de l'autorité.

Liitip surprit Lucas-*sulii* qui souriait légèrement.

– Néanmoins, nous n'avons guère le choix. En somme, conclut l'ambassadrice, nous nous tournons vers vous parce que nous n'avons pas de meilleure option.

– Et ? redemanda la capitaine.

Pour la première fois, la voix de l'ambassadrice prit une inflexion exaspérée :

– Et nous parions sur le fait qu'un gros paquet d'argent, et peut-être un soupçon de conscience, vous empêcheront d'aller vendre les résultats de votre enquête à nos ennemis.

– *Ainsi que la promesse d'une mort douloureuse et interminable*, cliqueta l'ektatesk avec un entrain qui, devina Liitip, se voulait sans doute encourageant.

L'ambassadrice grimaça. La mère de Liitip se cacha la tête sous son aile. Guo-*sulii* soupira. Lucas-*sulii* se mit à rire en montrant ses dents.

La capitaine haussa les sourcils.

– Cinq pleins de carburant à bord. Cinquante mille tricrédits d'avance de frais. Le quadruple du salaire pour mon équipage, avance comprise.

– Double, répondit l'ambassadrice immédiatement.

– Triple. (La capitaine dévisagea son botaniste. Les sourcils de Lucas-*sulii* s'agitaient étrangement. Sans doute une sorte de code, songea Liitip.) Je veux des laissez-passer pour toutes les planètes de la Trialliance. Et je veux toutes… quand je dis toutes, c'est absolument tout ce qui vous reste après l'effacement de votre banque de données… *toutes* les informations que vous possédez sur le vaccin et la plante en question. Vos informaticiens pourront upgrader les pare-feu du *Loquace* si vous en avez envie. Codez les données comme vous l'entendez, mais je ne me lancerai pas dans l'aventure à l'aveuglette.

– *La /famille/ est en accord sur ce point*, approuva Krresskptak-*sulii*.

L'ambassadrice yumane et la mère de Liitip se concertèrent du regard, puis approuvèrent.

– Si je soupçonne un seul instant que vous essayez de me la faire à l'envers, continua calmement la capitaine, vous le regrettez.

– Capitaine Barret, nous n'apprécions pas les menaces.

– Ce n'est pas une menace. C'est un fait. Guo a l'habitude de travailler avec moi. Il a déjà vu un de ses clients tenter le coup.

– Le clan Petrov n'est, hélas, plus là pour en témoigner, confirma Guo-*sulii*. La capitaine Barret est extrêmement protectrice de son équipage. Mais c'est aussi une femme de parole. (Ses lèvres frémirent.) Je dirais même d'honneur.

– Guo, la ferme.

Le yuman se contenta de lever son verre dans la direction de la capitaine. Il y avait une histoire là-dessous, songea Liitip. Parfois, il comprenait la curiosité fouinarde de Kani et Gwylhom.

– Nous serons les plus… transparents possible, promit l'ambassadrice.

– Très bien. (La capitaine se releva. Lucas-*sulii* l'imita, ainsi que Ccelwuutlii-*tlii*, qui n'avait pas pépié un mot.) Les détails peuvent attendre. Je contacterai uniquement Guo à partir de maintenant. La mission commencera quand j'aurai reçu les paiements et les données. (Elle salua de la tête.) Ambassadrice. Liit-*tlii*. Monsieur Krresskptak. Docteur Guo.

Oh, elle prenait congé ! comprit Liitip. Il sauta de sa barre pour la suivre. La voix de sa mère le retint sur place.

– Capitaine. Si vous le voulez bien, je souhaite m'entretenir avec mon *sule*. Il y a longtemps que nous ne nous sommes pas parlé.

– Bien entendu. Liitip, tu pourras nous retrouver à la réception ensuite.

Liitip se figea. Il avait complètement oublié ses instructions précédentes, réalisa-t-il en claquant du bec d'embarras.

Nerveux, il regarda son équipage quitter la pièce, puis l'ambassadrice, accompagnée de Guo-*sulii* et du représentant ektatesk. La porte se referma derrière eux. Il resta seul en bec-à-bec avec sa mère.

Elle lui fit signe de se réinstaller. Il sauta maladroitement sur sa barre et attendit qu'elle prenne la parole. Elle le détailla un long moment.

– Liitektiipit. Comment se passe ton apprentissage auprès du yuman jaune ?

Sa voix était plus froide, sans le ton conciliant qu'elle prenait quand elle négociait. Il s'étonna de ne jamais s'en être rendu compte, quand il était plus jeune.

– Très bien, Liit-*tlii*. Sa présence est enrichissante. Il est très érudit dans son domaine.

– Et ta cohabitation avec les yumans ? (Il tressaillit malgré lui. Sa réaction sembla amuser sa mère.) Je sais. Ils ne sont guère civilisés. Néanmoins, un de leurs stratèges professait une grande vérité. « La fin justifie les moyens. » (Elle se cala plus confortablement sur sa barre, lissa un instant ses rémiges pourtant parfaites.) Je veux que tu me rendes compte de l'avancée de cette mission. Je vais te donner une fréquence et un code. Ils ne t'empêchent pas de communiquer à bord, j'espère ?

Pourquoi l'en empêcheraient-ils ? songea-t-il, déconfit. Puis le sens des paroles de sa mère l'atteignit.

– Vous voulez... (Il chercha le mot, obscène, presque étranger à leur vocabulaire.) Vous voulez que je les *espionne* pour vous ?

– Les yumans ont leurs priorités. Les lutiennes ont les leurs. Il est heureux que tu te trouves au sein de l'équipage choisi pour cette mission. (Presque distraitement, elle le congédia de l'aile.) Je t'enverrai les détails avant votre départ. Ne me déçois pas.

Il quitta le bureau et parcourut les couloirs, les genoux tremblants, l'estomac au bord du bec. Pas de questions sur sa santé, son bien-être. Pas de nouvelles de sa sœur, de ses frères, du reste de leur lignée. Sa mère voulait uniquement qu'il lui rende compte des agissements de la capitaine Barret et du reste de l'équipage. Sa mère voulait qu'il *trahisse* ses hôtes, ses employeurs, leurs *alliés*.

Il s'arrêta soudain et s'appuya contre un mur, inspirant frénétiquement, cherchant son souffle, des taches noires dansant devant ses yeux.

Sa mère… n'avait pas menti mais… elle avait suggéré qu'elle voulait lui parler parce qu'il lui manquait… parce qu'elle voulait renouer avec lui en tant que fils… elle avait dit…

– Liitektiipit-*sule*, prononça une voix douce.

Il releva la tête. Ccelwuutlii-*tlïi* se tenait devant lui, dans le couloir désert, ce qui était complètement scandaleux et inapproprié. Si on les surprenait seuls, autant annoncer leurs fiançailles !

De façon déconcertante, il se sentit à la fois rassuré, reconnaissant et perdu.

– Elle veut que tu espionnes pour elle.

Ce n'était même pas une question. Misérable, il hocha la tête.

– Je ne comprends pas.

Ccelwuutlii-*tlïi* se secoua, remit ses ailes noires en place.

– Ils m'ont demandé à moi aussi. Hier matin. (Oh, pensa Liitip.) J'ai refusé.

Il se sentit physiquement malade à cette idée. On ne refusait pas d'aider. Les lutiennes passaient avant tout.

Son espèce. Sa famille. Il n'était qu'une seule personne. Insignifiante. Sa vie, sa moralité n'avaient aucune importance à côté du bien commun.

Ccelwuutlii-*tlii* s'inclina vers lui et, pour une fois, eut l'air moins impressionnante, moins mystérieuse et lointaine et parfaite.

– Ne t'inquiète pas. La capitaine est au courant. Tu n'auras pas à la tromper. (Liitip se détendit. Il se sentait prêt à criailler comme un oisillon.) Tout se passera bien. C'est une promesse.

En traînant les serres, il la suivit vers l'atrium de bal, où la réception continuait.

ÉPISODE #3

L'histoire avec le crabe libidineux

Fun fact!

Au début du 21e siècle, parmi les plus gros crabes présents sur Terre, on recense le crabe des neiges (*Chionoecetes opilio*), qui mesure jusqu'à 17 cm d'envergure, le crabe géant de Tasmanie (*Pseudocarcinus gigas*, 80 cm), le crabe des cocotiers (*Birgus latro*, 1 m) ou l'araignée de mer japonaise (*Macrocheira kaempferi*, 4 m !!!).

Leurs morphologies sont très différentes, adaptées à leur milieu et à leur régime alimentaire.

Le crabe royal rouge, ou crabe royal du Kamtchatka (*Paralithodes camtschaticus*), peut quant à lui atteindre 2 m d'envergure et peser 15 kg. C'est une espèce particulièrement vorace et envahissante, qui peut même menacer des écosystèmes. De ce fait, il n'est pas protégé et sa chair est très appréciée.

Sa femelle peut pondre jusqu'à 40 000 œufs par an. Il ne connaît pas de véritable prédateur.

Ses orteils nus dans le sable rugueux. Son cœur battant violemment dans sa poitrine. Rikke, les yeux piquants de larmes, contemplait l'océan.

C'était la première fois et il grondait, craquait, roulait, ondulait. Ses vagues couleur d'ardoise s'incurvaient en longs tubes qui, dans un fracas terrifiant, se brisaient en gerbes d'écume sur la grève indifférente. Son odeur piquait. Minérale mais aussi vivante, organique. Un goût de sel sur ses lèvres craquelées. L'océan était vivant, songea-t-elle. Il était en colère, rageur, défiant. Comme elle.

Elle cligna des yeux, sortit de sa contemplation. Devant elle, sur la plage – *plage*, un mot étranger sur sa langue –, l'équipage déballait ses affaires. Profitait de la pause impromptue. La Je-Sais-Tout – Kani, elle apprenait encore leurs noms – avait posé le *Loquace* en retrait, au milieu d'une clairière de palmiers.

Palmiers, se répéta Rikke. *Palmiers*.

L'univers était gigantesque et terrifiant et il s'ouvrait à elle.

Elle inspira profondément. Fit un pas en avant. Chaque jour était un nouveau pas en avant. Chaque jour, elle s'extirpait de la mélasse qui l'avait emprisonnée durant des années. Six ans. Presque la moitié de sa vie. Six années, un éclair, une éternité. Elle refusa de songer à ses parents et à l'accident. Chaque jour, elle explorait, découvrait, comparait, attrapait des migraines à remettre en question tout ce qu'elle savait, tout ce qu'on lui avait enseigné.

Tout ce qu'on l'avait endoctrinée, oui.

– Tu viens ? prononça une voix douce près d'elle.

Elle sursauta, essaya de le cacher, fit la moue en se retournant. Le Prof – Lucas – la regardait en souriant, les bras chargés d'objets bizarres : une sorte de grand parapluie rayé blanc et rouge, un disque gonflé avec un trou au milieu, des tamis avec de longs manches. La brise agitait ses courtes mèches blondes et ses yeux bleus, entourés de petites rides, pétillaient. Rikke s'en méfiait. Rikke le détestait. Rikke luttait pour ne pas courir après lui comme un chaton pathétique. De tout l'équipage, avec Biscoto – Gwy, se rappela-t-elle, Gwy –, c'était lui qui ressemblait le plus aux membres de son village. Il était familier, et angoissant, et protecteur, et menaçant, comme les vieux barbons de la colonie. Elle avala sa salive.

– Prends ton temps, ajouta-t-il.

Il lui tendit un bâtonnet de caramel au beurre salé. Elle le saisit machinalement. Il s'éloigna vers les autres qui pataugeaient dans l'eau en s'arrosant. Elle suçota le caramel. L'équipage avait pris l'habitude de lui refiler des sucreries à tout bout de champ. Ils l'apprivoisaient, songea-t-elle. Comme une bestiole à moitié sauvage. Elle s'en fichait un peu. Elle n'avait jamais mangé de sucreries, avant. Juste des fruits séchés au soleil.

C'était bon.

Le sucre la calma. Le grondement de l'océan restait étourdissant, mais moins impressionnant. Elle regarda Je-Sais-Tout et Biscoto. Kani et Gwy. Rikke luttait avec leurs noms, parce qu'elle ne savait pas combien de temps allaient durer les choses. Était-ce vraiment la peine de les retenir ?

Le bas de leurs combinaisons était retroussé sur leurs mollets. Ils s'aspergeaient à grands coups de pied.

Le Taré – Tycho – courut vers eux en beuglant. Il souleva Kani sans effort dans les airs. Elle hurla de rire. Il la projeta dans les vagues. Rikke se raidit, la bouche sèche, en la voyant disparaître dans l'écume. Elle refit surface en crachotant et en jurant. Puis elle se ligua avec Gwy pour renverser le Taré à son tour.

Un mouvement, au-dessus d'eux, fit lever les yeux à Rikke. Les deux piafs, non, les deux lutiens – lutiennes – étaient en train de *voler*. La plus grande fusait comme un éclair noir, plongeait, piquait, se redressait, remontait en chandelle, vrillait. Liitip effectuait des boucles plus lentes, plus gracieuses. Elle le suivit un long moment du regard. Liitip la rassurait un peu. Il n'avait aucune agressivité en lui. Semblait à la marge, lui aussi. Quand elle était calme, elle aimait lui parler.

Elle revint à la plage. Sur le côté, le smnörg se reposait à l'ombre d'un palmier. Le chat roux somnolait entre ses longues pattes, se laissant grattouiller le ventre.

Lui, Rikke n'y arrivait pas. Il restait le monstre terrifiant, la légende racontée aux enfants de Vårheim, l'envahisseur qui avait massacré son espèce, qui l'avait éjectée du paradis terrestre de leur planète. Il demeurait le cauchemar qui transperçait, empoisonnait, déchiquetait. L'ennemi haï de toute son âme. Elle essayait, hein. Mais elle n'y arrivait pas. Pas encore.

Le Prof installait son grand parapluie, aidé par la Capitaine. La Capitaine n'avait pas beaucoup parlé à Rikke, sauf pour lui dire des choses pratiques :

Que pour la Trialliance, Rikke était automatiquement émancipée, à cause de ses capacités de *utvalgt*. Qu'elle pouvait décider elle-même de son sort. Que personne ne pourrait plus la forcer à quoi que ce soit.

Qu'elle pouvait intégrer l'Académie de la Guilde des Pilotes. Si elle en avait envie. Ou entrer en apprentissage à bord d'un vaisseau. Toujours si elle en avait envie.

Que le *Loquace* serait ravi de l'accueillir pour le moment. Si elle en avait envie.

Qu'elle pouvait, elle, la Capitaine, s'occuper de la paperasse pour le moment. Si Rikke en avait envie.

Rikke ignorait de quoi elle avait envie. Pour avoir envie de quelque chose, il fallait en avoir la permission. Ce qui était nouveau. *Faen !* Tout était nouveau.

Elle n'avait que treize ans, *fucking fuck*.

Parfois, elle voulait juste qu'on lui dise ce qu'elle était censée faire, là, maintenant.

– Hé, la morveuse ! Allez, ramène-toi ! brailla le Taré.

D'accord, ça, elle pouvait le faire. D'un pas méfiant, elle s'approcha de l'eau, s'arrêta à la limite des vagues. Le Taré savait qu'elle était capable de mordre. Il n'allait pas la jeter dans l'eau, si ? Une vaguelette, plus agressive, vint lui lécher les orteils. C'était froid.

Gwy s'ébroua comme un gros chien et s'approcha d'elle. Il était très grand, mais il était calme, lui aussi. Parfois, il dégageait une douceur incongrue. Elle avait vu qu'il portait des appareils sur ses oreilles. Ce jour-la, il n'avait rien pour les protéger de l'eau. Ils devaient être imperméables ou un truc comme ça.

– Tu te baignais dans le lac, près de chez toi ?

Sa voix était posée. Un peu bourrue. À dix-neuf ans, il ressemblait parfois à un vieux labrador, songea-t-elle. Un vieux labrador capable de soulever cent kilos en développé-couché. Elle l'avait vu faire.

– Ouais. Mais il n'y avait pas de vagues.

Il se baissa pour tremper sa main. Lui indiqua de faire pareil.

– Goûte-la.

Rikke s'exécuta, du bout de la langue.

– *Pouah !*

Gwy rit.

– C'est salé ! protesta-t-elle.

– À peu près comme sur Terre. Fais attention. Ça pique les yeux.

Oh. La mer était salée, ouais, elle s'en souvenait maintenant. Elle l'avait *appris*, bien sûr, mais ce n'était pas pareil de la *goûter*.

Il lui tendit la main. Fronçant les sourcils, elle saisit sa grosse paluche. Avec méfiance, elle s'avança pas à pas, jusqu'à avoir de l'eau jusqu'aux genoux. Le froid s'estompait. Elle s'habituait. Les vagues venaient la bousculer sans brutalité, presque paresseuses. C'était… agréable. Un peu hypnotique.

Elle se détendit. Leva son visage vers les soleils jumeaux d'Atlantis. Savoura leur chaleur tiède sur sa peau pâle.

Un oiseau passa au-dessus d'eux en criaillant. L'océan continuait de gronder.

###

Ils mangèrent devant le vaisseau, autour d'un feu de camp, en contemplant les soleils qui se couchaient sur l'eau, incandescents. C'était beau, songea Rikke.

Kani et la Capitaine avaient longtemps nagé dans l'océan. Elles avaient été si loin que leurs têtes n'étaient plus que deux petits points. Gwy et le Taré avaient exploré des rochers, un peu plus loin. Ils étaient revenus avec des sacs remplis de coquillages verts qui leur avaient servi de dîner. Les coquillages avaient le goût de mouton et de *curry*. (Elle avait découvert qu'elle aimait le curry.) Le Prof était resté avec elle, sous le grand *parasol* rouge et blanc. Il lui avait parlé d'Atlantis, lui avait expliqué sa découverte, cent ans plus tôt. Comment l'eau était trop salée pour les olumanlus, une race d'extraterrestres mystérieux qu'on ne voyait presque jamais. Comment la gravité, plus légère que sur Terre, était agréable pour les lutiennes, mais que la brise marine, à long terme, pouvait leur provoquer des maladies. Les humains avaient colonisé plusieurs archipels. La majorité de la planète restait sauvage. Déserte, à l'exception de sa faune locale.

Elle s'était détendue pendant qu'il lui parlait. Pendant qu'il répondait, sans hésiter, sans rien cacher, à toutes ses questions. Sa patience semblait infinie. Ce qui était un peu énervant, presque provocant. Elle se demandait parfois s'il se moquait d'elle. Elle commençait à penser que non. Elle ne savait pas quoi faire de cette information.

Le second soleil plongea sous l'horizon. L'obscurité tombait. La jungle, derrière eux, résonnait de bruits nocturnes lointains. Autour du feu de camp, leur conversation se raréfia. Un silence confortable s'installa. Tycho rota longuement.

– Alors, on va pêcher des attilas ? demanda Kani.

– Demain, confirma la Capitaine en attisant le feu.

Ils étaient tous plus ou moins déshabillés, certains encore en maillot de bain. La Capitaine avait renfilé sa combinaison. Ses longues nattes noires étaient incrustées de sel blanc. Les flammes brillaient sur sa peau sombre.

– Nous partirons en reconnaissance demain pour localiser le meilleur banc, reprit-elle. Zkrreck, Gwy, vous vérifierez les canots et le matériel de plongée. Lucas, Liitip, je vous laisse préparer les caisses de stockage. Nous procéderons comme d'habitude. Le vaisseau sera posé à proximité. Quatre équipes de deux : la première se chargera de la récolte, la deuxième du conditionnement initial sur le canot, la troisième de l'acheminement jusqu'au *Loquace* et la quatrième du conditionnement final, directement dans la soute.

– Je vous rappelle que le délai maximum, entre la cueillette et le stockage sous vide, est de quarante minutes, rappela le Prof d'un ton sérieux.

Du côté des humains, un chœur de voix s'éleva autour de Rikke, la faisant sursauter. La Capitaine leva la main.

– Je *sais* que vous avez tous envie de plonger. (Rikke secoua vivement la tête : elle n'avait aucune envie de plonger.) Zkrreck restera à bord, l'eau salée ne lui réussit pas. Ccel assurera le transport entre le canot et le *Loquace*. Liitip alternera entre le canot et la soute pour apprendre à conditionner les attilas. Pour tous les autres, nous tournerons entre les quatre équipes. De toute façon, nous en avons facilement pour trois ou quatre jours.

– Tant que ça ? s'étonna Kani. Tu veux en récolter combien ?

– Quarante kilos. Je vous expliquerai en cours de route, répondit la Capitaine.

Les autres haussèrent les épaules. Ils devaient avoir l'habitude, comprit Rikke. La femme semblait aimer ses petits plans, et son équipage la suivre fidèlement.

– Nous en utiliserons une partie comme monnaie d'échange, précisa néanmoins la Capitaine.

– Pour la mission ? demanda Ccel.

La mission. Une plante à trouver. Un vaccin pour sauver les smnörgs. Le cerveau de Rikke se rebellait contre cette idée. Ils étaient censés tuer les smnörgs. C'était ce qu'on lui avait toujours appris...

D'accord, Zkrreck était là, avec eux. Pacifique. (A priori.) Mais depuis cette histoire de mission, Rikke se demandait avec quel genre de gens elle s'était embarquée. Si elle avait fait une erreur. Si elle n'avait pas quitté un cauchemar pour en rejoindre un autre. Et si elle mourait ? Était-elle prête à mourir, juste pour ne jamais retourner dans la colonie ?

Autour d'elle, l'équipage papotait de choses qu'elle ne comprenait pas : pression d'air, déshydratation, lyophilisation, salinité. Rikke se sentait à l'écart. Elle tapota le bras de Prof assis à côté d'elle.

– C'est quoi, des attilas ? demanda-t-elle à voix basse.

Il prit une gorgée de thé. Lui sourit.

###

Le lendemain matin, fascinée, elle observait l'écran principal du *Loquace*. Les archipels d'Atlantis défilaient sous le ventre du vaisseau. L'eau était tantôt d'un bleu profond, tantôt d'un vert turquoise éblouissant. Jusqu'à ce qu'ils s'arrêtent au-dessus d'une large bande, d'environ quarante mètres de largeur, d'un rose pâle aveuglant. Des étincelles dorées reflétaient les rayons du soleil sous les vagues. Plus on regardait vers l'est, plus le rose se ternissait, jusqu'à devenir gris pâle.

Ce n'était pas le plus impressionnant.

L'océan, sur plus d'un kilomètre derrière la bande, était d'un marron terne. Aucune vie. Aucune algue. Aucun corail. Aucune plante sur ses grèves. Même le sable, en profondeur, semblait couvert d'une couche de vase inerte. La caméra prit du recul. Rikke observa cette immense cicatrice barrer le monde en deux. Au loin, à l'horizon, elle ne voyait pas où la bande s'arrêtait.

– C'est ça, des attilas, expliqua le Prof près d'elle. Ce sont des algues omnivores. Elles progressent par bancs, vers l'ouest, de quelques mètres par jour. Elles dévorent tout sur leur passage : végétation, corail, mollusques, crustacés, et même les petits poissons qu'elles parviennent à attraper. Là, c'est une grosse colonie.

– Et derrière ? Ça repousse ?

– Ça repousse. Après s'être reproduites, elles se désagrègent. Le reste de l'écosystème utilise son substrat pour se reconstruire. Au bout d'une année atlante, tout a repris sa place. Les bancs sont généralement espacés de cinq ou six ans.

– C'est dingue.

Elle disait souvent ça. *Tout* était dingue.

– Et c'est ça qu'on va pêcher ? Ça risque rien ? Je veux dire… nous, elles vont pas nous manger ?

Le Prof rigola, mais pas méchamment.

– Non. Ne t'inquiète pas. Tu es un trop gros poisson. Au mieux, si tu les effleures, elles te débarrasseront de tes peaux mortes.

– Et à quoi ça nous sert de les pêcher ? Ça vaut cher, ces algues ? C'est… *merkelig*.

– Leur organisme est très intéressant. Si elles sont bien conservées, elles possèdent une molécule incroyablement nutritive : la même que dans la gelée violette des ektatesks. L'armée de la Trialliance l'utilise pour ses provisions.

– On va en pêcher quarante kilos. Ce n'est pas beaucoup, si ?

– Quarante kilos lyophilisés. Encore frais, ça représente une demi-tonne. C'est pour ça qu'il va nous falloir plusieurs jours.

Rikke hocha la tête devant ses explications.

Durant l'après-midi, elle observa les autres faire les préparatifs. Il y avait deux petits bateaux, à la coque faite de boudins gonflés, sans voile, avec un moteur à l'arrière. Le Prof et Liitip vérifiaient des grosses caisses remplies de grands tiroirs plats. Elle regarda les pierres étranges, bleutées, qui tapissaient leur fond.

– C'est quoi ?

Liitip sursauta en entendant sa voix, agita nerveusement ses ailes.

– Hum, ce sont des… des cristaux d'héliosose. C'est un type de sucre, produit par certaines plantes, qui a des propriétés desséchantes. (Rikke en approcha le nez avec curiosité. Il piailla.) Ne les touche pas ! Ça… ça brûle, en quelque sorte.

– Du sucre qui assèche et qui brûle ?

Le Taré passa derrière elle, chargé d'une caisse.

– Crois-moi, la morveuse, c'est pas le truc le plus dérangeant que tu vas rencontrer.

Une fois la Capitaine satisfaite des préparatifs, ils profitèrent d'une deuxième soirée tranquille. Le vaisseau, cette fois, était posé sur un banc de récifs. Pas de plage à proximité. Rikke tourna un moment en rond, jusqu'à ce que Kani la rejoigne dans la salle commune.

– Hé.

– Hé, répondit Rikke.

Elles se regardèrent un instant. Depuis leur première rencontre agitée, elles avaient du mal à trouver des choses à se dire. Kani était impatiente, rapide et parfois brusque. Quand elle bavardait ou riait, c'était presque toujours avec Gwy. Rikke n'était pas jalouse. Bon. Un peu. Elle n'avait jamais eu beaucoup d'amis. Les *utvalgte* étaient tous plus vieux qu'elle. Et elle n'avait pas grand-chose en commun avec eux.

Kani la fixa de ses yeux noirs, hésita, sembla prendre une décision :

– On est posés et on a un peu de temps. Est-ce que tu veux qu'on essaie de te connecter au *Loquace* ?

Rikke sentit son cœur s'emballer. Sa bouche court-circuita son cerveau :

– Tu vas me faire piloter ta poubelle ?

Dans le village, sa langue lui avait souvent valu de belles corrections. Les Anciens n'aimaient pas qu'on leur réponde. Ses parents avaient été ses protecteurs… elle repoussa le vide déchirant qui lui envahissait la poitrine en songeant à eux. Après leur disparition, la situation avait dégénéré. Les choses avaient empiré. Sa mère lui racontait que, avant, ce n'était pas pareil. Qu'elle ne savait pas quand ça avait changé. Enfin, bref : depuis, bonjour les coups de ceinturon. Rikke n'y pouvait rien. Quand elle avait… quand elle n'était pas sûre d'elle, elle montrait les dents. Elle n'avait jamais pu se corriger. Elle se raidit au souvenir brutal de la douleur sur ses cuisses, sur ses fesses, sur son dos.

Kani se contenta de croiser les bras.

– C'est un mécanisme d'autodéfense, hein ? Quand tu flippes, tu insultes les gens ?

– Et alors, pouffiasse ?

Kani gloussa de rire. Rikke serra ses petits poings. Elle savait qu'elle ne faisait pas le poids – une tête de moins, maigrichonne, les mèches blondes en bataille –, mais si cette connasse croyait pouvoir se moquer d'elle...

– OK. Viens là, dit Kani en ouvrant les bras. (Rikke cligna des yeux. Kani s'impatienta.) Écoute, je suis une quiche avec ce genre de machins. Mais j'ai vraiment, vraiment pas envie d'écouter un autre sermon de Lucas sur l'importance de l'empathie et de l'équilibre émotionnel. On va se faire un câlin d'exactement vingt secondes, et après tu vas m'expliquer pourquoi tu as peur de piloter le vaisseau, même si tu n'es pas obligée de rentrer dans les détails de... d'avant. Ça marche ?

La bouche sèche, Rikke resta plantée là. *Cours cours cours*, disaient ses jambes. *C'est un piège*, sifflait son cerveau. *De belles paroles, comme les Anciens du village. Mensonges.*

Elle tremblait. Kani attendait.

Presque furieusement, Rikke s'avança d'un pas et se colla contre elle. Avec lenteur, Kani referma ses bras autour de ses épaules.

Depuis combien de temps ne l'avait-on pas étreinte ?

Six ans, se rappela-t-elle.

Dagmar et Annfrid et les autres femmes n'avaient jamais osé. Elles avaient peur que les Anciens les punissent.

Malgré elle, ses doigts se refermèrent sur le tissu gris de la combinaison de Kani.

– OK, ça fait dix secondes, annonça cette dernière.

Sa voix faisait vibrer sa cage thoracique contre le nez de Rikke. Elle ferma les yeux, essaya de se rappeler d'autres câlins lointains, leur même chaleur familière...

Les bras reposaient, à la fois légers et enveloppants, autour de son cou. Elle expira profondément.

– Eeeeet vingt. (Une tape maladroite sur ses omoplates. Elles s'écartèrent, gênées.) Ça va mieux ? demanda Kani.

Rikke réalisa que, en effet, ça allait mieux. Elle hocha la tête.

– La connexion. C'est pas un bon souvenir, avoua-t-elle en poussant les mots hors de sa bouche.

– Oh. Viens, on va en parler dans le cockpit. (Rikke la suivit à travers le dédale de coursives désertes. Les autres traînaient ailleurs, occupés à elle ne savait quoi.) Tu avais quel âge quand ils t'ont connectée pour la première fois ?

– C'était il y a six mois. Le système de purification d'eau du village. On n'a plus de vaisseaux. Ils l'ont démonté et récupéré pour d'autres choses.

– C'était comment ?

Rikke fouilla dans sa mémoire, alla chercher loin loin profond les choses qu'elle avait refusé de se rappeler. Son anniversaire. Le fauteuil avec les sangles, parce qu'elle ne voulait pas. Parce que, depuis qu'elle était petite, beaucoup de choses avaient changé dans la colonie de Vårheim. Parce que maintenant, les plus jeunes enfants ne grandissaient plus avec leurs parents. Parce qu'il y avait encore plus de gardes, ces temps-ci. Et de règles. *Pour le bien de tous*, disaient les Anciens.

Pour notre survie.

Tu es égoïste, Rikke.

Tu veux que nous mourions tous ? À cause de toi ?

C'est ton devoir d'aider les tiens.

Tu te crois spéciale ?

Toi seule peux nous aider.

Sale petite ingrate.

– Ils m'ont connectée avec la pince. Et d'un coup je ne voyais plus rien. Le monde a disparu. Il n'y avait que le vide et des… sortes de couleurs. (Elle inspira profondément.) J'ai crié, et ils m'ont détachée.

Kani la précéda sur l'échelle qui menait au cockpit.

– Et après ?

– Ils n'ont pas recommencé. J'étais en réserve. Au cas où.

En réserve pour d'autres choses, aussi. Des choses qui la rendaient malade rien que d'y penser.

Elle se concentra sur la baie vitrée, derrière laquelle l'océan scintillait sous le ciel limpide. Sur le fauteuil de pilote en plastique noir. Kani avait perché ses fesses sur celui du copilote et déroulait un câble.

– Ouais, ils s'y sont pris comme des manches et ils ne t'ont rien expliqué, quoi. (Elle souleva ses cheveux. Sur sa nuque, Rikke vit un point gris, un cercle métallique qui s'enfonçait dans sa chair. Kani le caressait sans s'en rendre compte.) Tu sais, personne n'est obligé de piloter s'il n'aime pas ça. Mais ce serait foutrement dommage. (Elle continua d'un air sérieux.) Les pilotes sont très rares. Si tu apprends à ne plus avoir les pétoches, tu pourras travailler où tu veux, contre un sacré paquet d'argent. Mais ça passe très vite. Après vingt-deux, vingt-trois ans, tes capacités disparaîtront. (Elle l'observait tout en parlant.) Ça ne veut pas dire que tout est fichu. Beaucoup de pilotes deviennent copilotes. Et tu as l'air d'avoir des capacités pour ça. Il y a de bonnes chances pour que je puisse te copiloter, moi aussi.

Rikke se concentra sur sa curiosité, repoussant le reste.

– Ça marche comment ?

Kani lui sourit. Un vrai sourire, vif comme un éclair.

– *Fuck if I know.* Même les neuroscientifiques de l'Université ne sont toujours pas sûrs. Si tu passes par l'Académie, on te greffe un implant. Ça optimise la rapidité des connexions, et ça évite une déconnexion accidentelle. (Elle fit claquer une pince plate devant elle.) Mais tous les vaisseaux restent équipés pour la bonne vieille méthode. Installe-toi, dit-elle en tapotant le fauteuil. (Rikke s'exécuta.) On va tenter le coup. Tu me préviens quand tu es prête, d'accord ? Je te connecte, j'attends trois secondes, et je te déconnecte aussitôt. Tu me diras si tu m'as entendue là-bas, dans le monde des couleurs. Comme ça, on saura si on est compatibles.

– Et si ça ne marche pas ?

– On essaiera avec ma mère, ou quelqu'un d'autre.

– Et si personne ne marche avec moi ?

Je ne leur servirai à rien, songea-t-elle. *Ils repartiront me déposer sur une autre planète.*

– On ira à l'Académie et on recrutera un copilote qui fonctionne.

– Sérieux ?

– Meuf, ma mère ne va pas te lâcher de sitôt. Tant que tu voudras rester, bien sûr. Alors, on essaie ?

Une deuxième fois, Rikke acquiesça.

– Prête ?

– Prête.

Elle serra les lèvres tandis que Kani lui attrapait la main et approchait la pince de son oreille. Elle lutta pour ne pas s'écarter. *Ne pas réfléchir. Ne pas réfléchir.*

– Trois, deux, un…

Un pincement sur son lobe.

Basculement.

Elle rouvrit les yeux sur un néant coloré, une galaxie artificielle, une pénombre aux couleurs plus éclatantes qu'elle ne pouvait l'imaginer. Ni haut ni bas. Tout tournoyait. Puis une traction, sur sa main. Elle baissa les yeux. Elle ne voyait pas son corps, mais elle le sentait.

– *Stabilise-toi. Fixe un point de lumière.*

Elle choisit une chaîne de lumières bleues dont les maillons clignotaient les uns après les autres. *Haut, bas*, décida-t-elle. *Gauche, droite*. Le monde se raffermit.

Puis…

Explosion de lumière.

Avec un hoquet, elle se redressa sur son fauteuil, dans le cockpit. Devant elle, l'océan, le vrai, celui d'Atlantis, continuait d'onduler, indifférent. Elle crut apercevoir une forme élancée fendre une série de vagues. Une queue ? Un aileron ?

Elle avait soif.

Kani lui tapotait l'épaule.

– Ça va ? Tu m'entendais ?

– Oui.

– Super. Mmh… (Elle observait des cadrans sur la console.) Ton quotient de connexion est plutôt bon. Ça veut dire que tu ne devrais pas avoir de problèmes pour contrôler le vaisseau. (Elle sourit, la regarda.) C'est cool. Tu veux recommencer ? Je peux te faire essayer des commandes simples.

– D'accord.

– On y va.

De nouveau, le compte à rebours. De nouveau, la sensation d'être renversée et de tomber, tomber, tomber jusqu'à s'immobiliser au milieu du néant.

De nouveau les couleurs. Elle retrouva avec soulagement sa chaîne bleue.

– *Commence par regarder autour de toi. Le plus dur, c'est que c'est en trois dimensions. Et que les systèmes n'ont pas d'emplacements fixes.*

Elle avait raison. Tout bougeait. Les lumières se décalaient, se chevauchaient, s'enroulaient les unes autour des autres. Pire : elles s'entortillaient sur elles-mêmes, s'allongeaient, rétrécissaient. Seules leurs formes générales demeuraient : des blocs, des chaînes, des réseaux fins comme des toiles d'araignée. Rikke sentit le tournis la gagner. Instinctivement, elle serra les doigts sur ceux de Kani, qui lui répondit de la même façon. Bizarrement, ce mince contact ne la rassura pas ; il la terrifia. Il constituait son seul point d'ancrage avec la réalité ; la seule preuve qu'elle existait, que le monde extérieur existait, qu'elle n'était pas perdue à jamais dans un océan de couleurs qui tournoyaient, tournoyaient, tournoyaient…

– *Rikke, tu m'entends ? Rikke ?*

… qui ne s'arrêterait jamais, qui allait l'engloutir, la noyer, l'asphyxier, remplir ses poumons de sa noirceur jusqu'à ce qu'elle étouffe…

– *Rikke !*

Explosion.

Des mains la secouaient aux épaules. Elle hoquetait, le souffle coupé, les joues mouillées de larmes. Ses bras et ses jambes tressautaient sur le fauteuil noir. Paniquée, elle se débattit, se sentit plaquée plus fermement contre le fauteuil. *Non ! Non non non non non non non non non !* Son poing fermé frappa quelque chose. Un grognement. Les mains l'arrachèrent du siège pour la coller contre le sol. Un poulpe géant l'enserra de ses tentacules, l'immobilisa, il allait l'étrangler et la manger…

Avec des sanglots, elle s'abandonna. Finit par tomber dans une torpeur terrifiée.

Il lui fallut longtemps pour reconnaître le souffle de quelqu'un dans son dos. Le froid du sol métallisé contre sa joue. Elle bougea faiblement les jambes. Reprit ses esprits.

– Ça va ? demanda Kani dans un souffle.

L'étreinte du poulpe se desserra un peu. Tremblante, Rikke essaya de se redresser. Une main la retint par terre.

– Tout doux. Prends ton temps.

Elles restèrent silencieuses un moment. La tête de Rikke était posée sur le bras de Kani. Encore une fois, elles ne parlaient pas, mais le silence était plus confortable.

– J'ai voulu aller trop vite. Pardon, dit Kani.

Rikke essuya la morve sur sa bouche.

– Je ne pense pas que ce soit le problème.

– Ça arrive souvent. Des pilotes qui paniquent la première fois.

– Toi aussi ?

– Hum, non. Mais ma mère me gonflait tellement avec ça, il y avait des mois qu'elle parlait de ma première connexion, et patati, et blablabla, que je voulais juste être débarrassée. Et puis, c'était une situation d'urgence. Mais je ne mens pas. On appelle ça le Mal des Profondeurs Connectiques. Dans la plupart des cas, les pilotes s'en remettent.

– Et les autres ?

– Il y a d'autres façons d'utiliser sa connexion, même si on ne pilote pas. Des machines, des outils. J'avoue qu'on a commencé fort. J'aurais dû te brancher à la navette.

– Non, ça va.

– Tu n'es même pas obligée, tu sais. Tu peux faire autre chose. Je suis sûre que ma mère, ou Lucas, ou Ccel ou Tycho peuvent te trouver un apprentissage dans ce que tu veux.

– J'ai pas très envie d'être toute seule, murmura Rikke.

C'était plus facile en tournant le dos à Kani.

Une main effleura ses cheveux, hésitante. Rikke pouvait sentir Kani allongée derrière elle, sur le sol métallique.

– Tu n'as jamais parlé de ta famille, dans la colonie.

– Ils sont tous morts.

– Je suis désolée.

Rikke haussa une épaule et poussa un bruit vague.

– Et toi, ton père ?

– Pas de père. Pas vraiment. Juste un donneur. (La voix de Kani s'était de nouveau durcie. Rikke ne le prit pas personnellement. Attendit la suite.) Ma mère a servi dans l'armée, puis elle a décidé de passer indépendante. Il lui fallait un pilote. C'était la façon la plus simple. En plus, les anciens pilotes touchent des primes énormes quand ils ont des enfants. Elle a pu financer le *Loquace* avec ça.

Rikke plissa le nez, révoltée.

– « Il lui fallait un pilote » ?! *Det er kjipt*. Ça pue.

– Non, c'est pas qu'elle ne m'aime pas. C'est quelqu'un de bien. Juste… Je lui suis utile en même temps. Et ce n'est pas toujours facile de faire la part des choses.

– Et les deux autres ? Le Prof et le Taré ? Comment ils sont arrivés là ?

Un nouveau pouffement de rire derrière son crâne.

– Elle connaissait déjà Tycho dans l'armée. Elle l'a embauché quand j'avais deux ans. Lucas est arrivé quelques années plus tard, quand elle s'est spécialisée.

– Ils sont, heu, *helt texas*.

– Complètement barjos, ouais. (Le bras bougea sous la joue de Rikke.) Mais ils sont chouettes. Vraiment chouettes.

– Tu sors avec Gwy ?

– Absolument pas. Je ne pense pas que ce soit son truc. On est plus frère et sœur.

Frère et sœur. L'idée était attrayante.

Rikke finit par se redresser. Kani la laissa faire.

Elle repoussa ses mèches blondes en arrière, grimaçant sous le goût de morve, de sang et de bile dans sa bouche. Sa langue pulsait, douloureuse. Elle avait dû se mordre sans faire exprès.

Elles se tournèrent l'une vers l'autre, assises en tailleur sur le sol du cockpit. Kani la regardait d'un air un peu hésitant, un peu sympathique. Rikke ravala sa réaction de rejet instinctive – elle ne voulait pas de sa *pitié* – et à la place, elle marmonna :

– Merci. Je veux réessayer. Mais pas tout de suite.

Kani se détendit. Elle grattouilla ses cheveux crépus, retenus par un bandeau.

– Quand tu veux. C'est toi qui me dis.

La porte arrière du cockpit s'ouvrit à cet instant. Tycho passa la tête par l'ouverture. Les dévisagea toutes les deux, débraillées et échevelées. Rikke vit que Kani avait la lèvre fendue. Elle avait dû la frapper en se débattant. Le Taré haussa les sourcils.

– Soirée papotage entre filles ? La popote est servie, si vous voulez.

###

Le lendemain matin, le soleil brillait toujours. Les vagues grondaient sur les rochers bruns. Rikke se joignit à Lucas et Liitip sur un des canots. Kani et Tycho montèrent avec eux, équipés de masques, de palmes, de filets et d'un petit objet métallique gros comme un poing. Ils portaient des vestes et des shorts noirs, qui s'arrêtaient aux coudes et aux genoux. Fascinée, Rikke observa en douce Tycho qui enfilait sa veste. Son torse, ses bras, même ses mollets étaient couverts de cicatrices. Une grosse brûlure sur son tibia gauche. Un impact de balle au niveau du foie. Deux entailles, horizontales, sous ses pectoraux. Et d'autres coupures, égratignures, anciennes fractures ici et là. Elle pouvait en identifier la plupart ; sa mère avait commencé à lui montrer comment soigner ses patients ; mais plusieurs marques restaient mystérieuses. Il avait eu beaucoup de chance. Ou pas.

Ccel et la Capitaine les suivaient sur l'autre canot. Gwy et le smnörg étaient restés près du vaisseau.

Ils s'arrêtèrent à une centaine de mètres des récifs.

Avec prudence, elle se pencha au-dessus du boudin noir. L'océan semblait partagé en deux sous ses yeux : turquoise, bleu et vert sur la gauche, rose et doré sur la droite. Quelle était la profondeur ? Trois mètres ? Quatre ?

Le reste de l'équipe synchronisa ses montres.

– Allez les clampins, à toute, lança Tycho en basculant en arrière.

Plouf. Plouf. Kani et lui, de quelques battements de palmes, s'enfoncèrent sous la surface. Rikke, agacée, ignora sa gorge qui se serrait.

– Ils vont remonter d'ici dix minutes avec deux sacs de cinq kilos, expliqua Lucas en commençant à ouvrir les tiroirs de la première caisse. Nous aurons dix minutes pour disposer les attilas sur l'héliosose. La lyophilisation ne prend que quelques instants. Nahéma et Ccel emporteront les deux caisses jusqu'au *Loquace*, récupéreront les caisses vides, nous les ramèneront. Zkrreck et Gwy, eux aussi, ont dix minutes pour conditionner les attilas déshydratées dans des sachets sous vide. Elles sont sensibles à l'air libre. Une fois que c'est fait, elles ne risquent plus de se décomposer. Ensuite, on recommence. Des questions ?

Liitip et Rikke secouèrent la tête.

Ils patientèrent.

Elle se pencha pour observer les silhouettes déformées des deux plongeurs. Ils semblaient petits, et lointains, et insignifiants sous la masse d'eau qui les écrasait.

Au bout de neuf minutes et quarante secondes, Tycho émergea, balança son filet plein dans le canot, en saisit un vide, et replongea. Kani l'imita peu après.

Les attilas mesuraient une trentaine de centimètres de long. Elles étaient plates comme… Rikke chercha une comparaison. Des sortes de rubans, peut-être. Leur chair était gélatineuse. D'un rose pâle, délicat, orné de striures dorées. À leur extrémité, elles avaient une petite bouche ornée de dents pointues, qui palpitait d'un air affamé. Rikke fit la grimace. *Føkka*.

Elle imita Lucas et Liitip, étalant les algues dans les tiroirs. L'équipe numéro trois récupéra prestement les caisses et s'éloigna. Deux minutes plus tard, Tycho et Kani ramenaient une nouvelle pêche. Rebelote.

Ils travaillèrent ainsi une heure, six allers-retours, sans relever le nez de leurs caisses.

Ce n'était pas compliqué. Enfin, une fois le rythme pris. Par chance, Liitip posait plein de questions. Rikke tendit l'oreille, curieuse.

– Je pensais que la limite légale était de vingt kilogrammes, pépiait le lutien.

– En effet, confirma le Prof. Pour que les attilas se conservent bien, il faut ramasser les plus jeunes, en bordure de la bande. Si on en récolte trop, ça perturbe leur progression.

– Mais alors… vous en avez prévu le double…

Il semblait au bord de la panique. Comme souvent. Rikke l'épia du coin de l'œil. Elle se demanda comment il réagirait dans une situation vraiment catastrophique.

Le Prof fit une légère grimace.

– C'est vrai. Nous allons essayer de diminuer notre impact en nous étalant sur une large zone géographique. Disons que c'est un cas de force majeure. (Il soupira.) Pour accomplir la mission de l'ambassadrice et de Liit-*tlïi*, il nous faut des informations. Et les informations ne sont jamais gratuites. Nahéma veut utiliser la moitié de la pêche pour payer notre informatrice.

Oh. Voilà qui expliquait pourquoi ils barbotaient dans l'eau. Au lieu de sauver la galaxie.

– Vous… vous voulez dire au marché noir ? s'étrangla Liitip.

– Absolument. (Le Prof semblait plus chagriné pour ses algues que pour leur entorse à la loi.) Allons, terminons de ranger la dernière fournée…

En effet, les deux plongeurs, qui avaient terminé, les observèrent ranger la dernière fournée en se laissant ballotter par les vagues. Ils se hissèrent à bord une fois les caisses emportées. Tycho s'ébroua tel un gros chien. Liitip gigota comme s'il résistait à l'envie de lisser ses plumes.

– On est bon ? vérifia Tycho.

– On est bon, confirma Lucas.

Ils rejoignirent les récifs où reposait le *Loquace*. Curieuse, Rikke observa Gwy et Zkrreck qui, agilement, sortaient les attilas sèches et cassantes de leurs tiroirs, les glissaient dans des sachets, aspiraient l'air et les rangeaient dans de nouvelles caisses. En un quart d'heure, les dernières étaient emballées, le bazar était rangé, les caisses étaient prêtes pour l'après-midi.

– Bon travail, déclara la Capitaine. Tycho, Kani, allez vous sécher et vous réchauffer. Ccel, Zkrreck, Liitip : douche pour vous laver du sel. Rikke, Lucas, un coup de main pour rincer le matériel. On mange, on se repose et on reprend dans deux heures.

Cinq kilos de pêche, multiplié par deux plongeurs, multiplié par six tours, divisé par dix pour la lyophilisation : ils avaient récolté six kilos de leurs quarante prévus, calcula Rikke.

– Oui, répondit Lucas en voyant sa tête. Il reste encore du boulot.

L'après-midi, la Capitaine plongea avec Gwy ; Tycho assura la réception avec Liitip ; Ccel le transport avec Kani. Rikke se retrouva avec Lucas et Zkrreck pour emballer les attilas.

Elle n'y pouvait rien : la proximité du smnörg, de ses mandibules, de ses longues pattes chitineuses, de son dard sifflant provoquait en elle une angoisse irrationnelle. Assise le plus loin possible de lui, elle actionnait la petite pompe en évitant de le regarder. Il cliquetait tranquillement en direction de Lucas, qui lui répondait d'un ton détendu. Parfois, les yeux bleus du Prof se posaient sur elle, mais il ne disait rien.

Elle poussa un juron quand, pour la quatrième fois, le tuyau se déboîta de l'embout d'un sachet presque vide.

– *Dritt !* Désolée, dit-elle en rentrant la tête dans les épaules, les dents serrées.

– Ne t'inquiète pas. Nous sommes dans les temps. (Zkrreck crissa un commentaire.) Oui, n'hésite pas à forcer un peu pour l'enfoncer.

– Comme ça ?

Deux longues griffes noires, meurtrières, effilées, se tendirent vers elle. Avec sa taille et la longueur de ses pattes,

Zkrreck n'avait même pas à se déplacer ou se pencher vers elle. En un éclair, il pourrait lui transpercer la poitrine, songea-t-elle. En un souffle, il pourrait la frapper de sa queue. En une seconde, il pourrait lui perforer la tête d'un de ses projectiles en chitine. En un battement de paupière, il pourrait lui sectionner la nuque de ses mandibules.

Les deux griffes, avec délicatesse, pincèrent le tuyau de la pompe et l'emboîtèrent sur le sachet qu'elle tenait avec une petite rotation. Zkrreck s'écarta.

– Merci, marmonna-t-elle.

Il répondit avec un claquement qu'elle décida de classer comme « de rien ». Elle était en train de parler avec un smnörg, songea-t-elle. Non, un ektatesk. (*Ektatesk, ektatesk, ektatesk.* Il fallait qu'elle s'y habitue. Kani lui avait dit que le terme « smnörg » était une insulte spéciste. Comme « nègre » ou « chinetoque » ou « rital » ou de vieux mots que les Anciens de la colonie employaient parfois.)

Ils firent une nouvelle pause, ensuite. La Capitaine et Gwy, dont les lèvres étaient bleuies de froid, partirent à leur tour se sécher. Le soleil était encore haut dans le ciel. Rikke s'allongea sur un rocher, bercée par le ressac.

– On fait un dernier tour ? demandait Lucas derrière elle.

– Non. Ça suffit pour aujourd'hui, répondit la Capitaine. On verra dans quel état on sera demain, si on peut en faire plus. Quartier libre.

– Curry ce soir ?

– *Hell yeah.*

Les bras et le dos courbaturés, la peau chauffée par les rayons du soleil, Rikke décida qu'elle pourrait se faire à cette vie. Malgré l'alien tueur assis à côté d'elle.

###

Le deuxième jour de récolte fut semblable au premier. Tycho et Kani reprirent la première pêche, la Capitaine et Gwy la deuxième. Le soleil était encore haut alors qu'ils rangeaient les dernières caisses. Lucas s'approcha d'elle tandis qu'elle nettoyait soigneusement la petite pompe.

– On va faire une troisième fournée. Juste ici, près du *Loquace*, pour économiser l'essence des canots. Est-ce que tu veux plonger ?

– Je ne sais pas plonger.

– Gwy m'a dit que tu savais nager ?

– Oui.

– Tu sais mettre la tête sous l'eau ?

Elle hésita.

– Un peu. Mais le lac du village n'était pas profond.

– Tu veux essayer ? répéta-t-il.

Elle regarda l'océan, qui clapotait paisiblement, ce jour-là. Voulait-elle voir ce qu'il y avait en dessous ? Voulait-elle s'enfoncer sous l'eau ?

– Quelle profondeur ?

– Les attilas commencent à un mètre quatre-vingts. Le fond ne sera pas loin.

Parcourue d'un frisson, elle hocha lentement la tête. Puis, sans qu'elle puisse le retenir, un sourire lui mordit les joues.

Kani lui prêta une vieille combinaison. La mousse lui collait désagréablement à la peau. Lucas lui montra comment enfiler ses palmes, son masque, comment coincer l'embout du petit appareil métallique entre ses dents. Elle aspira, recracha, aspira, recracha. Impossible de respirer par le nez. Perturbant. Mais faisable. Avec maladresse, elle le suivit sur un banc de galets polis qui s'enfonçait sous l'eau.

– Les respirateurs ont deux heures de réserve, donc pas d'inquiétude. (Elle avait de l'eau à mi-poitrine, lui à la taille.

Tout comme elle, il avait enfilé une combinaison et son matériel.) Tu vas déjà t'habituer, avant d'essayer de ramasser des attilas. Allonge-toi. Essaie de regarder dans l'eau.

Elle s'exécuta, pataude. Trouva un équilibre. Plongea la tête.

Basculement.

De nouveau, elle était en apesanteur. De nouveau, un monde s'offrait à elle : un monde au sable blond, aux rochers bruns, aux coraux et coquillages et anémones et algues et poissons multicolores. Une débauche de vie. Elle tourna la tête, éblouie, essayant d'identifier tout ce qu'elle voyait. Pour la première fois en vrai. Un *crabe* détala sous une pierre, dérangé par le sable qu'elle soulevait avec ses palmes. Il y avait d'énormes *crevettes* bleues. Des *étoiles de mer* à quatre branches. Malgré elle, elle rit de joie, avala une gorgée d'eau salée autour de l'embout de son respirateur, refit surface en toussant.

– Ça va ? demanda Lucas.

Elle fit un rond avec son pouce et son index, comme elle avait vu les autres le faire. OK.

– Je te laisse patauger. Je vais commencer à ramasser des attilas, juste à côté. Tu n'es pas obligée de m'aider. Habitue-toi, d'accord ?

Rikke acquiesça à peine avant de replonger.

Basculement.

Silence.

Non, pas vraiment. Elle entendait le crissement du sable agité par les remous. Des petits chocs quand un poisson bousculait un caillou. Elle agita ses jambes. Les palmes la propulsèrent avec une force qui la surprit. Elle se sentait… rapide et toute-puissante. Sans attendre, elle commença à se diriger vers des choses qui l'intéressaient, restant à la surface, observant de tous ses yeux.

Oursin. Anémone. Bernard-l'ermite. Coque. Crevette, crevette, crevette. Des poissons vert et orange, inconnus.

Là-bas, un plus gros ! Violet, allongé, il s'enfuit en la voyant. Elle se demanda si certains étaient venimeux. Lucas l'aurait sûrement prévenue.

Elle avait atteint un endroit plus profond, où elle n'avait plus pied. Un banc scintillant, constitué d'une multitude de petits poissons noirs et brillants, s'approcha. Elle s'imagina nager au milieu d'eux. Peut-être… peut-être, si elle plongeait… Comment faisaient les autres ? Que lui avait dit Gwy ? « Allonge-toi sur l'eau, plie-toi en deux, relève les jambes. »

Elle coula vers le fond marin comme une pierre lisse lâchée dans l'eau.

Se rassembla sur elle-même, pirouetta.

Se propulsa d'un coup de palmes vers la surface.

Recommença. Resta plusieurs secondes allongée parallèlement au fond, cette fois. Glissa un coup d'œil sous un rocher. Un crabe.

Quand elle réalisa qu'elle restait en équilibre, que l'eau ne la repoussait pas vers le haut, ne l'entraînait pas vers le bas, elle cessa de remonter chaque fois. Continua son exploration en effleurant le sable.

Leva les yeux.

Sentit son cœur accélérer en constatant, en *comprenant* la masse d'eau qui se trouvait au-dessus de sa tête. Le soleil se reflétait sur les vaguelettes au-dessus, éclairait le fond de rayons lumineux mouvants et vifs. Beaucoup d'eau. Beaucoup, beaucoup d'eau. Non. *Non*. Elle n'allait pas paniquer. Elle se força à remonter calmement, en prenant son temps. Flotta un instant. Sortir la tête hors de l'eau.

Explosion.

Le bruit du ressac, le cri d'oiseaux aquatiques lui emplit soudain les oreilles. Le soleil lui chauffa les joues. L'air était tiède, vibrant, éclatant, pâle. À trente mètres de là, Lucas hissait un filet d'attilas sur les rochers, que Tycho récupérait. Kani, près des caisses, criait quelque chose.

En retrait, le *Loquace*, paisible, contemplait la scène. Ils étaient à la fois tout proches et très lointains. Rikke se sentit seule, mais cette solitude lui plaisait. Il y avait ce monde, caché, sous ses pieds, et ce monde, visible, devant elle. Elle appartenait aux deux, mais selon ses propres règles. Ses propres décisions.

Elle rajusta le respirateur dans sa bouche et plongea de nouveau.

###

– ATCHAAAA !

– Ouais, ça sent le bon gros *foda* de rhume, commenta Tycho.

Rikke s'essuya le nez avec la main, lui lança un regard noir.

– Je ne suis pas malade.

– Oh si, choupette. D'ici vingt-quatre heures, ce sera la tempête de morve. (Assis à la table de la cabine commune, il reposa sa tasse de café, se remit debout sur ses jambes maigres interminables.) LUCAS ! beugla-t-il en direction d'une coursive.

– Quoi ? lui répondit la voix lointaine, plus posée, du Prof.

– POLYPROFÈNE !

La Capitaine pénétra dans la cabine, regarda Rikke, fronça les sourcils.

– Pull-over. Et pas de trempette aujourd'hui.

– Je vais *bien*, ragea Rikke. Je ne suis pas un *bébé*.

– Pull-over. Pas de trempette.

Rikke n'avait plus cinq ans. Elle ne bouda donc pas. Non. Peut-être ignora-t-elle un peu le Prof et Liitip dans le canot. Mais elle fit son boulot. On ne pouvait rien lui reprocher.

Furieuse, elle commença à se moucher en début d'après-midi. Une petite cabine leur servait d'infirmerie. Gwy lui montra où était la réserve de mouchoirs, sans faire de commentaires.

Peu après, les lèvres serrées, se désinfectant les mains entre deux sachets, elle mit les attilas sous vide. Elle avait chaud. Sans doute le pull, une horreur jaune qui avait appartenu à Kani quand elle avait son âge. Non. Elle savait reconnaître la fièvre. Elle était bien en train de choper un rhume.

– *Fy faen*, marmonna-t-elle.

Plus de mouchoirs. Elle se leva, quitta la soute en direction de l'infirmerie.

Quelque chose bipait sur la console secondaire de la cabine commune. Elle s'approcha de l'écran sur le mur. Il y avait une carte, avec un point rouge pour le *Loquace* au milieu. Sur la gauche, un autre point clignotait, avec des inscriptions qu'elle ne comprenait pas. Elle revint vers la soute d'un pas plus rapide.

– Hum… Lucas ?

Trente secondes plus tard, ils fixaient le point qui s'était rapproché.

– Oh, flûte, commenta le Prof.

Avant d'écraser son poing sur l'interphone du vaisseau.

Sa voix retentit, assourdissante, dans les haut-parleurs internes et externes :

– *Avis à toutes les équipes ! Organisme inconnu en approche. Sud-ouest, cinq cents mètres. Espèce inconnue. Retour au* Loquace *immédiat !* (Il se retourna vers Rikke.) Le matériel sur les rochers, vite.

Au trot, elle le suivit dans la soute puis sur la rampe. Zkrreck était déjà dehors, en train de rassembler les outils qui traînaient de ses longues pattes agiles. Rikke se tourna vers la mer. L'un des canots revenait vers eux, tandis que la Capitaine et Gwy se hissaient sur l'autre. Elle scruta l'eau. Rien de spécial. Les vagues qui clapotaient contre les rochers bruns. De l'écume, des récifs. Quelques îles au loin.

Elle plissa les yeux, les protégeant du soleil avec sa main.

Un des rochers… *s'approchait.*

Son souffle se figea dans ses poumons.

– Rikke. Les sacs.

Machinalement, elle ramassa les sacs en question, les remonta dans la soute, redescendit aussitôt. Le premier canot avait accosté. Ccel et Kani débarquaient. Elles l'abandonnèrent derrière elles. Chacune portait une caisse. Le dernier groupe n'était pas loin. Le canot bondissait de vague en vague. Tycho ne ralentit pas en atteignant les galets. Le canot s'y enfonça avec un crissement. Ses occupants bondirent sur la grève, Liitip s'envola même pour rejoindre gracieusement la rampe.

– Laissez les caisses et les filets, *idiotas* ! cria la Capitaine.

C'était la débandade. Et le rocher se rapprochait, se rapprochait encore. Il était plat, brun, couvert de coquillages. Lentement, il sortait de l'eau. Deux yeux noirs apparurent. Gros comme sa propre tête, jugea Rikke. Ils bougeaient, pivotaient sur leur base articulée. Une carapace. Une carapace plate, aussi large qu'un toit de maison – non, encore plus large. Et le crabe géant se rapprochait toujours.

Une main empoigna Rikke par l'épaule. Lucas l'entraîna vers la rampe. Gwy courait près d'eux, encore mouillé, abandonnant ses palmes derrière lui.

Une fois tous dans la soute, la Capitaine activa la commande de la rampe. Ils se penchèrent pour observer le crabe qui, avec une lenteur de colosse, se hissait sur les galets. La porte se referma, le cachant à leur vue. Kani et Gwy collèrent leur nez aux hublots.

– *O que caralhos é isso ?* cracha Tycho. Je croyais que ces saloperies vivaient beaucoup plus au sud ! *Shit*, on aurait dû être tranquilles !

Le Prof se gratta le menton, l'air pensif.

– C'est la saison de reproduction, non ? Peut-être qu'ils migrent.

– Génial.

Pour des gens menacés par un monstre des mers, ils ne semblaient pas très inquiets. Rikke, elle, sentait ses paumes devenir moites.

Gwy avait approché une caisse ; il fit signe à Rikke de monter dessus pour regarder.

Hva faen.

Le crabe était *immense*. Presque aussi haut que le vaisseau. On aurait dit une araignée à longues pattes. Sa carapace d'un brun terne dégoulinait d'algues luisantes. Il se déplaçait en biais sur ses dix… non, douze pattes. Dans leur direction. Très vite.

– On décolle ?!! demanda Kani en se tournant vers sa mère.

Sa voix, malgré tout, tremblait légèrement.

– Plus le temps, répondit brièvement celle-ci.

Elle fronçait les sourcils, comme si elle calculait des solutions possibles. Était-ce leur quotidien ? De faire face à ce genre de situation ?

BOUM.

Rikke sursauta quand un choc retentit sur la coque. De l'autre côté de la vitre, le crabe se redressa, posa ses pattes avant sur le *Loquace*. Elle contempla son abdomen beige avec effroi et fascination, puis s'entendit demander :

– Il est dangereux ?

Un long crissement, une déchirure métallique, lui répondit. L'équipage grinça des dents. Zkrreck cliqueta furieusement de ses mandibules.

– Qu'est-ce qu'il dit ? demanda Rikke.

– « Mon vaisseau ! », traduisit Kani en tendant l'oreille.

Nouveau choc. Un hublot explosa, transpercé par une pince acérée. L'équipage cria et jura en reculant d'un bond.

– Qu'est-ce qu'il fout ? demanda Kani. Il essaie de grimper ?

À l'extérieur, en effet, le crabe se hissait laborieusement.

– Oh, dit le Prof.

– « Oh » ? Quoi, « oh » ? répéta la Capitaine d'un ton sec.

– Je crois que le *Loquace* possède environ la corpulence et la couleur d'un chatka femelle, répondit poliment Lucas.

Un silence suivit ses paroles.

Tycho se mit à se bidonner de rire. Zkrreck cliqueta de plus belle.

– « Cette cochonnerie essaie de s'accoupler à *mon* vaisseau ? » traduisit Kani.

Les mains de Gwy s'agitaient, formaient des signes à toute allure. Il n'aimait pas parler quand il y avait trop de monde, avait remarqué Rikke.

– Non, dit la Capitaine. Le sperme de chatka n'a pas une grande valeur marchande.

Ils vacillèrent tandis qu'un choc plus fort traversait le vaisseau. Puis encore un autre, puis d'autres, successifs.

Chtonk-chtonk-chtonk-chtonk-chtonk-chtonk.

Collectivement, l'équipage poussa un cri de dégoût.

– Allez, ça suffit. On le dégomme aux canons, dit Tycho.

– Il est trop près ! protesta Kani. Les missiles nous feraient autant de dégâts qu'à lui.

– Et les canons à protons ?

La Capitaine et Kani levèrent les yeux au ciel. Leurs expressions étaient identiques.

– Combien de fois je t'ai déjà dit que ce sont des armes spatiales, adaptées au vide, et qu'on risque un énorme retour d'énergie si on les utilise au sol ? pesta la Capitaine.

Le Taré sourit de toutes ses dents pointues.

– Je sais, mais j'aime te faire marcher.

– Je vais t'arracher les yeux.

Chtonk-chtonk-chtonk-CHTONK-CHTONK-CHTONK.

Zkrreck s'agitait de plus en plus nerveusement. Il dansait sur ses longues pattes devant les hublots, tordait le cou pour essayer de voir le crabe. Il cliqueta quelque chose. Rikke reconnut une inflexion assez marquante qu'elle avait déjà entendue dans la bouche de Tycho. Sûrement une insulte.

Elle se souvenait de ses cours d'Histoire terrestre : le langage smnörg avait sept genres. Un neutre, trois mélioratifs, trois péjoratifs. Le genre -3 était terriblement insultant, au point que le héros de guerre Yacine Boedec, qui avait sauvé la Terre quatre cents ans plus tôt, arrivait à tuer des smnörgs – des *ektatesks* – juste en leur parlant.

– Il dit que « ça suffit, ces conneries », confirma Kani.

L'équipage réagit trop tard : Zkrreck avait déjà ouvert la porte. Comme une grosse fourmi, il se faufila par l'ouverture pour sauter sur les rochers.

– *Cào*, siffla la Capitaine en bondissant après lui.

Tycho avait ouvert un placard à côté de la porte. Sans un mot, il en sortit des armes qu'il lança agilement à ses coéquipiers. Ccel récupéra un long fusil à lunette puis s'envola par l'ouverture. Le Taré regarda le Prof, le Prof regarda le Taré. Le Taré lui tendit un autre fusil, plus épais, avec un barillet.

– Tu vas viser où ?

– Sous le ventre, il devrait être plus mou.

– Mmmh. (Le Taré contempla une tronçonneuse d'un air rêveur.) Tu sais, j'ai toujours voulu me faire gober par une bestiole pour la massacrer de l'intérieur…

– Les chatkas ont quatre mandibules et trois rangées de dents circulaires. Il ne te gobera pas, il te mettra en charpie. (Le Prof lui tapota l'épaule.) Garde tes *kinks* pour une prochaine fois. Oh, donne-moi ça, je vais le passer à Nahéma.

Il fila avec un second fusil mitrailleur.

Un premier coup de feu retentit à l'extérieur du vaisseau. Rikke, instinctivement, se rapprocha de Kani. Tycho les regarda.

– Les bébés, allez vous planquer dans le cockpit et surveillez qu'il n'en arrive pas d'autres. Pas de bêtises, dit-il en soulevant un énorme lance-flamme. (Gwy s'avança d'un pas, tendit la main vers l'arme. Tycho haussa les épaules.) D'accord, mais évite de te faire éventrer. J'en entendrais parler pendant des jours. Allons-y !

Guilleret, il récupéra sa tronçonneuse et rejoignit le combat, suivi par Gwy. Les bruits de tir s'enchaînaient maintenant sans interruption.

Kani, Liitip et Rikke échangèrent un regard avant de s'élancer vers le cockpit. Ils y retrouvèrent Dagobert, perché sur la console. Le chat agitait mollement sa queue rousse en contemplant la scène. Rikke pensa qu'il avait l'air blasé.

La baie vitrée et les hublots leur permirent de tout voir.

Le crabe était perché sur la partie arrière du vaisseau. Trois de ses pattes avant étaient enfoncées dans la coque. Il avait perforé le blindage. À moitié redressé, il avait cessé ses activités… enthousiastes pour essayer de repousser les moucherons venus le perturber.

Ccel s'était perchée sur un relief du vaisseau, un peu plus loin. Méthodiquement, elle essayait de le toucher à la tête. Ses balles rebondissaient avec des éclats sur la carapace brune. À part les yeux de la créature, Rikke ne voyait aucun point faible dans son armure.

La Capitaine, Lucas et Gwy restaient invisibles. Kani activa un haut-parleur. Le bruit de leurs tirs furieux remplit le cockpit. Nouveau bouton : une série d'écrans s'allumèrent. Rikke les observa tous les trois, sur les rochers, en train de viser le ventre pâle de la bête. Gwy lâcha une flamme énorme sur une des pattes effilées. Le crabe poussa son premier cri, aigu, crissant, ponctué d'un gargouillement. Rikke sentit ses poils se hérisser sur ses bras. La patte se souleva, retomba avec violence à moins d'un mètre de Gwy, qui s'écarta d'un pas. Le crabe était rapide, mais empoté. Ses pattes n'étaient pas souples. Il n'était pas flexible. Ses déplacements se révélaient faciles à anticiper.

Sur un autre écran, elle vit Tycho escalader une échelle extérieure, se rétablir sur un des gigantesques tubes d'échappement des moteurs. Avec un rire démoniaque, il alluma sa tronçonneuse. Rikke serra les dents quand il l'enfonça entre deux plaques du ventre du crabe.

Ce dernier se redressa brutalement, entraînant Tycho qui s'envola dans les airs. Les trois jeunes poussèrent un cri, puis des bruits variés de soulagement quand il atterrit dans une mare d'eau salée. Il en émergea en crachant, ramassa son arme, repartit en courant.

Ce n'était pas le plus impressionnant.

Zkrreck était perché *sur* la carapace du crabe. Il le chevauchait comme un cow-boy insectoïde en train d'effectuer le rodéo de sa vie. Comme dans les vieux westerns que le père de Rikke, autrefois, aimait regarder. Avec fureur, il le harponnait de ses pattes acérées. L'angle était mauvais. Impossible de voir s'il parvenait à le blesser. Il tentait de s'approcher de la tête, encaissant les mouvements sismiques du crabe.

– Allez, allez… murmura Kani.

Elle, Liitip et Rikke, nez et bec plaqués contre la vitre, trépignaient tous les trois. Zkrreck trébuchait, se rattrapait, rampait sur la carapace comme une araignée sur un mur. Ses pattes se raccrochaient aux aspérités. Rikke savait qu'il était immense, qu'il mesurait plus de deux mètres. Sur le dos de la créature, il semblait aussi gros qu'une sauterelle.

Le crabe leva une pince avant, plus haute et plus souple, dans sa direction.

Tycho réapparut sur le tube d'échappement. Avec un cri furieux, il lança un objet métallisé vers l'abdomen de la bête. L'objet resta collé. Tycho dégringola jusqu'au sol. La bombe explosa, arrachant un autre crissement au crabe. Mais quand il se rétablit, ils virent que l'explosion n'avait fait que noircir son armure.

Par contre, la diversion avait fonctionné. Le crabe avait oublié Zkrreck. L'ektatesk atteignit sa cible. Ils le virent se baisser, vif comme l'éclair, et sectionner la base d'un œil, aussi épaisse que le cou de Rikke, avec ses mandibules.

Le crabe abandonna totalement le vaisseau, se décala, retomba sur le sol.

Ils se précipitèrent tous les trois vers les écrans.

Zkrreck n'en resta pas là. Horrifiée, fascinée, Rikke le vit enfoncer son dard venimeux dans l'œil restant. Il y pénétra comme dans une motte de gelée. Le crabe, aveuglé, se débattit en agitant ses interminables pattes. Le reste de l'équipage s'écarta avec prudence. Zkrreck frappa de nouveau, encore et encore. Une zone étroite, entre les deux yeux, paraissait plus tendre. Le crabe commença à tressauter, ses pattes à se recroqueviller. La queue et les pattes acérées fouillaient sa chair, le déchiquetaient.

– Oh là là, il n'est pas content, murmura Kani. Il n'aime pas qu'on abîme son vaisseau.

Bon à savoir, songea Rikke, les yeux écarquillés.

Elle voyait enfin, en *vrai*, de quoi un smnörg était capable. Elle contemplait les récits de cauchemar qu'on lui racontait depuis son enfance. Bizarrement, au lieu d'en être terrifiée, elle se sentit presque rassurée. Rien ne pourrait être pire. Rien ne pourrait être plus violent, plus brutal, plus définitif. La menace ne planait plus : elle était claire et visible. Et il y avait quelque chose de profondément tranquillisant à savoir que Zkrreck était de leur côté. Qu'il était leur allié. Qu'il pouvait les défendre. Comme il le faisait aujourd'hui.

Le crabe, entre ses mandibules, laissa échapper une mousse bleuâtre.

Puis s'affaissa sur le côté.

Zkrreck sauta souplement à terre avant qu'il ne touche le sol.

Les tirs cessèrent.

Dans le cockpit, Kani, Liitip et Rikke guettèrent l'écran, le souffle suspendu. Rien ne bougeait. Ils virent Gwy s'approcher, soulever son lance-flamme, les muscles bandés. *Bwooouf.* Une flamme vint lécher la tête du crabe. Il ne tressaillit même pas.

– Yesssss ! s'exclama Kani avec un geste de victoire.

Elle bondit vers l'échelle, en jetant au passage un regard vers la console. Aucun signe d'un autre chatka sur l'écran. Ils dégringolèrent à sa suite pour rejoindre la soute et l'extérieur.

Dehors, les adultes étudiaient le crabe mort avec intérêt. Le Prof prenait des notes dans son carnet. La Capitaine et Ccel, avec un pied-de-biche, arrachaient un morceau de sa carapace sur l'une de ses pinces. Gwy ramassait les armes laissées à terre. Tycho, le bras ensanglanté, urinait sur une patte. Ils coururent ou voletèrent pour les rejoindre.

De près, le crabe paraissait encore plus gros. Rikke se tordit la nuque pour observer la bouillie où se trouvaient auparavant ses yeux. Zrreck, toujours perché sur son dos, essuyait ses pattes et son dard sur les algues qui y étaient accrochées. Avec des cliquetis secs, il rampa ensuite jusqu'aux rochers.

Et se retrouva juste en face de Rikke. Enfin, un peu au-dessus.

Elle déglutit. Il la fixa de ses yeux à facettes.

Elle lécha ses lèvres sèches.

– Comment on dit « merci », en ekta ?

Il lui répondit par un crissement assez doux, avec claquement sec à la fin. Elle essaya de le reproduire jusqu'à ce qu'il hoche la tête.

– *Merci.*

– *Je t'en prie.*

– Tu pourrais m'apprendre l'ekta ?

Nouveau signe de tête. Zkrreck se tourna vers Tycho, qui fumait une cigarette. Cliqueta une longue phrase. Le Taré haussa les épaules.

– Ouais, je peux lui apprendre des insultes mortelles. Ça pourrait être utile. (Malgré ses vêtements trempés et sa blessure, il avait l'air réjoui. Il se frotta les mains.) C'était bien sympa, tout ça. Un bon petit mardi.

– On est vendredi, corrigea le Prof qui avait rejoint l'effort pour dépiauter la pince.

La carapace céda avec un bruit mouillé. Un morceau de chair ferme, d'un blanc perlé, apparut en dessous. Rikke réalisa soudain que, malgré son rhume, l'après-midi touchait à sa fin et qu'elle était morte de faim. Son ventre gargouilla.

L'aventure, sans doute.

La Capitaine ouvrit son couteau militaire. *Clac.*

– Ce soir, c'est matoutou de crabe.

###

Au final, ils avaient récolté trente-huit kilos d'attilas. La Capitaine décida d'en rester là. Ils récupérèrent leur matériel, les canots, tailladèrent plusieurs kilos de la chair blanche du crabe géant. Sur un organisme d'une telle taille, le poison de Zkrreck n'agissait que localement, la rassura Kani. Ils ne risquaient pas de s'intoxiquer.

Le chatka avait entaillé le blindage externe de la coque, mais l'interne tenait bon. Ils réglèrent la question du hublot détruit en abaissant son volet blindé d'urgence. En vendant trois kilos d'attilas, ils obtiendraient suffisamment de tricreds pour les réparations. La Capitaine décida qu'ils passeraient la nuit sur une île plus large. Loin de l'eau et d'autres potentiels crabes libidineux. Le lendemain, ils partiraient pour un des astroports d'Atlantis afin de retaper le *Loquace*.

Tandis qu'ils remballaient leurs dernières affaires, Rikke se tourna vers Kani :

– Et ensuite, demanda-t-elle pour montrer qu'elle suivait, on va vendre les attilas à votre informatrice, c'est ça ? Pour avoir des infos pour la mission ?

Le visage de Kani s'éclaira.

– Informatrice ? (Elle se tourna vers sa mère, l'air excité.) Est-ce qu'on va voir Beatriz ?

La Capitaine approuva d'un signe de tête.

– C'est ça. Je voulais vous faire la surprise.

– Yessssss ! siffla Kani. Trop bien.

Derrière elle, même Gwy souriait d'un air épanoui.

– C'est qui, Beatriz ? demanda Rikke.

– Je vais te raconter, promit Kani. C'est surtout son comptoir qui est intéressant. On a tout le voyage pour t'expliquer…

D'accord.

Elles montèrent à bord. Sans réfléchir, Rikke suivit Kani, qui s'apprêtait à rejoindre le cockpit. Kani la regarda. Sembla deviner ses pensées.

– Tu veux me copiloter ? proposa-t-elle.

Rikke hocha la tête, déterminée. Copiloter, elle pouvait faire. Elle pensa au reste de l'équipage, en train de les défendre. De *la* défendre. Leur force. Leur entêtement. Leur folie qui n'était pas si folle, juste une acceptation de leur sort, de l'univers, une volonté d'en profiter selon leurs termes.

Elle pouvait être forte. Elle pouvait être entêtée. Elle pouvait être un peu cinglée, elle aussi, et libre, et décider du sort qui l'attendait.

Et peut-être un jour pourrait-elle les défendre, à son tour.

En tout cas, se rendre utile.

Elle se remémora la sensation d'apesanteur, de liberté qu'elle avait éprouvée sous l'eau.

– À l'astroport. En attendant que le vaisseau soit réparé. Tu pourras réessayer de me connecter ?

Kani lui sourit. Son regard pétillait.

ÉPISODE #4

L'histoire avec le match de potatoball

Fun fact !

Sur Terre, les jeux de ballon existent depuis des millénaires. À travers l'histoire, selon les époques et les régions du monde, on a trouvé des traces de ballons en boyaux de chat concassés recouverts de feuilles de palmier tressées (Égypte), en gomme arabique (Asie), en latex (Mésoamérique) et en estomac de porc recouvert de cuir (Europe).

Dans la Grèce antique, on jouait déjà avec des vessies de porc, et Platon (4e siècle av. JC) évoque l'existence de ballons recouverts de pièces de cuir.

Vers la même époque, en Chine, on trouve des témoignages d'un jeu de ballon nommé *cù jū*. On peut traduire « *cù* » par « frapper » et «*jū* » par « balle »… Il évolue au fil des siècles et prend le nom de cuju, avant de décliner vers le 16e siècle.

Dans les années 2000, plusieurs professionnels et même le président de la FIFA confirment que, à leurs yeux, la Chine est le pays originel du football.

L'étape suivante était familière. *La planète P Aquarii Ab*, se remémora Kani, plongée dans l'esprit du *Loquace*, en amorçant leur atterrissage. *Également appelée Skybelt.* Elle virevolta sur elle-même dans le néant entrecoupé de couleurs vives, effleurant un système par ici, cajolant une commande par là. Au fond d'elle-même, sur un autre plan de conscience, elle pouvait sentir la main de Rikke dans la sienne et entendre ses commentaires dans son oreille :

– La capitaine dit qu'on a l'autorisation d'atterrir. Tarmac B-2. Attends, c'est... Je le vois. Pivote de quarante-cinq degrés – non, dans l'autre sens... (Un marmonnement.) Moins quarante-cinq degrés, d'accord. Trois cents mètres en avant, et tu peux descendre à la verticale. *Schmø*, on est bien.

Kani n'avait jamais vu la planète, depuis l'espace, de ses propres yeux. Néanmoins, elle en avait observé des photos. Skybelt était une petite planète située en limite de la zone habitable de son étoile. Ses pôles étaient recouverts de glace jusqu'aux dixièmes parallèles nord et sud. Par conséquent, il ne subsistait qu'une étroite bande accueillante, autour de l'équateur, principalement constituée de prairies orangées d'où surgissaient de gigantesques cicatrices rocheuses de couleurs rouille et ocre.

Le Comptoir du Voyageur Tranquille de Beatriz Acanfora ne respectait pas vraiment la description de son nom : loin d'être une simple étape sur une planète perdue, il s'agissait d'une véritable colonie où se ravitaillait une bonne partie de la galaxie. Le Comptoir occupait un chapelet d'anciens cratères remplis de verdure qui s'étalaient sur la plaine comme un collier de petits pois fraîchement cueillis. Le nom était doublement trompeur : en général, chez Beatriz, on trouvait tout ce qu'on recherchait sauf la tranquillité en question.

Un à un, les systèmes du vaisseau s'éteignirent sous les yeux de Kani. Un éclair blanc – elle cligna des paupières et reprit connaissance dans le cockpit.

La chaleur lui tomba dessus comme une chape de plomb. La gravité était faible, l'atmosphère ténue et le soleil frappait fort. Elle se sentait déjà transpirer sous sa combinaison. Avec un grognement, elle s'extirpa du fauteuil. Malgré tout, un sourire étirait ses lèvres. Elle aimait Skybelt, elle aimait Beatriz, et elle aimait l'ambiance anarchique qui régnait dans son petit refuge.

Près d'elle, perchée sur la pointe des pieds, Rikke observait les environs par la verrière. Son visage se plissait avec méfiance.

– Donc c'est une sorte de… receleuse ?

Sa bouche se tordait autour du mot comme si elle le prononçait pour la première fois.

– Elle s'est spécialisée dans l'information, mais parfois elle revend aussi des équipements qu'elle a obtenus par, disons, le plus grand des hasards, confirma joyeusement Kani en se laissant glisser vers les ponts inférieurs.

En bas, le reste de l'équipage s'agitait dans tous les sens. Chez Beatriz, il y avait toujours moyen d'échanger ses bibelots contre un pistolet modifié, son pistolet modifié contre une poule naine, sa poule naine contre un secret militaire, ou son secret militaire contre une rarissime tablette de chocolat à 70 % de cacao. Chez Beatriz, tout était possible. Y compris une embuscade dans une ruelle pour se faire dépouiller de son trésor récemment acquis. « Chacun sa merde » était la devise officielle de l'endroit et le résumé de sa politique de sécurité.

– Première équipe en permission, ne vous dispersez pas ! cria sa mère par-dessus le vacarme. Ceux qui restent à bord, on se retrouve dans trois heures pour déjeuner.

Ils avaient tiré au sort. Tycho tirait la tronche depuis l'orbite.

Kani ramassa le sac qu'elle avait préparé et qui contenait, à son humble avis, une jolie petite récolte : un sachet de graines de *tikkaha* qu'elle avait ramassées sur son temps libre lors d'une mission précédente (les graines n'avaient rien de dangereux mais donnaient, durant quelques heures, une perception auditive accrue) ; des roses des sables en saphir de Robin III, toujours plus efficaces et recherchées que les artificielles ; et, surtout, son vieil uniforme de l'Académie, dans lequel elle ne rentrait plus depuis longtemps… une belle monnaie d'échange pour les cosplayeurs et les pervers de la galaxie.

Elle descendit la rampe en compagnie de sa mère, Gwy, Lucas et Ccel. Le soleil frappait durement les herbes hautes tubulaires, couleur safran, dont les racines plongeaient sur une centaine de mètres pour profiter des nappes aquatiques souterraines. Une vingtaine d'autres vaisseaux cuivrés reposaient sur les tarmacs grossiers en béton. Leurs occupants se prélassaient parfois à l'ombre de leurs formes effilées : des humains, pour la plupart, revêtus de combinaisons aux insignes variés. Tandis qu'ils s'avançaient vers la porte blindée du cratère principal, Kani repéra un vaisseau militaire de la Trialliance, dont deux sentinelles au garde-à-vous défendaient l'accès. Il y avait également, chose assez rare, un vaisseau olumanlu aux courbes fluides et complexes, aux composants argentés et translucides. Plusieurs curieux l'observaient sans se gêner. Quelques lutiennes y effectuaient des réparations : les olumanlus ne quittaient pas le cœur du vaisseau, arrangé pour répondre à leurs besoins biologiques. C'était rare de les voir hors de leurs systèmes. Elle se demanda ce qu'ils fichaient là.

Un grognement de sa mère la tira de ses pensées. Elle tourna la tête pour suivre son regard. Sur la piste d'atterrissage la plus proche de la porte, un Classe 2 ekta luisait au soleil. Le modèle était légèrement supérieur à celui du *Loquace*, mais construit pour la vitesse lui aussi, avec un équipage réduit, et…

Reconnaissant la proue effilée, elle imita le ronchonnement de sa mère.

– Oh ! C'est le *Querelleur*, non ? lança gaiement Lucas.

[*Shit*], signa Gwy.

– Qu'est-ce que cet *èr băi wŭ* fait dans le coin ? grommela sa mère.

Lucas s'arrêta et, avec un soupir, planta ses mains sur ses hanches. Les membres d'équipage du vaisseau en question, habillés principalement de cuir noir – et, franchement, question mauvais goût et ridicule, on ne faisait pas mieux, jugea Kani – leur lançaient des regards suspicieux depuis l'ombre où ils étaient installés.

– Vous croyez qu'on pourrait garder Tycho à bord ? Pour une raison ou une autre ? demanda Lucas d'un ton plein d'espoir.

– Ça m'étonnerait, répondit Ccel dont les plumes sombres, sur la nuque, s'étaient hérissées.

Kani et Gwy échangèrent un regard résigné alors qu'une silhouette apparaissait en haut de la rampe, les apercevait, et s'avançait dans leur direction.

– On se casse, décréta la capitaine en pivotant.

– Nahéma, non, répliqua Lucas en la rattrapant par le bras, encastrant un sourire poli entre ses lèvres.

La mère de Kani renifla, inspira, avant d'afficher une expression sinon amicale, du moins neutre. Kani l'imita. Gwy, les mains dans les poches, se contenta d'observer la scène, la tête inclinée sur le côté. Au moins, sa posture faisait gonfler ses muscles de façon menaçante.

L'homme, de petite taille, à peine aussi grand que Kani, s'arrêta sous le nez de la capitaine. Cheveux noirs luisants plaqués en arrière, bouc poivre et sel, il leur offrit un sourire nerveux. Ses yeux sombres brillaient d'une lueur intelligente mais agressive, presque cinglée. Kani avait toujours trouvé qu'il ressemblait à une sorte de roquet.

– Capitaine Barret, susurra-t-il d'un ton qui parvenait à être à la fois réjoui, furieux, suave et profondément insultant.

– Capitaine Texugo, répondit la mère de Kani.

Elle plissa le nez en prononçant « capitaine », comme si elle doutait fortement qu'il méritât le titre. Il se contenta de lui sourire de toutes ses dents jaunes, comme un glouton prêt à lui sauter à la gorge. La capitaine soupira.

– Je déteste tellement ta tronche, Texugo, admit-elle comme si elle ne pouvait nier l'évidence. Je veux dire, j'ai *vraiment* envie de te cogner.

– Oh, c'est réciproque, espèce de grande connasse coincée.

– *Kukosk.*

– *Cao ni zuzong shiba dai.*

Une fois ces salutations effectuées, l'homme jeta un regard à Kani et à ses compagnons.

– Tu as amené toute ta ménagerie ?

– Au moins, ma ménagerie ne pue pas la sueur rance, la testostérone et le désespoir. Qu'est-ce que tu viens chercher sur Skybelt, Texugo ?

– Et quoi donc, si ce n'est le bonheur, la sagesse et une montagne de cocaïne ?

À côté de Kani, Gwy laissa échapper un hoquet involontaire. Elle l'étudia en plissant les yeux. Il serrait les lèvres, cachant son hilarité. Malgré elle, un petit sourire la gagna. Elle avait beau – par principe et par loyauté – détester l'équipage du *Querelleur*, une bande de mercenaires qui leur volaient régulièrement de juteuses missions et les accomplissaient avec un manque de scrupules et de distinction assez puants, elle devait admettre qu'elle ressentait une forme de… joie sauvage à les croiser. Insulter les gens sans prendre de gants, c'est très libérateur. Ils étaient incroyablement consistants dans leur hargne. C'était presque admirable.

Texugo, visiblement satisfait de l'échange, recula d'un pas.

– Je te laisse aller vendre tes tulipes, pouffiasse. (Il lança un clin d'œil à Lucas. Son expression parvenait à être sale et hypnotique à la fois.) Hé, Doc. J'ai toujours une cabine de libre à côté de la mienne.

– Non merci, répondit Lucas.

– Tant pis pour toi ! cria l'homme en reculant. Va crever dans un trou noir, Barret ! lança-t-il avant de remonter dans son vaisseau.

La mère de Kani lui fit un double doigt d'honneur.

Leur petit groupe repartit ensuite vers la porte du cratère, ignorant les hommes du *Querelleur* qui sifflaient dans leur dos. Kani remonta la bretelle de son sac sur son épaule.

– M'man, tu crois vraiment qu'on ne peut pas garder Tycho à bord ?

– Infaisable, se contenta de grogner sa mère.

– Il ne lui a pas arraché un morceau de fesse, la dernière fois qu'ils se sont battus ?

– Avec ses dents, confirma Gwy d'une voix calme.

###

Le premier cratère, le plus grand des cinq, regroupait la zone d'accueil des voyageurs et son centre d'échange. C'était un dédale d'entrepôts et de baraques à un étage où chacun était libre de s'installer, cuisiner, dormir s'il était courageux, vendre ses biens et ses services, boire, rire, danser, échanger ou se battre avec d'autres équipages. De petites places ornées de fontaines fournissaient l'espace et l'hydratation nécessaires à toute cette agitation. De grands paulownias-parasols, aux feuilles gigantesques, protégeaient les ruelles des assauts du soleil durant le jour et retenaient la chaleur pendant les nuits fraîches.

Ils slalomèrent dans ce labyrinthe, ralentirent le pas devant quelques échoppes temporaires, évitèrent plusieurs ivrognes précoces et atteignirent l'immense entrepôt, au fond du cirque, où Beatriz Acanfora menait ses affaires.

L'endroit, haut de quatre ou cinq étages, se divisait en plusieurs secteurs entourés de galeries où s'entassait, sur des étagères derrière des comptoirs, tout ce que la galaxie pouvait compter de matériel et de ressources interdites, modifiées ou simplement rares. Des employés s'activaient à chaque poste, calculant des taux de change sur des tablettes. Une seconde porte blindée s'ouvrait au fond du bâtiment, donnant sur le tunnel qui menait au deuxième cratère. Dans ce dernier, plus sélectif, difficile d'accès, Beatriz stockait ses richesses et ses informations les plus précieuses. Les trois cratères restants, impossibles d'accès aux visiteurs, étaient des lieux de culture et d'élevage qui garantissaient à la minuscule colonie son autarcie alimentaire.

Skybelt n'était riche ni en minéraux ni en ressources alimentaires. Cependant, Beatriz possédait probablement de quoi faire chanter la moitié des personnalités politiques de la Trialliance et de l'Empire boedecien. Par conséquent, un statu quo s'était installé, et la planète était devenue zone neutre. Le Comptoir du Voyageur Tranquille ne dépendait d'aucune loi, d'aucun secteur, d'aucune alliance. Tant que personne ne venait mettre le bazar, tout le monde y était le bienvenu – surtout avec les poches pleines.

– Je vous donne une heure pour régler vos affaires, déclara la capitaine. Je vais demander un entretien avec Beatriz. Rendez-vous devant la porte.

Ils acquiescèrent avant de se disperser comme une volée d'hirondelles. Dans l'entrepôt, les employés veillaient au grain, lourdement armés.

Kani déambula, hésita entre le comptoir herboriste et le comptoir narcotique pour revendre ses graines, atterrit par hasard dans la zone technologique. Sans surprise, elle y retrouva Gwy qui lui tint compagnie tandis qu'un employé étudiait les roses des sables.

[Tu vas t'acheter quoi ?], signa Gwy.

[Je ne sais pas. J'ai besoin de bottes neuves, mais ça pourrait être n'importe où. Toi ?]

[Des pièces de rechange pour mes appareils auditifs. Si j'en trouve. Je suis sur celui de rechange. Le premier a pris des coups de crabe.]

[Chiant], soupira Kani.

Il plissait le nez, l'air mécontent. Il s'en accommodait mais, s'il avait pu vivre sans ses appareils, il l'aurait largement préféré.

[Aussi un scanner de réacteur. Les nouveaux, à ultrasons.]

[Tu peux le faire passer en frais généraux.]

[Pas envie qu'on me le pique.]

L'employé les tira de leur petite discussion :

– Je peux toutes les prendre. Vous préférez un avoir ou des devises ? (Il continua d'un ton morne.) Les taux sont plutôt en faveur des couronnes impériales, en ce moment.

– Un avoir pour le moment, s'il vous plaît, répondit Kani.

– Le calcul suit une formule exponentielle en fonction de la masse, débita-t-il. 213 points pour le plus petit cristal, 854 pour le plus gros. Ce qui vous ferait un total de 3980 points. Vous avez de la chance, il y a de la demande ces temps-ci.

Gwy hocha la tête d'un air approbateur. Kani récupéra le jeton que lui tendait l'homme avant de le remercier de nouveau.

– Les graines de *tikkaha*, comptoir herboriste ou narcotique ?

– Pharmacie militaire. Bonne journée. Au suivant !

Elle quitta Gwy pour s'enfoncer dans la zone d'armement, où traînaient des individus à la mine patibulaire. Elle n'en fut guère émue : après cinq ans d'Académie et une existence entière à fréquenter Tycho, il en fallait plus pour l'impressionner. Au contraire, elle se sentait plutôt guillerette de sortir du vaisseau, de mener ses petites affaires seule, d'échapper un moment à la présence de ses coéquipiers. Certains badauds, en reconnaissant sa combinaison de vol, hochèrent la tête dans sa direction. La capitaine Nahéma Barret avait une réputation de sérieux et d'efficacité, et son équipage en récoltait les bénéfices.

Une lutienne tenait le comptoir des drogues militaires. Sans faire de commentaire, elle pesa le sachet de graines de Kani qui en profita pour parcourir les étagères derrière elle, d'un œil curieux. Elle identifia une bonne partie des produits : à force d'assister Lucas, elle savait ce que les différents « prestataires de services » qui vendaient leurs services à la Trialliance, ou à de riches conglomérats, recherchaient afin d'augmenter temporairement leurs capacités physiques. Chaque mois, un scientifique découvrait une nouvelle plante ou un nouveau mollusque aux propriétés inédites, vite exploitées dans les guérillas qui bordaient les territoires de la Trialliance. L'idée était parfois déprimante, mais elle constituait également leur gagne-pain – ou, du moins, un bon pourcentage de ce dernier.

– Les graines sont de bonne qualité, commenta la lutienne. (Bien sûr qu'elles étaient de bonne qualité, s'insurgea Kani.) 7322 points. Vous désirez quelque chose en échange ?

– Non. Un avoir, s'il vous plaît.

Même si, par goût, Kani avait été attirée par la liberté provisoire que fournissaient certaines drogues, il était bien connu, il était même *ancré* dans les esprits des jeunes pilotes, dès la première année d'Académie, que la plupart des substances interféraient de façon négative avec leurs connexions aux appareils ektas. (Certains d'entre eux en profitaient même pour ruiner leurs chances dans une carrière où on les avait embrigadés de force, ce que Kani se garderait bien de juger.)

Elle termina sa tournée par le comptoir des uniformes où elle revendit sa tenue de cadette. Un mélange de satisfaction et de mélancolie fondit sur elle. Elle avait dix ans en entrant à l'Académie, quinze en la quittant, et mis à part la sensation de pilotage elle-même, merveilleuse et indescriptible, le reste de l'expérience lui convoquait toujours des sentiments mitigés. Elle détestait la rigueur quasi militaire de son fonctionnement, l'inscription automatique, dans ses rangs, de tous les enfants présentant des capacités de pilotage. Elle haïssait le fait de ne pas avoir eu le choix – parce qu'à dix ans, on n'est pas vraiment en mesure de refuser quand on vous emmène dans un endroit pareil. À dix ans, on est impressionnable : elle avait été impressionnée.

D'un autre côté… elle ne pouvait nier qu'elle y avait reçu une éducation de première qualité, et en était ressortie avec une puissance de négociation rare, surtout pour son âge. S'il lui avait paru naturel de rejoindre sa mère, en vérité, elle aurait pu être embauchée sous quinze jours sur n'importe quel vaisseau de son choix, privé, militaire, scientifique.

Songeuse, elle caressa une dernière fois le tissu bleu sombre avant de l'abandonner aux soins de l'homme derrière le comptoir.

Elle repoussa ensuite ses souvenirs, observa les trois puces dans le creux de sa main, et se demanda ce qu'elle allait faire de tous ses points.

Il lui restait une bonne demi-heure, suffisamment pour faire un peu de repérage. Elle s'enfonça dans les allées étroites, aux étagères surchargées de marchandises. Bah, si elle ne trouvait rien pour elle, elle pourrait toujours commencer ses courses de Noël. C'était encore dans trois mois, certes, mais elle n'aurait peut-être pas d'autres occasions d'ici là.

Comme chaque fois qu'elle venait au Comptoir, ses pas finirent par la mener jusqu'à la zone d'importations terrestres. Elle sourit en y retrouvant Gwy, de nouveau.

[Je savais que tu traînerais dans le coin], observa-t-il.

Elle lui fit la grimace la plus horrible de son répertoire, sans méchanceté. Il se contenta de rire silencieusement. Même dans la pénombre de l'entrepôt, ses yeux bleus restaient apaisants. Lucas pouvait forer jusqu'au fond de votre âme, songea-t-elle, mais Gwy était un gros rocher plat et sec posé au milieu d'une tempête.

[Tu as trouvé son scanner ?]

[Oui. Pas trop cher. Je cherche des trains.]

[Il te reste de la place dans ta cabine ?]

[Il y aura toujours de la place pour des trains.]

De sa voix posée, un peu rauque, il demanda à la vendeuse si elle avait des modèles réduits. Kani en profita pour fouiller des yeux dans le bazar. Elle n'avait pas de collection, contrairement à Gwy, mais la Terre la fascinait, comme la majorité des humains exilés. De tout l'équipage, seul Lucas y avait un jour mis les pieds. Il y avait même passé une partie de son enfance, jusqu'à ses six ans.

Elle parcourut des rangées de disques et de cassettes audio. Des reproductions, pour la plupart. Ces dernières avaient toujours du succès. Il y avait aussi des albums photographiques, des maquettes, des bibelots pseudo-culturels, de petits meubles, des vêtements traditionnels. Avec curiosité, elle se pencha vers des figurines des héros de la Grande Résistance, les premiers à avoir capturé un vaisseau ekta, quatre siècles plus tôt. On reconnaissait aisément Fontanille, dans son uniforme de pilote, avec ses cheveux bleus. Boedec était petit et chétif, contrairement à la propagande de l'Empire boedecien. Elle fixa son bras manchot pendant un moment. Des adolescents, comme elle. Elle se demanda ce qui leur était passé par la tête tandis qu'ils sauvaient l'humanité. Si l'urgence de la situation avait rendu leurs choix simples, les avait dispensés de s'interroger sur leur existence.

Elle continua sa fouille visuelle. (Chez Beatriz, on ne touchait pas.)

Au final, c'est un tableau qui arrêta son regard. Kani n'était pas du genre à s'encombrer d'objets inutiles. Elle voulait se faire plaisir et s'était attendue à repartir, peut-être, avec un couteau suisse antique mais utilitaire ; une veste vintage mais résistante ; une machine à pain pour tester de nouvelles recettes et soudoyer Tycho et Zkrreck avec de la brioche ; ou encore, si elle avait de la chance, une vieille édition illustrée d'un de ses romans préférés. Cependant, la peinture l'interpellait. Elle représentait des monts escarpés, encadrant des vallées ocre et vertes où des lacs réfléchissaient le ciel comme des flaques de mercure. Entre de gros nuages tempétueux, des éclaircies transperçaient l'air comme des lames de lumière. Il n'y avait pas d'habitations, à part une petite ruine en pierres grises sur une berge. Elle distingua les restes d'une tour, d'un bâtiment carré. Un château ? Elle n'avait jamais vu de châteaux. Il n'y en avait pas dans la Trialliance – du moins, pas tels qu'on les décrivait dans les vieux contes de fées qu'on racontait encore aux enfants humains.

Une vague fantastique, romanesque, l'envahit. Elle imagina cette nuée de créatures magiques, tirée des contes, qui lui avaient toujours semblé si lointaines, si attachées à la Terre, à l'autre bout de la galaxie. Les lutiennes n'avaient pas de folklore, pas vraiment ; les équipages itinérants possédaient bien quelques histoires de fantômes, mais le tour était vite fait ; quant aux colons sur leurs planètes neuves, inconnues, ils avaient été bien trop occupés à explorer et à s'organiser pour inventer de nouvelles légendes. Les histoires qu'elle avait entendues, petite, s'étaient toujours rapportées à la Terre, à des royaumes aux noms spécifiques depuis longtemps disparus. Le tableau, soudain, lui rappelait la vérité de leurs origines.

– Excusez-moi. Je peux le voir de plus près ?

Scotland 1906 était inscrit au dos, au crayon de papier. Quand elle l'approcha de son visage, le paysage disparut pour ne laisser que des touches de peinture, à la fois grossières et habiles, aux centaines de couleurs. Elle l'écarta. Le paysage réapparut. Ça aussi, c'était de la magie, décida-t-elle. Comme si la peinture refusait de lui livrer ses secrets, n'acceptait de lui appartenir que dans son entièreté.

– Combien de points ?

La vendeuse consulta sa tablette.

– Quatre mille.

La question ne se posait même pas, décida Kani en hochant la tête.

Gwy observa la femme emballer sa nouvelle acquisition en haussant les sourcils.

[Quatre mille, c'est cher, non ?] signa-t-il discrètement. [Ça ne te ressemble pas.]

[Ça me fait plaisir], répondit-elle simplement.

Et elle était sincère : l'objet, purement gratuit, lui faisait gonfler le cœur comme si elle avait retrouvé une partie d'elle-même, ou peut-être un endroit quitté depuis longtemps. Le sourire aux lèvres, elle récupéra son paquet. Puis désigna un nunchaku sur une autre étagère parce que, hé, Noël et Tycho. Le temps qu'elle récupère une puce avec son avoir mis à jour, considérablement allégé, Gwy tapotait sa montre.

Ils se hâtèrent vers la porte blindée, dans les entrailles de l'entrepôt.

###

Beatriz Acanfora était une femme d'une cinquantaine d'années, haute de deux mètres dix, bâtie comme un taureau, à la peau dorée et aux courts cheveux poivre et sel. Vêtue d'un simple débardeur et d'un pantalon de treillis bleu, elle se releva de son tabouret, derrière une large table couverte de papiers et d'écrans électroniques, pour les accueillir avec joie.

– Barret ! Oh, tu as amené Kani ! Kaniiiiiiiiiiiii !

Kani, sans protester, se laissa soulever dans une étreinte digne d'une ourse. Ses côtes craquèrent. Beatriz déposa un baiser bruyant sur son crâne avant de la relâcher.

– Salut, Doc. Sois en paix chez moi, Ccel-*tlii*. (Ses yeux noirs se posèrent sur Gwy. Son sourire se fit plus acéré.) Ah, le petit mécano. Alors, petit mécano ? Toujours prêt à me défier au bras de fer ? Tu t'es entraîné, j'espère ?

Ils faisaient environ la même taille, mais Gwy paraissait *frêle* à côté de la receleuse. Ce qui n'était pas peu dire. Lentement, il hocha la tête. Elle s'esclaffa.

– Ah ! Tu tiendras peut-être plus de huit secondes, cette fois ! (D'un geste, elle les invita à s'asseoir autour de la table.) Installez-vous.

Elle tira sur une corde accrochée au plafond et, une seconde plus tard, un ektatesk apparut en cliquetant, un pichet d'eau fraîche dans une pince. Il le déposa sans délicatesse sur le bois sombre, éclaboussant une carte spatiale. Même s'il faisait deux fois la taille de Beatriz, celle-ci ne paraissait pas impressionnée.

– Les ambassadeurs olumanlus attendent toujours.

– J'ai dit que je les recevrai après manger ! Arrête de râler, vieux scorpion !

L'ektatesk s'éloigna en ronchonnant. Beatriz leur servit à boire dans des gobelets en plastique avant de poser une jambe sur son autre genou.

– Alors, les jeunes, qu'est-ce que je peux pour vous ? J'ai pas trop le temps de bavarder. On verra pour manger ensemble un soir si vous restez quelques jours, proposa-t-elle.

Droit au but, comme d'habitude. Kani prit une gorgée d'eau tandis que sa mère sortait une clé électronique d'une poche de sa combinaison.

– J'ai besoin de renseignements. Un dénommé Victorio Souza Zeng. Un ancien pilote de la Trialliance qui a déserté il y a dix-neuf ans. Tu trouveras toutes les informations dont je dispose sur cette clé. C'est possible qu'il ait rejoint une colonie séparatiste, ou même l'Empire boedecien. À vrai dire, je n'ai aucune idée d'où il se trouve, ou s'il est encore vivant.

Beatriz, qui portait son gobelet à sa bouche, se figea. Ses pattes d'oie rieuses disparurent. Elle dévisagea la capitaine d'un air indéchiffrable.

– C'est pressé ?

La mère de Kani haussa une épaule.

– Pas vraiment. Mais je suis prête à te donner un bon prix contre sa localisation.

La receleuse tapota de ses ongles courts sur la table.

– Tu m'intrigues. Habituellement, je ne demande pas de raison, mais…

Ce fut au tour de la capitaine de plisser les yeux, l'air méfiant.

– Tu ne me demandes même pas comment je compte te payer ?

Les deux femmes s'affrontèrent du regard. Les quatre autres avaient suivi l'échange en silence. Kani échangea une expression curieuse avec Lucas, essayant de comprendre la scène.

– Qu'est-ce qui se passe, Beatriz ? demanda la capitaine d'une voix froide.

La grande femme soupira, puis se détendit, s'installant plus confortablement sur son tabouret. Sans façon, elle expliqua :

– Tu es la deuxième à me demander la même info aujourd'hui.

– Pardon ?

La voix de la mère de Kani était glaciale.

– Texugo m'a réclamé la même chose il y a moins de deux heures. *Porra*, il avait exactement la même clé que toi. Ton employeur t'a doublée, on dirait. Ou alors, il n'a pas été tout à fait honnête avec toi.

La capitaine se cacha le visage dans les mains, marmonnant ce qui ressemblait de près à « *castrer Guo* ». Lucas, l'air sérieux, appuya ses coudes sur la table.

– Et vous l'avez déjà, *senhora* Acanfora ? L'info ?

– Non. Je suis douée, mais pas prophète. Je lui ai dit d'attendre quelques jours, pour voir si je trouvais un début de piste. (Elle se frotta le menton.) Ça m'ennuie. J'aimerais vous rendre service. Mais il a demandé en premier.

– Tu as une conscience, maintenant ? demanda la capitaine.

– Plutôt une réputation à tenir. Si je balance des secrets galactiques à tous les vents, je vais perdre des clients. C'est juste du business. Mmmmh. En même temps, tu m'as prévenue il y a deux jours que tu avais une information à m'acheter. Il a débarqué sans prévenir. Que faire, que faire… ?

Loin d'être ennuyée, la situation semblait particulièrement la réjouir. Kani croisa le regard exaspéré de sa mère. C'était dans ces moments-là qu'elle n'était pas certaine de vouloir assumer la responsabilité de capitaine à son tour.

– Et si on s'arrange entre nous avec l'équipage du *Querelleur* ? intervint Ccel.

– Bonne chance, répondit joyeusement Beatriz. Mais, s'il est d'accord, vous pouvez vous partager tous les deux le prix de l'information. (Elle se tourna vers la capitaine.) Crache le morceau : tu comptais me proposer combien ?

– J'ai vingt kilos d'attilas, selon les ressources que tu vas mettre en œuvre.

Beatriz poussa un petit sifflement.

– Texugo a récupéré trois caisses de combinaisons furtives dernier cri. Ça se vaut. Allez le voir. Ça m'étonnerait qu'il accepte mais, dans tous les cas, revenez ici au coucher du soleil. J'aurai peut-être même déjà quelque chose pour vous.

###

– Non, décréta Tycho. Non. Non. Non. Non. Non. (Puis :)De toute façon, si je le vois, je vais lui péter sa petite face de furet.

De retour sur le *Loquace*, l'ensemble de l'équipage, installé dans la cabine commune, s'engouffrait le contenu de barquettes de *feijoada* que l'équipe de Kani avait achetées dans les rues du cratère avant de regagner le vaisseau. Liitip picorait son déjeuner d'un air prudent, avant de le juger acceptable. Il était adorable. De son côté, Rikke avait les joues pleines comme un hamster.

Lucas agita sa fourchette.

– Est-ce qu'on a le choix ? Si le docteur Guo a recruté plusieurs équipes…

– Il m'avait promis d'être transparent, commenta la capitaine d'un air indéchiffrable.

– Ouais, cha ne lui rechemble pas, mâchonna Tycho. P'têt les luchiennes qui lui ont fait des bébés dans le dos ? Tu sais quelque chose, poussin ?

La plupart des têtes se tournèrent vers Liitip, qui rentra la sienne entre ses ailes.

– Je… je n'en ai aucune idée, pépia-t-il.

Zkrreck cliqueta des mandibules.

– Les conditions ne changent pas.

– Non, admit la capitaine. Et le pilote, Victorio Souza Zeng, reste notre meilleure piste pour retrouver la planète d'origine de la plante nécessaire au vaccin.

Un silence pensif et masticateur suivit ses paroles.

Gwy leva posément la main. La capitaine lui accorda la parole d'un signe de tête.

– Texugo refusera de collaborer, ne serait-ce que pour nous faire les pieds. Vrai ?

– Ce sale petit connard de mes deux, soupira Tycho.

– Et si la *senhora* Acanfora nous donne l'information, il l'accusera de favoritisme.

– Malheureusement, admit la capitaine, Beatriz a raison. C'est sa réputation qui attire les clients ici. Texugo est arrivé le premier.

– Donc la seule solution, c'est qu'il n'ait pas d'autre choix que de nous donner l'information. Qu'il veuille nous la donner… ou qu'il y soit obligé.

– Ouais, répondit Tycho. Mais – et ça me dégoûte de le dire – il fait plutôt bien son boulot, et il n'est pas dans la dèche. Si Guo ou les lutiennes l'ont embauché, c'est pas pour rien. Il a dû recevoir la même avance que nous, et doit viser le pactole, lui aussi.

– Et son honneur ? demanda Gwy.

Un chœur de rires et d'exclamations dubitatives lui répondit. Kani observa son ami avec attention, de plus en plus curieuse de là où il voulait en venir.

– Isac Texugo a autant d'honneur qu'un carcajou affamé devant une carcasse de lapin, marmonna Tycho. (Il réfléchit.) Et à peu près les mêmes manières pour bouffer.

– Un peu comme toi, dit platement la capitaine.

Son second lui répondit par un sourire plein de dents et de haricots rouges.

Gwy grimaça. Kani observa ses doigts qui s'agitaient. Il persévéra, même s'il n'aimait pas être le centre de l'attention.

– Sa fierté, alors ? Son arrogance ?

– C'est déjà plus indiqué, admit la capitaine.

– Est-ce qu'on ne pourrait pas… (Gwy chercha posément ses mots.) Lui lancer un pari ? Ou le défier ? L'appâter avec quelque chose qu'il convoite ?

Un nouveau silence suivit ses paroles. Kani sourit, le nez dans sa barquette.

– Yesssssssss ! dit enfin Tycho.

– Si on joue sur son ego, ça devrait probablement marcher, approuva Lucas.

La capitaine taquinait sa nourriture, une lueur calculatrice dans les yeux.

– Il faudrait qu'il soit sûr de gagner, mais que nous ayons une botte secrète…

Kani eut l'illumination. À son tour, elle leva la main, trépignant sur son siège. Sa mère l'observa d'un air interrogateur.

– Est-ce que son équipage a changé, depuis l'an dernier ?

– Pas que je sache.

– Alors est-ce qu'on ne pourrait pas…

Elle expliqua son idée. Tycho gloussa de joie, Lucas pâlit, sa mère hésita, Ccel resta impassible, Zkrreck lâcha un nuage de phéromones revanchardes et Gwy se massa les yeux. Liitip et Rikke les dévisagèrent d'un air perplexe. Dagobert, perché sur la table, se lécha l'anus avant d'aller inspecter une barquette à moitié pleine abandonnée.

– Ça va faire cher en frais médicaux, estima finalement Lucas.

– Pour lui, ouais ! caqueta Tycho.

– Et je ne suis pas sûr qu'on puisse demander à Liitip…

À nouveau, l'équipage se tourna vers le petit lutien, dont l'expression se fit affolée.

– Je… je ne sais pas. Qu'est-ce que c'est, du *potatoball* ?

###

Au crépuscule, comme convenu, la capitaine, Kani et Lucas retournèrent voir Beatriz. Texugo patientait devant la porte de l'entrepôt, lui aussi, accompagné par deux de ses hommes : un grand pâle et blond, Luther, qui lui servait de second et un autre, plus jeune, noir et avenant, que Kani ne connaissait pas.

Le mercenaire, en les apercevant, les scruta d'un air soupçonneux.

– Qu'est-ce que vous faites là ?

– Il semblerait qu'on soit après la même info, répondit la capitaine d'un ton bref.

Un éclair de compréhension traversa les yeux noirs de l'homme. Il ricana sans joie.

– On est plusieurs sur le coup, alors ? Ça ne m'étonne pas.

La porte s'ouvrit, les dispensant de répondre. Ils retrouvèrent Beatriz dans la même salle. Des bougies brillaient sur la table, où traînaient des bouteilles d'alcool. Ils s'installèrent devant la femme, qui pianotait sur une tablette, un doigt en l'air, leur indiquant de patienter.

– Bien ! dit-elle enfin. Vous êtes tombés d'accord ? Non, je suppose ?

– D'accord sur quoi ? demanda Texugo.

– Tu es arrivé le premier. Tu devrais avoir la priorité pour l'info. Mais, en contrepartie, Barret m'a contactée avant toi. (Elle soupira, étirant ses bras épais comme des troncs au-dessus de sa tête.) Ça m'arrangerait que vous vous entendiez comme des gens civilisés. Si vous partagez l'information, vous pourrez vous diviser le paiement.

Texugo réfléchit. Puis sourit d'un air affable.

– Non, se délecta-t-il.

– Avant de poursuivre, interrompit la capitaine, Beatriz, est-ce que tu as trouvé quelque chose ?

– J'ai une trace de votre zigoto il y a une quinzaine d'années, alors qu'il cherchait un passage entre deux secteurs indépendantistes. Je devrais pouvoir dégoter le vaisseau sur lequel il s'est fait la malle et sa destination. Après ça, il va me falloir plus de temps pour savoir ce qu'il est devenu. Surtout s'il a disparu dans l'Empire boedecien.

La capitaine soupira.
– Texugo, je suis prête à assurer soixante pour cent du paiement.
– Ma chère capitaine Barret, suce ma carotte, répliqua-t-il. Même si tu payais tout, c'est mon information. (Il lança un regard d'avertissement à Beatriz.) Et je ne veux pas que tu en récoltes une miette supplémentaire.
Leur hôtesse leva les mains en signe de reddition.
– Désolée, Nahéma.
– J'ai une autre proposition.
– Va chier, Barret.
– Je te joue l'information au potatoball.
Le grand blond, Luther, recracha sa gorgée d'eau-de-vie. Texugo, l'espace d'une microseconde, en resta la bouche entrouverte. Beatriz piailla de joie et battit des mains.
– Tu veux… (Texugo avala sa salive.) Contre quoi ?
– Ma cargaison d'attilas. Vingt kilos.
Il renifla d'un air hautain.
– Ne me prends pas pour un béjaune, Barret.
– Très bien. (Elle inclina la tête.) Je mets en jeu le docteur Dahl.
Beatriz poussa un « oh » sonore, la main devant la bouche. Lucas resta impassible. Il avait donné son accord pour cette comédie.
– Juste de façon professionnelle, bien entendu, précisa-t-il.
– Je ne suis pas un proxénète, Dahl, grommela Texugo.
Ses deux sous-fifres observaient leur chef d'un air agité.
– Tex, tu disais justement qu'il fallait qu'on se diversifie !
– Mmmh. (L'homme se leva et s'approcha pour étudier Lucas de la tête aux pieds. Ce dernier se laissa faire sans moufter.) Combien de temps ?
– Un contrat de deux ans.
Texugo se rassit sur son tabouret. Malgré sa petite taille, et ses pieds qui touchaient à peine le sol, le reste de l'assemblée était suspendue à ses lèvres.

– Non, décréta-t-il. Écoute, Barret, on sait l'un comme l'autre que si on retrouve la précieuse petite plante de ces trous-du-cul, on sera assez riches pour…

– Et moi ? le coupa Kani. (Leurs regards se tournèrent vers elle sans comprendre.) Un contrat de pilotage avec le *Querelleur*. Pour trois ans.

– Kani, non ! siffla sa mère.

Kani se tourna vers elle. Leurs yeux sombres se fusillèrent mutuellement.

Aucun capitaine ne refuserait une aubaine pareille. Les pilotes étaient rares et coûteux. Beaucoup d'équipages, à la suite d'accidents ou de ruptures de contrat, se retrouvaient encalminés dans des astroports isolés. Posséder un pilote était indispensable, en posséder deux était un véritable luxe.

Texugo poussa un petit gloussement réjoui.

– Barret Junior, c'est ça ? Oh, Barret, ta gamine est plus couillue que toi. Là, on commence à discuter…

La capitaine pinça les lèvres mais ne répondit rien. Kani pouvait presque voir les rouages tourner dans sa tête : ils avaient toujours Rikke au cas où, sans compter qu'ils étaient bien déterminés à remporter le défi. Et, surtout, rien n'empêcherait Kani d'en faire à sa tête. Telle mère, telle fille. *Désolée, Maman.* L'air assurée, plus assurée qu'elle ne se sentait vraiment, elle croisa les bras en toisant Texugo.

Ce dernier, un sourire torve aux lèvres, remplit quatre gobelets de l'infâme tord-boyaux dont les vapeurs distordaient l'air au-dessus de la table. Il en tendit un à Beatriz, un à la capitaine, un à Kani et avala cul sec le dernier, avant de s'essuyer la bouche de sa manche. Beatriz l'imita. La mère de Kani lui lança un dernier regard noir – « *On en reparlera, jeune fille.* » – avant de faire de même. Kani, triomphante, but à son tour le sien.

Pendant qu'elle toussait violemment, les larmes aux yeux, en se demandant si elle recouvrerait ses papilles gustatives un jour, Beatriz attrapa une tablette sur la table.
– Je vais préparer le terrain. Donnez-moi deux jours.

###

Trente-six heures plus tard, les deux équipages du *Loquace* et du *Querelleur* s'alignaient de chaque côté du terrain de potatoball construit pour l'occasion par les employés efficaces de Beatriz.

Bien entendu, cette dernière n'avait pas manqué d'en tirer le moindre crédit possible. Des gradins avaient été montés autour de la piste sableuse. La plupart des visiteurs du Comptoir, et même de nombreux curieux venus des systèmes les plus proches, avaient rappliqué avec joie pour assister au match. L'entrée était gratuite – mais, bien entendu, la restauration et surtout l'alcool ne l'étaient pas. Dans ce recoin paumé de la galaxie, les distractions n'étaient pas variées : un bon match de potatoball, surtout entre deux équipes comprenant des xénos, constituait un divertissement en or.

D'un œil critique, Kani jaugea leurs adversaires. Ils avaient abandonné leurs vestes en cuir pour des vêtements plus confortables, et un foulard rouge ornait leurs nuques. Texugo était là, bien entendu, et Luther et le garçon – Hassian, leur nouveau pilote, avait appris Kani –, ainsi que deux autres humains, des jumeaux, un homme et une femme baraqués, et les deux frères ekta qui faisaient partie de l'équipage depuis des années, Atprrk et Tatprrk.

Pas de surprise de ce côté.

Dans leur camp, la capitaine affichait un air sombre. Kani aurait même dit renfrogné, si sa mère n'avait pas fait de tels efforts pour rester digne et impénétrable en public. De retour au vaisseau, elles avaient échangé quelques paroles tendues. Parfois, Kani se demandait si, un jour, elles se crieraient vraiment dessus. Si elles hurleraient toutes ces années de ressentiment et de frayeur et d'amour réprimés. Elles n'avaient jamais vraiment su comment se parler. Même si elles ne doutaient pas de leur affection mutuelle.

Tycho paraissait vivre le meilleur jour de sa vie, Lucas était concentré, Ccel étirait ses ailes, Zkrreck assouplissait ses pattes et sa queue, Gwy attachait avec soin le foulard bleu autour de son cou épais et musclé. Le soleil tapait déjà cruellement, rougissant les nez, soulignant les tatouages, illuminant la sueur. Et puis… et puis il y avait elle, bien entendu, et aussi Liitip, leur arme secrète, le lutien inconnu auquel Texugo ne s'était pas attendu et qu'il avait accueilli avec un froncement de sourcil et un éclair de dents.

– Kani ? pépia Liitip d'une voix tremblante. Tu peux me répéter les règles ?

Il restait une demi-heure avant le début du match. Tandis que les autres joueurs enfilaient leur équipement renforcé, elle fit le point avec lui :

– Ne t'inquiète pas. De toute façon, ce sont des équipes de sept, et c'est moi qui vais commencer à jouer. On a décidé que tu pourrais regarder avec Rikke avant d'entrer sur le terrain. (Elle agita la main en direction de l'adolescente, qui patientait sur les gradins près d'un bidon d'eau et d'une trousse de secours conséquente. Kani désigna ensuite l'objet patatoïde, gros comme une pastèque, au milieu du terrain.) Le but du jeu, c'est de marquer des points en faisant entrer le ballon dans le but de l'adversaire. Le premier à dix points a gagné. On peut le passer à la main, au pied, en le donnant ou en le lançant, comme on veut. Par contre, à partir du moment où on tient le ballon, l'adversaire a le droit de nous tabasser. (Elle écarta les mains.) Donc il vaut mieux ne pas le garder trop longtemps. Comme pour le jeu de la patate chaude.

Liitip la dévisagea avec une telle expression d'incompréhension, de trahison et d'horreur qu'elle se gratta les cheveux, embarrassée. Les lutiennes n'avaient vraiment pas le même rapport à l'activité physique que les humains.

Il murmura d'une voix timide :

– Est-ce que les humains aiment tant que ça se faire mal ?

Kani ouvrit la bouche. La referma. Réfléchit sincèrement.

– C'est plus une question de compétition ?

Il la regarda d'un œil brun et rond, l'air d'en douter.

– Et… quand tu dis que le contact physique est permis…

– On joue selon les règles chinoises, donc : pas le droit de tuer, même accidentellement, d'éventrer, de trancher un membre ou un organe génital, ou encore d'arracher les yeux. Sinon, l'équipe en tort est disqualifiée. Par contre, il va sûrement y avoir des membres brisés, admit-elle.

– Mais… les ektatesks ont un avantage énorme !

– Oui et non. Si le ballon est crevé, c'est un point pour l'équipe adverse. Avec leurs pinces, ils évitent souvent de saisir le ballon. Et puis, on a Ccel, ce qui nous facilite la vie. Rien ne lui interdit de voler. Elle va pas mal les occuper.

Liitip frémit des pieds à la tête, songea certainement – avec raison – à la fragilité de la structure osseuse lutienne.

– Et les lignes sur le terrain ?

– Dans la zone autour des buts, c'est la mêlée. Si un joueur adverse y pénètre, les alliés du gardien de but ont le droit de l'attaquer, même sans le ballon.

– Et l'équipement que Tycho-*sulii* est en train d'enfiler ?

– On ne joue pas tous de la même façon. Il préfère foncer dans le tas.

– Oh.

La capitaine leur fit signe de s'approcher. Kani s'exécuta, ramassant au passage son gilet renforcé et la gouttière pour ses dents. Elle n'avait pas vraiment joué depuis l'Académie, pas de façon sérieuse, mais elle savait que sa mère et Tycho étaient pratiquement légendaires dans leur ancien régiment. De plus, l'équipage se faisait parfois de petits entraînements durant son temps libre. Ils connaissaient leurs forces et leurs faiblesses. Gwy, amicalement, appuya son épaule contre la sienne. Sous son armure en plastique, il semblait aussi solide qu'une statue de plomb. Ils se rassemblèrent en cercle au-dessus du sol sableux.

– Bien, commença la capitaine. On a déjà fait le point sur nos stratégies. Zkrreck, en pivot. Tycho et Gwy, devant. (Elle regarda le jeune homme.) Pas de risques inutiles, Gwy. Fais circuler le ballon. Kani et moi, en ailières défensives. Ccel, je te laisse gérer comme tu l'entends. Lucas, à toi les buts. (Plissant le front, elle observa l'équipe adverse.) Je ne sais pas comment ils vont la jouer. S'ils mettent les deux ektatesks sur le terrain, il va falloir être très mobiles. Mmmh, leurs jumeaux sont équipés pour l'avant…

– Nan, ils vont mettre une sauterelle dans les buts, assura Tycho. T'inquiète, je vais leur sortir mes insultes les mieux senties…

– *Ne les tue pas de honte, ami bavard*, cliqueta Zkrreck.

– Ce serait pas cool. Est-ce que je peux tuer Tex ? Oups ? Par erreur ?

– Je ne pense pas qu'une insulte bien sentie suffira. On commence par une double-pointe-plus-ailée bien classique, conclut la capitaine. Si ça marche, on recommence jusqu'à ce que ça ne marche plus.

– Oui chef !

Sautillant d'un pied sur l'autre, Kani les suivit vers le centre du terrain. Liitip rejoignit les gradins en voletant d'un air soulagé. Beatriz avait choisi d'arbitrer le match en personne, sans grande surprise. Vêtue d'une tunique vintage rayée noire et blanche, elle jouait gaiement avec un sifflet argenté. Dans les tribunes, le public s'agitait, avide de spectacle et peut-être – sans doute – de quelques litres de sang.

– Allez les neuneus ! On se ramène ! beugla Beatriz. Tout le monde se serre la main sans se briser les doigts, je vous surveille !

Ils s'exécutèrent, marmonnant des encouragements hypocrites ou des insultes assumées. Kani venait de presser son poing contre celui de Hassian – un geste de reconnaissance entre pilotes – quand, à côté d'eux, Texugo apparut devant Tycho. Avec un brin de fascination, elle observa la rencontre.

Dix secondes d'intimidation silencieuse.

Rictus torves pratiquement identiques.

Babines retroussées, yeux étincelants.

Go.

– Salut, ducon-lajoie. Toujours aussi petit et teigneux. Tu as ton escabeau avec toi ?

Texugo ne se démonta pas, continuant de sourire d'un air psychotique.

– Margaret, susurra-t-il. Toujours satisfait de jouer le petit chien-chien de Barret ?

Hassian, surpris, se tourna vers Kani.

– « Margaret » ? chuchota-t-il.

– C'est son nom de naissance.

Le pilote cligna des yeux, puis un éclair de compréhension traversa son visage.

– Oh, alors elle est… enfin il…

– C'est un problème ? demanda froidement Kani.

Il agita les mains.

– Absolument pas.

À côté, Texugo continuait, son visage hargneux levé vers celui de Tycho qui le dominait d'une tête et demie. On aurait dit un chihuahua devant une hyène efflanquée, songea Kani.

– Je t'ai connu quand tu étais quelque chose, Cooper. Je t'ai vu tuer trois ektatesks avec un morceau de tuyau déchiqueté dans une coursive dépressurisée. Je t'ai vu remettre tes tripes dans ton ventre, complètement shooté. J'ai vu des vétérans impériaux se chier dessus en reconnaissant le peloton dont tu étais sergent. (Il lui postillonnait au visage. Impassible, Tycho se curait le nez.) Et maintenant, tu sous-traites des missions botaniques où tu cueilles des putains de fleurs. Tu fais la popote pour des gosses qui n'ont jamais connu un seul champ de bataille de leur vie. Tu obéis, la langue pendante, dès que ta maîtresse claque des doigts. Tu es pathétique, Cooper. Un vieux soldat usé, ramolli, *domestique*. Une coquille vide, qui survit grâce à ses succès passés. Tu me dégoûtes. Je suis écœuré de te voir comme ça.

Autour d'eux, les deux équipages et Beatriz faisaient soigneusement semblant de ne pas suivre la conversation avec grand intérêt. Enfin, Tycho inclina sa grande carcasse vers le mercenaire, qui ne recula pas d'un centimètre. Il gronda :

– Tu veux que la coquille vide te botte le cul, mmmh, Tex ? Tu veux qu'on vérifie à quel point je suis *domestique* ? On laisse tomber le match. Juste toi et moi. Je te castagne la tronche jusqu'à ce que tu craches toutes tes dents. Et après j'en profite pour…

– Allez, ça suffit, décréta Lucas en l'attrapant par le bras pour le faire reculer tandis que Luther faisait de même avec son capitaine.

Les deux hommes se feulèrent encore un peu dessus, de loin, tandis que les conversations reprenaient. Hassian se retourna vers Kani, les yeux écarquillés. Il avait un visage expressif et sympathique – un peu trop, jugea-t-elle, automatiquement méfiante envers les gens extravertis, rapides à lier connaissance. Ses cheveux étaient coiffés en courtes dreadlocks.

– Wow. Intense.

– Je crois qu'il y a eu une histoire romantique ou un machin. (Elle le laissa s'interroger sur la question et enchaîna.) Il y a longtemps que tu bosses sur le *Querelleur* ?

– Huit mois terrestres. (Sa voix était claire, franche et directe. Il haussa les épaules.) J'étais le plus âgé de ma promotion. C'était ça ou l'armée de la Trialliance.

– Tu as quel âge ?

– Vingt ans.

Dans son regard, elle lut qu'il était parfaitement conscient du peu d'années qu'il lui restait pour piloter, et qu'il était conscient qu'elle en était consciente.

– Ben, bonne chance pour le match, dit-elle avec sincérité.

Il hocha la tête avec un sourire éclatant. Elle rejoignit sa position de jeu, en retrait de Zkrreck, sur le côté gauche du terrain. Le rectangle, qui mesurait soixante mètres sur trente, paraissait presque encombré avec les trois ektatesks qui l'occupaient. Comme Tycho l'avait prédit, Atprrk – oui, c'était bien Atprrk, avec ses reflets plus bleutés – occupait le but adverse. Tatprrk était placé en pivot avant, avec Texugo derrière lui. Les dards des ektatesks étaient soigneusement enveloppés de résine pour éviter un accident mortel. En face de Kani se trouvait la jumelle humaine, et derrière elle, Luther. Le propre rôle de Kani serait d'intercepter leurs passes et surtout, surtout, de ne pas se retrouver coincée face à eux.

Beatriz lança le match d'un coup de sifflet. Les spectateurs hurlèrent.

Les règles étaient souples et, en cas de conflit, c'était l'arbitre qui tranchait pour savoir si les joueurs avaient dépassé les bornes ou pas. Ccel plongea et s'empara du ballon lancé dans les airs, évitant de près le mouvement fouettant de la queue de Tatprrk. Aussitôt, elle fila vers le but, le ballon délicatement tenu entre ses serres. Les armes étaient interdites, notamment celles à distance, mais Kani ne fut pas vraiment surprise quand Tatprrk attrapa le jumeau caparaçonné dans son armure rembourrée pour le *lancer* derrière Ccel.

Les doigts de l'homme effleurèrent ses plumes. Ccel se décala avec élégance – un peu moins que d'habitude, peut-être, jaugea Kani qui la connaissait bien – et poursuivit sa route. En quelques secondes, elle était devant la cage de but. Large de trois mètres sur deux, cette dernière paraissait entièrement remplie par la silhouette hérissée d'Atprrk. Avec ses quatre paires de pattes et sa queue agile, la défense de l'ektatesk semblait impénétrable.

Ccel lui fondit droit dessus.

Kani serra les dents et les fesses. Si la lutienne se brisait une aile…

Au dernier moment, Ccel se redressa en envoyant la balle de cuir épais droit vers la tête du gardien. Ce dernier, par pur réflexe, la saisit entre ses mandibules acérées.

Et l'explosa comme un ballon de baudruche.

Kani lança un cri joyeux. Un point pour le *Loquace* !

Tandis que Beatriz poussait un coup de sifflet et que les spectateurs applaudissaient ou huaient, selon l'équipage sur lequel ils avaient parié leur dernier salaire, Ccel regagna leur moitié du terrain. Tycho, juste devant Kani, narguait ouvertement leurs adversaires en leur montrant son cul blanc comme un cachet d'analgésique. *Analgésique, hu hu.*

Tatprrk s'avança pour saisir avec précaution, entre deux pinces, un nouveau ballon.

Coup de sifflet.

Immédiatement, Tycho et Gwy lui foncèrent dessus, de part et d'autre. L'ektatesk cilla à peine sous l'impact et commença à galoper droit devant, les deux humains accrochés à ses pattes. Zkrreck s'interposa ; au même moment, d'un mouvement de reins, Tycho se hissa sur la tête de Tatprrk, lui empoigna les antennes et les tordit violemment. Le gros alien s'ébroua comme un chien, envoyant voltiger les deux humains. Zkrreck en profita pour lui faucher les pattes d'un mouvement de queue.

Son adversaire trébucha et, plutôt que d'éclater le ballon d'un malheureux mouvement de pinces, l'envoya vers le jumeau, sur sa gauche. La mère de Kani s'était déjà précipitée et, bondissant dans les airs, parvint à le dévier d'un coup de poing. Il s'envola plus haut, récupéré par Ccel, qui fonça encore une fois vers le but opposé. Des jurons la suivirent. Un casque fusa dans les airs, la percutant de façon inattendue. Elle se reprit, continua sa route, plongea en piqué juste devant Atprrk et réussit à glisser le ballon entre deux de ses pattes, droit dans le filet. Deuxième point !

Coup de sifflet.

Kani fit la grimace quand, après les avoir rejoints, Ccel se posa et se mit à boitiller. La capitaine, d'un signe à Beatriz, demanda un temps mort.

– Tu es blessée ?

– Le fémur droit, je crois. Fêlé. Je peux encore voler.

– Faute ! réclama la capitaine en désignant le casque d'un air rageur.

Beatriz haussa les épaules.

– Elle avait le ballon, non ? Et c'est un équipement autorisé.

La jumelle du *Querelleur*, d'un air satisfait, ramassa le casque en question tandis que Texugo leur adressait un joyeux signe vulgaire. Kani grinça des dents. Ccel était leur principal avantage. Sans elle, la partie se jouerait au sol, et ils seraient désavantagés.

Reprise.

Texugo shoota dans le ballon-patate qui effectua une jolie courbe avant de toucher le sol derrière Zkrreck, entre Kani et sa mère. Tatprrk et les jumeaux fonçaient déjà droit devant eux. À l'impact, sa forme irrégulière le fit rebondir de façon aléatoire vers Kani. *Shit.* Elle l'attrapa et fonça se mettre à l'abri sous le ventre de Zkrreck, dont les pattes formaient une cage de protection sommaire. Elle chercha frénétiquement à qui faire une passe. Tatprrk avait dévié pour marquer Tycho, le jumeau asticotait Gwy. La jumelle lui fonçait dessus. *Shit shit shit*. Kani fit une passe vers l'arrière, en direction de sa mère. Cette dernière tenta une percée en avant, foulant le sol poussiéreux de ses jambes agiles. Texugo s'interposa sur son chemin. La capitaine tentait de le contourner – quand Luther, jailli de nulle part, la cueillit d'une *clotheline* qui la faucha net. Poussant un caquètement réjoui, Texugo récupéra le ballon et commença à remonter le terrain à une vitesse impressionnante, malgré Gwy qui se précipitait derrière lui.

Zkrreck pivota pour essayer de l'intercepter. Tatprrk l'en empêcha. Les deux ektatesks s'empêtrèrent l'un dans l'autre, roulant au sol comme deux énormes araignées. Ils ne cherchèrent pas à se frapper ou se saisir – aucun n'avait la balle – mais rien n'interdisait de se trouver « malencontreusement » sur le chemin de son adversaire.

Kani, qui s'était extirpée de la mêlée *in extremis*, poussa sur ses cuisses en direction de la trajectoire de Texugo. Alors qu'elle n'était qu'à deux mètres de lui, Ccel plongea pour percuter l'homme dans le dos. Il trébucha, roula en serrant le ballon entre ses bras, se redressa d'un bond. Trop rapide ! Comment... haleta Kani... pouvait-il... être si rapide... à son âge vénérable ?! Impuissante, elle le vit filer seul vers le but, où Lucas se préparait à le recevoir. Ccel, après un looping, tenta une seconde attaque. Texugo l'évita en boulant de nouveau, puis continua droit dans la zone de but. Là, en prenant son temps de façon presque insultante, il plaça un tir dans le coin inférieur gauche de la cage. Il était trop proche pour que Lucas puisse faire quoi que ce soit. Beatriz siffla une nouvelle fois. Deux-un en faveur du *Loquace*.

Kani se désintéressa de Texugo pour trottiner vers sa mère, qui se massait la gorge.

– Ça va ? demandait Tycho.

– Il m'a prise par surprise, répondit-elle d'une voix cassée.

– Rien d'écrasé ?

– Je ne crois pas. Juste douloureux.

– Faut qu'on commence à péter des rotules, déclara-t-il d'un ton grave.

L'équipe adverse se remettait en place. Ils l'imitèrent.

Quatrième mise en jeu.

– Cavalier ! cria la capitaine.

Gwy attrapa le ballon que lui lançait Tycho et, d'un mouvement fluide, se laissa attraper par Zkrreck qui le hissa sur son dos. Leur chef mécanicien se précipita en avant, bondissant comme une salticide au-dessus de Tatprrk. L'espace d'un instant, alors que sa masse impressionnante survolait le terrain, le temps sembla suspendu. Kani sentit sa bouche s'entrouvrir. Puis il atterrit. Texugo, par réflexe, s'écarta de sa trajectoire, mais déjà Tatprrk pivotait et, d'un geste vif, projetait trois cônes de chitine effilés vers la monture improvisée, qui se trouvait dans la zone de but – l'attaque était donc autorisée. Les piques, qui auraient transpercé un humain sans ralentir, vinrent percuter l'articulation d'une des pattes de Zkrreck, qui bascula. Gwy, en chancelant, parvint à se réceptionner au sol. Luther et Hassian convergeaient déjà vers lui. Sans hésiter, Gwy fonça vers Hassian, lui jeta le ballon entre les mains et, tandis que le pilote restait planté là, interloqué, le cueillit d'un magnifique uppercut à la mâchoire avant de récupérer le ballon et de reprendre sa route. Kani, qui l'avait déjà vu effectuer la manœuvre, poussa un cri victorieux à travers sa gouttière.

Luther avait plus d'expérience. Rattrapant Gwy, il lui fit un croc-en-jambe qui l'envoya mordre la poussière. Le ballon changea de camp. Luther le passa à Texugo, qui évita une attaque furieuse de Tycho en l'envoyant à la jumelle – pour se le faire intercepter par Ccel qui passait par là. Malheureusement, cette fois, Tatprrk était prêt. Une de ses pinces claqua dans les airs, arrachant plusieurs rémiges à la lutienne, qui vacilla. Elle continua tant bien que mal vers le but, de plus en plus proche du sol, et se prépara à passer le ballon à Gwy, qui s'était écarté de Luther.

Atprrk jaillit du but et, alors qu'elle détenait encore le ballon, la cueillit d'un mouvement de queue, l'envoyant s'écraser par terre.

Kani sentit son estomac lui remonter dans la gorge.

Déjà, Luther ramassait la balle, qui traversa le terrain comme un éclair, circulant entre les mains des équipiers qui s'étaient répartis sur le terrain – Tatprrk – Texugo – la jumelle – son jumeau qui, voyant la mère de Kani se rapprocher, expédia le ballon d'un coup de pied en direction du but de Lucas. Ce dernier la dévia agilement, mais ne parvint pas à l'attraper. Elle repartit, bondissant dans tous les sens, restant dans la zone de but. Kani s'élança. Personne ne la dépassa, elle allait la ramasser…

Au moment où elle posait la main sur elle, une bourrade la projeta au sol. Elle s'écrasa, le nez dans le sable. Quand elle redressa la tête, le jumeau faisait une passe à sa sœur, qui avait remonté le terrain à l'opposé. Cette fois, quand la femme tenta un tir au but, Lucas ne parvint pas à l'empêcher.

Deux partout.

Et Ccel… Ccel ! Kani se précipita vers le bord du terrain, comme le reste de son équipe. Ils encerclèrent leur amie. La capitaine palpait avec soin une de ses ailes. Ccel ne disait rien ; néanmoins, son long corps d'un noir de nuit tremblait violemment.

– Cassée, conclut la mère de Kani en la relâchant avec précaution.

Ccel ramena son aile contre elle. Rikke et Liitip arrivaient des gradins, l'adolescente en courant, le lutien en volant, la poignée de la trousse de secours entre ses serres. Lucas y récupéra une attelle adaptée à la morphologie de Ccel. Tandis qu'elle l'enfilait, il lui injecta un antidouleur. Les tremblements diminuèrent.

– Ben, ça aura pas tenu longtemps, commenta Tycho.

– Toutes mes excuses, dit Ccel.

– Non. Ils sont plutôt bons, déclara la capitaine. (L'air pensif, elle observait l'équipage du *Querelleur*, rassemblé autour d'Hassian qui restait assis par terre, l'air sonné. Quand Luther essaya de le redresser, le pilote vacilla sur ses jambes. Gwy ne l'avait pas loupé, songea Kani. Ils l'emmenèrent sur un banc. Un des autres hommes de Texugo le remplaça sans attendre.) On va continuer en défensif. Liitip, tu prends la place de Ccel. (La capitaine se tourna, l'air sérieux, vers le petit lutien qui semblait au bord de l'évanouissement.) Tu ne t'approches pas du but, c'est compris ? Tu tournes en périphérie, tu récupères le ballon, tu le gardes hors de portée le temps qu'on se replace et tu nous le transmets ensuite. Entendu ?

Il couina un accord incompréhensible. Gwy lui tapota l'aile d'un air réconfortant, avant d'ôter son casque pour lui murmurer quelques conseils.

Ils reprirent leurs places et le match reprit.

Durant le quart d'heure suivant, leur tactique s'avéra modérément payante. Les mercenaires du *Querelleur* – et les spectateurs – s'énervèrent rapidement de voir Liitip tourner au-dessus du terrain, le ballon entre ses serres, en attendant une ouverture. Tycho parvint à exploiter une occasion pour marquer un point ; Kani, profitant une fois de plus de l'abri des pattes de Zkrreck, réussit une passe à Gwy qui glissa sur le sol jusqu'au but, écopant d'une belle estafilade mais marquant un quatrième point.

Cependant, dans le camp adverse, Texugo et son équipage ne chômaient pas non plus. Kani devait le reconnaître : ils étaient plus baraqués et plus rapides qu'eux. Les jumeaux semblaient pratiquement télépathes.

Ils réussirent plusieurs jolies percées jusqu'à Lucas qui, posément, parvint à repousser une bonne partie de leurs tentatives. Texugo lui-même était d'une vivacité exaspérante. Kani, avec des sueurs froides, commença à se demander si elle n'allait pas devoir servir trois années à bord de son vaisseau – ou plutôt oublier tout professionnalisme et fuguer dès la première opportunité venue. Sa réputation professionnelle serait fichue, mais tant pis. Après tout, comme il s'agissait de Texugo, elle aurait des circonstances atténuantes.

Le score atteignit bientôt six-quatre en faveur du *Querelleur*. Le soleil était au zénith, la foule s'abritait sous des parasols de fortune et les joueurs, hors d'haleine, commençaient à sentir le fauve. Kani souleva son T-shirt humide de sueur pour s'essuyer le visage. Gwy boitait, dissimulant sans doute une foulure. Ils n'avaient plus de joueurs remplaçants – à part Rikke qui, malgré sa hargne, ne faisait vraiment pas le poids.

Beatriz souffla dans son sifflet. Tycho engagea la partie.

Après quelques échanges prudents, Liitip récupéra le ballon et s'éleva. Leurs adversaires, avec acharnement, se positionnèrent pour les marquer.

Liitip se dirigea vers le but adverse, dont Gwy était le plus proche. Ce dernier se mit à courir, levant les mains, essayant de distancer Luther qui fatiguait.

Liitip continua vers le but.

Kani ne comprit son objectif qu'au dernier moment alors que, feintant un virage, il changeait brusquement de direction. Écartant ses ailes pour freiner d'un coup, il laissa le ballon continuer vers Atprrk. Ce dernier, pris par surprise, réitéra l'erreur qui lui avait coûté le premier point. Ses pinces se refermèrent sur le ballon, qui se déchira.

Six-cinq !

Des cris de félicitations et d'encouragements s'élevèrent de son équipe, ainsi que des gradins. Liitip vira gracieusement avant de revenir se poser entre Kani et sa mère. Cette dernière lança un regard appréciateur au lutien. Elle inclina légèrement le menton. Kani fut presque certaine de voir Liitip se rengorger.

– Attention quand même, lança la capitaine.

Il s'ébroua, l'air résolu.

À la phase suivante, alors que Texugo s'emparait du ballon après un violent coup de poing dans la tempe de Tycho, Liitip s'abattit sur lui, les serres en avant.

– *Caralho,* gronda Texugo en s'écartant d'un bond, une estafilade sur la joue.

Zkrreck en profita pour récupérer le ballon et, dribblant à toute allure entre ses quatre pattes motrices, fonça vers le but. Il percuta Atprrk et parvint à faufiler le ballon derrière lui.

Six partout.

Le sang de Kani battait contre ses tympans. Les joueurs humains s'appuyaient sur leurs genoux, reprenant leur souffle. Les carapaces brillantes des ektatesks étaient couvertes de poussière. Même les foulards rouges et bleus s'étaient ternis. Le terrain n'était plus qu'une grande étendue ocre, remplie de statues vivantes prêtes à se mettre sur la trogne dès qu'une balle de cuir les effleurerait.

Coup de sifflet.

La jumelle s'élança *sous* Zkrreck, qui s'efforçait d'ôter la poussière de ses yeux. Elle ressortit de l'autre côté alors que la capitaine fonçait sur elle et que Gwy lui courait après. Kani collait aux basques du jumeau. Quand sa sœur, coincée, lui passa le ballon, Kani lui enfonça vicieusement son coude entre deux plaques de son armure en plastique. Il tomba, refusant de lâcher le ballon. Elle cessa de réfléchir – et, plus tard, elle reviendrait souvent sur cet instant, se questionnant sur ses propres limites, sur ce qu'elle était prête à faire quand sa vie était en danger, ou celle de ses êtres chers ; elle y repenserait chaque fois qu'un dilemme moral la torturerait ; chaque fois que se poserait la question de savoir si la fin justifie les moyens ; chaque fois, aussi, qu'elle serait obligée d'aller plus loin que ses convictions, *trop* loin, peut-être ; chaque fois que ses décisions lui donneraient la nausée, mais que ses responsabilités ne lui offriraient pas le luxe du choix.

À pieds joints, elle sauta sur le genou de l'homme qui se brisa avec un *craac* net.

Pendant qu'il hurlait, la langue pâteuse dans sa bouche, elle ramassa la balle, qu'elle lança dans les airs une demi-seconde avant que Texugo ne la tacle au sol. Ils relevèrent tous les deux le nez. Liitip filait en sens inverse. Près d'eux, le jumeau râlait en se tenant la jambe.

– Méchant, gamine.

Texugo ne paraissait pas en colère, ni impressionné. Factuel, peut-être. Ils repartirent vers l'autre bout du terrain en courant comme des dératés.

Les muscles de Kani criaient de douleur. Ses poumons étaient en feu. La sueur lui piquait les yeux. Elle savait qu'elle n'était pas la seule. Le match serait bientôt terminé : ce ne serait plus une question de points, mais de savoir quelle équipe craquerait la première. Ils étaient peut-être des soldats, ou des explorateurs, ou des aventuriers, mais ils n'étaient pas des sportifs de haut niveau.

Devant eux, Tatprrk se dressa sur ses pattes arrière, essayant d'attraper Liitip. Ce dernier le dépassa dans une vrille gracieuse. Tycho était déjà là, devant le but. Ils s'échangèrent le ballon, feintant plusieurs fois devant Atprrk, avant que Tycho, presque délicat, ne le fasse rouler au sol dans un coin de la cage de but.

Coup de sifflet.

Sept-six pour le *Loquace* !

Kani se demandait s'ils allaient pouvoir marquer les trois points restants, ou s'ils allaient se liquéfier sur place sous le soleil orangé, quand une alarme retentit soudain, braillant dans les haut-parleurs installés devant la porte du cratère et autour du terrain. Elle mit quelques secondes à comprendre ce qui se passait. Les autres joueurs s'étaient immobilisés, ainsi que Beatriz, le nez en l'air. Dans les gradins, les spectateurs s'agitaient, pointaient le ciel du doigt. Elle leva les yeux. Ne vit rien, d'abord. Puis un petit éclair cuivré dont la signification était inscrite dans sa chair, sa mémoire, son ADN. Elle sentit son sang se glacer.

– *ATTAQUE EKTA !* cria un technicien dans les haut-parleurs. *VAISSEAU-RUCHE EN ORBITE, MULTIPLES CHASSEURS EN APPROCHE !*

ÉPISODE #5

L'histoire de l'abordage de la corvette ekta

Apprends la grammaire ekta avec Tycho !

OK, alors voilà comment ça se passe.

Pas besoin de sortir les gros mots ou les insultes sur leurs mères, tu vois ? Oublie les trucs graveleux, les trucs sales, les trucs morbides. Tout est dans l'inflexion.

Ils n'ont pas de masculin/féminin. À la place, ils ont sept déclinaisons, un peu comme le latin, ouais, c'est chiant, mais en fait c'est bien utile. Parce qu'elles signifient sept niveaux de respect, d'accord ? Donc tu peux leur dire la même phrase, mais avec des déclinaisons différentes, et ça fera un machin comme ça:

Genre 0: Bonjour, mon ami, comment ça va ?

Genre +1: Salutations, cher invité. Passez-vous une bonne journée ?
Genre +2: Longue vie à vous, votre Honneur. J'espère que l'univers abonde dans votre sens.
Genre +3: Mes très respectueux compliments, ô votre Grâce, je souhaite de tout mon cœur que cette journée vous offre abondance et plénitude.

Genre -1: Hé, salut vieux, quoi de neuf ?
Genre -2: Ho, le gros crevard, j'espère que tu t'en prends plein le cul aujourd'hui !
Genre -3…

Ouais, nan, je peux pas vraiment traduire le genre -3. C'est inexprimable. C'est censé être l'insulte suprême. Mais si tu le sors comme il faut, bien à point… Ben crois-moi, le résultat est assez *satisfaisant*.

En moins de cinq minutes, les spectateurs avaient coulé des gradins comme une rivière vivante, s'étaient dispersés vers leurs vaisseaux respectifs, avaient fait rugir leurs moteurs.

Dans la soute du *Loquace*, le cœur de Liitip tambourinait frénétiquement – *tac-a-boom, tac-a-boom, tac-a-boom* – tandis que le vaisseau filait dans l'atmosphère limpide de Skybelt. La capitaine, Ccelwuutlii-*tlii* et Kani le pilotaient depuis le cockpit. Dans les entrailles du vaisseau, alors que Tycho-*sulii* inspectait le placard où se trouvaient leurs armes, le reste de l'équipage, assis sur les bancs le long des cloisons, suivait les évènements sur un écran.

– *C'est un Classe 4*, résonna la voix de Ccelwuutlii-*tlii*. *Inconnu de la Trialliance.*

– *Et sur la base de données de l'Empire ?* demanda la capitaine.

– *Négatif.*

– *Alors, c'est son premier combat. Sauf s'il a déjà fait des victimes inconnues.*

Tycho-*sulii*, enfoui jusqu'aux coudes dans une caisse de munitions, renifla.

– Tant mieux. On va lui faire découvrir la vie.

Liitip était fasciné ; fasciné par la violence innée des yumans, qui ne semblaient pas troublés à l'idée de s'attaquer à des créatures deux fois plus grandes qu'eux, évoluées génétiquement pour devenir de redoutables machines à tuer. C'était comme s'ils s'en moquaient, comme si les probabilités d'échec n'étaient, pour eux, qu'un obstacle à contourner, voire à complètement ignorer. Il savait qu'une partie des adultes de l'équipage étaient des soldats, qu'ils avaient tous connu les champs de bataille, qu'ils avaient, plus d'une fois, contemplé et accepté leur propre mort ; malgré tout, le fait qu'ils remettent perpétuellement leur vie en jeu, alors qu'ils étaient sains et saufs, alors qu'ils avaient une famille, un vaisseau, des compétences qui leur auraient permis de vivre paisiblement sans prendre de risques, cette volonté perpétuelle de se battre bec et serres contre un univers qui leur restait hostile le remplissait d'incompréhension.

Peut-être était-ce dans leur nature ? Liitip, en bon lutien, ne croyait guère à l'inné : il restait persuadé qu'un individu ne devient, au final, que le produit de sa culture, de son histoire, de son éducation, des outils qui lui ont été donnés pour construire sa place dans la société. Cependant, là se trouvait peut-être l'explication : les lutiennes étaient en paix depuis des milliers d'années ; les yumans, que ce soit avant ou après avoir quitté leur planète, avaient toujours été en guerre. Peut-être la question ne se posait-elle même pas pour eux.

Les haut-parleurs bipèrent, annonçant une communication extérieure :

– *Barret ?* retentit la voix de l'autre capitaine yuman, Texugo-*sulii*. *Ils sont à vingt minutes. Tu es partante pour un abordage ?*

Son ton hargneux s'était calmé et durci ; cette fois, ils n'échangèrent aucune insulte. Ils étaient capables de coopérer, songea Liitip. Du moins, dans certaines circonstances.

– *Je te laisse le commandement*, répondit la capitaine. *Tu as plus d'expérience.*

– Bien reçu. Les deux tiers des vaisseaux ont filé à l'abri. Il en reste une dizaine, surtout des ex-militaires. Les olumanlus sont restés près du Comptoir. Les tricotins sont avec nous, mais vont peut-être se montrer chiants. J'ouvre une fréquence générale.

Liitip se pencha vers Gwy, curieux.

– Tricotins ? Qu'est-ce que c'est ?

– C'est un surnom pour les soldats de la Trialliance.

Un nouveau bip retentit ; la soute replongea dans un silence attentif.

– Ici le capitaine Texugo du Querelleur. *Ex-capitaine de la 42*[e] *compagnie d'abordage de la seconde flotte alliée. Préparation d'un abordage de la corvette ekta en compagnie de l'équipage du* Loquace, *commandé par la capitaine Barret, ancienne pilote de la troisième flotte. Assistance bienvenue pour tous les équipages expérimentés. Confirmez, bande de glandus.* (Trois ou quatre capitaines lui répondirent brièvement, et il enchaîna :) *À tous les autres, et notamment au* Glorieux, *de la Trialliance : nous vous laissons gérer les chasseurs qui vont débarquer dans une dizaine de minutes. Si vous êtes d'accord pour du tir aux sauterelles, confirmez.*

– Ici le capitaine Johnson du Glorieux. *Négatif,* Querelleur. *Nous prenons le commandement de la manœuvre. Suivez nos ordres. Une fois capturée, la corvette ektatesk sera réquisitionnée pour la flotte alliée.*

À côté de Liitip, Lucas-*sulii* et Gwy levèrent les yeux au plafond : un geste théâtral qu'il savait maintenant reconnaître comme de l'exaspération. Devant eux, Tycho-*sulii* lâcha une bordée de jurons que, malgré lui, Liitip grava comme au fer rouge dans sa mémoire. Il n'existait que très peu de Bavardes lutiennes, et aucun lutien. Il s'imagina brièvement changer de carrière… et devenir la honte de sa famille. On chuchoterait son nom dans des salons huppés de Caskii. Scandale. Horreur. Il se demanda si Ccelwuutlii-*tlii* serait fière de lui.

Des protestations et des insultes fusaient sur la fréquence générale. Puis une voix prit le dessus :

– *Ici Acanfora.* (La yumane qui dirigeait le Comptoir ne prit pas la peine de se présenter davantage.) *Johnson, si vous continuez de nous casser les couilles, votre fantôme pourra annoncer en personne au général Watanabe que je lui colle un procès au cul pour invasion hostile d'espace neutre. Parce que j'ai trois gros canons braqués sur le* Glorieux, *et que je suis dans mon droit de me défendre si vous tentez de contester mon autorité. Texugo a abordé plus de trente vaisseaux dans sa carrière. Dans les autres équipages, vous avez des gens comme Amanda Frost, Bakari Nwapa ou Tycho Cooper.*

– Awww, prononça Tycho-*sulii*, flatté, avec une expression attendrie sur son visage hideux.

Liitip s'attendait à ce que la yumane continue d'insulter le capitaine de la Trialliance, remette en question ses compétences, son ego et, selon une tradition yumane, son appareil génital, mais celle-ci conclut de façon plutôt diplomatique :

– Glorieux, *coopérez. Vous n'avez pas la légitimité pour prendre le commandement.*

Un silence suivit ses paroles.

– *Affirmatif*, prononça enfin le yuman à contrecœur. Querelleur, *nous vous assisterons dans la destruction des chasseurs.*

– *Parfait. Débrouillez-vous entre vous. Nous, on se concentre sur la corvette.*

Les échanges se transformèrent en séries de coordonnées, de vitesses et de trajectoires. Tycho-*sulii* coupa la fréquence en pianotant sur un boîtier.

– Nahéma, on s'équipe ?

– *Affirmatif. On abordera au même endroit que le* Querelleur. *Prépare les bébés.*

Il fallut quelques instants à Liitip pour comprendre qu'il faisait partie des « bébés » en question ; il en fallut deux ou trois de plus pour qu'il enregistre que, par conséquent, la capitaine escomptait lui faire aborder la corvette ektatesk avec les autres. Il piailla de panique.

Assis près de lui, Lucas-*sulii* lui posa une main apaisante sur l'aile.

– Les ektatesks ont des scanners infrarouges dans leurs soutes. Une fois remis de leur surprise, s'ils détectent quelqu'un dans notre vaisseau, ils électrocuteront la coque jusqu'à ce que les passagers soient grillés. Nous n'avons que quelques minutes pour débarquer. Ensuite, nous serons plus en sécurité avec les autres.

– On va descendre ?! glapit Rikke en comprenant à retardement. Dans le vaisseau ?!

Tycho-*sulii* balança un casque et un plastron noirs sur les genoux de la petite yumane.

– Enfile ça. C'est l'ancien matériel de Kani. Liitip, je vais te trouver quelque chose. Gwy, essaie de voir où s'est fourré Dagobert. On va avoir besoin de lui.

Comme dans un rêve, ou plutôt un cauchemar, Liitip les observa déballer des armes, des protections, et se distribuer des munitions remplies de poussière de poils de chat, ainsi que des vaporisateurs de salive artificielle. Pendant des siècles, les ektatesks avaient fait régner la terreur dans la galaxie, forçant les lutiennes et les olumanlus à se cacher, à se terrer sur les rares planètes qui n'intéressaient pas l'espèce insectoïde colonisatrice. Puis, cent ans plus tôt, était apparue cette nouvelle espèce, à peine intelligente, armée de billes de salive de son animal de compagnie favori qui, par un hasard absurde, provoquaient une réaction allergique dévastatrice chez leurs ennemis. Les lutiennes et les yumans ne partageaient pas le même humour, mais même Liitip pouvait apprécier un tel goût de l'absurde.

– Tiens, poussin. (Il se redressa, le plumage hérissé sous l'insulte. Les lèvres tordues de façon inquiétante, Tycho-*sulii* lui tendait une sorte de pistolet au barillet transparent.) C'est un lanceur de grenade adhésive. Deux secondes de délai après l'impact. Le recul est léger, les lutiennes peuvent l'utiliser. (Le yuman enfouit plusieurs cylindres de munitions dans les poches de son pantalon.) Même si tu te loupes, tu ne feras de mal à personne. Elles ne contiennent que des poils. Vise la tête des grosses bébêtes.

– Je ne sais pas me battre, pépia faiblement Liitip.

– On s'en occupe. Reste juste en vie. Écoute ce que dit Lucas.

– Et moi ? réclama Rikke.

Sur son visage glabre et pâle, ses yeux bleus étaient écarquillés, révélant le blanc de sa sclérotique, et Liitip se demanda si la yumane était en colère ou apeurée ; plus vraisemblablement, les deux à la fois, jugea-t-il. Tycho-*sulii* s'accroupit devant elle, les bras appuyés sur les genoux, un pistolet posé sur la paume de sa main.

– Tu veux un jouet, choupette ?

– Je ne veux pas *mourir*, cracha-t-elle comme un petit animal, lui arrachant presque l'arme.

Son pistolet était plus grand que celui de Liitip et ce dernier, sans raison identifiable, s'en trouva chagriné. Une vague indignation flottait dans son esprit ; il se demanda s'il s'agissait là de l'élusive « fierté » individuelle des yumans.

Les minutes s'éternisaient tandis que le *Loquace*, le *Querelleur* et les quatre autres vaisseaux se rapprochaient de la corvette ekta. Celle-ci, en orbite, avait lâché un nuage de chasseurs. À mi-chemin, le *Loquace* et le *Querelleur* dévièrent de leur route pour éviter ces derniers, qui ne leur prêtèrent aucune attention. Leur hypothèse se confirmait : il s'agissait probablement d'une jeune ruche, indépendante, qui explorait la galaxie depuis plusieurs générations d'ektatesks à la recherche d'un prochain monde à conquérir, occuper et exploiter. Ils n'avaient sans doute jamais entendu parler des yumans, peut-être même de la Trialliance, et n'imaginaient pas que ces derniers puissent constituer la moindre menace.

C'était là leur principal avantage, et ce depuis des siècles : les ektatesks étaient une espèce pollinisatrice, dont les jeunes reines partaient se trouver un territoire sans jamais revenir en arrière. Les communications entre ruches étaient quasi inexistantes. Depuis la mise en œuvre des armes à base de salive de félins, la Trialliance avait choisi comme stratégie d'exterminer, tout bonnement, chaque ruche rencontrée. Leur principale inquiétude, à ce stade, provenait des grosses ruches qui leur avaient échappé et qui commençaient à s'adapter à leurs tactiques de combat. Même si les ektatesks ne vivaient qu'une dizaine d'années, leur mémoire collective était terrifiante.

– *Contact dans deux minutes*, annonça Ccelwuutlii-*tlii* dans l'intercom.

Alors qu'un silence de plomb régnait dans la soute, Tycho-*sulii* et Gwy se redressèrent pour s'étirer. Zkrreck-*sulii*, qui était resté silencieux, s'approcha d'un des hublots. Liitip se demanda ce qu'il ressentait à l'idée d'affronter sa propre espèce. Pour une lutienne, l'idée aurait été inenvisageable… Il tressaillit et repoussa au fond de lui la trahison que sa mère lui avait demandé d'accomplir. Tremblant de toutes ses plumes, il approcha son bec d'un autre hublot pour contempler l'espace noir piqueté d'étoiles et la masse cuivrée de la corvette qui grossissait.

Peut-être serait-il mort dans moins d'une heure, songea-t-il.

Il s'imagina déchiqueté par une patte acérée ; transpercé par un dard de chitine ; empoisonné par une queue venimeuse ; broyé par des mandibules tranchantes. Ses os fins se briseraient comme du verre et il souffrirait atrocement. D'un autre côté, les choses seraient terminées. Il n'aurait plus à se poser de questions, à perpétuellement s'interroger, à endurer pour trouver sa place. L'idée était plutôt… apaisante.

Contemplant le pistolet entre ses serres, il se remémora la brève euphorie qui l'avait saisi à peine une heure plus tôt, en marquant des points contre l'équipe du *Querelleur* ; la sensation, *enfin*, d'apporter quelque chose à quelqu'un. Quand il avait plongé vers Texugo-*sulii* pour lui prendre la balle, il n'avait pas réfléchi ; il n'avait fait qu'agir. Et son cœur avait tambouriné de joie et d'excitation dans sa poitrine, et ses plumes avaient frémi sous le vent, et un cri de victoire neuf s'était formé dans sa gorge.

– *Une minute.*

– *Le meilleur accès pour un Classe 4, c'est la soute ventrale,* dit Texugo sur la fréquence de l'équipe d'abordage. *À partir de là, la passerelle de la reine ne sera qu'à huit cents mètres. On a de la chance d'être tombés sur un petit gabarit.*

– *Bien reçu. Nous vous suivons, capitaine.*

– *Manœuvre standard : on franchit le champ énergétique, on se pose, on profite de la surprise. Les Bavards nous nettoient les alentours, puis on débarque tous. Les xénos et les blessés au centre de la colonne. J'irai devant avec la moitié des autres. Barret, je te confie l'arrière-garde.* (Un silence, durant lequel Liitip ravala le haut-le-cœur qui lui montait au bec.) *Mais je veux bien Cooper avec moi.*

– *Ce serait du gâchis de le laisser derrière, de toute façon.*

– *Tycho Cooper est vraiment là ?* demanda un autre capitaine. Nem fodendo!

– *Allez, on y va.*

– C'est bon de se sentir apprécié, déclara Tycho-*sulii* avec une inflexion satisfaite.

Lucas-*sulii* lui donna une claque sur la tête : même pour s'aimer, ils se frappaient, soupira Liitip intérieurement. Pourquoi tant de violence ? se lamenta-t-il.

Les six vaisseaux filèrent vers le ventre de la corvette, qui mesurait bien deux kilomètres de long. Le bec entrouvert, il se tordit le cou pour l'observer, imité par ses compagnons.

La vision semblait sortie tout droit d'un cauchemar d'oisillon. La forteresse ekta flottait silencieusement dans le vide, lisse et fuselée. À côté d'elle, le *Querelleur*, juste devant eux, ressemblait à un moucheron. Liitip savait que, techniquement, des équipes yumanes s'étaient déjà emparées de bâtiments beaucoup plus importants : néanmoins, en cet instant, son esprit ne parvenait pas à accepter cette idée. Ils allaient tous mourir, lui répétait-il en boucle ; mourir, mourir, mourir.

Perdant de la vitesse et sans que personne ne cherche à les stopper, ils franchirent la barrière transparente qui isolait la soute ventrale du vide, retenant l'oxygène dans le vaisseau. Ils se posèrent ensuite sur le tarmac. À l'intérieur, les murs étaient de la même couleur cuivrée que la coque. Une demi-pénombre régnait ; les ektatesks n'utilisaient guère la vue, préférant l'écholocation et les indications laissées par leurs phéromones. Liitip sentit son estomac tressauter quand ses yeux, en s'habituant, distinguèrent une multitude de silhouettes grouillantes, énormes, qui arpentaient le sol et parfois même les murs.

Une vingtaine de secondes, puis les moteurs se coupèrent. Les serres crispées sur son arme, il respira profondément durant ce dernier instant de grâce.

Les silhouettes, dizaine par dizaine, finirent par s'arrêter et se tourner vers eux. Les haut-parleurs bipèrent, accueillant une nouvelle fréquence. Des cliquetis et des crissements en jaillirent, trop rapides pour que Liitip puisse les déchiffrer.

– *Ils demandent ce qui nous amène*, traduisit Zkrreck-*sulii* plus posément. *Si nous avons des problèmes techniques.* (Se tournant vers Tycho-*sulii*, il ajouta :) *Ils nous prennent pour un vaisseau d'une autre ruche.*

Tycho-*sulii*, debout devant l'interphone, se tapota la poitrine et toussota trois fois.

– Zkrreck, tu devrais te boucher les orifices acoustiques.

– *Compris.*

Comme hypnotisé, Liitip contempla le yuman prendre une grande inspiration. Puis Tycho-*sulii* commença dans un ekta à l'accent absolument parfait :

– *Salutations, groupe [genre -2] de personnes [genre -2]. Honte sur votre /reine/ [genre -3]. Honte sur vos /œufs/ [genre -3]. Que votre /famille/ aille se faire introduire [genre -2] dans l'orifice excrétoire [genre -3] un gros [genre +2] objet pointu. Vous n'êtes que des lâches [genre -3] et des personnes [genre -2] individuelles [genre -3]. Jamais votre /reine/ [genre -3] ne pondra ses œufs [genre -3]. Honte, honte, honte sur votre /famille/ d'incapables [genre -2] et d'individualistes [genre -3].*

Pendant qu'il parlait, les ektatesks sur le tarmac se mirent à pousser des hurlements stridents, tels que Liitip n'en avait jamais entendu. Sidéré, il les vit se torturer d'agonie, chercher à fuir la soute. L'un après l'autre, ils s'effondraient, tombaient des murs comme des araignées tuées par un coup de parchemin bien asséné.

– Qu'est-ce qu'il fout ? demanda Rikke d'une voix éberluée.

– C'est un Bavard, expliqua calmement Lucas-*sulii*. Dans leur langage, les ektatesks n'ont pas de genre, pas de la même façon que nous. Par contre, ils possèdent une sorte de déclinaison honorifique, qui s'étale sur sept niveaux. La plus haute est réservée à leurs reines et aux plus grands honneurs. La plus basse n'est que théorique. Elle symbolise la honte ultime. Ils ne l'utilisent jamais : ils préfèrent communiquer leurs émotions par des phéromones. Si on les prend par surprise, s'ils n'ont pas le temps de s'y préparer, on peut les tuer avec leur grammaire. Le choc est trop grand. C'est une bonne tactique avant que les combats ne commencent. En plus, ça laisse le temps aux pilotes de se déconnecter et de s'équiper.

Rikke avait la bouche grande ouverte, Liitip voyait le petit bout de chair qui pendouillait au fond de sa gorge. *La luette*, se rappela-t-il. La fillette cligna des yeux.

– Tu veux dire qu'on peut les massacrer en leur balançant des gros mots ?!

– Exactement. Il faut bien maîtriser leur langue. Le genre -3 est difficile à prononcer. Mais Tycho se montre toujours motivé dès qu'il s'agit d'insulter les gens.

La petite yumane afficha alors un sourire immense. « Trop cool », souffla-t-elle pour elle-même, ce qui fit frissonner Liitip. Puis elle glissa un regard à Zkrreck-*sulii* qui restait immobile, sa tête noire et luisante effleurant le plafond.

– C'est pour ça qu'il n'arrête jamais ? Pour que Zkrreck reste habitué et… moins sensible si ça venait d'un autre Bavard ?

– Euh, en partie. Les lutiennes sont également très réactives aux insultes basées sur des comparaisons aviaires… C'est passionnant, tu sais. Mais, ah, je crois que c'est fini.

En effet : sur le tarmac, les survivants s'étaient enfuis, tandis que les autres gisaient par terre, les pattes recroquevillées.

– Oreillettes, ordonna Tycho-*sulii* en ramassant son pistolet-mitrailleur.

Liitip activa le bandeau qui lui ceignait le crâne, tandis qu'une porte coulissait : la capitaine, Ccelwuutlii-*tlii* et Kani les rejoignirent, équipées de la tête aux bottes. Au même moment, la voix de Texugo-*sulii* résonna dans son conduit auditif :

– Go go go go. Galerie centrale, vers la lumière orangée.

La porte du vaisseau s'ouvrit ; la rampe s'étira. Les dix équipiers du *Loquace*, yumans, lutiennes, ektatesk et chat, se déversèrent sur le sol métallique, rejoints par les occupants des cinq autres vaisseaux, harnachés de protections disparates. Il y avait de nombreux félins, constata Liitip, au moins un par équipage, parfois deux ou trois ; certains portaient de petits harnais. Liitip repéra aussi une créature plus grosse, d'un doré tacheté de noir.

– Qu'est-ce que c'est ? chuchota-t-il à Kani.
– Un léopard. Je crois qu'il s'appelle Bouboule.

Les abordeurs se répartirent : les yumans armés aux deux extrémités de la colonne, les rares lutiennes et ektatesks au centre. En voyant Ccelwuutlii-*tlii* boitiller, Liitip se sentit mortifié : comment avait-il pu *oublier* qu'elle avait été blessée pendant le match ?! Heureusement, sans faire de façon, Zkrreck la souleva pour la percher sur son dos. L'un des ektatesks du *Querelleur* fit de même avec son coéquipier blessé.

L'organisation n'avait duré que dix secondes, et déjà le groupe s'ébranlait en direction de l'ouverture noire par laquelle, en effet, pulsait une vague lueur de la couleur d'un coucher de soleil.

Commença alors pour Liitip l'exode le plus étrange et le plus terrifiant qu'il eût jamais vécu, au sein d'un dédale de galeries métalliques en trois dimensions, guettant dans l'obscurité le cliquetis des pattes de leurs ennemis qui, remis de leur surprise, confrontés pour la première fois de leur lignée à une invasion, étaient résolus à les exterminer.

– Groupe en approche devant !

L'exclamation résonna à la fois dans l'air et dans l'oreillette de Liitip. Leur colonne ralentit mais ne s'arrêta pas, déterminée à rejoindre au plus vite la « passerelle », cavité à partir de laquelle la reine gouvernait l'ensemble du vaisseau. *Chtomp, chtomp, chtomp* : les premiers coups partirent avant qu'il ne pût voir leur adversaire. Des petits disques argentés vinrent se coller sur les parois devant eux puis, presque aussitôt, explosèrent en répandant un nuage de particules pratiquement invisibles. À côté de Liitip, Zkrreck se redressa, aux aguets. Même immunisé, il ne pouvait être entièrement à l'aise dans un milieu saturé d'agents allergènes mortels, songea le jeune lutien.

Les ektatesks apparurent soudain dans la lueur des torches de l'avant-garde : ils occupaient toutes les dimensions, le sol, les murs, le plafond, et se déplaçaient à une vitesse diabolique. Puis, presque aussi vite, ils explosèrent dans des gerbes de gelée bleuâtre qui vinrent recouvrir le premier rang des combattants.

Sprotch, sprotch, sprotch !

Les yumans, sans ciller, arrosèrent les survivants avec des sprays à courte portée. Liitip sentit un début de soulagement lui descendre jusqu'aux rémiges – et presque au même moment, vit une yumane se faire embrocher par une patte effilée. Un autre s'effondra, le ventre transpercé par un dard, tandis que la galerie résonnait de décharges étouffées, de cliquetis et de bruits mouillés. La colonne avança et leur groupe, au milieu, ramassa les blessés sans s'arrêter.

– *Allez, allez, allez !* encourageait Texugo. *Barret, c'est comment derrière ?*

– *Ils arrivent. Il faut qu'on avance un peu. Il y a une galerie juste au-dessus de nos têtes.*

Liitip leva les yeux, sentant son estomac se glacer dans son abdomen. La capitaine avait raison : un gros trou noir, infini et opaque, les contemplait. Si les ektatesks tombaient de là…

– *On y est presque. Cooper finit de faire le ménage.*

En effet, Tycho-*sulii* se démenait comme un véritable démon souterrain des vieilles légendes lutiennes : entre les pattes de deux ektatesks alliés, Liitip aperçut sa longue silhouette d'échassier, revêtue d'une cuirasse de combat noire, bondir d'un ennemi à l'autre, sans leur laisser le temps de le viser de leurs appendices meurtriers. Son pistolet-mitrailleur dans la main gauche, il tenait un chat tigré dans la droite, qu'il brandissait sous le nez des ektatesks qui s'approchaient trop près de lui ; et ces derniers, en inspirant les poils du félin, explosaient aussitôt en de nouvelles éclaboussures cuprifères. L'animal se laissait faire, ponctuant ses attaques de coups de griffes opportunistes. La scène aurait pu être drôle s'il ne s'était agi d'une bataille à mort.

Les lutiennes avaient essayé, elles aussi, de domestiquer des chats : leurs tentatives s'étaient soldées par des échecs cuisants. Visiblement, seuls les yumans étaient assez têtus pour s'obstiner à dresser les créatures les plus réfractaires de la galaxie.

Soudain, les détonations cessèrent et le silence tomba sur la troupe. Liitip eut l'impression que les battements de son cœur résonnaient dans toute la galerie. Déjà, un peu plus loin derrière eux, d'autres cliquetis se faisaient entendre.

– *On avance*, décréta Texugo-*sulii*. *Allez, allez, allez !*

La colonne recommença à cavaler. Lucas-*sulii* courait entre Liitip et Rikke, les guidant comme deux oisillons à peine sortis du nid. Zkrreck-*sulii* avançait devant eux, Ccelwuutlii-*tlii* toujours perchée sur son dos, une aile en écharpe, l'autre tenant son propre lance-grenade. Elle gardait un œil attentif en direction du plafond, où une galerie s'ouvrait de temps à autre.

– Ils sont là, annonça une voix sur leurs talons, que Liitip reconnut comme celle de Gwy.

– Tu triches avec tes appareils auditifs, observa Kani.

– Autant qu'ils servent à quelque chose.

– Texugo, il faut qu'on s'arrête entre deux carrefours ! aboya la capitaine.

Ils dépassèrent une galerie transversale et, une fois leurs flancs protégés, s'immobilisèrent. Comme des ombres noires, Liitip vit Tycho-*sulii* et quelques autres combattants lui passer devant le bec pour rejoindre l'arrière-garde. Ses sens en alerte, il se prépara à la mêlée, guettant l'arrivée de l'ennemi.

Le sang basé sur des hèmes de cuivre possédait une odeur différente de celui à base de fer, constata-t-il. Plus subtile, plus organique. Presque… marine.

Clic-clic-clic-cliqueti-clic-clic-clic…

Les yumans se resserrèrent, dressèrent leurs armes. D'une main sur l'épaule, Lucas-*sulii* retint Rikke qui s'avançait inconsciemment. Liitip, de son côté, réfrénait à grand-peine l'envie de tomber à genoux pour enfouir sa tête sous son aile. Ses jambes tremblaient.

Clic-clic-clic-cliqueti-clic-clic-clic...

– Maintenant !

Une nouvelle volée de grenades et de balles explosives traversa la galerie obscurcie. *Sprotch, sprotch, sprotch !* Avec des crissements aigus, les ektatesks jaillirent soudain, certains déjà décapités, vacillant sur leurs longues pattes noires, tandis que leurs semblables les poussaient devant eux, les enjambant pour atteindre les petits yumans, minuscules, qui osaient leur faire front, qui osaient s'avancer dans *leur* ruche pour en prendre le contrôle.

Liitip imagina leur rage, leur incompréhension – ou était-ce celle de leur reine ? On ignorait encore beaucoup de choses sur leur neurologie... Le plus souvent, les individus qui rejoignaient les rangs de la Trialliance étaient des aberrations, des ratés incapables de se connecter à leur réseau télépathique, ou bien des marginaux qui avaient fini par s'en dissocier. Les rares lignées vaccinées contre les allergènes des chats étaient, pour leur part, incroyablement individualistes comparées au reste de leur espèce.

– Barret, est-ce qu'on peut quand même continuer à avancer ?

– Oui, mais faites attention aux galeries latérales !

La mère de Kani, méthodiquement, abattait ennemi après ennemi, les touchant avec précision au niveau de la tête ou du torse, relâchant des nuages de poussières de poil à hauteur de leurs canaux olfactifs. Près d'elle, armée d'une sorte de bouclier, Gwy repoussait les pattes et les queues trop aventureuses ; Liitip avait cru comprendre que l'objet était constitué de centaines de couches de microfibres en carbone, contre lesquelles même les objets les plus acérés s'émoussaient. À chaque impact, le jeune humain, campé sur ses jambes, dérapait sur le sol métallique. Kani, légèrement en retrait, tirait des grenades adhésives au-dessus des têtes des ektatesks qui continuaient, encore et encore, d'arriver.

– *Merde, galerie descendante !* cria Texugo. *On contourne !*

En effet, un puits noir venait de s'ouvrir devant eux ; les yumans en firent le tour en courant, tandis que Zkrreck-*sulii* et ses rares semblables le franchissaient d'un bond, les deux autres lutiennes du groupe le survolant sans ralentir. Liitip les imita en évitant de trop se poser de questions. Un courant d'air froid lui chatouilla les jambes. Il repoussa de son esprit l'image de milliers de pattes grouillant dans les ténèbres.

– *On est passés !* confirma la capitaine.

– *Galerie latérale gauche !!!*

Cette fois, les choses se déroulèrent moins idéalement : alors que le milieu de la colonne passait devant le couloir en question, quatre ektatesks en jaillirent brusquement. *Chtomp.* Un disque argenté se colla contre la tête du plus proche, qui explosa deux secondes plus tard en une gerbe de gelée bleue. Ccelwuutlii-*tlii*, devant eux, rabaissa son pistolet ; mais déjà Zkrreck-*sulii*, qui la portait, avait dépassé le croisement. Liitip se rendit alors compte qu'il se trouvait, avec Rikke et Lucas-*sulii*, seuls tous les trois face à la galerie latérale, dans le champ de mire de trois ektatesks vindicatifs.

Le temps sembla ralentir. Il avait déjà entendu cette image dans la bouche de la capitaine ou de Tycho-*sulii* quand ils se remémoraient certaines histoires. Liitip ne l'avait jamais comprise : elle lui semblait trop extraordinaire, trop poétique, trop exagérée pour posséder un semblant de vérité. Mais, réellement, le temps sembla ralentir : l'air se transforma en sève épaisse et liquoreuse ; les mouvements des ektatesks se firent presque sismiques ; et Liitip resta figé sur place, fixant la mort noire, et luisante, et étrangère, et impitoyable, qui s'avançait vers lui.

Chtomp. Sprotch. Une giclée bleue, d'un froid répugnant, le ramena à la vie en lui éclaboussant la tête. Lucas-*sulii* rabaissa son arme et repoussa ses deux protégés derrière lui d'une bourrade brusque. Le troisième ektatesk lança une patte vers eux. Son extrémité trancha la cheville du yuman comme un couteau de cuisine trancherait un légume frais ; Lucas-*sulii* poussa un cri et vacilla.

– TYCHO ! appela Rikke d'une voix stridente.

Liitip ne pouvait pas bouger, il en était incapable. Sans comprendre, il fixait le morceau de botte noir qui traînait sur le sol, séparé du reste logique de son unité. Le troisième ektatesk se redressait, prêt à frapper de nouveau, alors que le quatrième se tortillait pour essayer de se faufiler hors de la galerie étroite, dans le couloir où continuait d'avancer la colonne.

Un chat, lancé par quelqu'un, fusa vers leur adversaire ; malheureusement, un cône de chitine bien envoyé l'abattit en plein vol, et l'animal s'écrasa sur un mur.

– Bouge ! cria Rikke en bousculant Liitip.

Par terre, Lucas-*sulii* tentait de se redresser sur sa jambe unique. Le reste de la colonne les avait presque rattrapés, n'était qu'à quelques pas ; ils allaient leur rentrer dedans, les emporter dans leur flot furieux, mais les deux ektatesks étaient toujours là, prêts à frapper de nouveau, prêts à faucher les jambes de l'arrière-garde qui débouchait…

Liitip leva une aile tremblante, visa le plafond juste à l'entrée de la galerie.

Chtomp.

Malgré ce qu'avait prétendu Tycho-*sulii*, le recul de l'arme manqua lui déboîter l'épaule. Sa grenade adhésive lui sembla se coller beaucoup trop haut. Cependant, peu importait la distance : quand elle explosa, il suffit que son nuage de particules effleure la tête de la créature…

Sprotch ; puis, une seconde plus tard, juste derrière : *sprotch*.

Étourdi, il sentit quelqu'un le saisir par les épaules, l'emmener plus loin, le pousser à courir, à s'éloigner en avant, toujours en avant. D'une voix aiguë, il protesta :

– Lucas-*sulii*…

– C'est bon, on l'a. Gwy l'a chargé sur son dos, dit la voix rassurante de sa capitaine.

Le souffle court, presque aveuglé de panique, il tourna son visage vers le sien ; ils couraient à la même hauteur, Liitip à demi soulevé par la poigne de la yumane. Avec ses lunettes de combat noir et son masque, il ne la reconnaissait qu'à ses cheveux, élégamment coiffés sur son crâne. Il fut surpris par cet éclair de beauté au milieu de cette situation atroce.

– Il est vivant, reprit-elle. Tout le monde va bien pour le moment. Tu lui as sauvé la vie, Liitip. Tu nous as tous sauvé la vie.

Elle mentait, parce que Liitip n'était qu'un poltron incapable de sauver qui que ce fût, de prendre une décision seul, de savoir ce qu'il voulait, qui il était, où il allait.

– Non, c'est faux, gémit-il.

– Si. C'est vrai. Et maintenant, tu vas surveiller Rikke. Tu entends ? C'est un ordre, Liitip.

Un ordre. Il pouvait obéir à un ordre. Il hocha la tête, comme il les voyait souvent faire, et la capitaine inclina la sienne sur le côté, comme ses professeurs *tlii* le faisaient autrefois pour encourager les oisillons les plus prometteurs. Liitip avait rarement été un oisillon prometteur : il n'était qu'un œuf de troisième couvée, après tout. Il força ses jambes à avancer, ses yeux à se réhabituer à l'obscurité, son attention à se concentrer sur Rikke qui courait près de lui, le visage pâle, ses cheveux blonds collants de gelée bleue.

– *Barret, derrière ?*

– On les a tous eus pour le moment. J'ai perdu deux hommes, et j'ai deux blessés supplémentaires. Je les fais remonter jusqu'aux ektatesks.

Lucas-*sulii* et une autre femme furent hissés sur les dos de leurs alliés insectoïdes. Ccelwuutlii-*tlii* installa leur botaniste devant elle, glissant une aile autour de sa taille. Lucas-*sulii* avait perdu connaissance, et sa cheville tranchée saignait abondamment. Combien de temps pouvait-il survivre en perdant tant de sang ? Liitip avait entendu des histoires de yumans qui s'étaient opérés eux-mêmes sur le champ de bataille, qui s'étaient amputés de membres coincés sous des débris. Mais peut-être que les histoires étaient fausses, peut-être qu'ils les amplifiaient eux-mêmes pour semer la peur dans l'esprit de leurs ennemis, peut-être que Lucas-*sulii* était déjà mort, peut-être…

– Hé, dit Rikke en lui donnant un léger coup de coude. Merci.

Elle avait l'air dépassée, mais son sourire à cet instant illumina la galerie. Sa reconnaissance le frappa comme un coup de poing dans le ventre. Personne n'avait jamais été reconnaissant envers lui ; personne ne lui avait jamais dû la vie.

– De rien, croassa-t-il, ce dont elle sembla se satisfaire.

– *Passerelle droit devant !* cria Texugo.

Déjà ? Enfin ? Combien de temps s'était écoulé depuis la soute ? Texugo avait parlé de huit cents mètres. Était-ce vraiment tout ce qu'ils avaient parcouru ? Et où était le reste des ektatesks ? Impossible qu'ils les aient tous tués !

– *Préparez-vous, on entre !*

Sans prévenir, le couloir déboucha sur une vaste salle, haute comme trois ou quatre étages. Liitip, avec horreur, constata que des dizaines de galeries débouchaient dans la salle, sur les côtés, au plafond, et même au sol. Des ektatesks en émergeaient de façon désordonnée, fébriles, effrayés, eux aussi. Les yumans se dispersèrent en éventail sur le sol, aspergeant les ektatesks à leur portée. Comme dans un cauchemar, Liitip aperçut une tête qui sortait d'un puits derrière Rikke. Il tendit l'aile. *Chtomp*. L'assaillant disparut dans une gerbe de bouillie bleue.

Chtomp. Rikke venait de tirer derrière lui. Il sentit une gelée froide s'écraser sur son dos.

En cet instant, tout de suite, pour la première fois de sa vie, Liitektiipit se sentit l'envie irrésistible de crier une injure ; d'extérioriser la panique, l'épuisement et l'indignation qui l'envahissaient ; de hurler ce qui n'allait pas à l'intérieur de lui. Il chercha quelque chose à dire.

– Excréments ! cria-t-il.

– D'accord, marmonna Rikke près de lui.

La colonne bien organisée avait tourné à la mêlée. Les yumans, deux par deux, dos à dos, tiraient sur tout ce qu'ils voyaient ; perchés sur leurs ektatesks alliés, les blessés faisaient de leur mieux pour défendre leurs collègues ; les chats fusaient en tous sens, grimpant comme des éclairs de fourrure le long des grandes pattes noires, enfonçant leurs griffes dans des yeux à facettes ; les deux autres lutiennes voltigeaient dans les airs, tirant sur les ennemis accrochés au plafond. L'air se remplissait d'une concentration insoutenable de particules de poils de chat, au point que même Liitip sentait ses canaux olfactifs le chatouiller.

Sprotch, sprotch, sprotchsprotchsprotchsprotchsprotch…

Puis, tout se calma. Les derniers ektatesks s'effondrèrent au sol ; les yumans pointèrent avec prudence leurs armes dans toutes les directions, guettant les ultimes survivants, se déplaçant pour surveiller les galeries d'accès ; certains s'agenouillaient près des blessés, garrottaient des membres blessés, tranchaient des zones empoisonnées dans l'espoir de sauver leurs propriétaires. Liitip releva la tête, la rabaissa, la releva vers ce qu'il venait de voir mais qu'il avait mis une seconde supplémentaire à enregistrer :

La reine.

C'était encore une jeune reine, de deux mètres de haut seulement. D'un vert tendre, élancée comme une sauterelle ou une mante religieuse, elle se tenait sur une estrade au centre de la salle, immobilisée par les trois câbles qui la connectaient au vaisseau et qui, d'une façon ironique, l'empêchaient d'attaquer les humains : si elle se déconnectait, elle perdrait tout contact avec le reste des habitants de sa ruche, avec les commandes de la corvette, avec les chasseurs qui, en cet instant, devaient assaillir le Comptoir commercial de Beatriz Acanfora. Avec précaution, les yumans l'entourèrent. Les reines, pour une raison encore inconnue, restaient immunisées contre les agents allergènes des poils de chat.

– Parfait. Pour la première fois de sa vie, elle est indécise, elle ne sait pas quoi faire, approuva Texugo-*sulii*. On va la faire sauter.

Leurs carapaces, Liitip le savait de façon académique, constituaient l'un des matériaux vivants les plus résistants de la galaxie ; néanmoins, leurs têtes et leurs abdomens étaient plus fragiles. Un des hommes d'équipage du *Querelleur* sortit plusieurs blocs emballés de papier de son sac à dos. Tycho-*sulii*, qui venait de finir de garrotter la jambe de Lucas-*sulii*, se redressa ; et son expression, contrairement à son habitude, était sobre et grave, même si ses yeux noirs scintillaient d'une émotion que Liitip identifia comme de la rage.

– Je m'en occupe. Passez-moi du GigaEx.

Texugo-*sulii* rabaissa son masque, releva ses lunettes et le contempla d'un air dégoûté.

– Tu es vraiment un grand malade.

– C'est ce qui te plaît chez moi. Et puis, je ne vois pas beaucoup d'autres volontaires, répliqua Tycho-*sulii* en saisissant les explosifs des mains de leur propriétaire.

En effet, parmi les personnes présentes, les voyageurs ne se bousculaient pas au pigeonnier, comme on disait sur Caskii. Liitip, horrifié, contempla Tycho-*sulii* soupeser les paquets d'explosifs, puis s'avancer à grandes enjambées vers lui.

– Poussin, dit-il sobrement. (Oh non, songea Liitip.) Tu te sens de faire diversion ?

Liitip, en dissociant complètement, sentit son bec s'entrouvrir pour prononcer :

– Oui.

– Parfait. D'habitude, c'est Ccel qui le fait, mais elle n'est pas en état. (Avec une précaution inhabituelle chez le soldat, ce dernier déposa un bloc de GigaEx dans la serre de Liitip.) Survole sa tête. Garde trois mètres de distance : elles ont une bonne allonge. Je me glisse sous son ventre. Si tu vois une opportunité, profites-en. Vise les yeux, ou la nuque.

– D'accord, prononça l'inconnu qui avait pris le contrôle de Liitip.

Il s'envola sous les regards silencieux des yumans. La salle était assez large pour manœuvrer, mais de peu. Son regard tomba sur le léopard qui l'observait, assis sur son arrière-train, se léchant une patte bleue de sang. L'animal cligna lentement des yeux, et Liitip se détourna pour se concentrer sur la reine qui, elle aussi, le suivait de ses innombrables facettes.

Trois mètres, se répéta-t-il, trois mètres, trois mètres, trois mètres. Une patte acérée fusa vers lui et, en effet, le manqua de peu. Tournoyant sous le plafond cuivré, écartant au maximum ses ailes brunes et bleues, il s'efforça d'attirer l'attention de sa cible, de la distraire de Tycho-*sulii* qui rampait sans un bruit, telle une couleuvre noire, jusqu'à son abdomen vulnérable. Les yumans, eux aussi, rajoutaient à la confusion en tirant ici et là, abattant les rares ektatesks qui continuaient de surgir d'une galerie. Trois mètres, trois mètres, trois mètres et la reine, furieuse, lançait ses pattes vers lui, faisait claquer ses mandibules sous ses serres, l'identifiait comme la principale menace à son existence. L'expérience était étourdissante, remettait en cause tout ce qu'il avait connu : quelle importante avaient ses petits tracas, ses petites inquiétudes, quand une créature de cette taille le considérait comme *dangereux* ? Pour la seconde fois de la journée, une exaltation inconnue, irrationnelle, l'emplit jusqu'au bout des rémiges ; et il voltigea de plus belle.

– *Fire in the hole !*

L'explosion le prit par surprise ; la reine poussa un hurlement crissant avant de s'effondrer, presque au ralenti, l'abdomen réduit en bouillie bleuâtre. Il vit ses antennes s'agiter, cherchant les phéromones de ses enfants, espérant des messages rassurants, peut-être. Avait-elle peur de mourir ? Redoutait-elle la fin de sa ruche ? Quelles étaient ses pensées, alors qu'elle comprenait que sa fin arrivait, que ces petits vertébrés l'avaient vaincue, contre toute attente, qu'elle avait échoué dans sa mission génétique ? Liitip ne connaîtrait jamais la réponse.

Elle s'écrasa par terre, dans un choc mouillé. Les yumans achevèrent les derniers ektatesks qui, désorganisés, couraient en tous sens.

Liitip regagna le sol, les ailes un peu tremblantes. Les yumans se congratulèrent bruyamment. Il trébucha quand on lui donna une bourrade dans le dos.

– Bien joué ! lui lança Kani.

Il aurait dû apprécier le compliment. Pour le moment, il ne s'en sentait pas vraiment capable.

– Est-ce que quelqu'un a déjà piloté un Classe 4 ? brailla Texugo-*sulii*.

Un jeune yuman leva la main et, en deux minutes, les câbles étaient arrachés de la reine, équipés d'adaptateurs, et branchés sur le pilote : le principal dans l'implant sur sa nuque, les deux autres avec des pinces sur ses oreilles. Aussitôt, il s'avachit, inerte, et prit le contrôle de la corvette. Un petit cercle de yumans l'entourait.

– Trop jalouse, lâcha Kani.

– C'est très différent du *Loquace* ? demanda Rikke.

– Le *Loquace* est un Classe 2. Les chasseurs sont des Classe 1. J'ai fait un Classe 3, une fois. Disons que c'était comme nager dans un étang après avoir barboté dans une baignoire et une petite mare. (Son ton était doux, presque rêveur.) Maman dit que pour un Classe 6, elle avait l'impression de flotter dans un océan multidimensionnel.

Liitip, le regard dans le vide, sursauta quand une aile vint effleurer la sienne. Il se retourna. Ccelwuutlii-*tlii* le fixait, ses yeux dorés impénétrables.

– Tu n'es pas blessé ?

– Non, Ccel-*tlii*.

– Tu as été courageux. Nous avons réussi grâce à toi.

Un goût de bile lui envahit le bec. Au lieu d'un juste sentiment du devoir accompli, il n'éprouvait qu'une fierté vulgaire, individualiste, indigne d'un lutien.

– Je me sens violent et sale, confia-t-il.

Il se sentait yuman, et cette idée, à sa grande honte, lui répugnait profondément. Son espèce n'était pas faite pour la guerre… Elle était faite pour la paix, la sagesse, la recherche d'un monde meilleur.

– Est-ce qu'on s'habitue ? demanda-t-il.

Ccelwuutlii-*tlii* prit son temps pour réfléchir, ce qu'il admirait chez elle.

– Oui et non. Petit à petit, on commence à comprendre. Qu'il y a d'autres choses dans cette galaxie. Pas seulement Caskii, ou notre rôle dans la Trialliance, ou notre philosophie, notre recherche d'une société parfaite et fonctionnelle. (Elle tourna la tête, observa la reine morte. Ses taches bordeaux brillaient comme du sang dans la lueur orangée de la passerelle.) Des êtres vivent, des êtres meurent. Certains préfèrent parlementer, d'autres se battre. La plupart reproduisent ce que faisaient leurs parents, et les parents de leurs parents. Est-ce une excuse à leur comportement ? Nous sont-ils inférieurs ? Moins civilisés ? Les cheffes de lignée pourraient en débattre pendant des jours, des années. (Une trille ironique, inattendue, lui échappa.) Et c'est sans doute ce qu'elles font, dans le confort de leur petite planète paisible. Je pense que, la vérité, c'est que chacune et chacun fait de son mieux pour survivre, pour trouver un sens à son existence. Obéir. Se battre. Négocier. Explorer. Ramasser des plantes sur des planètes isolées pour espérer en tirer un remède universel. Il n'y a pas de jugement à porter. Il s'agit juste de faire de notre mieux, nous aussi.

Liitip cligna de ses doubles paupières, interloqué ; il ne l'avait jamais entendue parler aussi longtemps, aussi intimement. Et l'étrangeté de ces réflexions, si peu lutiennes, le prenait de court. Étonnamment, il sentit l'étau qui lui comprimait la gorge se relâcher.

– Est-ce que… (Il essaya de formuler ses pensées étrangères.) Est-ce que c'est… acceptable… de remettre en question ce que… ce qu'on m'a enseigné jusqu'ici ?

– Personne ne peut contrôler ce que tu penses, se contenta-t-elle de répondre.

Puis, gentiment, elle ajouta :

– Viens. Allons voir comment se porte Lucas.

Il la suivit sans un mot, comme un petit oisillon sorti du nid, découvrant le monde.

###

Six heures plus tard, ils étaient de retour sur Skybelt. La majorité des vaisseaux ayant participé à l'abordage et à la défense du Comptoir avaient rejoint le tarmac eux aussi. Certains manquaient, hélas : une partie s'était fait descendre par les chasseurs et deux autres avaient perdu leurs pilotes sur la corvette, les empêchant de redécoller jusqu'à ce qu'ils trouvent des remplaçants.

Liitip, qui commençait tout juste à réaliser qu'il avait échappé de peu à la mort, qu'il avait vécu son premier combat, qu'il y avait *participé*, observa les yumans se réjouir, faire la fête, discuter de la vente de la corvette, de la redistribution des équipages, des primes – tirées de la revente du vaisseau ekta – qu'ils allaient se partager, de l'organisation des funérailles des morts. Ils étaient à la fois joyeux, tristes, soulagés, traumatisés, inquiets, cupides ou généreux. Leurs émotions l'étourdissaient, leur brusquerie le choquait, leur indifférence le blessait. Il vit les gestes les plus nobles, les plus désintéressés de sa vie ; mais aussi les marchandages les plus âpres, les plus cruels qu'il eût jamais observés. Il n'y avait aucune unité dans leur espèce ; chacun d'eux poursuivait son propre code de conduite, sans se soucier des autres.

Au cœur du cratère principal, on avait hâtivement aménagé une clinique dans un bâtiment près de l'entrepôt de Beatriz-*tlii*. Lucas-*sulii* y reposait, derrière un paravent, le moignon soigné et bandé par le chirurgien d'un autre équipage. Il dormait, plus pâle que d'habitude, tandis que Tycho-*sulii*, encore couvert de sang et d'entrailles bleus, ronflait dans un fauteuil à son chevet. Dagobert était roulé en boule sur l'estomac du blessé. Liitip, sur un tabouret, et Kani, à côté de lui, restaient tous les deux silencieux.

– C'est passé pas loin, commenta finalement Kani. Tu te sens comment ?

– Je vais bien.

– Mais tu te *sens* bien ?

– Non, admit-il.

Elle l'observa. Parfois, elle imitait vraiment le comportement de la capitaine : sérieuse, concentrée sur le bien-être de son équipage, autant dans un souci d'efficacité que par véritable compassion. Il se demanda si elle en était consciente, si elle avait décidé de suivre son exemple, ou si c'était un fonctionnement qu'on lui avait enseigné dans leur Académie yumane. Les lutiennes, entre elles, ne se demandaient pas si elles allaient bien : il s'agissait de la responsabilité de chacune de ne pas encombrer le reste de ses proches.

– Ma première bataille avec les ektatesks, j'ai vomi toutes mes tripes sur les bottes de Tycho, confia Kani d'un air songeur. J'avais sept ans. Maman n'acceptait que des missions de recherche au sol, des transports dans des zones sécurisées, ce genre de choses. S'il y avait un risque, elle me laissait au Comptoir ou sur Prométida. Mais ce jour-là, on est tombés sur un Classe 3, un éclaireur de six cents mètres de long. Il était trop tard pour fuir. On l'a abordé en formation classique. Lucas n'était pas encore là mais il y avait une autre femme, Aurore, qui était notre pilote, et un ektatesk, Kllrrterep. Ccel aussi, elle était jeune à l'époque, je crois, environ ton âge. Je ne m'en souviens plus trop.

Elle soupira, puis reprit :

– J'étais terrifiée. Maman m'a portée tout du long, jusqu'à la passerelle, en me cachant les yeux. J'entendais juste les bruits. Les cliquetis. Les explosions. Quand elle m'a posée par terre, la reine était morte, ses entrailles répandues par terre… L'odeur était infâme : j'ai vomi direct. Et après, j'ai pleuré pendant un quart d'heure. Mais Aurore était blessée, et Maman ne pouvait plus piloter. Alors ils m'ont branchée au vaisseau. C'était la toute première fois, je n'avais même pas essayé sur le *Loquace* ! Et c'était la plus belle chose que j'avais jamais vue.

Liitip se rappela que, pour une yumane, sept années, ce n'était rien, à peine un poussin capable de commencer à lire et compter.

– Et c'est là que tu as su que tu avais trouvé ta place ?

– Je ne sais pas. Je ne sais toujours pas, à vrai dire. Trois ans plus tard, j'ai enchaîné avec l'Académie. Puis je suis revenue sur le vaisseau de ma mère… C'était normal. Logique. Je ne me suis pas posé de question. (Elle réfléchit, fronçant les sourcils.) À l'Académie, on nous disait que la galaxie s'offrait à nous. Qu'après nos études, nous pourrions aller où nous voudrions. Peut-être que je m'interroge un peu, ces temps-ci. Mais je ne sais pas si j'aimerais vivre au sol, enchaîna-t-elle d'un air rêveur. Je crois que j'aurais trop la bougeotte.

– Alors, tu es contente de ton existence ?

Elle posa ses yeux noirs sur le blessé, toujours inconscient.

– Tu sais ce que dit Lucas ? Qu'on a la vie dont on est prêt à se contenter.

C'était… d'accord, admit Liitip, c'était à la fois déprimant et étrangement optimiste ; dans tous les cas, très éloigné de l'idéologie lutienne.

– Rien n'a d'importance ? traduisit-il. Fais ce que tu veux ?

– C'est comme ça que je le prends. Je pense que « se contenter » n'est pas suffisant. Du moins, pas pour moi. Ça me semble important de chercher sa place, non ? Ce qu'on aime faire, ce qu'on *veut* faire. Et aussi de s'entourer de gens qui comptent à nos yeux… De ce côté, pas à me plaindre, dit-elle avec un sourire tranquille.

Ils restèrent songeurs un moment. Elle reprit :

– Et toi ? Est-ce que tu te sens à ta place ? Ou tiraillé ? Qu'est-ce que ça fait d'être à la fois dans l'équipage et de devoir faire des rapports à ta mère ?

Comme à chaque fois que le sujet était évoqué, il sentit une vague de nausée, de honte, de culpabilité l'envahir ; il sentit aussi, ce qui était plus alarmant, qu'il commençait à s'y habituer.

– Je suis perdu, s'entendit-il murmurer.

Kani le fixait avec attention, ses grands yeux sombres remplis de compassion. Il ne s'était jamais confié de cette façon, avec autant d'intimité, jamais ; pas même à sa sœur. Et il sentit toutes ses émotions, toutes ses inquiétudes, tout son ressentiment jaillir de son bec en un flot ininterrompu de paroles :

– Les lutiennes ne font qu'une. Notre harmonie passe avant tout. Nos désirs sont importants, mais moins que notre rôle social. Nous grandissons avec l'idée que nous devons, à notre échelle, contribuer à ce fonctionnement.

Étendre notre paix. Perpétuer notre sagesse. Mais… (Sur sa nuque, ses plumes frémirent, se hérissèrent.) Ces derniers temps, depuis que j'ai quitté Caskii… Je ne suis plus sûr. Je pensais que, avec les olumanlus, nous étions savants. Que nous détenions le secret de la paix. Que nous savions mieux que… mieux que vous, dit-il, mort d'embarras, mort d'humilité. Mais je me rends compte que… cette paix… elle ne fonctionne que dans certains endroits. Sur Caskii. Dans les systèmes de la Trialliance.

– Sur les planètes déjà en paix ? proposa Kani.

– Oui. Il y a des siècles que les lutiennes et les olumanlus maintiennent les ektatesks à distance. La plupart d'entre nous… Nous n'avons aucune idée de ce qu'est une rencontre avec l'ennemi. C'est facile d'être en paix avec les gens qui nous ressemblent ! Rien à voir avec ce que j'ai vu aujourd'hui. (Il avala sa salive.) Je n'aime pas votre violence, avoua-t-il. Je la déteste. Enfin, je la détestais. Parce que, je commence à me rendre compte que… Ce n'est pas la *vôtre*. Vous en faites usage dans certains cas. Je ne peux pas classer les yumans comme « violents » et les lutiennes comme « sages ». Je ne peux plus nous cloisonner ainsi. Ce que fait ma mère, ses *intrigues*… (Le mot lui laissa un goût amer dans la bouche.) C'est une sorte de violence, aussi. Une violence indispensable à la paix, certes. Je crois… Je crois juste que j'étais très naïf, et que je viens de comprendre beaucoup de choses.

– C'est dur, hein ? murmura-t-elle.

Les lutiennes ne pouvaient physiologiquement pas pleurer. En cet instant, Liitip fut presque jaloux de cette possibilité d'extérioriser sa tristesse et son égarement. Il se contenta d'incliner la tête, ses longues ailes frémissant de fatigue. Kani continua :

– Tu sais, les humains sont tellement *jaloux* des lutiennes.

– Tu veux juste me remonter le moral, marmonna-t-il.

– Non, dit Kani d'un ton ferme. Sérieusement. Vous n'avez presque aucune famine, violence ou criminalité. Personne ne vit dans la misère. Tous vos oisillons reçoivent une éducation. Tous vos adultes possèdent une occupation, un revenu. Même vos rebelles, comme Ccel, sont laissés tranquilles du moment qu'ils ne mettent pas le boxon. Et vous n'êtes pas faibles non plus : vous avez une armée, de l'équipement, des ressources. Vous ne vous laissez pas faire. Sur beaucoup d'aspects, vous êtes la société parfaite.

– Mais pas tous ?

Elle hésita.

– Vous êtes très hiérarchisés. C'est peut-être indispensable, pour arriver à une telle harmonie. Mais ça veut dire, pour beaucoup d'entre vous, une absence de choix, une carrière et un destin tout tracés. (Elle sourit. Il la vit faire l'effort de garder les lèvres serrées.) J'allais dire que ça ne me conviendrait pas, mais regarde-moi : j'ai fait exactement ce que ma mère attendait de moi !

Elle gloussa. Liitip sentit un bruit inconnu lui remonter dans la gorge.

– Alors que moi, je me suis enfui sur le premier vaisseau yuman venu !

Elle se mit à rire franchement.

– Alors que moi, je me suis tapé cinq ans d'école en uniforme !

Un piaillement joyeux lui échappa.

– Alors que moi, je suis devenu espion politique !

– Alors que moi, j'effectue les mêmes calculs de perces semaine après semaine !

– Alors que moi, j'explore des planètes inconnues et dangereuses !

Ils explosèrent dans des bruits hystériques qui finirent par réveiller les deux yumans assoupis près d'eux. Tycho-*sulii* s'étira en grognant, tandis que Lucas-*sulii*, avec difficulté, entrouvrait les paupières sur son lit.

– Calmez-vous, les morveux… Oh, hé, tu es réveillé !

Les deux hommes se dévisagèrent, un sourire aux lèvres. Kani, avec délicatesse, attrapa l'aile de Liitip pour l'entraîner derrière elle.

– Je vais prévenir Maman que Lucas a repris connaissance, annonça-t-elle.

Liitip la suivit, laissant les deux yumans tous seuls.

###

Au fond de l'entrepôt, les employés de Beatriz-*tlii* les laissèrent franchir la porte blindée sans protester. Ils retrouvèrent la capitaine et Ccelwuutlii-*tlii*, ainsi que Texugo-*sulii* et son second, en train de manger un morceau dans une petite pièce tranquille, dont les portes-fenêtres donnaient sur une cour à ciel ouvert remplie de palmiers.

– Lucas va mieux, annonça Kani après un bref salut.

La capitaine se détendit imperceptiblement.

– Bien. Beatriz vient d'avoir les infos qui nous intéressent. Vous pouvez rester tous les deux, si vous voulez. (La femme observa l'autre capitaine.) On a décidé de partager le prix et tous les renseignements qu'elle pourra nous donner.

Texugo-*sulii* grogna.

– Après ça, c'est chacun pour sa belle gueule, Barret.

– Tu crois que je veux passer plus de temps avec toi ?

Fort heureusement, la propriétaire du Comptoir empêcha une nouvelle prise de bec en faisant son apparition, une tablette à la main. Liitip se retint de battre nerveusement des ailes. Elle était gigantesque, encore plus que Gwy ; sa masse de muscles le mettait mal à l'aise.

– J'ai ce qu'il vous faut, mes jolis. (La yumane se laissa tomber sur une chaise, qui craqua dangereusement.) Votre ancien pilote tricotin, Victorio Souza Zeng, s'est bien fait la malle il y a dix-neuf ans. Il a quitté le secteur de la Trialliance en abandonnant derrière lui un Classe 5, ce qui n'a pas rendu ses officiers très contents. Il avait vingt ans à l'époque, donc trente-neuf aujourd'hui. Et je l'ai retrouvé, par des moyens qui ne vous regardent pas…

Elle s'arrêta en faisant durer le suspense avec un plaisir évident.

– Crache, Acanfora, râla Texugo-*sulii*.

– Oh, ça va. Il est instructeur à l'Académie impériale. Il a retourné sa veste après avoir traîné quelques années dans les secteurs isolationnistes.

– *Caralho*.

– L'Académie ? Celle sur leur planète capitale, Yacina ? vérifia la capitaine.

– La seule et l'unique. En plein cœur de l'Empire boedecien. Ça va être chaud pour vous d'obtenir des laissez-passer. Je peux faire quelque chose, bien sûr, pour le bon prix…

Texugo-*sulii* s'était déjà levé de sa chaise.

– J'ai ce qu'il faut. Merci, Acanfora. Mes hommes ont déjà déchargé les caisses. Envoie-moi les données avant qu'on décolle. Barret, Ccel, les deux versions miniatures… (Il leur fit un salut du doigt.) Allez crever la bouche ouverte dans un buisson.

Son second le suivit avec un regard d'excuses. La porte se referma derrière eux.

– Un homme charmant, commenta Beatriz-*tlii* en sirotant un verre d'un végétal inconnu fermenté.

– Oublie-le, dit la capitaine d'un air concentré. Je suppose que Souza Zeng a pris une nouvelle identité ?

– Relax. Je vais te passer tout ce que j'ai. Tu as un plan pour le contacter ?

Pendant qu'elles discutaient, Liitip contemplait les palmiers, par la fenêtre, sans les voir. L'Empire boedecien. Le secteur yuman le plus xénophobe, agressif et traditionaliste de la galaxie. En guerre contre les ektatesks, bien entendu, mais aussi contre la Trialliance dans deux systèmes périphériques et même contre plusieurs de ses voisins isolationnistes.

Et c'était là qu'ils étaient censés aller ?

Il songea qu'il allait devoir faire un rapport à sa mère sur les derniers évènements : sur l'attaque de la corvette ekta et sur leur entrée, sans doute illégale, en territoire yuman ennemi. En imaginant sa réaction et toutes les complications politiques qu'elle allait devoir gérer, il se sentit, mesquinement, un peu moins déprimé que d'habitude.

– Tu parlais de découvrir de nouvelles planètes ? lui demanda gaiement Kani.

ÉPISODE #6

L'histoire avec l'appareil auditif cassé

Fun fact!

Au début du 21ème siècle, sur Terre, en France, les prothèses auditives ne sont — bien entendu — pas imperméables et coûtent environ 1800€ par oreille, pour une durée de vie de sept ans. Même avec l'aide financière de la sécurité sociale, une part reste à la charge du patient ou de la patiente, sauf en obtenant l'aide d'organismes de soutien aux personnes en situation de handicap.

Il faut près d'un an de démarches pour les obtenir. Après un réglage initial, l'entretien se fait de façon trimestrielle auprès d'un audioprothésiste: tubes, pièces cassées, piles...

La prothèse n'est pas un objet magique et demande une participation active de son utilisateur, notamment en choisissant des modes adaptés aux conditions extérieures: milieu bruyant, discussion, etc. Il s'agit au final d'un amplificateur et qui dit amplification, dit amplification de tous les bruits.

Son deuxième appareil auditif est cassé. Celui de rechange, son ancien, qu'il garde au cas où le premier serait endommagé. Il a survécu, par miracle, au match de potatoball. Cependant l'affrontement sur la corvette a été de trop.

Gwy observe les différentes parties, démontées, posées sur son atelier. La réparation sera difficile. L'interface récepteur/circuit est endommagée. Idéalement, il lui faudrait une pièce de rechange du fabricant. Peut-être pas, avec les plans des circuits et beaucoup d'habileté.

Avec soin, il les place dans une boîte d'allumettes, qu'il range dans un tiroir à côté de sa première prothèse, elle aussi hors-service. Il songe à l'époque, lointaine, où ces dernières devaient être réglées à plusieurs reprises, chez un audioprothésiste. Impossible de le faire seul. Les choses ont évolué. Leur principe s'est affiné. Même un sourd profond, comme lui, peut désormais entendre distinctement, sans écoper ensuite d'une migraine carabinée. Bien entendu, il doit le payer d'une petite fortune. D'autres choses ne changent pas.

Malgré leur prix exorbitant, la capitaine voudrait qu'il en possède trois. Peut-être a-t-elle raison. Les pièces de rechange ne sont pas faciles à trouver. L'entrepôt de Beatriz n'en contenait pas. Peut-être quand ils arriveront dans le secteur impérial.

Enfin, il a d'autres tâches prioritaires et il peut très bien passer quelques jours sans l'utiliser. Prenant appui sur la table, il se relève. Une grimace lui échappe. Contrairement à son appareil, il a eu de la chance : l'abordage de la corvette ne lui a laissé que des bleus. Et des courbatures. Avec un bâillement, il s'étire. Autour de lui, le vaisseau vibre paisiblement. Même dans le silence, il le sent vivre. Aucune panne. Il n'a pas besoin des sifflements de la ventilation ou des bourdonnements des machines pour le savoir. Le souffle de l'air sur ses joues, le rythme du sol sous ses pieds lui suffit.

En sifflotant un air qu'il n'entend pas, il quitte les profondeurs de la salle des machines, grimpe à l'échelle qui rejoint la cabine commune. Kani est là, dans une combinaison propre, un sparadrap sur la joue. La première macro-perce de leur voyage prendra trois jours. Ccel doit être de surveillance dans le cockpit, gardant les engins à l'œil.

Elle lui parle, se tournant instinctivement vers lui. Il distingue les mots suffisants pour la comprendre – quand, Lucas, prothèse – et lui répond en signant :

[Maintenant. Mon appareil est cassé. Je n'en ai pas d'autre.]

Elle hausse les sourcils. Il aime bien quand il ne l'entend pas. Elle parle trop vite. Quand elle signe, elle prend son temps, et son visage rond est plus expressif.

[Tu aurais dû en acheter trois.]

[Va te faire mettre], répond-il avec un geste universel.

[Tu ne peux pas le réparer ?]

Il hausse les épaules.

[Peut-être. Besoin de temps. J'ai d'autres choses à faire. Comment tu vas t'occuper ? Pendant la première perce ?]

Elle plisse le nez, l'air contrariée.

[Ccel va me faire réviser pour l'examen de Guide dans le cadran 4.]

Il éclate de rire, sans doute un peu trop fort en la voyant rouler des yeux. Le signe qui représente Ccel est un mélange entre « sévère » et la lettre C. Il peut parfaitement imaginer leurs leçons et leur frustration respective.

[Tu es trop nulle pour ça !]

[Petite bite.]

Secouant la tête, amusé, il la laisse là. Les Guides sont capables, rien qu'en observant la position des étoiles, de déduire dans quelle partie de la galaxie ils se trouvent. C'est une compétence appréciable quand on emprunte des chaînes de macro-perces inédites. Malheureusement, Kani possède les talents de repérage tridimensionnels d'un dromadaire de course. Équipé d'œillères. Sortie de la ligne droite, elle galère un peu.

Il remonte une coursive, toque à la porte de l'infirmerie. Sans attendre – il attendrait longtemps – il fait coulisser la porte. Lucas est assis sur le rebord du lit, en train de bander son moignon. Pâle mais optimiste. Ils savent tous la chance qu'il a eue. Quelques dizaines de centimètres plus haut, il aurait été tranché en deux. Le botaniste, en le voyant, sourit de ses yeux bleus. Son visage fatigué se plisse d'un million de petites rides. Gwy l'aime beaucoup. C'est sans doute la seule personne reposante de tout l'équipage.

Tu as du temps pour l'essayage ? lit Gwy sur ses lèvres.

Désolé, articule Gwy. *Mon appareil est cassé. On peut signer ?*

Il n'aime pas parler sans s'entendre. Quand il était petit, avant qu'il ne soit équipé, on se moquait de sa voix trop aiguë. Maintenant, il a tendance à compenser. Mais quand il commence à y penser, quand il tente de calculer la vibration de sa gorge, de ses cordes vocales, sa voix dérape. Kani se fout de lui. Elle dit qu'on a l'impression qu'il mue.

[Bien sûr. Je peux vocaliser en même temps ? Sinon Rikke ne comprendra pas.]

Gwy pivote sur la gauche. Rikke est là, assise dans un fauteuil défoncé, trop grand pour elle, les pieds sur le rebord, le menton posé sur ses genoux. Elle les observe avec une expression grave sur son petit visage. Il ne s'était pas rendu compte qu'elle était dans la pièce.

[Pas de problème.]

Il ramasse la prothèse tibiale sur la table. Un modèle dernier cri, militaire, sans doute tombé de l'arrière d'un camion. Peut-être même revendu par Texugo ? L'idée le fait sourire. Il s'installe en tailleur par terre, de façon à pouvoir regarder Rikke, et pose ses outils devant lui, sur le sol métallique. Avec soin, il inspecte le membre de Lucas.

L'ektatesk l'a tranché juste au-dessus de la cheville. Le chirurgien, au Comptoir, a dû enlever une tranche supplémentaire pour refermer la plaie proprement. Il faudra plusieurs semaines pour qu'elle soit parfaitement cicatrisée. Entre-temps, le Prof devra réapprendre à utiliser sa jambe, à compenser les muscles et les tendons manquants. Gwy pose ses grosses pattes sur son mollet et le fait jouer lentement. Quand il relève les yeux, Lucas réprime un rictus.

[Mal ?] signe-t-il d'une main.

[Oui. Un peu.]

En face de lui, Rikke s'est coulée au sol comme un petit animal souple. Assise en tailleur, elle suit leurs doigts qui voltigent avec curiosité. À force, elle connaît déjà un certain nombre de signes. Elle n'est pas très demandeuse de leçons, mais Gwy soupçonne que c'est plus par sauvagerie que par désintérêt.

Tycho, d'office, a décidé que son signe serait « loup », mais avec le pouce et l'index rejoints, appuyés sur la joue, pour « mignon ». Elle l'a accepté sans broncher.

Leur louveteau désigne la prothèse, posée par terre.

[Signe… quoi ?]

Au moins, elle n'hésite pas à être expressive. Même si ses mimiques tirent souvent sur l'exaspération. Il se demande parfois si Tycho n'est pas son parent caché.

Il lui donne le signe pour « prothèse ». Elle le répète plusieurs fois, jusqu'à ce qu'ils soient tous les deux satisfaits. Il se met ensuite au travail, examinant l'appareil, estimant du regard les réglages nécessaires. De la belle ouvrage. Hauteur adaptable, centre de gravité modifiable en trois dimensions. Il faudra modeler l'emboîture, bien entendu, mais ils ont du temps pour cela. Avec douceur, il enfile le manchon sur le moignon de Lucas. Il chausse ensuite l'emboîture, l'interrogeant du regard pour savoir s'il lui fait mal. Il aime travailler sans oreilles, sa bulle personnelle. Pas de bavardages pour le distraire. Ses pupilles sautent d'une vis à une autre, ses doigts caressent les fibres de carbone avec affection.

Quand son travail lui convient, il se remet debout. Lucas, sans faire de manières, lui tend la main. Gwy l'aide à se redresser. Le Prof vacille sur ses jambes, incertain. Avec précaution, ils font tous les deux quelques pas.

[Ça va ?]

[Je ne me sens pas stable.]

Qu'est-ce que tu dis ? articule Rikke.

Je ne me sens pas stable, répète Lucas à voix haute.

[C'est la taille du pied. La taille du pied], recommence-t-il plus lentement pour Rikke. [C'est un trente-huit ou un trente-neuf. Tu chausses du quarante-deux. Je l'agrandirai avec l'imprimante 3D. Ce sera prêt pour demain.] Il continue plus rapidement pour Lucas. [Pour l'emboîture, on fera un modèle du moignon avec de la résine. Je m'en occuperai.]

Ils font quelques cercles autour de l'infirmerie. Gwy, bien plus grand que Lucas, le soutient sans effort.

Lucas sursaute soudain. Gwy suit son regard : la porte est grande ouverte, Tycho planté dans l'encadrement, bras écartés, les yeux exorbités.

Ce dernier hurle quelque chose. Sa bouche est déformée. Gwy a du mal à comprendre.

... RATS ! ... RATS ... ... ENCULÉS !

Liitip apparaît derrière lui, l'air agité.

[Signe], indique Lucas à Tycho. [Quoi, des rats ?]

[IL Y A DES PUTAIN DE RATS SUR LE VAISSEAU !]

Les grands bras d'épouvantail de Tycho s'agitent en tous sens. Ses doigts claquent, ses sourcils dansent, ses joues se gonflent. Avec précaution, Gwy aide Lucas à se rasseoir.

[Où ? Vous les avez vus ?]

S'il a raison, le sujet n'est pas drôle. Un câble rongé et le *Loquace* pourrait finir dans le cœur d'une étoile de classe O. Mauvais plan. Gwy a encore des projets dans l'existence.

[Ils nous ont filé entre les pattes dans le couloir des cabines. Deux sales petits rats, avec des queues touffues, bleu canard !]

Gwy fouille dans ses souvenirs, se remémore la faune de Skybelt. Il épelle :

[Des r-a-p-h-i-r-s ?]

En quelques gestes, ils décident que le signe pour « raphir » serait « souris bleue ».

[Juste deux ?]

[Deux, ça peut déjà faire des bébés !]

[Vers où ?]

[Salle des machines.]

[Merde.]

[T'inquiète. Le poussin et moi, on s'en occupe.]

Gwy n'a pas le temps de répondre : Tycho a chargé Liitip sous son bras, comme un fermier qui saisirait un poulet, et disparaît en courant. Il ne les entend pas, mais il est quasiment certain que Tycho pousse un caquètement démoniaque et Liitip un pépiement mi-outragé, mi-apeuré.

Il hausse les épaules et revient à sa prothèse.

[Ils vont mettre le vaisseau en pièces], signe Lucas d'un air résigné.

Rikke les interrompt avec un grand geste :

[Pardon… rien… rien… RIEN… compris.]

Très expressive, se répète Gwy devant son air de chaton indigné.

###

Dans la journée, chacun mange quand il veut. Ce n'est que le soir qu'ils se réunissent tous ensemble. Dans la cuisine déserte, Gwy fouille dans le réfrigérateur. Il se construit ensuite un sandwich sur la table : pain, jambon, mayonnaise, tomate, fromage, jambon, mayonnaise, tomate, fromage – il hésite, rajoute une épaisseur, jambon, mayonnaise, tomate, fromage. Une dernière tranche de pain. Quand il en prend sa première bouchée, il se remémore une des expressions favorites de sa mère : « Un garçon en pleine croissance ! » Pour le moment, sa croissance, il ne l'a jamais cessée.

Son père, à la table familiale, préférait : « Arrête de parler la bouche pleine ou je t'en colle une ! » C'était surtout ses frères et sœurs qui pâtissaient de son ceinturon mais Gwy, même s'il ne parlait pas à l'époque, n'y avait pas échappé.

Son sandwich coincé entre ses dents, perdu dans ses souvenirs, il se laisse glisser sur une échelle jusqu'au pont inférieur. Quand il se retourne, il manque de faire un infarctus.

Zkrreck et la capitaine sont accroupis dans un coin. Enfin, Zkrreck est accroupi. La capitaine reste debout pour être à sa hauteur. Mais ils ont l'air… furtifs. Ils lancent tous les deux un regard gêné à Gwy. La capitaine le cache bien, mais il a appris à déchiffrer les humeurs de Zkrreck. Après tout, ils passent beaucoup de temps ensemble, dans la salle des machines. Quand son chef mécanicien cache quelque chose, sa deuxième pince droite s'agite. C'est pratique quand ils jouent au poker.

[Problème ?] signe-t-il.

La capitaine plisse les paupières. Ses yeux se portent sur son oreille.

[Où est ton appareil ?]

[Cassé.]

Ils se détendent tous les deux. Il en conclut qu'il n'a donc pas entendu quelque chose qu'il n'était pas censé entendre, et qu'ils en sont soulagés. Un mystère. Gwy ne raffole pas des mystères. Les mystères causent souvent des ennuis.

[Tu aurais dû en acheter un troisième.]

Comme c'est sa capitaine, il ne peut pas lui répondre aussi vulgairement qu'à Kani.

[Je peux le faire passer en note de frais ?]

Il reste impassible tandis qu'elle hésite. Les prothèses coûtent cher, presque autant que deux doses de carburant de macro-perce.

[D'accord], dit-elle finalement.

Il enregistre soigneusement l'information dans un recoin de son esprit. Il n'a jamais dit de quelle façon il l'utiliserait. Par exemple, en le revendant. Pour acheter des choses plus intéressantes. Il les fixe d'un air innocent, en mâchonnant son reste de sandwich.

[Je peux vous aider ?]

Zkrreck fait claquer ses mandibules. Même sans les entendre, Gwy reconnaît le rythme : tak-takatak-taktak-tak-tak-tak. Il n'a jamais appris la traduction exacte. Sans doute quelque chose comme : *Nous n'avons plus besoin de toi, camarade de corvée*. En général, il le prend comme : *Dégage et fiche-moi la paix, gamin*. Il les salue du doigt, avec respect, avant de s'enfoncer dans les entrailles du vaisseau en direction de son atelier.

Une fois là-bas, il sort le pied de la prothèse qu'il avait glissé dans une des multiples poches de sa combinaison.

Pensif, il contemple l'imprimante 3D officielle du *Loquace*. Un ancien modèle de la Trialliance, racheté lors du démantèlement d'une frégate. Avec elle, il peut reproduire pratiquement toutes les pièces du vaisseau, dans dix types de plastiques et quatre métaux différents. Il décide qu'elle ne sera pas assez précise. Ramassant une bobine de carbone, il s'engage dans le bout de couloir qui mène à sa cabine.

Cette partie du vaisseau est son domaine. Son royaume. Trop près des moteurs orbitaux, assourdissants, pour que le reste de l'équipage souhaite s'y installer. Durant les macro-perces, quand le calculateur multiD prend le relais, un calme surnaturel y règne. Mais à vrai dire, en vol orbital, Gwy *aime* les vibrations qui font trembler les murs.

Derrière lui, une paroi coulisse, transformant le couloir en sas étroit. Il s'agrippe à une rampe, appuie sur un bouton. La gravité artificielle s'estompe. Il flotte en apesanteur. Second bouton : elle se remet en marche, dans l'autre sens. Ses pieds se posent sur ce qui était, dix secondes auparavant, le plafond. Il ouvre la porte de sa cabine personnelle.

Au-dessus de sa tête, sur ce qui constitue le ventre du vaisseau, s'ouvre une grande baie vitrée. La cabine est spacieuse, environ vingt mètres carrés. Sa couchette occupe un angle. Un large canapé un deuxième. Un atelier, avec ses outils personnels, un troisième. Dans le quatrième, à gauche de la porte, se trouve une table avec la gare et les commandes de son réseau de trains. Les rails s'élancent le long des murs, font deux fois le tour de la pièce, disparaissent parfois derrière des étagères et des armoires. Il ne les allume pas tout de suite. Il fait chaud dans la cabine, juste à côté de la salle des machines. Ôtant les manches de sa combinaison, il les attache autour de sa taille, restant en tricot de corps. Puis il se concentre sur l'imprimante 3D installée sur l'atelier.

Au bout de deux heures, une lampe clignote sur le côté de l'établi. Quelqu'un est dans le sas. Il n'est pas surpris de voir entrer Kani. Elle tire la tronche, avec l'expression butée qu'elle porte quand elle a tort, qu'elle le sait et qu'elle ne veut pas l'admettre. Reposant son tournevis aimanté, il lève un sourcil ironique :

[Les révisions se passent mal ?]

[Ces saletés d'étoiles sont toutes les mêmes !]

Boudeuse, elle enlève ses bottes en s'aidant de ses talons. Elle se laisse ensuite tomber à plat ventre sur le canapé. Ce dernier, déplié, ressemble plus à une large couchette. Gwy s'est résigné à ce qu'il soit souvent squatté. Il ne va pas le nier : avec sa baie vitrée au plafond, c'est l'un des endroits les plus agréables du vaisseau. Kani roule sur le dos, cale un coussin sous sa nuque. Elle fait vraiment comme chez elle.

[On peut lancer les trains ?]

Il se penche vers la table, allume le panneau de contrôle. Il a préféré rester en analogique. Il y a quelque chose de simple, de reposant à contrôler leur vitesse en tournant un bouton. Il les règle à une allure débonnaire. Les deux locomotives s'élancent sur les deux circuits distincts, parcourent la cabine. Leurs voitures sont dépareillées. Gwy n'est pas un compteur de rivets : il les aime pour la distraction innocente qu'ils offrent, et le souvenir de leur terre d'origine qu'il n'a jamais connue.

Il revient à Kani, la taquine :

[Dans le cadran 4, tu dois te concentrer sur la Grande Ourse qui est inversée.]

[*Fuck* la Grande Ourse.]

Souriant, il retourne à ses ajustements, la laissant à ses fulminations. Il y a une étagère avec des livres à portée de main. Kani est capable de s'occuper comme une grande. C'est l'une des raisons pour lesquelles ils sont bons amis : leur complicité paisible, et le fait qu'ils ne sont pas codépendants. Dans l'espace, il suffit d'un hasard, une maladresse, une malchance pour que quelqu'un meure. Si on veut survivre, il est autorisé d'aimer, mais il faut savoir se contenter de soi.

Le temps s'écoule, tranquille. Quand un coussin vient le percuter dans le dos, il redresse la tête et constate que, de nouveau, l'ampoule clignote. Ils échangent un regard curieux.

Cette fois, c'est Liitip qui apparaît par l'ouverture du sas. Ses visites sont plus rares. Timide, il respecte presque à outrance l'espace personnel des autres. Gwy l'observe : ses plumes sont ébouriffées, ses épaules avachies, ses ailes couvertes de poussière et de graisse de moteur. Une tapette à souris est accrochée au bout de sa queue. Ah. La chasse aux raphirs doit être agitée.

Il signe avec maladresse. Avec ses trois serres, il peut reproduire beaucoup de mots, mais pas tous, et parfois peu précisément. En bon lutien intellectuel et docile, il a étudié tard le soir jusqu'à obtenir un vocabulaire plutôt impressionnant.

[Nous pouvons entrer ?]

Quand il s'avance, Dagobert se faufile à sa suite, dans un éclair de fourrure rousse. Puis Gwy aperçoit Rikke derrière eux. C'est la première fois. Elle regarde avec curiosité autour d'elle en s'avançant dans la cabine. Les trains continuent leur circuit éternel. Derrière la verrière, l'espace multiD est d'un noir d'encre, entrecoupé par intermittence de brusques éclairs qui forment des trames arachnéennes mauves, bleues, vertes. Bien sûr, elles sont visibles de tous les hublots du *Loquace*. Mais pas aussi bien que depuis la cabine de Gwy.

C'est quoi, cet endroit ? devine-t-il sur ses lèvres.

Liitip, après une courbette polie devant Gwy, s'est installé dans un angle du canapé. Il replie ses jambes sous lui, comme un oiseau dans son nid. Vérifiant que ses ailes maculées ne tachent pas le tissu, il entreprend de les nettoyer avec un chiffon et, parfois, son bec. Kani s'est redressée. Elle explique à Rikke tout en signant :

[C'est l'ancienne crèche ekta. Tu pourras demander à Zkrreck de t'en parler. Quand ils sont au stade larvaire, ils doivent être exposés à l'espace pendant plusieurs semaines. Ça fait partie de leur procédure de développement neurologique, je crois.]

[Pourquoi… bébés… dans vaisseau ?], signe Rikke.

[Les ektatesks ne vivent que dix ans. Pendant des missions de reconnaissance longue, ou d'exploration, il faut qu'ils renouvellent leurs générations. C'est intéressant : le vaisseau est trop petit pour abriter une reine, alors un membre d'une autre caste prend son rôle. Ses phéromones se modifient.]

Pendant qu'elles discutent, petit à petit, Rikke se rapproche du canapé. On dirait un chiot dans une nouvelle maison : bruyant, agressif, mais aussi craintif, cherchant sa place. Il la laisse faire sans intervenir. Elle finit par grimper sur les coussins et se trouve une place dans l'angle opposé à Liitip, exactement dans la même position. Dagobert bondit aussitôt sur ses genoux, se roule en boule. Elle est bloquée. Sa posture se détend. Ses petits doigts s'enfoncent dans la fourrure douce. Son visage est levé vers la baie vitrée avec une expression fascinée.

Gwy fait pivoter son tabouret, se place de trois-quarts, de façon à pouvoir les observer du coin de l'œil. Il revient à sa prothèse. La longueur du pied est correcte. Les orteils articulés sont bien fixés. Il lime les dernières coulures de l'imprimante 3D, puis polit les raccords avec un grain plus fin. Voilà, comme neuf. Il faudra la tester, bien entendu. Sans doute la calibrer pour la nouvelle pointure. Ses doigts courent sur l'élément de jonction. Avec leurs activités, combien de temps va-t-elle durer ? Un an ? Deux ? Trois, si Lucas n'a pas d'incidents ? Le fabricant est le même que pour son appareil auditif. Une société importante, sous contrat avec la Trialliance, qui détient presque le monopole du marché. Depuis quelques années, les prix augmentent pour les civils.

Il songe que, s'ils investissent dans un troisième appareil pour lui, ils devraient acheter au moins une prothèse de rechange pour Lucas.

Un coussin le frappe de nouveau, sur l'épaule. Quand il se retourne, Kani et Rikke ont plaqué Liitip sur le canapé et sont en train de le chatouiller. Dagobert, perché sur le dossier, se lèche une patte d'un air indifférent. Le lutien se débat, le bec ouvert, gigotant comme un canard qui tente de s'extirper d'une mare. Malgré leurs rires, elles font attention à ne pas être brusques. Gwy saute de son tabouret, puis bondit sur le divan pour enfoncer ses doigts dans les côtes de Kani. Il la sent pousser un cri, le supplier en gloussant. Ils roulent tous les quatre parmi les coussins pendant plusieurs minutes, comme des chiots joueurs. Quelques coudes provoquent quelques bleus. Quelques plumes se froissent. Un coussin se déchire, répandant sa mousse.

Ils finissent étalés en désordre, le souffle court, le visage levé vers la verrière. Gwy repousse le pied de Rikke, recouvert d'une chaussette à rayures vertes, qui appuie sur sa joue. Les éclairs multiD viennent teinter la lumière froide de la cabine de vert, de bleu, de violet. Le temps est suspendu. Le reste de l'univers n'existe plus. Il ne reste que la douceur des plumes de Liitip contre le dos de sa main, le poids de la tête de Kani sur son ventre, l'odeur un peu rance de leur sueur. Le canapé s'enfonce confortablement sous son dos.

En tournant la tête, il peut percevoir ses trains qui passent sous le nez de Dagobert. Le chat, sans grande conviction, tend une patte pour les tapoter au passage.

Il somnole. Peut-être les autres discutent-ils. Gwy n'en est pas certain. Les dernières semaines ont été agitées. La colonie-secte de Rikke, Caskii et leur mission secrète, la pêche aux attilas, le Comptoir de Beatriz, le match de potatoball, l'abordage de la corvette ekta. Et, à présent, une visite dans l'Empire boedecien.

Leur vie est souvent bien remplie, mais même pour eux, c'est beaucoup en peu de temps.

Kani, sans gêne, s'installe mieux pour utiliser le torse de Gwy comme un oreiller.

[*Man boobs*], signe-t-elle d'une main paresseuse.

Liitip est douillettement blotti entre son biceps et l'angle du canapé. Rikke cherche encore sa place. Il la soupçonne de ne pas être une grande habituée des contacts physiques amicaux. Elle finit par s'allonger le long du dos de Kani. La main de Gwy effleure ses cheveux. Avec précaution, du bout des doigts, il trace des petits cercles sur son crâne. Elle se laisse faire.

Dagobert bondit sur leurs masses entremêlées. Explore. Tâtonne. Écrase quelques mains, trachées, nez et entrejambes. Il finit par se décider pour la fente entre les cuisses de Gwy et de Kani, y encastrant son corps dodu.

Gwy inspire et expire lentement, dans un silence absolu, savourant l'instant.

Sa famille étrange et bizarre.

Sa famille qu'il n'échangerait pour rien au monde.

Il sent ses paupières s'alourdir. Ils ont bien le temps avant le dîner. Ils ont tout le temps du monde. Durant une macro-perce, personne ne peut les atteindre. Personne…

Liitip bondit soudain dans les airs dans un grand battement d'ailes. Gwy se redresse avec un sursaut, Kani l'imite, lui frappant la mâchoire d'un coup de crâne accidentel. Il fouille la cabine du regard, ne comprenant pas ce qui se passe. Leurs lèvres, leur bec, leurs bras, leurs ailes s'agitent. Il suit leur direction. Au moment même où il enregistre, du coin de l'œil, le signe frénétique de Kani…

[SOURIS BLEUE !]

Il aperçoit le raphir sur son atelier.

C'est une jolie créature. À mi-chemin entre le rat et l'écureuil. Le pelage bleu canard, vif et brillant. Sa queue se termine par une petite touffe de poils agile.

Il est en train de ronger un câble de la prothèse de Lucas.

HELL NO ! crie Gwy à haute voix en s'extirpant du canapé.

Il sent Kani basculer derrière lui. Il n'a rien contre les rongeurs. Il n'a rien contre n'importe quel être vivant, de façon générale. Du moment que celui-ci n'essaie pas de saloper son travail bien fait.

C'est la pagaille. Le raphir bondit de l'établi jusqu'à une étagère. Gwy trébuche sur son tabouret. Liitip, voulant bien faire, s'élance derrière lui. Il s'envole et, maladroitement, vient le griffer à la tête. Le raphir a déjà dégringolé par terre et longe le seuil du sas. Horrifié, Gwy le voit se faufiler sous la table qui supporte sa gare. La table où s'entremêlent des dizaines de câbles et de fils électriques. Il tombe à genoux, cherchant le rongeur des yeux. Kani et Rikke l'imitent, de part et d'autre de lui. Il voit leurs bouches s'ouvrir ; les mains de Kani, par habitude, s'agitent en rythme..

Où est cette satanée bestiole ?

Kani le secoue par le bras, l'oblige à se redresser. Le raphir s'est faufilé par le trou des câbles d'éclairage de la gare. Il jaillit du bâtiment à l'échelle 1 : 87e. C'est une belle reproduction de la gare d'Anvers-Central, pré-invasion ekta. La pièce maîtresse de Gwy. Il y a passé des dizaines d'heures. Cette cochonnerie de souris bleue la quitte en abandonnant une traînée de crottes derrière elle. Gwy respire profondément pour conserver son calme.

Ayant parcouru la moitié de la cabine, le raphir galope sur les rails, le long du mur, en direction du canapé. Où l'attend Dagobert. La bestiole s'arrête net.

Le souffle suspendu, quatre paires d'yeux guettent les évènements.

Le raphir se dresse sur ses pattes arrière. Ses moustaches frémissent.

Un train s'approche derrière lui.

Dagobert se ramasse sur lui-même. Son dos s'arrondit.

La Pacific 231 n'est plus qu'à une dizaine de centimètres de l'animal. Dans un film, elle pousserait sans doute un sifflement strident. La caméra zoomerait sur le visage terrifié du raphir. (Gwy songe qu'il devrait regarder moins de westerns.)

D'un petit bond, le rongeur saute sur le train en marche.

Dagobert est trop surpris par la souris bleue ferroviaire pour réagir. Le train et son passager lui passent sous le museau, survolent le canapé, s'avancent vers le lit. À côté de lui, Gwy sent Kani se préparer à bondir. Il l'arrête d'un geste.

Le train disparaît dans le passage intégré à l'intérieur de sa bibliothèque, au-dessus de la couchette. Il s'approche de la sortie en trois pas de loup. Lève la main. Guette.

Quand la loco émerge, ses doigts se referment prestement et délicatement sur une petite boule de fourrure frénétique. Il jette aussitôt le raphir dans un bocal contenant quelques écrous, avant qu'elle ne le morde.

[Bravo !] applaudit silencieusement Kani.

Soulagé, il arrête les trains, se laisse tomber sur son tabouret.

Rikke observe la bête dans son bocal avec curiosité. Liitip, s'il était humain, semblerait sur le point de pleurer de soulagement. Dagobert, royal, fait mine de ne pas avoir manqué sa chance.

[Plus qu'une], signe Gwy avec un air encourageant.

###

Pendant les macro-perces, l'éclairage du vaisseau suit un rythme artificiel. Gwy a appris à le reconnaître. Quand il vire, imperceptiblement, vers l'orangé, il abandonne son travail pour se hisser par une échelle jusqu'au pont intermédiaire. Ils ont un ascenseur, au besoin. Ils sont peu à l'utiliser. Zkrreck, avec ses larges pattes, se déplace pratiquement en trois dimensions. Ccel et Liitip, d'un battement d'ailes, montent ou descendent de la galerie qui fait le tour de la soute. Dagobert emprunte des chemins mystérieux. Les autres n'ont tout simplement pas la patience. Peut-être Lucas, songe-t-il, pendant les semaines à venir.

On est mardi. Habituellement, c'est Lucas qui cuisine. Ccel a pris le relais, aidée par Kani, à qui elle tente de faire réviser ses cartes à l'aide d'un projecteur holographique. Rien qu'à la raideur de sa nuque, Gwy devine son exaspération.

Kani se concentre, tout en touillant une sauce à salade. Ccel, qui tourne le dos à Gwy, surveille des morceaux de poisson sur une large poêle. Il articule silencieusement la zone galactique à laquelle correspond le nuage d'étoiles qu'il aperçoit.

C'est la queue du dragon, dit alors Kani. *Et là, on voit* Mizar, Alioth et Megrez, *mais alignées à l'envers.*

Ccel n'est pas dupe. Elle se retourne pour tancer Gwy du regard. Il détourne les yeux, fait semblant de ne pas la voir, et s'installe à la table, à côté de Lucas qui feuillette un gros livre. Ses béquilles sont appuyées contre le mur près de lui. Avec les vibrations du vaisseau, elles glissent et dérapent. Il faudra que Gwy y fixe un support. En face d'eux, Tycho, Liitip et Rikke sont penchés au-dessus d'un plan du *Loquace*. Le papier est taché de graisse et de café. Ils discutent d'un air sérieux. Le raphir restant ne va pas faire de vieux os.

[Où sont la capitaine et Zkrreck ?] signe-t-il sous le nez de son voisin.

Il a employé leurs signes sans doute des milliers de fois. Deux doigts sur l'épaule pour les galons, le geste d'une clef qui visse pour un mécanicien. Lucas repose son livre.

[Je ne sais pas. Ils font des cachotteries.]

[Oui, j'ai vu.]

La table vibre sous ses mains. Il se retourne vers Ccel, à son extrémité, qui la tape de sa poêle vide pour attirer leur attention.

[Le couvert], interprète Kani près d'elle.

Ils rangent prestement leurs affaires, font passer assiettes, verres et ustensiles. On ne plaisante pas avec les repas à bord du *Loquace*. Si la capitaine et Zkrreck ne sont pas là d'ici quatre minutes, ils iront manger dans leurs cabines. Pas d'exception.

Ils arrivent *in extremis*. Sous les remarques bon enfant de l'équipage, chacun s'installe à un bout de table : Zkrreck parce qu'il prend de la place, la capitaine parce qu'il leur reste un semblant d'ordre et de civilité. Les plats et les pichets circulent, se vident rapidement. Gwy observe les mâchoires, les becs et les mandibules qui s'actionnent en silence. Impossible de suivre toutes les conversations en même temps, mais le fait ne le dérange pas. Poisson souterrain de Skybelt, haricots verts en boîte, galettes de maïs, et une sauce onctueuse dont Ccel a le secret. Il s'empiffre. Ses yeux sautent d'un visage à un autre, observent les appendices qui s'agitent, suivent distraitement les conversations. Parfois, il décroche, savoure juste son repas. Personne ne chipote quand il se ressert une troisième fois. Ils se connaissent bien : leurs caractères, mais aussi leurs métabolismes. Ccel et Liitip mangent chichement. Tycho brûle les calories aussi vite que Zkrreck.

Après la salade et une tournée de fromage synthétique et de compote en sachet, les appétits se calment. C'est l'heure, selon les individus, des thés, tisanes et infusions. Dans l'espace, on reste hydratés. Lucas et Ccel, comme de nombreux soirs, déballent leur échiquier. Gwy suit leur partie d'un œil intéressé. Les chasseurs de raphirs ressortent leur carte. Kani se joint à eux, chipote avec Tycho sur un plan qui implique, si Gwy a bien compris, des seaux, des morceaux de fromage, et suffisamment de ficelle pour les emberlificoter tous de la tête jusqu'au bout de leurs appendices divers. La capitaine et Zkrreck, sous le prétexte de faire la plonge, continuent leur petit conciliabule. Ils semblent parler trop bas pour que les autres les entendent. Ou peut-être ces derniers font-ils semblant.

En face de Gwy, Rikke se désintéresse de la chasse à la vermine. Ses paupières papillonnent. Même Liitip dodeline de la tête. Parfois, ils jouent à des jeux ou regardent des films. Mais pour une raison encore inconnue, les premiers jours des macro-perces sont toujours fatigants. Gwy lui-même cache un énorme bâillement derrière sa grosse paluche.

[Je vais aller me coucher], annonce-t-il.

Les plongeurs reposent leurs torchons. Ccel colle un échec et mat à Lucas. Dagobert traverse la table, laissant des traces de pattes mouillées sur le plan chiffonné. Les dératiseurs abandonnent pour la journée. Avec des signes et des saluts endormis, l'équipage se sépare, chacun regagnant sa cabine. Kani, comme une grande sœur, entraîne une Rikke à moitié assoupie vers leur couloir.

[Elle n'est pas encore habituée], observe-t-elle.

[Ça viendra. Bonne nuit.]

Elle lui sourit, lumineuse et paisible comme elle peut parfois l'être.

[Bonne nuit, Gwy.]

Le signe de Gwy est celui d'un train, une rotation du poignet au niveau de la joue, mais avec un seul doigt au lieu de deux, comme un G. Il s'adoucit.

[Dors bien.]

###

Les mystères ne durent jamais longtemps à bord du *Loquace*.

Le lendemain, après le petit-déjeuner, comme chaque matin, ils font le point de la journée. Quand la capitaine se redresse, les poings appuyés sur la table, chacun se tait et l'observe avec attention. Il y a des temps pour la rigolade, et d'autres pour le travail.

Elle commence son briefing ; Kani signe à côté d'elle, automatiquement :

[Notre objectif est de retrouver Victorio Souza Zeng, l'ancien pilote tricotin, qui travaille actuellement à l'Académie Impériale de Pilotage, sur Yacina. C'est lui qui détient les coordonnées de la planète où se trouve la fleur que nous recherchons.]

Tout le monde hoche la tête. Rien de nouveau.

La capitaine lève la main, compte sur ses doigts :

[Plusieurs questions se posent. Notre infiltration dans l'espace impérial. La prise de contact avec Souza Zeng. L'obtention de l'information. Notre exfiltration. Bien entendu, nous devons absolument minimiser les risques. Discrétion. Pas de coups d'éclat.]

Nouveaux hochements de têtes.

[Concernant l'infiltration. Évidemment, Ccel, Liitip et Zkrreck ne pourront pas mettre la serre ou la pince dans l'espace impérial. Il va falloir les laisser quelque part. Idem pour Tycho.]

L'homme s'agite, l'air offensé. Gwy devine un *quoi, pourquoi ?* sur ses lèvres. La capitaine reste impassible.

[Ta tête est mise à prix depuis vingt ans. Tous les officiers impériaux te recherchent. Tu serais grillé au premier point de contrôle.]

[Toi aussi !]

[Peut-être, mais comme l'Empire est raciste en plus d'être spéciste, ils me prêteront moins d'attention, et me confondront certainement avec n'importe quelle autre personne noire. Et j'ai l'air plus honnête que toi.]

Des hochements de tête philosophes confirment son explication. À côté de « suspect », dans un dictionnaire, on pourrait sans doute mettre la photo de Tycho.

[Nous allons nous rendre sur la station artificielle Saint-H-o-m-e-b-o-n.]

Kani hausse les sourcils en direction de Gwy. Il signe rapidement « saint » et « marchand », et elle continue son interprétation.

[Personne ne nous ennuiera là-bas, et je connais quelqu'un qui pourra nous y fabriquer de fausses identités. Ce sera cher, mais le reste des attilas devrait couvrir le coût. Ccel, Zkrreck, Liitip, Tycho, vous resterez sur place. Pas de bêtises.]

Tycho croise les bras, l'air soupçonneux.

[Et toi et les autres ?]

[Nous nous ferons passer pour un petit transporteur indépendant. Ça ne sera pas difficile de trouver un contrat, Yacina est une fourmilière. Lucas se fera passer pour le capitaine. Équipage réduit mais fonctionnel : lui, moi, et Gwy comme mécanicien. Zkrreck pense qu'il est capable de s'en sortir tout seul. Ces derniers jours, nous avons inspecté et listé les points d'identification du *Loquace*. Il devrait pouvoir camoufler ceux qui posent problème en cas d'urgence.]

Ah. Voilà qui explique les complotages. Chaque pièce importante du vaisseau possède une immatriculation bien définie. En général, les contrôles de sécurité orbitaux et les astroports n'exigent que deux ou trois signaux.

Mais parfois, des surprises se produisent. Gwy devra se tenir prêt à envoyer de fausses identifications.

La capitaine fait une pause.

[Nous embaucherons aussi un pilote sur Saint-Homebon.]

L'équipage digère ses paroles. Leurs regards migrent lentement vers Kani et Rikke. Gwy, tout comme eux, commence à entrevoir la trame de… quelque chose.

Tycho attire l'attention sur lui en agitant son long bras :

[Et les filles ? Elles font quoi ?]

[Ce sont elles qui se chargent de la prise de contact avec Souza Zeng.]

Des yeux s'écarquillent. Des plumes se hérissent. Les mains de Kani s'immobilisent.

Avant d'être assaillie d'un flot de questions, la capitaine lève les siennes. Gwy lit sur ses lèvres les premiers mots, le temps que Kani se remette de sa surprise.

[Réfléchissez. L'Académie est étroitement surveillée, pratiquement en autarcie. Les visites sont interdites. Impossible d'y pénétrer sans raison valable.]

[Tu veux qu'elles y entrent comme élèves], devine Lucas.

[Exactement. L'Empire a désespérément besoin de pilotes. Nous bâtirons leur couverture sur la vérité : Kani sera une pilote expérimentée, mais qui veut changer de camp par conviction morale. Rikke viendra d'une colonie isolée et n'aura pas beaucoup d'expérience.]

[Et s'ils les soupçonnent d'être des espionnes ? S'ils les interrogent ? Ou pire ?]

Les yeux de la capitaine, instinctivement, se tournent vers Kani.

Gwy, malgré la climatisation du vaisseau, a soudain froid.

[Leur fausse identité tiendra bon. Mon contact est excellent, les cartels et les clans le paient une fortune pour ses contrefaçons. Elles devront juste se montrer convaincantes. Lâcher des propos xénophobes, pro humains. Jouer sur leur jeunesse. Si les impériaux ne trouvent rien d'étrange dans leur historique, ils n'iront pas chercher plus loin. Encore une fois, ils ont trop besoin de pilotes pour chipoter.]

Elle inspire profondément, laisse son visage s'adoucir.

[Kani, Rikke. C'est entièrement votre choix. Je propose cette idée parce que vous serez deux, et que vous pourrez compter l'une sur l'autre. Je ne cache pas qu'elle est dangereuse. Si vous préférez, nous pouvons nous poser sur Yacina et réfléchir à une autre solution. Il faudra tout de même agir vite, ou notre présence deviendra suspecte. Mais je ne vous enverrai pas là-bas contre votre gré. Personne ne vous en voudra si vous refusez.]

Gwy, brièvement, sent une vague de fureur l'envahir. Il sait qu'elle est sincère : la capitaine essaie toujours de leur éviter tout risque superflu. Elle tient à eux. Ses plans sont généralement les plus efficaces et les plus raisonnables possible. Si elle ne voit pas d'autre solution, avec tous les éléments qu'elle possède, c'est qu'il n'en existe pas. Mais elle s'adresse à Kani – *Kani* – et Rikke comme si elles étaient deux adultes aptes à prendre la mesure des choses et à choisir sciemment de mettre leurs vies en danger, ce qu'elles ne sont pas. Pas tout à fait. Pas exactement.

Elle joue dans une zone grise. Gwy n'aime pas ça.

Avant de s'en rendre compte, il frappe brutalement des paumes sur la table. Les autres se tournent vers lui, surpris. Il ignore quelle expression il affiche, mais il est rare qu'il manifeste son mécontentement. Il est rare qu'il soit mécontent.

Tycho signe avec des mouvements sardoniques :

[Ouais, moi non plus j'aime pas.]

Cette fois, la capitaine répond elle-même, le visage fermé :

[Je n'ai jamais dit que j'aimais.]

C'est Kani qui les arrête d'un geste, avant que l'échange ne s'envenime. Son visage est indéchiffrable. Gwy aimerait y lire de la trahison. De la colère. Quelque chose.

[Et ensuite ? La prise de contact avec Souza ? Notre exfiltration ?]

[Guo m'a fourni plusieurs solutions : on peut lui proposer une récompense monétaire en échange des coordonnées, ou un retour au sein de la Trialliance – si Souza Zeng regrette d'avoir déserté. Si ce n'est pas le cas, s'il est désormais fidèle à l'Empire… mais ça ne colle pas : il aurait révélé l'emplacement de la fleur à ses supérieurs, ce qu'il n'a pas fait. Ce type est un mystère. Bref, s'il refuse nos propositions, il reste l'enlèvement.]

Kani, d'un geste, se réapproprie la parole :

[Si je résume, j'entre à l'Académie avec Rikke et on observe comment il se comporte. S'il n'a pas l'air d'un fanatique boedecien, on prend contact anonymement avec lui et on voit s'il est ouvert à notre offre. S'il est partant, vous nous exfiltrez tous les trois. Dans tous les cas contraires, on le kidnappe.]

[Ça fait beaucoup de si], observe Lucas, avant de tapoter des doigts sur la table. [D'un autre côté, Yacina reste civilisée. L'Académie n'est pas très différente de celle de Prométida. On n'y torture pas les enfants, contrairement à ce qu'on raconte.]

[Ouais, on les formate juste pour les envoyer au cassepipe, d'un côté comme de l'autre], rétorque Tycho d'un air furieux.

Les épaules de la capitaine s'affaissent.

[C'est vraiment le sujet ?] demande-t-elle d'un air fatigué.

[Quoi ? On établit juste qu'aucun camp n'a la supériorité morale], se moque Tycho.

La capitaine secoue la tête, revient à ses deux jeunes pilotes. Kani semble pensive, et Rikke très attentive.

[Il y a une alternative], lâche la capitaine. [Nous en restons là de la mission, nous revenons sur Caskii, et nous proposons à Guo l'emplacement de Souza Zeng en échange d'une partie de la prime.]

Kani plisse les yeux. Elle est en pleins calculs. Gwy n'aime pas quand elle est en pleins calculs. Elle oublie de faire attention à elle.

[Si Texugo le trouve avant, ou un autre équipage employé par Guo, ça ne vaudra pas tripette.]

[C'est vrai. Mais au final, nous ne serons pas perdants. Nos frais seront remboursés. On en reste là, c'est tout.]

Dit-elle la vérité ? Guo les paiera-t-il pour un demi-renseignement ? Ils en doutent tous, mais au moins la capitaine offre une porte de sortie à Kani et Rikke.

Kani et Rikke se regardent.

C'est dangereux, lit Gwy sur les lèvres de Kani. *On pourrait être capturées. Torturées.*

Rikke pâlit. Gwy sent son cœur lui remonter dans la gorge.

Et alors ? Tu vas te la péter et y aller toute seule ?

Kani sourit.

Je ne sais pas encore.

Rikke, petite Rikke, regarde autour de la table. Elle regarde la capitaine.

[Tu ne me dois rien], prononce et signe celle-ci. [Si tu ne veux pas, tu ne veux pas.]

Rikke articule quelque chose. C'est Lucas qui interprète, avec quelques secondes de décalage. Tycho se bidonne déjà à côté de lui.

[Je veux ma propre cabine et une augmentation de salaire], dit Rikke.

Gwy sait qu'elle parle plus courageusement qu'elle ne le pense. Tout le monde le sait.

Ils devraient l'ignorer, la traiter comme une gamine. Elle ne devrait pas décider elle-même. Non, songe-t-il avec tristesse. Elle ne devrait pas *avoir* à décider.

Gwy voit la capitaine hésiter.

Rikke tape des paumes sur la table, comme il l'a fait plus tôt. Ses lèvres s'agitent.

[Je ne peux pas faire partie du vaisseau si je ne fais *rien*.]

Lucas accentue le « rien ». Les bras de Rikke tremblent. Elle parle presque trop vite, de façon hachée, pour que Lucas puisse interpréter.

[À Vårheim, on m'empêchait de faire ce que je voulais. On m'obligeait à faire d'autres choses. Je ne veux plus qu'on me dise. Je veux choisir.]

Tycho les fait sursauter en tambourinant sur la table, un rictus cruel aux lèvres :

[Et la manipulation, ça te parle ?]

Elle le regarde.

[Kani vient avec moi. Vous ne l'utilisez pas. Vous vous faites confiance. Vous prenez des risques. Les uns pour les autres. Je veux ça.] Ses grands yeux bleus se mouillent. Elle les essuie, agacée. [Sinon, je fais quoi ? J'ai peur et je reste dans mon coin ? Je veux faire quelque chose.] Elle se tourne vers la capitaine. [Vous êtes intelligente. Vous n'auriez pas proposé si vous n'étiez pas sûre.]

Gwy sent son cœur se briser. En face de lui, Tycho laisse son front tomber sur la table avec un choc sourd. Gwy partage son sentiment : Rikke est atrocement adorable. Il veut la protéger et l'encourager et la voir éclore dans cette galaxie menaçante. Il s'est fait avoir.

[Très bien], décrète la capitaine. [Kani, il reste ta décision.]

Kani donne un coup de coude à Rikke.

[Carrément, que je viens. Comme ça, je pourrai raconter la fois où j'ai infiltré l'Académie impériale. On pourra peut-être leur piquer des secrets militaires au passage.]

Le choix est fait. Gwy ne l'aime vraiment, vraiment pas.

###

Une main apparaît dans son champ de vision, entre son visage et le moteur qu'il fixe sans le voir depuis cinq minutes. Il sursaute.

[Tu boudes ?] demande Kani quand il se tourne vers elle, dans la salle des machines.

Gwy s'essuie les mains sur un chiffon.

[C'est dangereux.]

[On vient de se faire une corvette ekta.]

Le signe, pour les ektatesks, est celui d'une sauterelle assassine.

[Oui, mais on était tous ensemble. Et Lucas a failli y passer.]

Elle se perche sur une caisse, de façon à rester visible.

[C'est vrai que c'est rare. Qu'on fasse des trucs aussi risqués.]

Il la dévisage. Hésite.

[Je pensais que tu serais en colère contre ta mère. Qu'elle propose ça.]

Une expression complexe passe sur le visage de son amie. C'est l'âge délicat, songe-t-il. Celui où on veut être traité en adulte. Mais aussi, malgré tout, continuer d'être protégé de l'univers. Gwy possède Zkrreck, pour ça, qui aime prendre soin de lui, lui enseigner tout ce qu'il sait. L'ektatesk est distant, mais il est là. Et il n'a pas d'autorité sur lui. Gwy respecte sa capitaine, mais il en veut à la mère de Kani.

[Oui et non], signe finalement Kani et il n'y a pas de meilleure réponse.

[Tu feras attention], dit-il et ce n'est pas une question.

[Promis.] Elle glisse les mains dans son dos, en sort un paquet plat qu'elle avait coincé dans la ceinture de sa combinaison, le lui tend. [Bon anniversaire !]

Il sourit, touché, et déchire hâtivement l'emballage. Il sait qu'ils le fêteront le soir, en oubliant éphémèrement tous leurs ennuis, mais il aime cet instant particulier qu'ils partagent chaque année. Leur petite tradition.

Le papier d'un horrible violet criard révèle un magazine. Non. Un catalogue. Enchanté, il feuillette les pages remplies de locomotives et de wagons.

[C'est le catalogue J-O-U-E-F de 2027], signe-t-elle avec fierté. [Le dernier qui soit sorti avant l'invasion.]

[Tu n'as aucune idée de ce que veut dire J-O-U-E-F.]

[Aucune], admet-elle joyeusement. [Je l'ai déniché il y a huit mois dans les toilettes du resto de sashimis sur Atlantis. Il manque quelques pages. Désolée.]

Il s'approche, pose le catalogue, plaque ses grandes mains sur les oreilles de Kani et lui dépose un gros baiser sur le crâne. Elle gigote.

[Merci], signe-t-il.

[De rien. Maintenant, va réparer tes appareils auditifs. C'est ta fête, ce soir.]

[Une minute, il faut que je finisse…]

Elle lui tape violemment sur le bras. Il suit son doigt, se retourne.

Le second raphir se tient à l'entrée de la salle des machines, assis sur son petit arrière-train. Il penche la tête sur le côté. Ses moustaches frétillent.

Shit.

Tycho, Liitip et Rikke explosent alors hors du couloir, la bouche ou le bec grands ouverts, armés d'épuisettes. Ils s'écrasent sur la bestiole. Pendant une dizaine de secondes, une masse grouillante de bras, de jambes et d'ailes se tortille sur le sol. Brusquement, Tycho se redresse d'un air triomphant, serrant le raphir dans son poing. L'animal le mord jusqu'au sang. Tycho hurle, les traits tordus de douleur. Il relâche la bestiole. Rikke la rattrape de justesse avec son épuisette à crevettes.

Ils se congratulent tandis que Liitip lisse ses plumes, puis commencent à parler à bâtons rompus, sans doute pour se remémorer leur longue quête ardue.

Gwy les contemple en souriant.

Soudain, leurs voix lui manquent.

Il est peut-être temps de réparer cet appareil, décide-t-il. Après tout, il lui reste la possibilité de le débrancher s'il en a envie.

ÉPISODE #7

L'histoire de l'espionnage à l'Académie impériale

Fun fact!

Endoctrinement, nom masculin, français terrestre, 21e siècle:

L'endoctrinement a longtemps été défini comme l'acte d'instruire ou le processus par lequel on inculque une doctrine, une attitude ou une méthode à des étudiants. Avec l'évolution de la société, le terme est devenu péjoratif, notamment lorsque la raison cède sa place à la foi ou à la soumission: il désigne alors un enseignement qui interdit l'apprentissage ou la simple connaissance d'autres perspectives, ou une doctrine jugée fausse ou dangereuse par ceux qui ne sont pas endoctrinés.

L'endoctrinement peut avoir la capacité de dissoudre tout esprit critique chez celui qui le subit.

Les sectes et parfois la politique sont considérées comme deux importants foyers d'endoctrinement. (…)

(Restauration du site d'archives électroniques *Wikipedia*, approx. 2024.)

Une musique douce, mélodieuse, la tira du sommeil. Rikke ouvrit les yeux. Une chambre confortable, dans les tons pastel. Quatre lits superposés. Aucune vibration. Elle n'était plus sur le *Loquace*. Elle était à terre, sur une planète civilisée, densément peuplée. Yacina. La capitale d'un *empire*. Le mot ancien était étrange dans sa tête. Il évoquait d'immenses civilisations, des gens en toges armés d'airain, des guerres interminables. Ce que, d'après sa maigre compréhension, les boedeciens s'efforçaient de répéter. Sauf pour les toges.

Elle se redressa sur son lit, la bouche pâteuse, réprimant sa panique instinctive. L'endroit ne lui était plus inconnu, se répéta-t-elle. Kani n'était qu'à trois chambres de là. Et ses camarades de chambrée, Annabelle, Sandy et Qian, étaient les trois créatures les plus inoffensives qu'elle eût jamais rencontrées. Même si elles se donnaient des airs.

Les trois filles, habillées de pyjamas et de nuisettes en soie et en dentelles, bavardaient comme des pipelettes en préparant leurs affaires. La fenêtre du dortoir donnait sur un immense parc verdoyant. Taillé au millimètre près. Dans de vieux albums, Rikke avait vu des photos de châteaux terrestres, avant l'invasion. Leurs jardins « à la française ». Les boedeciens faisaient clairement un complexe.

Sans un mot, elle commença à s'habiller. Les trois autres, la plupart du temps, l'ignoraient. Les rumeurs circulaient déjà dans l'Académie : Rikke était une étrangère, une bouseuse élevée sur une colonie indépendantiste. La Trialliance l'avait enlevée à sa planète pour l'enrôler de force. Elle avait fini par fuguer. L'histoire lui convenait : elle collait plutôt à la réalité. Et si les élèves, pour la plupart des héritiers de riches familles militaires impériales, la regardaient de haut, *well, so be it,* elle n'était pas une grande adepte de la socialisation.

Elle boutonna sa chemise en coton blanc. Agrafa sa jupe grise aux plis soigneusement repassés. Enfila sa veste, grise elle aussi, bordée d'un liseré bordeaux, avec un écusson sur la poitrine. Ses socquettes étaient blanches, ses chaussures vernies. Elle avait l'impression d'être dans une réalité parallèle.

Peut-être qu'elle avait tout rêvé. Son enfance dans le village. Ses aventures dans l'espace. Peut-être qu'elle était cinglée. Qu'elle s'était tout inventé.

– Rikke, tu es prête ? On va se faire engueuler par les pions !

Annabelle, impatiente, rejetait ses boucles rousses par-dessus son épaule. Rikke l'imagina empalée sur une pince d'ektatesk.

– Allez-y. Je vous rejoins.

Les filles quittèrent la chambre en murmurant. Elle surprit quelques bribes. *Nan mais on va pas la laisser là ? Et si elle fouille dans nos affaires ? Je suis pas en retard à cause d'elle, c'est mort.* Finalement, elles filèrent.

Bande de *tisper*, songea Rikke.

Le calme revint dans la chambre. Elle termina de faire son lit, vérifia le contenu de son cartable, trousse, cahiers, tablette, puis sortit dans le couloir.

Kani l'attendait, appuyée contre le mur d'en face.

Elles s'étudièrent quelques secondes de la tête aux pieds. Son amie secoua la tête.

– Je ne m'habituerai jamais.

Rikke retint un sourire. Plusieurs parties de l'Académie étaient sous surveillance, ce qui les empêchait d'aborder certains sujets. Elles en étaient encore à repérer les endroits sans caméras. En attendant, rien n'empêchait les conversations plus légères. Rikke découvrait le plaisir de faire sa langue de pute.

Elles se mirent en route vers le réfectoire.

– Sérieusement, on se croirait dans une série lycéenne ancienne des années 2000, continua de ronchonner Kani tout en marchant. Un drama américain ou japonais.

Rikke réfléchit un instant. C'était une culture qu'elle découvrait encore – en grande partie grâce à Kani, Liitip et Gwy, qui en étaient passionnés.

– On est les deux nouvelles venues un peu moches dont tout le monde se moque ?

– Exactement. Mais notre beauté intérieure va se révéler au fil des épisodes, répondit Kani d'un ton mortellement sérieux.

Elles émergèrent dans le réfectoire de l'Académie Impériale de Pilotage de Yacina.

L'endroit était... Rikke chercha un mot. *Décadent.* Cela faisait dix jours que le contact de la capitaine les avait infiltrées sur la planète. Il les avait emmenées directement au service d'immigration, avec un historique bien ficelé. Rikke avait été terrifiée d'être séparée de Kani. Terrifiée d'être interrogée. Au final, on ne l'avait pas trop malmenée. Elle avait régurgité en boucle, pendant une heure, ce qu'ils avaient répété sur le *Loquace* :

J'ai grandi sur une colonie autonome.

La Trialliance a débarqué, ils ont emmené de force tous les utvalgte.

Ils m'ont forcée à travailler avec ces saletés de lutiens et de smnörgs.

Ils me donnaient envie de vomir.

Je veux piloter, mais pas avec des xénos.

Je veux les combattre.
La galaxie devrait être humaine.
C'est notre droit.

L'officier d'immigration avait été satisfait par ce discours. Peut-être amadoué par son aspect fragile. On l'avait embarquée sans attendre pour l'Académie. Kani l'avait rejointe deux jours plus tard. Plus âgée, plus expérimentée, elle avait dû bâtir une histoire plus complexe pour justifier son changement de camp. Elle avait aussi adopté un faux nom, Kani Addo. Elles n'en avaient pas reparlé – par précaution, des oreilles pouvant traîner – mais Rikke pensait qu'elle avait dû cracher des choses assez répugnantes pour réussir à être crédible.

Au moins, elles avaient l'excuse d'être arrivées sur le même vaisseau. Elles pouvaient traîner et plaisanter ensemble, en contrôlant leurs paroles.

L'Académie était un énorme ensemble de bâtiments, construits sur son île personnelle, dans une des mers intérieures du continent principal. Le climat de Yacina s'avérait clément : elles se trouvaient dans une zone plutôt chaude, ponctuées des pluies occasionnelles qui illuminaient les montagnes brunes de taches de végétation jaune et verte. L'endroit évoquait à Rikke ce qu'elle connaissait de la Grèce antique : un paradis sur Terre, à la température idéale, aux rochers déchiquetés plongeant dans la mer azur.

Les bâtiments en marbre blanc étaient décorés de colonnes complètement inutiles. À côté, les tours lutiennes de Caskii, la première planète civilisée que Rikke ait visitée, semblaient sobres. Les couloirs, aux sols de bois rares et de moquette rouge, étaient tapissés de tableaux qui chantaient la gloire de la Terre ancienne. Chevaliers, généraux, industriels, rois, empereurs. La thématique était très virile. Et dorée.

Quand elle contemplait les tableaux, Rikke avait l'impression d'y voir les Anciens de son village. Une légère nausée l'envahissait.

Le réfectoire constituait la plus grande salle de l'Académie. Capable d'accueillir un millier d'élèves. La formation se faisait en cinq ans – comme dans la Trialliance, d'après Kani. Chaque année, deux cents nouveaux pilotes en sortaient. Rikke avait intégré la première année. Elle était un peu plus vieille que ses camarades, qui avaient onze ans pour la plupart.

– *Oh God*, je vais devoir manger avec ces glandus, soupira Kani.

Les grandes tables étaient organisées par année. Rikke coula un regard vers celles des Cinquièmes. Les âges étaient plus disparates, entre quinze et vingt ans. Ils parlaient bruyamment, riant et s'esclaffant. Elle songea, comme si elle regardait la scène de très loin, que la majorité d'entre eux n'était jamais sortie de l'espace orbital de Yacina.

Les yeux de Rikke se posèrent sur une silhouette magnétique, au centre, qui attirait tous les regards. Grand, musclé, la peau dorée, des boucles brunes angéliques, un regard ferme et attentif. Ce genre-là, elle connaissait. Celui qui a tout pour lui. Celui à qui tout réussit. Celui pour qui « mais non, les règles ne sont pas si dures que ça, il suffit de jouer le jeu, tout le monde peut y arriver, il faut se donner la peine ». Il y en avait eu quelques-uns, sur la colonie.

– Tu vas pouvoir draguer Antonio Valentini, comme ça.

Kani fit semblant de vomir.

Elles se séparèrent. Rikke gagna les tables des Premières, où elle trouva un coin tranquille. Au moins, la bouffe était bonne. Elle s'empiffra de pain de blé, de confiture, de jus de fruits frais, de lait de vraies vaches. Le dimanche, ils avaient même droit à quelque chose d'exceptionnel : un pain au chocolat chacun. La dose de chocolat était minuscule, à peine plus grosse qu'une allumette. Rikke n'avait jamais rien goûté de pareil. Toujours d'après Kani, la seule culture viable de cacao de toute la galaxie se trouvait sur une petite planète de l'Empire, dans une zone géographique minuscule au microclimat spécifique. Un cartel autonome voisin essayait de s'en emparer depuis trente ans. Rikke les comprenait.

– Hé, la nouvelle.

Elle releva les yeux. La Bande des Débiles s'asseyait autour d'elle. Annabelle et Qian – Sandy faisait partie d'un autre groupe moins idiot – mais aussi deux autres filles et cinq garçons. Dont elle se faisait un plaisir de ne pas retenir les noms. L'un d'entre eux lança d'un air malin :

– C'est vrai que sur ta colonie, il n'y avait pas l'eau courante ?

Ricanements. Grande originalité. Les plaisanteries avaient commencé dès le premier jour. Elles n'avaient pas cessé. Kani appelait ça du *harcèlement*. C'était différent de ce qu'elle avait connu sur Vårheim, mais convoquait en elle la même colère, le même dégoût et le même sentiment d'injustice.

– Si, répondit-elle sèchement.

– Mais vous deviez traire vos vaches à la main, pas vrai ? gloussa Annabelle.

L'ancienne Rikke reprit le dessus. Elle la retrouva avec une certaine nostalgie.

– Les seules vaches qu'on avait là-bas, Annabelle, c'était les pouffiasses comme toi.

La fille ne pouvait pas perdre la face. Sous les rires des autres, elle lui balança un verre de jus d'orange à la figure.

Le problème, c'est que Rikke n'avait jamais su se laisser faire. *Vise les cartilages*, soufflait joyeusement la voix de Tycho dans l'esprit de Rikke. *La trachée, aussi, c'est un bon endroit. Et il reste toujours les couilles, bien entendu.*

D'un seul mouvement, elle se releva, empoigna les épaisses boucles rousses de la pétasse, et lui écrasa le nez sur la table en bois massif.

Crack.

Les rires s'arrêtèrent net. Annabelle beugla.

Elle resta recroquevillée sur elle-même, aux aguets, guettant le prochain coup. Rien ne vint. Tétanisés, les abrutis la contemplaient sans bouger. Ce n'étaient que des bébés.

– Rikke Halvorsen.

Elle se retourna. Une des surveillantes se tenait devant elle, l'air sévère.

Elle était dans la panade.

Dans le doute, mens, mens, mens comme un arracheur de dents, continua Tycho.

Elle planta ses yeux dans ceux de la femme.

– Elle a traité Yacine Boedec de nabot infirme.

Ses mains tremblaient. Mais la surveillante haussa les sourcils. Tourna son regard froid vers les Débiles qui, la bouche ouverte, étaient trop ahuris pour répondre.

– J'admire votre loyauté envers notre père fondateur, Halvorsen. Et, franchement, je suis outrée par vos propos, Villefranche. (Annabelle, tenant son nez ensanglanté d'une main, brailla de plus belle.) Néanmoins, le contrôle de soi est une qualité importante. Vous aiderez l'équipe de ménage à nettoyer l'aile des professeurs ce soir, Halvorsen. (La femme leva les yeux au ciel, presque imperceptiblement.) Ils ont fêté un anniversaire hier soir. L'endroit est répugnant. 18 h 00 au bureau du concierge.

– Oui, madame.

– Villefranche, arrêtez de chougner et allez à l'infirmerie. Je vous colle un avertissement pour blasphème.

La surveillante s'éloigna vers d'autres punitions. Les filles partirent vers l'infirmerie. Annabelle pleurnichait. Les garçons, remis de leur surprise, gonflaient le torse comme de petits coqs, la fusillant du regard.

– Ça se paiera, la nouvelle. Fais gaffe à toi.

– Essaie et je t'écrase les couilles.

Pas très original, mais le garçon rougit et détala. Hu. Il ne devait pas avoir l'habitude qu'on lui réponde. Elle termina son petit déjeuner en calmant son cœur qui tambourinait.

La première sonnerie retentit : cinq minutes avant le premier cours.

– Qu'est-ce qui s'est passé ? demanda Kani alors qu'elles se croisaient à la sortie du réfectoire. Tu as fait pleurer tes petits camarades ?

– Oui. Je suis… (Quel était le terme, déjà ?) Je suis collée ce soir. Ménage dans les bureaux des profs.

– Oh. Tu vas peut-être trouver… des choses intéressantes.

Kani haussa plusieurs fois des sourcils comme l'espionne la plus nulle du monde.

Oh.

– Peut-être, convint Rikke.

– Hé, Addo. (Elles se retournèrent toutes les deux. Le séduisant Antonio Valentini leur souriait, l'air un peu surpris de voir une Première année discuter avec Kani.) Ça te dit de me raconter la fois où tu as piloté un Classe 3 ? En fin de matinée, pendant l'heure libre ?

D'accord. Il était plutôt mignon. Dans le genre un peu simplet. Rikke leva le nez : elles se trouvaient dans un couloir sans caméras, et donc sans risque d'être espionnées. Rassurée, elle se tourna vers Kani et signa d'un air neutre, avec quatre gestes simples :

[Il veut te tringler.]

Le dernier signe était amusant, mais pas forcément reconnaissable. Ses doigts formaient un lit dont le matelas rebondissait.

[Dans ses rêves], rétorqua Kani.

Le himbo suivait l'échange d'un air de charmante confusion. Rikke les abandonna à leur romance naissante. Gwy mourrait de rire quand elle lui raconterait.

###

Elle n'aimait pas les cours du matin, réservés à l'enseignement général. Ou plutôt, elle n'aimait pas qu'ils essaient de leur bourrer la tête de leur idéologie.

Pendant ses quatre mois sur le *Loquace*, Rikke avait entrevu un autre univers. Un univers sans règles indiscutables. Sans lois inébranlables. Un univers où elle pouvait poser des questions. Protester. Argumenter. Un univers où sa loyauté n'était pas exigée. Où elle pouvait réclamer des explications. Où on ne la contraignait pas à accepter sans comprendre.

Finie, l'obéissance absolue.

Finie, la simplicité de la foi.

Parfois, elle en ressortait épuisée. Il y avait trop à apprendre, comprendre, explorer. Elle devait redéfinir toutes ses limites sociales. Elle n'avait jamais été trop obéissante, encouragée par ses parents, malgré l'autorité des Anciens qui, ces dernières années, s'était durcie, avait étouffé leur colonie mois après mois. Elle se demandait ce qu'elle y serait devenue. Non. Elle savait ce qu'elle y serait devenue. Enceinte d'un autre *utvalgt*, d'ici quelques années. À pondre plein de petits mutants capables d'utiliser les machines des ektatesks. L'idée la faisait frémir de dégoût, lui donnait envie de hurler.

Les boedeciens, à leur façon, ne valaient pas mieux.

La professeure narrait d'une voix monotone :

– Comme vous le savez, c'est en 2027 que les smnörgasiens ont envahi la Terre. (*Les ektatesks, idiote.*) Malgré une résistance acharnée et unanime, les humains ont dû rendre les armes devant leur supériorité technologique écrasante. (*Une belle débâcle, oui.*) Bien entendu, aucun des survivants n'a accepté de collaborer. (*Ils sont juste devenus leurs animaux de compagnie.*) Rapidement, ils ont réuni leurs forces en groupes organisés…

Le cours de la matinée portait sur la Grande Révolte. La résistance des humains après l'invasion de la Terre, deux siècles plus tôt. Rikke la connaissait déjà. Du moins, la version qu'on lui avait enseignée, petite, dans sa colonie. Quelques milliers d'humains survivants qui, par un incroyable coup du hasard, avaient découvert que certains d'entre eux pouvaient se connecter à la technologie smnörgasienne. Une tentative désespérée d'aborder le vaisseau extraterrestre en orbite. Des armes à base de poils de félins qui, depuis, n'avaient pas trop changé. Des envahisseurs trop habitués à la victoire qui avaient été dépassés. Ensuite, des décennies de siège depuis le vaisseau occupé. Une planète lentement reconquise, ville par ville. Une population au bord de l'extinction. Des combats menés avec des bouts de ficelle, une chance inouïe, un acharnement désespéré, une survie qui n'avait tenu qu'à un fil.

Leur professeure leur présentait les choses différemment :

– Bien entendu, Yacine Boedec a joué un rôle essentiel au sein de la base française, puis lors de l'abordage du *Gardien*. Son génie des langues, sa compréhension incroyable de la psychologie ennemie, son courage sans faille ont permis une victoire immédiate et complète à l'alliance franco-sino-norvégienne. C'est encore lui, quelques semaines plus tard, qui a géré la stratégie de défense du vaisseau lors de la contre-attaque des smnörgs. Par modestie, il a ensuite refusé le commandement de la nouvelle alliance, ce qui ne l'a pas empêché de devenir une figure de proue de la campagne de reconquête de la Terre…

Les dix-neuf autres élèves étouffaient leurs bâillements. Rikke baissa les yeux sur sa tablette. La représentation d'un homme s'y affichait : la vingtaine, grand, musclé, brun, le visage noble tourné vers l'horizon, perché sur un tas de cadavres d'ektatesks. Elle cligna des yeux. Les premiers colons de sa planète avaient quitté le système solaire alors que Boedec était encore en vie. Vieux, mais vivant. On lui avait toujours appris qu'il n'avait été qu'un gamin pendant l'invasion. Un adolescent à peine plus âgé qu'elle. Un peu simplet. Qui avait eu de bonnes idées, certes, et qui avait fini spécialiste de la linguistique ekta, mais qui avait surtout eu beaucoup de bol. Et pourquoi avait-il ses deux bras ? Tout le monde savait qu'il en avait perdu un pendant l'abordage. Et, surtout, qu'il n'aurait jamais survécu sans Rosamonde Fontanille, la première pilote de l'alliance, qui avait échappé aux ektatesks avec lui.

Pourquoi la prof n'en parlait-elle pas ? Et les Brésiliens, qui avaient aussi participé à l'abordage ?

Rikke serrait les lèvres pour ne pas poser de questions gênantes. Soudain, elle se retrouvait dans sa position sur Vårheim. Ne pas se faire remarquer. Ne pas demander d'explications. Ne pas s'attirer d'ennuis.

Un court instant, elle se sentit perdue. Se demanda si ce n'était pas sa mère, ou Dagmar, qui avaient menti. Qui lui avaient raconté une mauvaise version. Elle résista à l'envie de se prendre la tête dans les mains. Qui avait raison ? Qui avait tort ? Que devait-elle croire ? Pourquoi personne ne pouvait-il s'entendre ? Pourquoi existait-il tant de versions de la vérité ?

– Halvorsen, un problème ?

La prof la fixait. Dix-neuf visages se tournèrent vers elle. Elle refusa de rentrer la tête dans les épaules. Se concentra sur sa rage, familière. Un jour, la capitaine lui avait dit : « La colère peut être utile. L'indignation aussi. Mais pas pour elles-mêmes, uniquement en carburant de ta volonté. » Elle pensait comprendre. Un peu.

Elle se concentra sur le rôle qu'elle jouait à l'Académie impériale.

– Non, madame. Mais on m'a raconté quelque chose, avant que je vienne sur Yacina.

Le visage hautain de la prof se crispa. Elle connaissait sa fausse histoire.

– Au sein des traîtres de la Trialliance ?

– Oui. Ils prétendent que des... (Elle faillit dire « ektatesks », se retint, ce qui pouvait donner l'impression que le mot lui répugnait.) Que des smnörgs ont aidé les humains pendant la reconquête de la Terre. Ce n'est pas vrai, n'est-ce pas ?

La femme en uniforme militaire se redressa, outragée.

– Bien sûr que non ! Les smnörgs ne sont qu'une espèce sous-intelligente ! Leur instinct génétique les pousse à coloniser tous les mondes qu'ils rencontrent et à exterminer leurs habitants. Il leur est neurologiquement impossible de réfléchir au concept de moralité. Jamais ils n'auraient pu s'allier avec nous !

Elle cracha les derniers mots. Sous le pupitre, les ongles de Rikke s'enfoncèrent dans les paumes de ses mains ; elle resta muette. La prof enchaîna sur une grande diatribe. *Mort aux smnörgs*, en gros. Et Rikke pouvait concevoir pourquoi. Elle-même avait grandi dans la terreur des smnörgs. Vu leur violence de près, lors de l'attaque de la corvette.

Néanmoins, elle repensait à Zkrreck, en train de grattouiller le crâne de Dagobert, commentant la partie d'échecs de Lucas et Ccel ou regardant un *telenovela* lutienne avec Kani et Liitip. Elle résista à l'envie de crier sur la prof. De lui dire qu'elle avait tort. Qu'ils n'étaient pas si différents d'eux. Qu'ils avaient même un sens de l'humour.

Qu'elle pouvait comprendre sa haine, mais qu'elle n'était pas d'accord.

Et elle avait le droit, se rappela-t-elle. Elle avait le droit de ne pas être d'accord. Elle avait le droit de se construire sa propre vérité. Elle avait même, peut-être, le luxe inouï de se tromper, de commettre des erreurs. Elle n'en était pas encore là. Pour le moment, elle continuerait de bâtir ses propres croyances d'après ce qu'elle observait.

Elle laissa l'*idiota* continuer de postillonner.

###

Le soir, les agents d'entretien, amusés, lui confièrent une serpillière.

– Attaque la salle de repos des professeurs. Ils ont mis un beau bazar hier.

Visiblement, ils avaient l'habitude des élèves rebelles et punis.

– Si j'ai fini, je m'occupe des bureaux ?

– Fais déjà ton travail, *xiǎo mèimei.*

Rikke avait l'habitude du ménage. Quand on vivait en autarcie, dans une colonie ou sur un vaisseau, tout le monde participait.

Les professeurs, en effet, avaient abandonné les cadavres de leur fête derrière eux. Elle ramassa les bouteilles, les verres et les assiettes qui traînaient. Les fêtes étaient universelles, songea-t-elle. Colons isolés sur Vårheim, lutiennes sur Caskii, mercenaires sur Skybelt ou officiers formateurs sur Yacina, certaines choses ne changeaient pas. C'était étrangement réconfortant. Elle lessiva les surfaces, puis passa rapidement la serpillière sur le sol gluant d'alcool renversé.

Tout était propre. Elle passa la tête par la porte. Personne dans le couloir.

Elle longea les portes une à une, cherchant la plaque gravée qui l'intéressait – pas de trace de caméras dans les bureaux des enseignants, pas de risques qu'on trouve son comportement étrange. Bien. Le pilote déserteur de la Trialliance, Souza Zeng, avait changé d'identité mais Beatriz Acanfora leur avait révélé son nouveau nom.

Sergent Leandro Batista. C'était lui.

Avec prudence, elle appuya sur la poignée. *Clic.* La porte s'ouvrit. Les accès au couloir étaient verrouillés ; seuls les agents d'entretien pouvaient y accéder, avec leur propre carte. Par contre, les portes des bureaux n'avaient même pas de serrure. La paranoïa de l'Empire était à double tranchant.

Elle se glissa à l'intérieur, referma la porte.

Le bureau était bien rangé. D'après Kani, qui l'avait en cours, Souza Zeng, enfin Batista, avait un excellent taux de compatibilité avec la plupart des élèves. Il passait donc ses journées à copiloter les Quatrièmes et Cinquièmes années sur des Classe 1 ou 2. Elle l'avait aperçu, de loin :

un homme de taille moyenne, la quarantaine d'années, les cheveux noirs et raides, l'air taciturne.

Et elle devait trouver un moyen de lui voler un secret qu'il cachait depuis vingt ans. Peut-être un des plus grands secrets de la galaxie. Zéro pression, Rikke.

Elle enfila les gants en latex qu'elle avait volés en cours de chimie. Elle venait d'une colonie arriérée, d'accord, mais elle n'était pas stupide. Elle devait admettre que c'était excitant. Voyons, si elle était une déserteuse planquée dans un empire fasciste totalitaire, où cacherait-elle les coordonnées d'une base ultrasecrète ?

Une clef électronique ou un document solide, avait dit la capitaine. C'était le plus probable. Souza Zeng n'aurait jamais enregistré les coordonnées sur le réseau impérial, par peur d'être découvert. Il pouvait les garder dans sa chambre, bien sûr. Ou les avoir complètement détruites. Mais il fallait bien commencer quelque part…

Elle passa en revue ses étagères. Des manuels techniques. Des règlements. Beaucoup d'archives d'examens passés. Tout était impeccable. Dans les tiroirs du bureau, elle trouva surtout des fournitures, quelques dossiers en cours. Rien ne traînait. Il n'y avait aucune décoration dans la pièce. Pas même une plante en pot.

Indécise, elle pivota sur elle-même. Il devait y avoir *quelque chose*. Un coffre-fort caché. Un compartiment dissimulé. C'était comme ça que ça marchait, non ?

Elle sortit le plus gros des manuels. Le feuilleta à la recherche d'une cachette creusée dans son épaisseur. Si elle les vérifiait tous, elle en avait pour des heures.

Soudain, un bruit, dans le couloir, la fit sursauter. Elle rangea le tome sur son étagère.

Quand la porte s'ouvrit sur l'agent d'entretien, elle époussetait les bibliothèques avec un air d'ennui. Un filet de sueur lui dégoulinait dans le dos. Le vieil homme lui sourit.

– T'as bien bossé, petite. Allez, tu peux y aller.

Chou blanc, songea-t-elle en regagnant sa chambre.

###

– En même temps, c'est pas comme s'il allait les cacher dans le socle d'une statuette en forme d'oiseau très moche, observa Kani le lendemain midi.

Spécifique, songea Rikke. Malgré tout, elle était un peu déçue.

– On fait quoi, alors ?

Elles bâfraient des sandwichs dans le parc de l'Académie, discutant à voix basse. En plein milieu de la pelouse, peu de chance que des micros les surprennent. Kani tira sur sa cravate bordeaux d'un air renfrogné.

– Il m'a copilotée, hier après-midi. On a fait du bon travail. Je crois que ça lui fait plaisir d'avoir une élève qui n'est pas complètement empotée. (Elle fronça les sourcils, mordit dans ses œufs-bacon.) Je pourrais peut-être évoquer la Trialliance. L'Académie de Prométida.

– Mais il se cache, non ? Les boedeciens ne savent pas qu'il vient de là-bas. Enfin, je pense ? S'il a changé de nom, c'est bien qu'il se planque ? Il ne va pas commencer à en discuter avec toi.

– Mmmmh, moui, mais je pourrais faire remarquer que son style de vol est très proche de celui des tricotins ? Le voir transpirer un peu ?

Rikke eut une idée géniale :

– On pourrait le faire *chanter*.

– J'ai l'impression d'entendre Tycho, soupira Kani.

Rikke se rassombrit.

– Il pourrait être dangereux, tu crois ?

– Aucune idée.

– Tu pourrais le séduire.

– J'ai dix-sept ans et beurk.

Elles réfléchirent en silence tout en mâchonnant.

– OK, je vais quand même essayer de le flatter un peu, finit par dire Kani. Demander qu'il soit mon copilote, essayer de partager des expériences, des trucs comme ça.

– Tu pourrais roucouler et ébouriffer tes plumes en lui demandant des conseils. Tu pourrais *minauder*.

– Je crois qu'on t'a fait regarder trop de *telenovelas*. Et je suis une ado humaine rondelette d'un mètre soixante, pas un héritier lutien de première couvée au plumage vert.

– Tu crois qu'il aime les lutiennes ?

– Quoi ? J'en sais rien !

– Les humains peuvent s'accoupler aux lutiennes ?

– Rikke !

La première sonnerie de l'après-midi retentit. Heureusement, elles avaient une seconde heure de libre, ce midi-là. Repues, avec un soupir d'aise, elles s'allongèrent sur l'herbe verte pratiquement manucurée.

– Gwy te manque ? demanda Rikke au bout d'un moment.

– Un peu. Il doit être en train de se faire du mouron.

– Et ta mère ?

– Oui, aussi. D'une autre façon.

Elles restèrent silencieuses un instant. L'équipage les avait confiées à leur contact sur la station spatiale de Saint-Homebon. Le plan, par la suite, était que la capitaine, Lucas et Gwy recrutent temporairement un pilote pour les amener, avec le *Loquace*, jusqu'à Yacina. Rikke se demanda où ils en étaient, s'ils se trouvaient déjà sur la planète.

– J'espère qu'ils ont réussi à trouver quelqu'un… musa Kani dont les pensées semblaient suivre la même direction. On devrait savoir bientôt. J'ai créé une boîte email avec un VPN sur le réseau impérial. Celle dont nous avions convenu l'adresse à l'avance. Dès qu'ils seront infiltrés, ils doivent me contacter.

– Je me demande ce que font Tycho, Liitip, Ccel et Zkrreck pendant ce temps.

– La bringue, probablement. Au moins pour Tycho et Zkrreck.

Rikke essaya d'imaginer l'ektatesk en train de faire la fête. Mmh.

Kani soupira, se cacha les yeux du soleil avec ses paumes.

– Dès qu'on a ce qu'on cherche, on les rejoint, on part récupérer les autres sur Saint-Homebon et on s'arrache du secteur impérial. J'espère que ça ne tournera pas en eau de boudin.

Un bruit de voix les interrompit. Une voix bien précise, d'ailleurs.

– Addo ! Hé, Addo !

– *Foda-se esse merda*, marmonna Kani.

Rikke se redressa pour regarder sous les branches des bouleaux. Le bel Antonio Valentini arpentait le parc, son sac sur l'épaule, le col de sa chemise entrouvert sur sa gorge dorée, fouillant de ses beaux yeux veloutés les buissons derrière lesquels elles s'étaient cachées.

– C'est moi ou il a vraiment le béguin pour toi ?

– J'ai descendu son chasseur sept fois pendant la dernière simulation. Et après, je l'ai rembarré. Il n'a pas l'habitude qu'on lui tienne tête, ça le chamboule.

Rikke regarda son amie.

– Et tu ne veux pas sortir avec lui ? Juste comme ça ? Il n'a pas l'air méchant.

Kani se redressa, s'assit en tailleur, ramena sa jupe plissée sur ses cuisses.

– Pour quoi faire ? Qu'est-ce que je gagne, dans l'histoire ? Je suis en train d'essayer de soutirer un secret d'État à un ancien pilote renégat. Si on nous découvre, on aura de la chance de finir seulement en prison. Est-ce que c'est vraiment le moment ? Je ne suis pas une grosse tombeuse, c'est vrai, mais je devrais me sentir flattée ? Je devrais sortir avec lui juste parce qu'il me drague ? Il est canon, d'accord. Et s'il n'avait pas la cervelle pourrie par des délires impériaux, il pourrait *presque* être intéressant. Et alors ? Est-ce que c'est la personne de ma vie ? Ça m'étonnerait. Est-ce que j'aimerais bien tester des trucs, avec des gens qui ne sont pas dans mon équipage ? Ouais, mais c'est pas franchement le moment. Pourquoi tu te marres ?

– Tu es si…

Rikke agita la main, les larmes aux yeux.

– Saine d'esprit ?

– Tu n'en as tellement rien à battre ! rigola Rikke.

Elle avait dû parler trop fort. Les branches s'écartèrent derrière elles.

– Addo ? demanda Antonio Valentini d'un air plein d'espoir.

[*Oh God*, on dirait un chiot labrador], signa Kani à toute allure.

Rikke roula par terre en hurlant de rire.

###

Le pire, songea-t-elle en s'habillant un matin, quelques jours plus tard, c'est qu'elle pourrait s'y habituer. À cette vie étrange. Depuis son nez cassé, Annabelle et sa clique la laissaient tranquille. Dans leur chambre, les trois autres filles avaient choisi de l'ignorer. Ce qui lui convenait bien.

Elle mangeait à sa faim. Elle dormait dans un lit confortable. Elle apprenait des choses incroyables, des choses qu'elle n'avait jamais soupçonnées. Si on mettait de côté l'idéologie spéciste et la rigueur militaire de l'endroit, elle aurait pu apprécier ses qualités. Sa civilisation.

Le village de sa colonie, jour après jour, se brouillait comme un mauvais rêve. Rikke n'en avait jamais été nostalgique, mais à présent, il disparaissait tout à fait. Personne ne l'attendait, là-bas.

À la fin de leur deuxième semaine, elles profitèrent du dimanche pour faire le point. Elles se retrouvèrent dans leur coin préféré du parc. Elles étaient *pensionnaires*, ce qui voulait dire qu'elles ne pouvaient pas quitter l'Académie, se rendre sur le continent, explorer ses villes. Rikke en était rassurée. Une chose à la fois.

– Souza Zeng est bavard comme un caillou, pesta Kani. Impossible de lui faire cracher quoi que ce soit. À la rigueur, la seule chose qui l'intéresse, c'est de parler technique. Qu'est-ce que tu fabriques ?

– J'ai un devoir à rendre demain sur l'expansion humaine durant les années 2080.

– Ah, dans le cours de la vieille Barbossa ?

Peut-être était-ce cela, la normalité. Une école. Des exposés à faire. D'autres personnes de son âge avec qui rire ou se friter.

Elle reposa sa tablette.

– C'est pareil, à l'Académie de la Guilde ? Sur Prométida ?

Kani fit tourner son stylet entre ses doigts.

– À peu près. Le programme est similaire, même si le bourrage de crâne est différent. Comme la Guilde des pilotes est indépendante, l'ambiance est moins militaire. Pourquoi, ça te plairait d'y aller ?

L'école ou le *Loquace* ? Les cours ou les blagues de l'équipage ? Rikke, encore une fois, fut confrontée à la réalité de pouvoir *choisir*. Son cœur battit plus fort.

– Je ne sais pas, marmonna-t-elle.

– Tu sais, il y a aussi des cours à distance. Tu ne serais pas obligée de rester les cinq années entières là-bas.

Oui, mais intégrer une classe ? Une vraie classe ? Repartir à zéro ? Bâtir cinq années de sa vie, toute une éternité, avec des gens nouveaux ? Et pas parce qu'elle leur serait utile, enfin, pas tout de suite, mais pour la joie d'apprendre ?

– Je crois que j'aimerais quand même, dit-elle d'une petite voix.

Kani ne se fâcha pas. Elle ne l'accusa pas d'être égoïste. Elle n'eut même pas l'air déçue. Au contraire, elle lui fit un sourire lumineux.

– On pourra en discuter sur le *Loquace* après tout ça, alors.
– Ta mère ne sera pas en colère ?
– Ma mère n'est en colère que contre les cons.
Elles abandonnèrent leurs devoirs. Revinrent à la raison de leur présence sur Yacina.
– Qu'est-ce qu'on fait, alors ? demanda Rikke.
– Déjà, je vais faire un compte rendu aux autres. (Kani tira la langue en pianotant sur sa tablette.) Ils sont arrivés avant-hier sur Yacina, avec des papiers de convoyeurs logistiques. Lucas se fait passer pour le capitaine, ma mère reste planquée à l'intérieur au cas où.
– Elle pourrait se faire reconnaître ?
– Ils ont passé les douanes, donc le plus dur est fait. Regarde, ils sont posés dans un astroport sur le littoral, à dix kilomètres de l'Académie.
Rikke observa la carte. Proches, et très loin à la fois.
– Et leur pilote ?
– Un type qui cherchait juste un aller simple. Il était entre deux contrats, il rejoignait son prochain vaisseau sur Yacina. Ils l'ont déjà débarqué.
Le *Loquace* était coincé. Il ne pourrait redécoller qu'avec Kani et Rikke à son bord. Du moins, l'une des deux, même si Rikke se voyait mal le piloter trop longtemps.
Il ne leur restait plus qu'à dénicher ces coordonnées.
– Et si on kidnappait Souza Zeng ? On en a parlé, non ?
– Ma mère préfère garder l'enlèvement comme dernière option. Elle privilégie la négo. La Trialliance pourrait lui offrir l'impunité pour sa désertion, avec une grosse prime financière.
– Tu crois qu'il voudrait revenir ?
– Il n'a pas l'air forcément très heureux dans le coin.
– Comment on fait, alors ? On y va direct ?
– Non. Trop de risques…
Kani lui expliqua le plan. Elles commencèrent à rédiger la lettre anonyme qu'elles trouveraient moyen de glisser au professeur.

– Qu'est-ce que tu dirais de : *Cher monsieur Victorio Souza Zeng, nous savons qui vous êtes et ce que vous avez fait par le passé. Vos anciens employeurs sont prêts à oublier ce petit incident, ainsi qu'à vous récupérer en leur sein nourricier, avec une impunité complète et de quoi vivre confortablement jusqu'à la fin de vos jours. Si vous souhaitez retourner à votre vie d'antan, portez demain une fleur à votre boutonnière et nous vous recontacterons.*

– Tu n'as pas peur qu'il nous dénonce ? demanda Rikke, assise sur l'herbe, enserrant ses genoux de ses bras.

– Tu as raison. (Kani tapota de ses doigts agiles.) *Nous pourrions aisément vous dénoncer à l'Empire. Ce n'est ni dans notre intérêt ni dans le vôtre. En signe de courtoisie, et de simple bon sens, n'essayez pas de nous doubler. Bien amicalement, des amis qui vous veulent du bien.*

Rikke relut la lettre par-dessus son épaule, articulant silencieusement.

– Tu pourrais peut-être faire espionne, quand tu ne pourras plus piloter.

Le visage rond de Kani s'illumina à cette idée.

– Tu imagines la tête de ma mère ?

Gwy et Tycho avaient raison. Kani avait de sérieux *mommy issues*.

###

Le lundi, Kani parvint à glisser la lettre dans la sacoche de Souza Zeng.

Le mardi matin, quand Rikke croisa l'homme dans les couloirs, il abordait un discret œillet bordeaux, de la même couleur que ses galons, à sa boutonnière. Son visage sombre n'avait pas changé. Il ne paraissait ni effrayé, ni anxieux, ni joyeux.

– Le poisson est hameçonné, murmura Kani le midi quand elles se croisèrent au réfectoire. Je répète : le poisson est hameçonné.

Elles se retrouvèrent après les cours pour élaborer le message suivant.

– *Cher monsieur Victorio Souza Zeng, nous sommes ravis de votre intérêt. Rendez-vous ce soir dans le hangar n° 3 à 23 h 00. Signé : vos amis.* Voilà, je lui passerai demain matin, conclut Kani en éteignant sa tablette.

Rikke, morose, rangea son devoir d'histoire raturé de rouge. 11/20. Elle avait franchement espéré mieux.

– Et si c'est un piège ? Si l'Empire sait déjà qui il est, et qu'il les a prévenus ?

– C'est pour ça que j'ai aussi glissé un micro dans sa sacoche en même temps que la première lettre, et que j'ai enregistré toutes les conversations qu'il a eues depuis hier midi, répondit Kani d'un air satisfait.

Rikke fut impressionnée.

– Et alors ?

– Et alors, rien. Je crois qu'il a découvert la lettre le soir, dans ses appartements. Je l'ai entendu marmonner des insultes. Ensuite, il a tourné en rond un bon moment. Mais il n'a contacté personne. Je vérifierai les autres enregistrements ce soir. (Elle agita le doigt d'un air docte.) Le hangar n° 3 est le plus grand, avec six accès officiels, dont trois sur la galerie supérieure. Il y a aussi un petit passage d'entretien que les élèves utilisent pour se donner des rendez-vous galants. On peut se barrer par là au besoin. (Kani l'observa d'un air soudain sérieux.) Tu n'es pas obligée de venir si tu ne veux pas.

Rikke réfléchit. D'un côté, la sécurité. De l'autre, l'excitation, et la curiosité, et un certain sentiment de loyauté, étrange, qui commençait à se développer en elle.

– Non, je vais venir, dit-elle.

###

Le mercredi soir, à 22 h 30, elles se faufilèrent dans un étroit couloir d'entretien, rempli de tuyaux et de câbles, puis débouchèrent sur la galerie métallique qui faisait le tour du hangar n° 3 de l'Académie.

L'endroit était plongé dans la pénombre. Des lumières de sécurité, orangées, étiraient les ombres des trois chasseurs ekta qui y étaient entreposés. Elles s'installèrent entre deux caisses, qui les dissimulaient du niveau inférieur. Kani sortit un paquet de cigarettes. Aucune d'entre elles ne fumait mais si un peloton d'impériaux débarquait soudain, elles auraient une excuse, et leurs grands yeux naïfs d'adolescentes pour tenter de se tirer de ce mauvais pas.

Elles patientèrent.

À 22 h 50, une silhouette émergea soudain du passage dont elles étaient sorties. Elles sursautèrent, prises par surprise.

– Addo ? demanda Antonio Valentini d'un air curieux.

WHAT THE FUCK, songea Rikke, tandis que Kani sifflait à voix basse, furieuse :

– T'as un sérieux problème, Valentini !

Il haussa les épaules, un peu penaud.

– Je t'ai vue te faufiler dans les couloirs. Qu'est-ce que tu fais ici ?

Au lieu de son uniforme, il portait un simple pantalon en toile noire et un polo en coton bleu. Rikke le reluqua et, pour la première fois, posa les bases de sa propre sexualité. Mmh. Il y avait du net progrès par rapport aux *utvalgte* qui, d'ailleurs, étaient tous ses cousins.

– C'est pas tes affaires ! Casse-toi !

Les yeux du beau gosse se posèrent sur les cigarettes.

– Vous venez fumer en cachette ?

Il avait l'air soulagé. À quoi s'attendait-il, à ce que Kani rencontre une armée de soupirants dans le hangar ? Cette dernière grinça entre ses dents :

– Je vais te le dire une dernière fois, Valentini : fous-moi la paix. Laisse-moi tranquille, ou je te jure que je te déculotte au milieu du réfectoire et que je te colle la fessée de ta vie !

Un silence plana. Rikke fut certaine de voir le garçon, dans la pénombre, piquer un fard.

Oh.

Akwaaaaard, songea-t-elle.

Kani leva les yeux au plafond en poussant un grognement exaspéré. Valentini recula de quelques pas, en agitant les mains d'un geste apaisant.

– D'accord, d'accord ! Je m'excuse. Je te laisse tranquille, c'est promis. C'est juste que… Je te trouve vraiment cool, et intéressante, et j'aurais vraiment aimé qu'on traîne ensemble. Mais si tu ne veux pas, je n'insiste pas. Je suis désolé.

En contrebas, une porte grinça. Rikke jeta un coup d'œil entre deux barreaux de la rambarde. Souza Zeng venait de pénétrer dans le hangar, et regardait autour de lui.

– Alors *dégage de là*, répéta Kani à voix basse.

Trop tard. Valentini avait aperçu le professeur et, curieux, s'approchait de la rampe. Kani le rattrapa par son polo, l'attira violemment par terre. Quand il tomba près d'elle, caché derrière les caisses, elle le bâillonna de la main.

Les deux filles échangèrent un regard. *Shit.*

– Ne parle pas, murmura Kani à l'oreille du garçon. Compris ? (Il hocha la tête, enamouré.) Tu le jures ? (Nouvel acquiescement.) Rikke, tu le surveilles.

Avant que Rikke ne puisse réagir, Kani avait lâché Valentini et descendait par un escalier métallique jusqu'au niveau inférieur. Souza Zeng se tourna vers elle en entendant le bruit de ses pas. Il faisait trop sombre pour voir son expression.

– Kani Addo ? Que faites-vous là ? claqua sa voix sèche.

– C'est moi qui vous ai laissé les messages. Parlez plus bas, s'il vous plaît.

Leurs voix baissèrent. Devinrent inaudibles. Agrippée aux barreaux de la rambarde, Rikke suivit l'échange du regard. L'homme se contrôlait, mais il était nerveux.

Incrédule de discuter de son passé avec celle qu'il pensait être une élève. Il n'avait pas l'air menaçant. Kani restait maîtresse d'elle-même. Elle devait lui exposer les termes de l'accord, devina Rikke.

– Qu'est-ce qu'ils font ? murmura Valentini.

Il les espionnait, tout comme elle. Son beau visage se collait aux barres de fer. Il avait l'air curieux. Intéressé. Elle se demanda s'il les cafterait en apprenant la vérité. Non, se corrigea-t-elle : *en combien de temps* il les cafterait.

Elle s'entendit parler :

– Kani n'est pas une élève. C'est un agent de renseignements de l'Empire. Le professeur Batista est son contact dans l'Académie.

La bouche du crétin béa.

– Wow.

– Si tu en parles à qui que ce soit, tu seras arrêté pour trahison.

– Je... wow, répéta-t-il. Je savais qu'elle était trop cool... (Puis il fronça les sourcils.) Et toi ? Pourquoi tu es là ?

Elle rassembla son courage, prit son ton le plus froid possible :

– À ton avis, à partir de quel âge ils forment des agents ? (Valentini eut l'air impressionné. Le bobard était passé. Pour le moment.) Maintenant, chut, siffla-t-elle.

Ils suivirent l'échange étouffé en silence. Souza Zeng perdait son calme, hésitait. Même s'il dépassait Kani d'une tête, c'était elle qui semblait dominer la situation. Elle restait posée, sans essayer de le convaincre à tout prix. Finalement, après quelques paroles murmurées d'un ton incertain, ils se séparèrent. Souza Zeng s'en alla à pas rapides, refermant la porte par laquelle il était arrivé. Kani grimpa les escaliers pour les rejoindre.

– Alors ? demanda Rikke.

La jeune fille jeta un regard à Valentini.

– Il réfléchit. Il me répond demain.

Rikke inclina la tête vers le garçon.

– Je lui ai dit. Que nous étions en mission pour l'Empire.

Kani, de façon admirable, resta impassible. Elle toisa son *stalker*.

– Je préviendrai le QG. Ils te feront parvenir un accord de confidentialité. Je ne plaisante pas, Valentini. Si tu bavardes, tu peux dire adieu à ta carrière.

Il déglutit.

– Oui mada… enfin, d'accord. C'est compris, Addo.

– Retourne dans ta chambre.

Elles patientèrent le temps que le bruit de ses pas disparaisse dans le couloir. Puis s'effondrèrent toutes les deux en soufflant comme des baleines.

– *Whaaaaaaaaat ?* chouina Kani.

– C'est passé près, confirma Rikke.

Ses jambes étaient molles comme du coton.

– Je ne sais pas si je suis faite pour ce boulot, finalement, dit Kani.

– Tu étais superbe.

– Merci. Toi aussi. Bravo pour l'improvisation.

Rikke rougit sous le compliment. Elles échangèrent un *high-five* fatigué.

– La vache, après ça, je veux des vacances, gémit son amie.

###

Le jeudi s'écoula comme dans un rêve. Rikke n'écouta ses cours que d'une oreille. De toute façon, si tout se passait bien, elle ne serait plus là pour très longtemps. Elle était nerveuse. Souza Zeng pouvait craquer. Il pouvait changer d'avis. Il pouvait les dénoncer. Il pouvait beaucoup de choses. Elle se rendit compte que c'était peut-être ça, que vivait leur capitaine tous les jours. Que c'était peut-être ça, la vie d'adulte. Faire dépendre ses propres plans des réactions des autres.

Elle décida qu'elle était contente de rester adolescente encore quelque temps.

Après les cours de l'après-midi, Kani la rejoignit, agitée.

– C'est bon, il m'a passé un mot. Il est prêt à repasser côté Trialliance.

Les choses s'accéléraient.

– On fait comment ? demanda Rikke.

– J'ai déjà prévenu les autres. Comme ils n'ont plus de pilote, ils ne peuvent pas venir directement ici. Donc on va faire le contraire : on « emprunte » un vaisseau de l'Académie tous les trois, on file jusqu'à l'astroport, et on s'arrache.

– On ne risque pas de se faire arrêter par l'Empire ?

– Si on se dépêche, ils n'auront pas le temps de donner l'alerte. Lucas et Maman ont obtenu une permission de décollage pour ce soir.

D'accord. D'accord, d'accord, d'accord.

– Quand ?

Kani était surexcitée.

– Dans une demi-heure, toujours au hangar n° 3. Pareil, Souza Zeng a réservé un chasseur sous prétexte de m'entraîner à certaines manœuvres. Il faut juste que personne ne te voie monter à bord. Passe par le même endroit qu'hier, OK ?

– Ça marche.

En se retenant de courir, Rikke rejoignit sa chambre pour récupérer quelques affaires. Deux-trois livres intéressants. La paire de gants de son uniforme qui était confortable. Une tablette de chocolat qu'elle avait obtenue au prix d'intimidations diverses et qui vaudrait son pesant d'or sur le *Loquace*. Elle fourrait tout dans son sac quand le duo Annabelle/Qian fit son entrée. Les deux filles se campèrent, les bras croisés, le nez dressé en l'air.

– On va mettre quelques petites choses au point, Halvorsen. D'abord…

– Déso, j'ai des trucs à faire, répliqua Rikke en leur passant devant.

Ce serait sans doute la dernière fois qu'elle les verrait de sa vie, songea-t-elle avec satisfaction.

C'était la fin de journée. Les élèves désœuvrés erraient dans les couloirs. Elle se faufila jusqu'au passage du hangar n° 3.

– Halvorsen ! l'appela Valentini quelques couloirs avant. Est-ce que tu aurais vu…

– Non ! Et trouve-toi une vie !

Les gens étaient si collants.

Enfin, elle émergea sur la galerie, entre les caisses. Un coup d'œil lui confirma que Kani et Souza Zeng effectuaient des vérifications de rigueur du chasseur. Kani l'aperçut, lui fit signe de descendre. Souza Zeng pinça les lèvres en la voyant approcher.

– La Trialliance veut me récupérer et ils m'envoient deux gamines ?

– Vous connaissez mieux pour infiltrer une école ? demanda Kani en refermant la dernière trappe cuivrée des moteurs. Vous auriez préféré un ektatesk ?

Ils s'entassèrent dans le cockpit étroit, conçus pour trois personnes : pilote, copilote et agent de communication. Sans hésiter, Kani se glissa dans le premier fauteuil, avant de tendre la main à Souza Zeng.

– Guidez-moi vers l'astroport. Vous avez préparé votre excuse pour atterrir ?

– Panne du système de refroidissement, répondit-il succinctement.

– Parfait. Notre vaisseau est dans le quartier 3. Rikke, tu le tiens à l'œil et tu fais la liaison avec la capitaine s'il y a besoin. Allez, on y va.

Elle inclina son dossier, ferma les yeux. D'une main ferme, Souza Zeng enfonça le câble dans l'implant sur sa nuque. Le vaisseau prit vie. Ses cadrans s'illuminèrent. Les portes du hangar s'ouvrirent. Dehors, le temps s'était assombri, et une pluie drue commençait à tomber. Souza Zeng parcourut les cadrans des yeux.

– Montée verticale de trois mètres. Rotation de -20°. Droit devant sur 200 mètres. Ensuite, montée progressive, ordonna-t-il.

Kani s'exécuta sans hésiter. Ils avaient la même façon de piloter, et se comprenaient sans effort. On voyait qu'ils étaient passés par la même Académie, songea Rikke.

Le chasseur ekta s'élança dans le ciel de Yacina.

Par un hublot, Rikke regarda l'Académie s'éloigner. Ses bâtiments blancs élégants formaient des cubes sur le gazon d'un vert éclatant. Autour de l'île, la mer couleur ardoise s'agitait, s'ourlait d'écume.

Elle ne remettrait sans doute jamais les pieds ici. Avec un pincement, elle chassa ses regrets, songeant à Prométida. L'avenir s'ouvrait droit devant elle.

– Très bien, maintenez le cap, prononça Souza Zeng.

Rikke l'observa. Son visage sévère ne semblait pas effrayé, surtout résolu. Ses yeux noirs fixaient l'horizon. Il lui rappelait une de ces pierres de lave effilées qu'elle trouvait parfois sur les anciens volcans autour de la colonie.

– Pourquoi vous avez changé d'avis ? demanda-t-elle.

Il se tourna vers elle. Resta silencieux un instant. Elle crut qu'il allait lui intimer de se taire, de rester à sa place, de respecter ses aînés. Comme le reste des professeurs de l'Académie. Finalement, il déclara :

– Je n'ai jamais aimé l'Empire boedecien.

– Qu'est-ce que vous faites ici, alors ?

– Parce que je ne pouvais pas retourner dans la Trialliance.

– Pourquoi ? Parce que vous aviez déserté ?

Il l'observa plus attentivement.

– Tu sais toute l'histoire ?

Elle se redressa, trop petite pour son large fauteuil.

– Je sais ce qu'on m'a dit. Vous étiez pilote pour la Trialliance. Des missions secrètes. Vous avez été sur la planète où se trouve la plante qui permet de fabriquer le vaccin pour les ektatesks. Après ça, vous vous êtes enfui. La Trialliance vous a cherché parce qu'ils pensaient que vous vouliez vendre le secret. Mais vous avez juste disparu.

Il hocha la tête.

– Je ne voulais pas vendre les coordonnées. Je voulais seulement…

Soudain, il eut l'air vieux, beaucoup plus vieux que ses trente-neuf ans. Quand il avait déserté, il n'était pas beaucoup plus âgé que Kani, se rappela soudain Rikke. Elle songea que c'était quelque chose qu'on oubliait souvent : que tous les adultes avaient été des enfants comme eux. Et que, paradoxalement, tous les enfants étaient déjà des débuts d'adultes.

Il soupira.

– Je voulais juste *partir*. Quitter l'armée. À cause de mon contrat confidentiel, j'étais engagé pour dix ans. Dix ans ! Quand on a dix-sept ans, ça paraît interminable… (Ils avaient atteint le sommet de la troposphère. De lourds nuages gris formaient un plancher opaque sous le ventre du chasseur. Il les fixa un moment.) Je crois que j'ai paniqué. J'ai passé quelques années à fuir dans les systèmes isolationnistes. Les pilotes sont si demandés que personne ne posait de questions. Et puis, un jour, j'ai loupé une connexion. Puis une autre, encore une autre. En trois mois, c'était terminé. J'étais trop vieux, j'avais perdu le don.

Elle sentit la détresse dans sa voix. Aiguë. Encore douloureuse.

– Qu'est-ce que vous avez fait ?

– J'avais des économies, des contacts dans la pègre et de bonnes connaissances techniques. J'ai négocié une nouvelle identité. Victorio Souza Zeng n'existait plus depuis déjà longtemps… J'ai trouvé un travail à l'astroport, en maintenance. Ensuite, j'ai passé des concours internes. Discrètement, pour ne pas me faire remarquer. Après une dizaine d'années, j'ai trouvé un poste à l'Académie. Je sais que j'entraîne des pilotes impériaux, mais…

Mais il n'avait pas pu s'en empêcher, devina-t-elle. Le vol lui manquait trop.

Une console bipa. Il cligna des yeux, reprit son expression fermée.

– L'astroport n'est plus loin. (Il serra ses doigts sur ceux de Kani.) Addo, coupez la valve 7 du circuit de refroidissement secondaire. Ensuite, approchez-vous à vitesse réglementaire, le plus près possible du quartier 3. Je m'occupe des communications.

Ils commencèrent à descendre. S'enfoncèrent dans les nuages. Brutalement, la pluie recommença à fouetter la baie vitrée et la coque du vaisseau. Un tintement saccadé, assourdissant.

Souza Zeng se pencha vers un micro.

– Tour de contrôle, ici le chasseur B-0023 de l'Académie impériale. En vol d'entraînement. Anomalie détectée dans le système de refroidissement secondaire. Surchauffe des turbines. Demandons la permission d'atterrir.

Quelques secondes de silence, puis :

– *Chasseur B-0023, signal d'identification bien reçu. Encore un élève qui fait des conneries, Batista ? Ou tu leur as posé un petit piège ?* demanda gaiement une voix féminine.

– Salut, Duval, répondit-il poliment. Non, c'est totalement le hasard, pour une fois. Tu crois qu'on peut utiliser la piste 3C-13 ? Elle est près des ateliers, ce sera plus simple.

– *Affirmatif. Je préviens la sécurité, fais comme chez toi. Tiens-moi au courant pour la suite. Il y a des logements libres si vous avez besoin de passer la nuit ici.*

– Bien reçu, merci. (Souza Zeng coupa la communication.) Jusqu'ici, tout se passe bien. Ils ne devraient même pas venir nous voir après l'atterrissage.

Kani répondit en faisant plonger le chasseur vers le sol. Cinq minutes plus tard, ils se posaient dans un grand hangar ouvert, en bordure d'un tarmac martelé par la pluie. Kani éteignit le vaisseau. Souza Zeng lui ôta son câble. Elle rouvrit les yeux, cligna des paupières, s'extirpa de son fauteuil.

– Tu sais où est le *Loquace* ? demanda Rikke.

– Oui. Allons-y.

Ils se laissèrent glisser au sol par la trappe ventrale du chasseur. Tout était silencieux, à part le battement de la pluie sur les tôles du hangar. *Ting-ting-ting-tingtingtingtingtingting*… Souza Zeng les entraîna vers les profondeurs du hangar, au lieu de les faire sortir.

– Par-derrière. La surveillance est moins stricte.

Dehors, ils relevèrent le col de leurs vestes en trottinant sous la pluie. Le plan était bon, songea Rikke. Souza Zeng connaissait l'endroit, il connaissait même les gens. La pluie diminuait la visibilité. Si tout se passait bien, dans cinq minutes, ils seraient à bord du vaisseau. Dans une demi-heure, ils seraient en orbite. Dans une heure, Kani aurait lancé une macro-perce.

– Ils sont sur les pistes 3D, cria Kani sous la pluie.

– C'est par ici, un peu plus loin !

Ils longèrent d'autres hangars dont les formes sombres se dressaient dans l'obscurité. Il n'y avait pas d'orage. Juste la pluie qui tombait avec un acharnement furieux. Ils étaient déjà trempés. Rikke flottait dans ses souliers vernis. Il faisait si sombre qu'on se serait cru à la tombée de la nuit.

– Là-bas !

Le *Loquace* était posé au milieu d'une piste d'atterrissage, esseulé. Rikke ne l'aurait pas reconnu. Tous les vaisseaux ekta se ressemblaient. La plupart des équipages s'amusaient à tatouer leur vaisseau d'un sigle lors de leurs premiers voyages, mais la peinture des coques ne résistait pas aux macro-perces. Pourtant, Kani l'avait identifié sans hésiter. La force de l'habitude ? D'infimes détails qu'elle voyait, jour après jour, depuis plus de quinze ans ? Ils s'élancèrent sur le sol en béton. Leurs pieds s'enfonçaient dans les flaques, faisaient jaillir l'eau autour d'eux.

Les hommes les interceptèrent à mi-chemin du vaisseau. Rikke ne les vit qu'au dernier moment, quand ils jaillirent de la pénombre. Des humains qui, sans hésiter, les immobilisèrent et les menottèrent. Ils n'eurent même pas le temps de protester. Rikke agita la tête, essaya de repousser les mèches blondes qui lui dégoulinaient dans les yeux. Elle chercha leurs uniformes des yeux. C'était forcément des soldats de l'Empire. Des employés de l'astroport, au moins. Mais non. Ils portaient des tenues dépareillées, luisantes, noires, en cuir...

– JE VAIS TE TUER ! hurla Kani près d'elle. TEXUGO !

Le mercenaire miniature se tenait en effet là. Les pouces dans la ceinture. Souriant d'un air content de lui. Il tapota la joue de Kani, qui essaya de lui mordre les doigts. *Snap !*

– *Oi*, bébé Barret. Sans rancune. C'est le jeu. (Il se pencha pour les scruter sous la pluie. Il devait crier pour se faire entendre.) J'emporte le type mais vous faites quoi, les morveuses ? Vous venez avec moi ou je vous laisse vous débrouiller ?

Rikke se débattit. Balança un coup de talon dans le tibia de l'homme qui la tenait. Il s'écarta en poussant un juron.

– Bon, on les laisse là ! lança Texugo.

Les mains lâchèrent Rikke, qui resta plantée sous la pluie, perdue. Sur sa droite, le groupe s'éloignait en courant, emportant Souza Zeng. Sur sa gauche, les lumières du *Loquace* perçaient le rideau liquide. Elle vit deux silhouettes se précipiter vers elles, une troisième fixer la scène depuis le haut de la rampe. La capitaine, Gwy et Lucas.

Ils avaient été *si près* de réussir...

Elle croisa le regard de Kani, et elles se comprirent. Les mains toujours attachées, elles s'élancèrent derrière les mercenaires. Souza Zeng leur résistait, les ralentissant. Kani se faufila derrière l'un des deux hommes – ou femmes, il pleuvait trop pour savoir – qui le tenaient et, sans perdre son sang-froid, lui faucha les jambes. Brutale et efficace. Pris par surprise, l'individu s'étala dans la flotte. Rikke vint percuter de toutes ses forces le second ravisseur. Le choc ne le perturba guère ; surpris, il se retourna.

C'est alors que la capitaine et Gwy surgirent à la rescousse.

Des bruits de chair mouillée. Un genou vint percuter Rikke au visage. Quelque part dans la pagaille, Texugo poussa un chapelet de jurons. Ils ne tirèrent pas – même avec la pluie, ils auraient donné l'alerte – mais se battirent comme des chiffonniers. Les mercenaires étaient cinq. Texugo avait dû en abandonner une partie pour atterrir sur Yacina, lui aussi. Mais ils étaient grands, costauds et entraînés. Gwy en assomma un d'un coup colossal, avant de se faire sauter dessus par trois autres. Le combat était furieux, chaotique, maladroit.

Souza Zeng n'était pas en reste, malgré les menottes. Assez contrarié par son kidnapping, il balança un coup de boule à un mercenaire, dont le nez craqua.

Rikke se redressa, étourdie par le coup de genou. Un ennemi était penché au-dessus d'une masse qui se débattait. La capitaine ! Il la rouait de coups ! Rikke sauta sur le dos du mercenaire. Noua ses petits bras autour de son cou. Ils étaient juste assez longs pour la clef que Tycho lui avait apprise. Elle tira. Poussa un cri quand il la repoussa comme un moucheron. Roula sur le sol trempé.

Des coups de feu retentirent. Puis des cris d'alerte. Les combattants se figèrent.

D'autres ombres émergèrent de la pluie, les encerclant. Cette fois, les silhouettes étaient armées. Des fusils-mitrailleurs pointaient leurs canons noirs vers eux. Rikke sentit son sang se glacer.

Sans hésiter, les mercenaires levèrent les mains. La capitaine et Gwy les imitèrent. Rikke, Kani et Souza Zeng firent de même, malgré les menottes.

En dépit de leur soumission, ils furent jetés au sol. Rikke serra les dents. Le hangar était dur et trempé sous son torse et son ventre. Ses vêtements collaient à sa peau. La pluie tombait, tombait, tombait. *Tacatacatacatacatack*.

Elle tressaillit quand, au bout d'un temps interminable, des mains la relevèrent rudement.

ÉPISODE #8

L'histoire avec l'évasion

Fun fact !

Il n'y a pas de bruit dans l'espace ! Les explosions sont donc parfaitement SILENCIEUSES.

Répète après moi: pas de bruit dans l'espace.

Pas.

De.

Bruit.

Dans.

L'espace.

IL N'Y A PAS DE BRUIT DANS L'ESPACE.

Dans l'atmosphère terrestre, on trouve environ 10^{20}, soit 100 000 000 000 000 000 000 particules (atomes, molécules) par cm^3 . Le son, qui est une onde mécanique, en a besoin pour se propager.
Dans l'espace, on trouve environ… 1 particule par cm^3.

Kani, les bras croisés, contemplait la situation. Ils étaient sérieusement dans la panade.

Les cellules en épais plexiglas s'alignaient de part et d'autre d'un couloir central. Dans l'ordre, en partant de la porte, on y trouvait : elle et Rikke, puis sa mère, puis Lucas et Gwy. Souza Zeng se trouvait dans la cellule au bout du passage, prostré, le visage caché dans ses mains. Dans la rangée d'en face : Luther et Hassian, le second et le pilote du *Querelleur* ; ensuite Texugo lui-même, et enfin, à l'autre bout, les jumeaux qu'ils avaient affrontés pendant le match de potatoball.

Malgré son énervement, une partie d'elle-même était soulagée de voir que le jumeau se déplaçait sans trop de difficultés. Son genou, celui qu'elle lui avait brisé pendant le match, avait dû se remettre.

Les impériaux les avaient cagoulés pendant le transfert depuis l'astroport. Néanmoins, pas besoin d'être des génies pour deviner où ils se trouvaient : le sol et les murs vibraient légèrement. Ils étaient à bord d'un vaisseau, sans doute un Classe 2 ou 3, en route pour les emmener vers leur destin, quel qu'il soit.

Probablement la torture et l'exécution. Yay.

Tout le monde tirait la gueule.

– J'ai faim, lâcha Rikke.

Dans la cellule d'en face, Hassian acquiesça avec un soupir expressif. Quelques mètres plus loin, Texugo continuait d'inspecter sa cellule, avec des gestes nerveux, même s'ils se trouvaient tous là depuis plus de trois heures.

– Pose tes fesses, tu me donnes le tournis, siffla la mère de Kani.

Texugo lui répondit par un doigt d'honneur. Ils se fusillèrent du regard, mais sans s'injurier. Leur dernière dispute, une fois les cellules verrouillées, leur avait valu une intervention des impériaux et quelques décharges de bâton électrique.

– Laisse-le tranquille, Nahéma, intervint Lucas d'une voix plus sèche que d'habitude. Ça n'en vaut pas la peine.

Oh-là-là. Quand Lucas commençait à être de mauvaise humeur, c'est que les choses allaient vraiment mal. Or, depuis qu'ils étaient là, il… oui, il *boudait* légèrement. De temps à autre, il massait sa jambe amputée, juste au-dessus de la prothèse. Mais ce n'était pas de là que venait le problème. La mère de Kani, diplomate, se rassit sur le banc qui courait le long de la cloison, au fond des cellules.

– Tu n'as pas trop mal ?

Il lui lança un regard sévère. Elle ne cilla pas, parce qu'elle était la légendaire capitaine Barret, mais Kani la sentit mal à l'aise.

– Quand j'ai accepté de travailler avec toi, Nahéma, c'était pour accomplir des missions *botaniques*. (Aïe, songea Kani.) C'était le contrat entre toi, moi et Tycho. Pas de contrebande, pas de kidnappings, pas de missions violentes commanditées. Uniquement de l'exploration et de la récolte. (Il ôta une poussière imaginaire de son pantalon.) Je dois avouer que je ne suis que moyennement satisfait de la situation actuelle.

Un silence gêné suivit ses paroles. Texugo s'appuya contre la paroi transparente, le nez écrasé contre le plastique, l'air réjoui. Il ricana.

– Oh, continuez ! J'adore les scènes de ménage.

– La ferme, capitaine Texugo, répliqua Lucas. Vous n'êtes qu'un vilain petit homme, incapable de parvenir à ses fins tout seul, qui préfère voler le succès de ses collègues plus travailleurs. Franchement, c'est indigne de vous, et vous ne faites qu'insulter vos propres talents en agissant ainsi.

Texugo eut l'air sincèrement choqué. Dans la cellule voisine, Luther, son second, poussa un borborygme qui pouvait être un rire étouffé ou un cri d'indignation, allez savoir. Lucas se releva d'un air digne, étira sa jambe blessée avec une grimace, puis déclara :

– À présent, je propose de laisser ce fiasco derrière nous et de nous comporter comme des adultes. À votre avis, où nous emmènent-ils ?

La mère de Kani effaça le sourire qui flottait sur ses lèvres et reprit son sérieux :

– Nous sommes toujours en vol orbital. Certainement à destination d'un vaisseau plus grand.

– Un vaisseau amiral ? proposa Luther tandis que Texugo ronchonnait dans un coin.

Souza Zeng, au bout du quartier de détention, releva enfin la tête. Ses traits étaient tirés. Kani ressentit un soupçon de culpabilité en songeant qu'elle lui avait promis la liberté et l'absolution, et qu'au lieu de cela il se retrouvait précipité dans la gueule du loup avec lequel il cohabitait paisiblement jusque-là.

– Ce sera sans doute l'*Aramis*, dit-il d'une voix morne. C'est le vaisseau amiral de leur première flotte, qui défend le système de Yacina. C'est là que se trouve leur ministère de la Guerre et la majeure partie de leur état-major administratif. Je pense que nous sommes sur un transporteur de Classe 2.

– Nos couvertures sont en béton armé, dit la mère de Kani. Texugo, les tiennes ?

– Je ne suis pas recherché dans l'Empire et j'ai des passe-droits, répondit-il d'un ton morose. Ils savent qui nous sommes, mais pas pourquoi nous sommes là.

– Donc, pour le moment, ils ont arrêté deux équipages qui mettaient le bazar à l'astroport et un officier de l'Académie qui se faisait enlever, résuma-t-elle. Et ils vont essayer de débrouiller tout ça.

Souza Zeng la contempla d'un air calme.

– Nous ne sommes pas une priorité, admit-il. Sauf s'ils découvrent d'où je viens.

Il pinça les lèvres, se retenant de prononcer le nom de la Trialliance.

– Il faudrait prévenir vous-savez-qui, dit Texugo.

– Il ne pourrait rien faire, rétorqua la mère de Kani. Et le reste de ton équipage ?

– On les a laissés en arrière. Sans doute au même endroit que vous. Une certaine station autonome où les gens vous laissent tranquilles ?

– De toute façon, ils n'ont pas de vaisseau et pas de pilote…

Le regard de Texugo, instinctivement, s'envola vers la droite. Le signe classique de quelqu'un qui cherchait à bricoler la vérité. Kani plaqua son visage contre le plastique. Observa Hassian, qui semblait brusquement très intéressé par une vis dans le mur. Même Luther était d'une impassibilité suspecte.

– Ils en ont un autre ! Un pilote ! protesta-t-elle. (Elle s'indigna.) Et vous vouliez m'embaucher en plus ? Trois pilotes ?

– Honte sur toi, Texugo, reprocha sa mère.

– Oui, bon ! D'accord, on en a un autre ! Un ektatesk, grommela Texugo. Atprrk et Tatprrk l'ont débauché il y a deux mois. Atprrk peut le copiloter. Ça change quoi ? Tu crois qu'ils seraient assez cons pour tenter un abordage ?

Un silence suivit ses paroles. Kani ne connaissait pas personnellement les trois ektatesks du *Querelleur*. Par contre, elle connaissait ses compagnons du *Loquace* qu'ils avaient laissés sur la station de Saint-Homebon.

Ses compagnons *entièrement* sains d'esprit qui ne se lanceraient *jamais* dans une telle mission-suicide…

– Oh non, dit Lucas qui était arrivé à la même conclusion qu'elle.

Une sirène stridente se mit à hurler.

Les lumières du quartier pénitentiaire virèrent au rouge. L'atmosphère se fit soudain apocalyptique. On aurait dit un des jeux vidéo de Tycho et Gwy, ceux où il fallait dégommer des zombies. Tous les prisonniers bondirent sur leurs pieds.

La mère de Kani, le visage baigné de reflets sanglants, regarda Texugo :

– Je crois que ton équipage a rencontré le mien.

Ils dressèrent l'oreille, retenant leur souffle. Si Souza Zeng avait raison, s'ils étaient sur un transporteur de classe 2, de la taille du *Loquace*, sans escorte, il ne pouvait y avoir plus d'une vingtaine de soldats boedeciens à bord. Cependant, ils se trouvaient en plein territoire impérial. C'était de la folie.

Ils sursautèrent quand les canons du vaisseau entrèrent en action, faisant vibrer les murs de cuivre. Kani n'était pas spécialiste, mais elle en compta au moins cinq ou six.

– Doux Jésus, murmura Texugo.

Les autres restèrent silencieux, imaginant leurs amis dans un vaisseau de fortune, en train de se faire descendre, aspirés par la dépression d'une coque transpercée, flottant dans le vide de l'espace…

Les canons cessèrent. La sirène hurlait toujours. Les onze prisonniers étaient pressés contre les vitres en plastique, le visage levé vers le plafond.

Un choc sourd contre la coque extérieure.

Puis, quelques instants plus tard, des mitraillages et des crissements aigus retentirent.

– Ils sont entrés, s'émerveilla Kani.

Elle compta dans sa tête : Tycho, Ccel et Liitip. Mais surtout, Zkrreck et les trois ektatesks du *Querelleur*.

Les impériaux avaient l'habitude des combats contre les ektatesks, mais pas contre des ektatesks immunisés contre les poils de chat. Si les soldats étaient des bizuts, s'il leur fallait un moment pour comprendre que leurs armes allergènes ne fonctionnaient pas, alors…

– Ça va être un carnage, non ? murmura Hassian dans la cellule d'en face.

Son visage rieur était horrifié. Kani se sentit nauséeuse. Elle se tourna vers sa mère, dont l'expression était fermée, sévère. Leurs amis avaient une chance de les sauver, oui, mais au prix des vies de deux dizaines d'humains qui ne faisaient que leur métier.

Peut-être que certains sortaient tout juste de l'Académie. Peut-être que certains étaient à peine plus vieux qu'elle.

Elle sentit la petite main de Rikke se glisser dans la sienne.

Les coups de feu continuaient, irréguliers. Des cris les ponctuaient parfois. Ils entendirent des chocs, des appels. Quelqu'un coupa enfin la sirène. Quand la porte au bout du couloir coulissa, personne ne fut surpris d'y trouver Liitip, tremblant, couvert de protections anti-balles de la tête aux serres.

– Ty… Tycho-*sulii* termine de maîtriser le vaisseau, annonça-t-il.

– Sors-nous de là, ordonna la mère de Kani. Les commandes sont à côté de la porte.

Il obéit avec des gestes maladroits. Les deux capitaines se précipitèrent sans attendre dans le couloir, suivi de Luther et des jumeaux. Lucas retint Kani qui allait les suivre.

– Laisse-les. C'est leur métier.

Ils patientèrent. Gwy posa une grosse paluche rassurante sur l'épaule de Kani. Souza Zeng n'avait pas fait un geste pour quitter sa cellule. Hassian, nerveux, dansait d'un pied sur l'autre, tandis que Rikke restait immobile dans un coin.

Il fallut une dizaine de minutes pour que les derniers échos de bataille s'estompent. Un bruit de pas retentit dans la coursive, de l'autre côté de la porte. Ils se raidirent tous.

– Salut les planqués ! lança joyeusement Tycho en apparaissant.

Il était... dénué de toute éclaboussure de sang, ce qui était rassurant. Crasseux et débraillé, comme à son habitude, mais sans trace des horreurs que Kani avait redoutées. Il s'avança, la bouche en cœur, pour rouler un palot à Lucas qui le repoussa, indifférent, d'une main sur le visage.

– Tout le monde est sain et sauf ?

– Oui, oui. Nahéma et les autres sont en train d'attacher les prisonniers. C'est très bien, on va pouvoir les fourrer ici, commenta-t-il en admirant les cellules, les mains sur les hanches. (Kani ne résista pas et glissa ses bras autour de sa taille. Il lui tapota maladroitement la tête.) Ça va, poussin ? Ils ne t'ont pas fait mal ?

Elle secoua la tête, inspira profondément.

– Vous avez tué beaucoup de monde ?

– Nan, pas tant que ça. Les grosses sauterelles ont surtout tranché quelques bras et quelques jambes. Ha ! C'était marrant, fallait les voir. Il y avait des poils de chat partout, les impé' pissaient dans leur froc et ils continuaient d'avancer ! (Il aperçut l'expression de Lucas, toussota, se reprit.) Mais bref. Oh, hé ! Je suppose que le taiseux, là, c'est le déserteur qu'on cherche ? Et toi... Toi, je me souviens, tu es le pilote de Tex, Gwy t'a collé une torgnole pendant le match, tu chougnais comme une fillette...

Ils quittèrent les cellules et progressèrent à la queue-leu-leu le long des coursives du transporteur. Ce dernier, de la classe et de la taille du *Loquace*, était agencé autrement. Sans doute provenait-il d'une ruche différente. La soute était plus grande, remplie de soldats en uniformes bordeaux ligotés comme des saucissons. Tatprrk faisait tournicoter le dernier entre ses pattes, l'emberlificotant dans un câble. L'homme, terrifié, roulait des yeux en gémissant. Il leur lança un regard incrédule en les apercevant. Il n'avait sans doute jamais vu d'humains collaborer avec des ektatesks, songea Kani. Elle se remémora ses leçons des dix-neuf derniers jours, les cours qu'on lui avait enseignés à l'Académie : il ne l'avait sans doute même jamais *imaginé*. Tatprrk le balança dans un coin.

Il n'y avait pas de cabines, seulement des dortoirs de part et d'autre d'un couloir central et un mess dans un renfoncement. Le cockpit, au lieu d'être au sommet, formait une passerelle plus large à l'avant du vaisseau. Ils y retrouvèrent les deux capitaines, penchés sur les consoles. Ccel, toujours calme et royale dans son plumage noir, consultait le journal de bord. Luther et les jumeaux empilaient les soldats maîtrisés en petites piles bien nettes. Un ektatesk inconnu, à la carapace d'un noir encore luisant, loin de l'aspect terne qu'avait celle de Zkrreck, pianotait de ses pinces sur un autre écran.

– Il se passe quoi ? lança Tycho en s'approchant de la mère de Kani.

– L'alerte a été donnée. Une dizaine de vaisseaux en trajectoire d'interception. On a exactement huit minutes.

Texugo porta deux doigts à sa bouche et poussa un sifflement strident. Hassian émergea du groupe de Kani pour se planter devant lui, ainsi que le jeune ektatesk. D'un geste, la mère de Kani fit signe à cette dernière de s'approcher. Elle s'exécuta, curieuse. Elle n'avait jamais rencontré d'ektatesk pilote jusqu'ici.

Texugo les examina rapidement tous les trois de la tête aux pieds – ou aux pattes.

– D'accord, les bébés pilotes. L'autruche nous calcule une porte de sortie. Quelle est votre vitesse moyenne d'implémentation d'une macro-perce originale ?

– Onze minutes quarante, répondit Hassian.

– Dix minutes vingt-huit, enchaîna Kani avec satisfaction.

– *Huit minutes cinquante-trois*, cliqueta l'ektatesk.

Kani ne fit pas la moue. Pas du tout.

– Félicitations, Brrthok. C'est toi qui nous sors d'ici, déclara Texugo d'un ton plat en lui indiquant le siège de pilote de la tête.

Sans faire de commentaire, Brrthok faufila sa grande silhouette cauchemardesque entre le tableau de contrôle et le siège trop petit pour lui. Kani, intéressée, regarda Hassian brancher le câble dans la nuque de son compagnon.

– C'est toi qui le copilotes ?

– Oh, c'est assez intéressant ! répondit joyeusement le jeune homme. Il ne perçoit pas l'interface du vaisseau de la même façon ! Il suffit de lui parler dans le micro, là, et il entend aussi vite que si c'était quelqu'un près de lui. C'est assez pratique, mais aussi un peu inquiétant pour l'avenir des anciens pilotes professionnels, parce que ça élimine la nécessité d'un copilote compatible, ce qui est parfois un problème pour les petits équipages aux ressources limitées et…

– Vous parlerez boutique plus tard, les coupa la mère de Kani. Tex, je gère les manœuvres d'évasion et le copilotage, si tu veux bien. (L'autre capitaine hocha la tête.) Tycho, tu prends en main la défense du vaisseau.

– Yesssss ! siffla le concerné avec un sourire inquiétant.

– On a repéré six canons orbitaux. Trois postes ici, trois dans la soute. Il y a des casques de communication intégrés. À toi de jouer. (Elle attrapa le micro proche du pilote.) Brrthok, on peut discuter manœuvres pendant que Ccel termine les calculs ? (L'ektatesk frétilla d'une pince.) Parfait. Quand ils seront là, on va lancer un tir de sommation, et ensuite…

Le reste du groupe s'écarta pour les laisser à leurs affaires.

Tycho affichait l'air béat d'un gamin de cinq ans qui va manger le plus gros gâteau de sa vie, plutôt que celui d'un homme qui risque de se faire descendre d'ici sept minutes.

– Tex, tu vas prendre un des canons ventraux, je sens qu'ils vont essayer de nous la faire en douce. (Le capitaine teigneux accepta sans protester.) C'est qui les deux meilleurs tireurs de ton équipage ?

– Luther et Hassian.

– Emmène Luther et Gwy avec toi. Je reste en haut avec Hassian et Kani, si jamais il y a un problème de pilotage. (Les trois hommes s'éclipsèrent. Tycho se tourna vers Lucas.) Tu es une bille en tir et tu n'aimes pas ça. Prends Souza Zeng et Rikke avec toi, rejoignez Liitip et tenez-vous tranquilles dans un coin.

Souza Zeng, leur prisonnier/cible/associé/informateur, qui était resté silencieux jusqu'ici, ouvrit enfin la bouche :

– Je me débrouille en tir.

– OK, alors on te garde, le déserteur. Kani, Hassian et Souza Zeng, vous prenez les canons ici. Je coordonne.

Une boule dans la gorge, Kani se précipita vers un des modules de tir, côté bâbord. Il ressemblait à ceux du *Loquace*, même si ce dernier n'en possédait que deux : une sphère vitrée sur la moitié de sa surface, ce qui permettait de voir l'espace à 180°, et un fauteuil central rotatif équipé d'une manette et d'un viseur en son centre. Le principe ne pouvait être plus simple. Kani savait l'utiliser depuis qu'elle avait trois ans, quand Tycho la prenait sur ses genoux pour s'amuser à descendre de petits astéroïdes. Et bien sûr, elle s'était entraînée à l'Académie de Prométida.

Néanmoins, elle n'avait jamais tiré sur de *vrais* vaisseaux.

Elle enfila le casque, rejoignit la conversation commune.

– Kani, en place.

– *Luther. On est bons aussi en bas.*

– *Parfait, mes chéris*, ronronna Tycho. *Six minutes avant l'arrivée des impé'. Ccel vient de terminer ses calculs. Brrthok a besoin de neuf minutes pour lancer la macro-perce. Ce qui voudra dire qu'on devra tenir trois minutes. Un peu moins si Nahéma arrive à les baratiner un peu.*

Trois minutes.

À la fois rien du tout et une éternité.

Tycho continuait :

– *On compte cinq chasseurs de Classe 1, deux transporteurs de Classe 2 et un éclaireur de Classe 3. Je ne vais pas vous mentir, c'est beaucoup.*

– *On peut semer un champ de mines derrière nous ?* demanda la voix sèche de Texugo.

– *Zkrreck s'en occupe déjà. Et, selon notre cher nouvel ami Souza Zeng, les impériaux ne sont pas des monstres complets. Ils vont essayer de nous capturer au lieu de nous abattre. Pas pour nous, hein. Pour leurs copains qu'on a à bord. Alors que nous, franchement, on ne va pas se poser de questions. Des objecteurs de conscience ?*

Un silence hésitant lui répondit, mais rien de concret.

Kani elle-même n'aimait pas la situation, mais n'y voyait pas d'alternative. S'ils voulaient se sortir de là, s'ils ne voulaient pas finir en prison ou pire, ils allaient devoir se salir les mains. Du genre, vraiment bien salement.

Elle contempla l'espace piqueté de blanc qui s'étendait devant elle. Le vide, froid, étouffant, muet, dont seule une épaisseur de plastique la séparait.

– *Cinq minutes*, annonça Tycho.

Ils restèrent silencieux.

– *Où sont les chats ?* demanda finalement la voix grave et lente de Gwy.

– *On les a emmenés, qu'est-ce que tu crois ? Ils sont enfermés dans un dortoir. Ils mettaient le boxon. D'ailleurs, Tex, notre chat domine complètement tes deux matous.*

– *Parce qu'ils sont intelligents et qu'ils n'en ont rien à battre, Cooper.*

– *Parce que ce sont des carpettes, oui.*

– *Je t'emmerde.*

– *Mais vous la fermez, parfois, oui ?* explosa la voix exaspérée de Souza Zeng.

– *Non, jamais,* confirma Luther d'un ton fatigué.

Kani soupira, tripatouilla quelques boutons, parvint à effacer les entrées auditives des quatre adultes qui se chamaillaient.

– Gwy ? Hassian ? Vous pouvez bloquer les guignolos avec le bouton bleu.

– *Comment tu as… Oh, je vois !* répondit l'autre pilote.

– *C'est beaucoup mieux,* approuva paisiblement Gwy.

– *Dites, vous avez déjà, hum, vous avez déjà tiré sur des gens ? Enfin, des humains ?*

– Non.

– *Non.*

– *Oh. Bon. Je pensais être le seul,* confia Hassian.

– Même à bord du *Querelleur* ? demanda Kani, heureuse de la distraction. Vous n'êtes pas tout le temps en train de vous fourrer dans les ennuis ?

– *Pas tant que ça. On est parfois sur des missions d'escorte, c'est vrai, mais c'est rare qu'on quitte l'espace de la Trialliance. Les pirates, c'est un peu dépassé. Pourquoi ? Tu nous voyais comment ? En train de traverser l'espace en tirant dans tous les sens ?* rigola-t-il.

– Carrément, avoua-t-elle.

– *Perso, je vous imagine en train de faire des colliers de fleurs sur des planètes paumées, donc je pense qu'on est quittes.*

– *On fait parfois des colliers de fleurs,* intervint Gwy.

– *Ah ! Je le savais. Bande de hippies de l'espace.*

– On t'en ramènera un la prochaine fois, promit Kani.

– *D'acc. J'aime bien les campanules.*

Ils continuèrent à bavarder pour oublier leur angoisse jusqu'à ce qu'un sifflement strident leur déchire presque les tympans. Kani grimaça.

– *Hé, les morveux ! C'est fini les conversations privées ?* râla la voix de Tycho. *Les impé' sont à une minute ! On les aperçoit. Le Classe 3 à deux heures. Les Classe 2 à dix heures.*

Kani se tordit le cou.

Là !

Deux petites taches cuivrées, sur lesquelles se reflétait le soleil du système de Yacina. Ils avançaient en tandem, lentement mais inexorablement.

– *Ils sont à portée radio. Ccel les balance sur les haut-parleurs du vaisseau.*

Kani décolla un écouteur de son oreille droite. Derrière elle, elle pouvait entendre les voix de sa mère et de Ccel, posées et efficaces. Les haut-parleurs crépitèrent.

– *Occupants du* Bourgogne, *ici le commandant Larsen. Vous avez l'ordre de rendre immédiatement les armes et de ne pas résister à l'abordage du vaisseau.*

– *Négatif*, répondit la voix calme de sa mère. *Nous disposons de vingt-sept otages. Nous souhaitons parlementer.*

– Bourgogne, *nos capteurs détectent une implémentation de macro-perce dans votre système. Nous vous donnons une minute pour déconnecter votre pilote. Une fois le délai écoulé, nous ouvrirons le feu.*

– *Dans ce cas, commandant Larsen, nous nous verrons dans l'obligation de répliquer.* (Un nouveau crépitement annonça la fin de la communication.) Tycho ! cria sa mère derrière elle. Brrthok a encore besoin de trois minutes. Ça te fait deux minutes de combat.

– Les mines sont en place ! On balance le premier coup dans quarante-cinq secondes. (Il revint sur la fréquence des tireurs.) *Souza Zeng, mon pote, tiens-toi prêt. On attaquera direct sur le Classe 3.*

Kani resserra ses mains sur les manettes. Les deux taches cuivrées grossissaient.

– *Trente secondes.*

Peut-être était-ce la fin, songea-t-elle. L'idée était terrifiante. Et ensuite… ensuite il n'y aurait plus rien. Le vide. La fin d'une existence. Elle essaya de l'imaginer. Comme une vidéo qui s'arrête brusquement, ne laissant qu'un écran noir.

– *Vingt secondes.*

Vingt secondes de vie. Elle inspira profondément. Devrait-elle être en colère ? Contre sa mère qui les avait collés là ? Ils étaient tous sous sa responsabilité. Et Kani était sa *fille*. Étrangement, elle ne lui en voulait pas.

– *Dix secondes.*

Elle avait eu une vie bien remplie, pas vrai ? Courte, d'accord, mais combien de planètes avait-elle visitées ? Et il y avait ses amis. Tous ses amis. Elle avait fait son choix, à un moment. Elle aurait pu rester sur Prométida. Intégrer un vaisseau de transport ou de tourisme. Elle avait fait son choix. En fait, il n'y en avait pas eu d'autres.

– *Souza, feu !*

Le vaisseau tressaillit. De son poste, Kani ne put voir le rayon incandescent quitter le vaisseau, fuser instantanément vers le Classe 3. Une seconde plus tard, leur propre vaisseau, le *Bourgogne*, changeait brusquement de cap, piquait du nez. Le verre de son module de tir s'obscurcit, devint presque opaque. Tant mieux, parce qu'un éclair blanc fila dans l'espace devant elle, lui laissant une persistance rétinienne.

– *La vache, ils sont réactifs !* beugla Tycho. *C'est parti, mes vaillants héros ! Oh, pour votre information, Souza Zeng a touché un de leurs moteurs. Le Classe 3 est HS. C'est pas cool ça ? Fuck, Souz, tu ne rigolais pas.*

Kani inspira à fond, cligna des paupières. Le *Bourgogne* était parti en vrille à angle droit. Comme le *Loquace*, ce n'était pas un vaisseau très mobile. Les étoiles tournaient lentement devant elle. Par chance, le système de gravité compensait l'effet centrifuge et limitait son mal de l'espace. Elle fouilla la zone devant elle des yeux.

Un point cuivré apparut sur sa droite – non, deux ! Son écran les entourait d'un cercle vert clignotant. Ils filaient rapidement. Des chasseurs ! Trop légers pour transporter des canons orbitaux, mais ils devaient avoir des mitrailleurs… Elle tenta de les positionner dans son viseur. Ils filaient droit, mais le *Bourgogne* vrillait toujours. Sans y croire, elle lâcha un trait d'énergie pure dans leur direction. Ils passèrent largement à l'écart, disparurent de son champ de vision.

– Hassian, deux chasseurs vers l'arrière ! cria-t-elle.

– *Je les vois !*

– *Kani, les deux Classe 2 vont bientôt arriver devant toi*, annonça Luther.

Elle se concentra, guettant le bas de son champ de vision. Brrthok enchaînait les manœuvres d'évasion et elle abandonna l'idée de comprendre ce qui se passait. Un cercle vert, en haut à droite, attira son regard.

– Souza Zeng, un chasseur vers vous !

– *Je l'ai.*

Les deux Classe 2 réapparurent. Elle aperçut leurs masses, désormais grosses comme des oranges. Ils étaient *vraiment* près.

Un nouvel éclair blanc lui fit plisser les yeux.

– *Pas loin !* brailla Tycho. *Kani, quand tu veux !*

Anticiper le mouvement. Viser. Centrer. Tirer.

Elle pressa le bouton du pouce.

Son tir toucha le chasseur de gauche, qui changea de cap. Impossible de savoir si les dégâts étaient importants. À son grand soulagement, il n'avait pas explosé.

– Je l'ai eu ! lança-t-elle. J'en ai eu un !

Takakakakakakakakakakak !

La carlingue tremblota. Ils venaient d'essuyer une rafale. Elle entendit des cris, des questions.

– *Il a touché le flanc !* les informa Tycho. *Un des dortoirs est dépressurisé, on l'a isolé.* (Des cris d'horreur lui répondirent.) *Non, ce n'est pas celui des chats, putain ! Concentrez-vous !*

Un chasseur passa en trombe devant Kani, peut-être celui qui avait tiré. Elle n'eut pas le temps de le viser. Ces cochonneries étaient trop rapides.

– *Une minute !* cria Tycho. *Il faut tenir encore une minute !*

– *Luther, sur ta droite, il devrait être là dans trois, deux, un…*

– *Je crois que je l'ai eu.*

Le vaisseau fit soudain un soubresaut, comme percuté par une onde de choc. Kani serra les dents. C'était la fin, ils allaient se désintégrer…

– *Un des chasseurs a touché une mine ! Lui, il ne reviendra pas !*

Takakakakakakakakakakakak !

– Merda, *la soute !* (Un silence.) *Soute dépressurisée. Panneaux blindés en place.*

Kani sentit son cœur se retourner.

– Gwy ? Les autres ? Les prisonniers ?

Un nouveau silence sur la fréquence, puis :

– *On est bons*, annonça Texugo. *Les modules se sont verrouillés. Dahl vient d'arriver dans la soute avec des masques à oxygène. Ils font ce qu'ils peuvent.*

– *Alors, on continue ! Gwy, tu en as un qui retente une approche !*

Nouveau soubresaut. Une autre mine. Kani avait perdu le compte des vaisseaux ennemis touchés, hors service ou encore à leurs trousses. Elle avait perdu la notion de haut et de bas. De temps à autre, irrégulièrement, le soleil de Yacina passait derrière sa vitre. Quand elle voyait un cercle vert, elle tirait.

– *Vingt secondes !* beugla Tycho.

Son cœur battait à cent à l'heure dans sa poitrine. La sueur lui coulait sur le front, teintait ses lèvres d'un goût salé. Ses intestins se tordaient. Ils pouvaient s'en sortir, mais ils pouvaient encore mourir, mais ils pouvaient s'en sortir, mais ils pouvaient encore mourir… Elle songea qu'au milieu de cette incertitude, plus rien n'avait vraiment d'importance, finalement. L'idée la fit sourire de façon un brin hystérique.

– *Dix secondes ! Neuf, huit, sept…*

On ne croyait pas vraiment à Dieu, sur le *Loquace*, ni à aucune autre divinité. Même les lutiennes, qui avaient leurs propres croyances, restaient des gens pragmatiques et mystérieux sur la question. Elle se demanda si elle aurait prié, dans le cas contraire. Elle se demanda si les gens y trouvaient vraiment du réconfort. Elle se demanda s'il était plus difficile ou plus simple d'accepter que le destin n'était que le fruit de ses propres choix et d'un hasard indifférent.

– … *quatre, trois, plus personne ne tire ! Deux, un…*

Ils allaient survivre.

Les étoiles disparurent. Le vaisseau cessa de vibrer. Le noir de l'espace s'intensifia, avant de commencer à se parer de filaments bleus, verts et mauves. Avec lenteur, Kani détacha ses doigts crispés de la manette. Ce n'était vraiment, vraiment pas une bonne idée de tirer avec les canons pendant une macro-perce. Émerveillée, elle contempla l'espace multiD. Le *Bourgogne* était entièrement silencieux.

Ils s'en étaient sortis.

Puis, après ce bref instant de grâce, le chaos reprit.

– *Lâchez les modules de tir !* ordonna la voix de Tycho. *Tex, Luther, Gwy, diagnostic des dégâts dans la soute et assistance aux prisonniers ! Hassian, va débrancher ton pote du poste de pilotage ! Isolation complète de la section touchée. Les sauterelles, diagnostic complet des moteurs orbitaux ! La macro-perce est prévue pour deux heures, il faudra qu'on sache où on en est. Kani, steuplé, prends Souz avec toi et allez voir comment se portent les chats.*

###

Quand ils émergèrent de leur macro-perce, dans un recoin de la galaxie quelconque et loin de tout, les prisonniers étaient pansés et bien rangés dans leurs cellules, les brèches de la coque isolées, les systèmes vérifiés et le *Bourgogne* vibrait sainement. Quant aux trois chats, après des miaulements et griffures de protestation pour la forme – Kani et

Souza avaient récolté de jolies estafilades – ils étaient partis en exploration de leur nouvel espace.

Kani, les jambes molles comme du coton, s'affala dans un des fauteuils de la passerelle. Elle n'allait pas pleurer de soulagement et d'épuisement. Non, certainement pas. Peut-être plus tard, quand elle serait seule. Un petit peu.

– Kani, déclara sa mère en s'approchant d'elle.

– Maintenant ? Sérieux ? geignit Kani.

Sa mère se pencha pour lui chuchoter à l'oreille. Oh.

Elle sentit un grand sourire étirer ses lèvres. En face d'elle, les yeux sombres de sa mère pétillaient. Kani bondit de son fauteuil.

– Il faut qu'on se dépêche. Ils vont avoir la même idée.

– Pourquoi tu crois que Tycho les a retenus dans la soute ? Et que j'ai envoyé Brrthok dans la salle des machines avec Zkrreck ?

Quand Texugo et Luther émergèrent sur la passerelle, cinq minutes plus tard, Kani, sa mère et Ccel braquèrent des fusils électriques sur leurs torses. Un Hassian larmoyant était déjà ligoté dans son fauteuil. Les deux mercenaires, avec la vivacité de l'éclair, pivotèrent. Mais derrière eux, Tycho les attendait. Il assomma Luther d'une décharge, puis tint Texugo en joue.

– Chacun son tour, Tex, lui susurra-t-il avec un sourire sardonique.

La mère de Kani tendit un micro au petit capitaine qui fulminait.

– Préviens ton équipage, Texugo. On vous déposera sur la planète neutre de votre choix. Ensuite, vous vous démerderez.

Texugo lui arracha le micro des mains et cracha quelques mots furieux dedans.

Souza Zeng apparut à son tour, observa le géant blond inconscient sur le sol, les fusils électriques et Tycho qui se curait l'oreille.

– Je vois que vous avez réglé vos petits différends. Alors, les coordonnées de cette planète, vous les voulez ou pas ?

###

Il leur fallut quelques jours, après leur macro-perce improvisée, pour retrouver un itinéraire connu et gagner une planète indépendante sur laquelle ils purent débarquer l'équipage du *Querelleur* et leurs prisonniers impériaux.

Comme beaucoup de colonies sans loyauté particulière, un quartier général impérial y était toléré, du moment qu'il ne venait pas d'idées colonisatrices à ses occupants : les prisonniers y furent libérés. On observa des larmes de soulagement. Les pauvres ne s'étaient pas imaginé sortir vivant d'une alliance entre « smnörgs » et mercenaires sans merci. Kani en entendit un promettre d'appeler sa mère.

Aussitôt allégés, ils redécollèrent à bord du *Bourgogne* et envoyèrent aux autorités impériales l'emplacement de leurs soldats.

Quant à Texugo et sa clique, ils les avaient laissés en pleine jungle, à une dizaine de kilomètres du Comptoir le plus proche. La décision avait été unanime et hilare. Kani regretta de devoir piloter le *Bourgogne* et, ainsi, de ne pas être témouine de la scène : Tycho et Rikke avaient adressé de joyeux signes d'adieux aux mercenaires tandis qu'ils les abandonnaient à leur sort.

Une fois toute cette affaire terminée, il faudrait qu'elle trouve un moyen de contacter Hassian, qui était sympa.

Dès qu'ils regagnèrent l'orbite, Kani lança une macro-perce en direction du secteur de la Trialliance. Puis ils se réunirent tous dans le mess, où les attendait Souza Zeng.

– Enfin ! s'exclama Tycho d'un air grandiloquent tandis qu'ils s'installaient, sans ordre précis, autour de la table.

Franchement, Nahéma, il faut qu'on arrête d'accepter des missions de Guo. C'est toujours trop d'ennuis pour rien.

– Tu t'es amusé comme un petit fou, marmonna la mère de Kani entre ses dents.

Tycho se posa une main sur le cœur d'un air innocent. Ses pitreries provoquèrent moins de rires que d'habitude : à dire vrai, les derniers jours avaient été un peu trop agités et trop dangereux au goût de l'ensemble de l'équipage.

– Quand vous serez prêts ? demanda Souza Zeng d'une voix impatiente.

Des grommellements et des cliquètements lui répondirent. Il pianota sur le clavier incrusté dans l'extrémité de la table. Le projecteur holographique s'alluma, révélant le secteur de la Trialliance. Par une série de zooms, Souza Zeng les guida jusqu'au système dont il avait, durant tout ce temps, retenu les coordonnées par cœur.

– Nous étions tenus au secret, bien entendu. Les coordonnées n'étaient pas entrées dans le système du vaisseau. (Ses yeux noirs se voilèrent, plongèrent dans le passé.) À part la Guide et moi-même, seul le capitaine les connaissait. Il les aurait transmises au pilote de rechange s'il m'était arrivé quelque chose.

– Combien de temps avait pris le trajet ? demanda la mère de Kani.

– Onze jours en partant de Prométida. On m'avait aussi fourni l'itinéraire. Je pourrai le retranscrire pour Miss Barret, si vous le désirez.

Ccel, à la surprise de tous, sortit de son observation silencieuse ordinaire pour interrompre, d'une serre, le défilement de l'hologramme.

– Un instant. (Ils fixèrent la lutienne sans intervenir. Quand Ccel prenait la parole, c'était toujours pour des choses importantes.) Capitaine, que prévoyez-vous de faire ? De remettre le lieutenant Souza Zeng entre les serres de la consule pour la laisser retrouver la planète elle-même ? Ou d'aller voir en personne ce qui s'y trouve ?

Tous les regards convergèrent vers leur supérieure. Ah, la politique, songea Kani en étudiant les traits graves de sa génitrice. Quel beau paquet de *dritt*.

Lucas s'adossa dans sa chaise en croisant les bras.

– Je ne vais pas vous mentir, je serais curieux d'étudier cette fameuse fleur.

Tycho se grattouilla le menton.

– Est-ce que Guo ne va pas nous faire assassiner pour garder le secret après ?

– *Nous le connaissons déjà*, observa Zkrreck. *Cela ne changerait rien d'y aller ou pas.*

– Pas faux.

– C'est peut-être d'autres ennuis en perspective, continua calmement Ccel.

– Depuis quand ça nous arrête ? se moqua Tycho. On s'en est bien sortis, nan ? (Lucas, qui avait littéralement perdu un membre, haussa un sourcil. Gwy, discrètement, enfonça son coude dans les côtes de Tycho, jusqu'à ce que celui-ci comprenne le message. Il toussota, pour une fois penaud.) Oh. On s'en est *globalement* bien sortis.

– C'était un peu juste à mon goût, observa la mère de Kani.

Sa voix était sèche. Kani l'observa. La capitaine scrutait l'hologramme figé, mais ses doigts tapotaient le rebord de la table. Kani sentit son cœur enfler. Avait-elle eu peur ? Pour Lucas, qui avait perdu son pied, mais aussi pour elle et pour Rikke ? L'idée lui fit plaisir. Elle sourit légèrement. Les yeux de sa mère pivotèrent, l'aperçurent, et Kani y lut alors beaucoup de choses : de l'embarras, du soulagement, de la fatigue, une énorme culpabilité et beaucoup, beaucoup d'affection.

Beaucoup d'amour.

Kani baissa les yeux, troublée. Elle n'y avait jamais songé de cette façon. Peut-être n'était-ce pas facile, peut-être était-ce même terriblement difficile d'avoir sa fille encore adolescente comme pilote. Sous ses ordres.

Elle songea à ce qu'elle avait découvert sur elle-même, pendant le match de potatoball puis pendant les combats qui avaient suivi. Elle avait commencé à voir les choses d'une façon différente. En tant que capitaine, si le sacrifice d'une personne permettait de sauver l'équipage, devrait-elle hésiter ? Et si cette personne était sa propre fille, fallait-il la choisir aux dépens des autres… ?

Peut-être sa mère avait-elle déjà connu ce genre de choix, autrefois, avec des soldats sous ses ordres. Peut-être le connaîtrait-elle de nouveau. Peut-être serait-ce Kani. Et sa mère s'en voudrait pour le reste de sa vie, mais n'hésiterait pas, elle non plus. Kani pouvait-elle vivre en paix avec cette idée ? Avec la responsabilité qui pesait sur les épaules de sa mère ?

Il fallait qu'elle réfléchisse à la question. Peut-être, si elle souhaitait une mère plus ordinaire, si elle souhaitait des rapports différents, était-ce à elle de faire certains choix. Elle pouvait lui en vouloir pour certaines choses du passé, mais elle ne pouvait lui reprocher de gâcher la suite de sa propre existence…

Ces décisions pouvaient attendre, décida-t-elle en revenant à l'hologramme.

– On a notre mot à dire ? demanda-t-elle en désignant Gwy, Liitip et Rikke.

– Vous avez toujours votre mot à dire, répondit sérieusement sa mère.

Les quatre jeunes membres de l'équipage s'entre-regardèrent. C'est Gwy, comme souvent, qui posa la bonne question :

[On pourrait déjà voir où se trouve la planète ?] signa-t-il.

– Souza Zeng, terminez d'afficher les coordonnées, ordonna leur capitaine.

Les zooms se succédèrent, suffisamment lents pour qu'ils puissent suivre la direction du système concerné. Kani plissa les yeux, heureuse d'avoir révisé ce secteur quelques mois plus tôt, avec Ccel, alors qu'ils étaient paumés près de la planète de Rikke. D'ailleurs, elle reconnaissait certaines constellations. Ils avaient dû passer dans le coin pendant leurs micro-perces. C'était marrant, elle voyait très bien à quel endroit…

Oh.

Elle ouvrit la bouche.

– Suce ma…

Ccel interrompit son exclamation avec une série de jurons lutiens intraduisibles, avant de se mettre à piailler d'une voix aiguë. Les autres la dévisagèrent, médusés. Hilare, Kani comprit que leur lutienne préférée était en train de… rire. Elle-même pouffa de joie.

– Quoi ? Qu'est-ce qui se passe, bordel à queue ? demanda Tycho.

– La planète, c'est… c'est…

Kani s'interrompit, hoquetant comme un cochon affolé. Ils avaient fait toute cette route, tout ce chemin, et l'endroit qu'ils cherchaient… ?

Elle hurla en se tenant le ventre.

– Oh ! s'exclama soudain Gwy qui, lui aussi, se repérait plutôt bien dans l'espace.

Il explosa de rire. Ccel gloussait toujours, telle une poule hystérique. Kani avait les larmes aux yeux. Ce n'était pas si drôle, une part de fatigue nerveuse entrait dans l'équation. Mais, oh, quand elle allait leur dire, là, dans quelques instants… !

Rikke, sur la pointe des pieds, appuyée des deux mains sur la table, examinait les constellations en fronçant les sourcils, confuse.

– Je ne comprends pas. On dirait les étoiles de chez moi.

Kani parvint à reprendre suffisamment son souffle pour répondre :

– C'EST chez toi. C'est le système où on t'a trouvée. C'est la colonie de Vårheim.

Leurs têtes étaient impayables. Il faudrait qu'elle récupère les enregistrements de sécurité pour les immortaliser à jamais. Peut-être un poster à mettre au-dessus du canapé, dans la cabine commune. Une bâche d'un mètre sur trois, par exemple.

###

Suite à ces révélations, Lucas annonça qu'il était partant pour retourner sur Vårheim afin de récolter la précieuse fleur. Tycho le seconda, sans doute par curiosité, ou pour trouver un moyen d'entuber Guo Jin et la mère de Liitip, qui savait.

Ccel jugea que leur mission était terminée, et que rien ne les obligeait à poursuivre jusqu'à la planète, mais qu'elle était intriguée, elle aussi.

Gwy se déclara indifférent. Gwy était satisfait de la vie qu'il menait et ne débordait pas d'une curiosité maladive, contrairement à la plupart de ses coéquipiers. Kani savait que, parfois, certaines personnes le trouvaient ennuyeux. Elle le trouvait simplement rassurant.

Liitip se tortura un bon moment. Ils savaient tous qu'il était censé prévenir sa mère, la consule de Caskii, de l'avancée de leur mission. Au fond d'elle-même, Kani soupçonnait que son dilemme avait évolué : il ne se demandait plus quel était le bon choix, il se demandait comment *contourner* le bon choix ; comment présenter la vérité sous un angle différent pour ne pas trahir sa loyauté envers l'équipage. Les lutiennes ne savaient pas mentir, mais il apprenait que les faits, parfois, peuvent être exposés de façons différentes…

Kani, elle-même, était d'avis de se rendre sur Vårheim, ne serait-ce que pour comprendre comment la planète permettant le ravitaillement de toute la Trialliance en plante vaccinale pouvait également abriter une colonie qui n'avait pas eu de contacts avec l'humanité depuis des siècles. Un secret si bien gardé qu'on avait sacrifié la réhabilitation de la colonie ?

Parmi leurs deux récalcitrants, personne n'avait été surpris par la réaction de Rikke. À l'idée de retourner sur la planète où elle avait grandi, où elle avait été battue et promise à une reproduction forcée, elle avait tout simplement détalé. Kani arpentait le *Bourgogne* à sa recherche, espérant discuter avec elle. C'était sans doute cela, d'avoir une petite sœur. L'idée lui plaisait.

La réaction de Zkrreck avait suscité plus d'étonnement. Leur mécanicien était d'avis de rentrer sur Caskii, de remettre Souza Zeng et ses coordonnées à la consule lutienne et à l'ambassadrice humaine, d'empocher la récompense et d'en profiter paisiblement. Parfois, ils oubliaient que l'espérance de vie des ektatesks était si courte qu'il ne restait probablement que deux ou trois années à leur compagnon, et que ce dernier n'avait pas forcément envie de les remplir d'aventures affolantes et dangereuses. Kani ne pouvait pas lui en vouloir. Elle se demandait s'il resterait encore longtemps avec eux, après la récompense. Ou même s'il resterait.

C'était leur capitaine qui avait tranché, bien entendu. Elle s'en était tenue à un rôle d'arbitre, sans que ses sentiments personnels n'entrent dans l'équation : la majorité était pour Vårheim, ils iraient donc sur Vårheim. Aucun moyen de savoir ce qu'elle pensait vraiment. C'était ainsi qu'elle fonctionnait, et tout le monde y était habitué.

Plongée dans ses pensées, explorant l'agencement étranger du *Bourgogne*, guettant une touffe de cheveux blond pâle du coin de l'œil, elle n'aperçut sa mère qu'au dernier moment, en s'avançant dans la soute. Cette dernière était assise en haut d'une échelle, sur la passerelle du niveau supérieur, les jambes dans le vide. Elle fixait les parois cuivrées d'un œil absent, une bouteille de bière à la main. Kani ne l'avait jamais vue aussi passive.

– M'man ?

Sa mère baissa les yeux, l'aperçut, lui sourit légèrement.

– Tu cherches Rikke ?

– Oui. Je voulais discuter avec elle. (Elle hésita, prit une décision.) Je peux monter ?

– Bien sûr, répondit sa mère d'un air surpris.

Kani grimpa souplement aux barreaux tandis que sa mère se décalait pour lui faire de la place. Elle encastra ses fesses dans l'espace dégagé. Elles tenaient à peine, coincées entre les deux rambardes. Kani lécha ses lèvres sèches.

– Tu as eu peur, quand j'étais sur Yacina ?

Elle sentit sa mère retenir son souffle, expirer lentement.

– Bien sûr que j'ai eu peur.

Kani tira sur un fil qui dépassait d'une couture de sa combinaison.

– Ce serait bien que tu le dises, des fois.

– Oh, Kani !

Un bras glissa autour de ses épaules. La bouteille échappa des mains de sa mère, vint se fracasser sur le sol de la soute. La bière et les éclats de verre giclèrent partout. Il faudrait qu'elles nettoient, ou Lucas allait en chier une pendule. Sa mère attira sa tête dans le creux de son cou. Kani lutta contre les larmes qui lui montaient aux yeux.

– Parce que, parfois, je ne suis vraiment pas sûre, dit-elle d'une voix étranglée.

– Kani, répétait sa mère. Kani, ma chérie. Je suis désolée. J'ai eu si peur. Je suis tellement fière de toi. Je ne le dis pas assez, hein ? (Un reniflement lui fit relever les yeux. Sa mère essuyait son nez plein de morve de son autre main.) Je t'aime tellement !

– Arrête, je vais pleurer aussi, bredouilla Kani, qui chialait déjà.

– Tu es déjà si grande, et si intelligente, et si courageuse ! Et le plus souvent, tu ne dis pas grand-chose, ou tu vas voir Tycho, ou Lucas. Je ne sais pas comment te parler. Tu es ma fille, mais tu es aussi ma pilote. J'essaie de te laisser libre de tes choix… (Sa mère secoua la tête.) Non. Ce ne sont que des excuses. Je suis nulle, hein ?

– M'man !

– Je suis désolée, mon cœur. Je suis vraiment désolée. Je t'aime.

– Je t'aime aussi.

– Je suis désolée. Pardon.

Elles s'étreignirent très fort. Kani sentit son cœur se calmer, un poids disparaître de sa poitrine. Elle s'essuya les yeux sur sa manche.

– C'est dur, parfois. Parce que je sais que tu dois gérer le vaisseau, et que tu t'inquiètes pour tout le monde, et que tu es notre capitaine… mais j'aimerais faire des trucs, je ne sais pas, juste entre nous. (Sa mère resta silencieuse, attentive. Kani fouilla ses poches, sortit un chiffon crasseux qui avait servi à essuyer une fuite d'huile, trouva un coin à peu près propre pour se moucher, sourit d'un air piteux.) Même quand on prend des vacances, qu'on se pose sur une planète sympa pour souffler, tu es en train de faire les comptes ou de chercher un autre contrat. Je sais, je *sais* que c'est nécessaire. Mais j'aimerais juste…

Elle haussa les épaules. Sa mère soupira. Toutefois, ce n'était pas un soupir d'exaspération ou de fatigue. De regret, peut-être.

– C'est vrai, mais tu as vu la bande de clowns qu'on se tape ? plaisanta-t-elle.

Kani ne lâcha pas le morceau.

– Tu pourrais leur déléguer des choses. Et tu le sais.

Sa mère reprit son sérieux.

– C'est vrai. (Elle se mordilla les lèvres, pensive.) Écoute, je ne vais pas tout pouvoir changer du jour au lendemain…

– Je ne te demande pas de *tout* changer, répondit Kani, horrifiée.

– D'accord, d'accord. Mais qu'est-ce que tu dirais, après qu'on aura récupéré cette fichue fleur, fait un compte rendu à Guo, touché la récompense, et trouvé le moyen de récupérer le *Loquace*… de deux mois de vraies vacances ?

Pour tous. Chacun comme il l'entend. Et on pourrait aller quelque part juste toi et moi.

Kani plissa les yeux.

– *Avant* de récupérer le *Loquace*, négocia-t-elle. Tu n'as qu'à dire à Guo de se débrouiller. Je sais qu'il y a des échanges d'otages et de prises entre la Trialliance et l'Empire. Il trouvera une explication. Tu ne lui donneras les coordonnées de Vårheim qu'après.

Sa mère lui caressa les cheveux d'un air fier.

– Il ne va pas aimer. Nous étions sur Yacina illégalement. C'était presque de la piraterie. Ça va lui faire une sacrée explication à trouver.

– Ça lui apprendra à nous doubler avec le *Querelleur*, marmonna Kani.

Sa mère rit doucement.

– Je suis vraiment désolée, Kani. Et on ira où tu voudras.

Kani ne réfléchit pas :

– Je voudrais aller sur Terre.

Sa mère se redressa, surprise. Puis elle lui embrassa le front.

– Va pour la Terre.

###

Elle finit par dénicher Rikke sur la passerelle du *Bourgogne*. Cette dernière s'était blottie dans le fauteuil du pilote, tourné vers l'espace. Assise en tailleur, elle était dissimulée par le dossier, qui la rendait invisible depuis la coursive. Dagobert ronronnait sur ses genoux, ravi de se faire grattouiller le ventre.

– Hey, dit Kani en s'installant dans le fauteuil du copilote.

Rikke ne répondit pas, le visage baissé vers le chat. Kani laissa un moment s'écouler, se contentant de regarder l'espace multiD qui ondulait paresseusement derrière la verrière.

– Tu ne veux pas y retourner, hein ? (Entre deux mèches blondes, Rikke lui lança un regard qu'on pouvait, universellement, traduire par « sans blague ».) Tu sais, tu peux rester sur le *Bourgogne*, on prendra une des navettes. Si ça se trouve, on ne s'approchera même pas de ton ancien village. (Elle réfléchit, avant d'ajouter plus doucement.) Et même dans l'hypothèse hautement improbable où ils essaieraient de te reprendre, *jamais* on ne les laisserait faire, OK ?

Elle imagina ce qui se passait dans la tête de... son amie, Rikke était son amie, il n'y avait plus à tergiverser.

Mais si ça ne marchait pas ?

S'ils me reprenaient quand même ?

Si vous changiez d'avis ?

Si tout recommençait comme avant ?

Au bout d'un long moment, les doigts enfouis dans la fourrure épaisse de Dagobert, Rikke déclara d'une voix basse, un peu plate :

– Je crois que je préférerais mourir.

Kani ne lutta pas contre l'élan d'horreur qui l'envahit. Elle se lécha les lèvres.

Elle devait trouver les bonnes paroles.

– Tant mieux, dit-elle enfin. (Au moins, cela eut l'effet de tirer Rikke de sa torpeur. Cette dernière lui lança un regard indigné.) Si tu es prête à mourir plutôt que de retourner là-bas, ça veut dire que tu sais ce que tu veux. Et ce que tu ne veux plus. Ça veut dire que tu refuses de l'accepter. Ça veut dire que tu as d'autres rêves, d'autres projets. Tu as peur, c'est normal. Mais ils ne pourront plus rien te faire, Rikke.

– T'en sais rien, pouffiasse.

Elle sourit devant l'insulte devenue une *private joke*.

– Moi aussi, je préférerais mourir plutôt que te laisser là-bas.

Rikke murmura un petit « oh ». Son petit corps recroquevillé se détendit. Un peu.

– Je crois que je voudrais quand même aller voir quand vous descendrez. Si c'est possible.

– Tout ce que tu veux, lui dit Kani.

Un raclement de serres et de bottes les fit pivoter dans leurs fauteuils. Liitip s'avançait vers elle, suivi de Gwy. Une lueur fébrile brillait dans les grands yeux bruns du lutien. À défaut de fauteuils, les deux nouveaux venus s'installèrent directement par terre, à leurs pieds.

– Tu as contacté ta mère ? devina Kani.

– Oui. Je… je lui… (Liitip se racla la gorge, produisant une sorte de roucoulement hystérique.) Je lui ai dit que la capitaine ne m'avait pas fourni les coordonnées.

– C'est techniquement vrai, observa Gwy d'une voix calme.

– Je sais ! (Liitip agita ses ailes.) Tout ce que j'ai dit était techniquement vrai ! Je n'ai pas les coordonnées ! Je ne suis jamais descendu sur la planète où nous allons ! Je n'ai pas accès à Souza Zeng-*sulii* pour lui parler !

– Il fait une sieste, précisa Gwy.

– Mais ce n'est pas non plus complètement *vrai*, continua à jacasser Liitip. Je ne lui ai pas dit toute la vérité. Je ne peux pas dire la vérité à tout le monde en même temps. Je ne peux pas respecter la capitaine et Liit-*tlii* à la fois. Je ne peux pas… je ne peux pas… je ne peux pas… (Il commença à hyperventiler. Les trois autres se penchèrent vers lui, inquiets.) Je dois mentir ! explosa-t-il. Je dois mentir et ruser et cacher la vérité à ma famille, mon espèce, ma consule, tout ça parce que je suis sur votre vaisseau, et je devrais être en colère, mais je ne sais pas être en colère, c'est encore pire, et c'est juste que je *déteste* ça, et je ne comprends pas. Mais en même temps je commence à comprendre, se lamenta-t-il, et c'est peut-être le pire, ça ne pourra jamais redevenir comme avant, je ne pourrai jamais rentrer là-bas comme si de rien n'était… (Il reprit sa respiration.) Et je suis sûr que ma mère a déjà deviné, elle a deviné que je lui *mens*, c'est fini, elle ne me laissera jamais rentrer, je ne pourrai pas revenir sur Caskii, trouver un bon parti, me marier, avoir ma propre couvée ! Je suis déshonoré !

Il se tut, tremblant. Rikke poussa Kani du coude. Pourquoi ça tombait toujours sur elle ? se demanda Kani. Aider les gens, c'était compliqué.

– Et c'est… ce que tu voulais ?

– *Je ne sais plus !* cria Liitip d'un ton exaspéré.

C'était, sans aucun doute, la première fois qu'ils l'entendaient parler aussi fort. Gwy baissa discrètement le volume de son équipement auditif. Rikke repoussa Dagobert, qui protesta, afin de se laisser glisser par terre pour caresser l'aile d'un Liitip gémissant. La première redoutait un passé qui pouvait revenir, le second regrettait un avenir qui s'était envolé, songea Kani avec un brin de philosophie.

– C'est n'importe quoi, dit fermement Rikke avec un air décidé. Tu n'as pas menti. Tu as suivi les ordres de ta mère, tout en suivant ceux de la capitaine. Sans toi, on n'aurait jamais réussi la mission. On n'aurait pas Souza Zeng. Tu es…

– Un héros ? proposa Gwy.

– Voilà. On est tous des héros, dit Rikke avec satisfaction.

Les prunelles du lutien se dilatèrent.

– Ce n'est pas… techniquement faux, admit-il.

– Et puis, franchement : si tu avais le choix entre rester avec nous encore un an ou deux, ou rentrer pour te marier tout de suite… Tu ferais quoi ?

– Je préférerais rester, admit-il au bout d'un long moment.

– Alors, profites-en, décréta Kani en les rejoignant par terre. Parce qu'il nous reste encore du boulot pour toucher cette récompense, et qu'ensuite il faudra récupérer le *Loquace*. Tu sais, je pense que Ccel est fière de toi, ajouta-t-elle.

Liitip se troubla, piailla quelques faibles protestations.

Bonjour le *mommy kink*, songea Kani avec un soupçon d'amusement.

Petit à petit, ils se turent, le visage tourné vers l'espace. Vers l'immense galaxie qu'il leur restait à explorer, à la recherche de qui ils étaient.

ÉPISODE #9

Le Glorieux Récit des Aventures du Grand Dagobert et de ses Serviteurs en Visite sur une Boule pour Chercher une Fleur

LE CHAT DAGOBERT

Ref.0303-45AFG-03-009

NOM DE LIGNÉE :	NOM COMPLET :
/	DAGOBERT
ÂGE (CYCLES YUMANS) :	FONCTION PRINCIPALE :
6	CHAT DU *LOQUACE*

ANTÉCÉDENTS :

- CHAT.

FAMILLE ET RELATIONS :

- CHAT.

COMPÉTENCES :

- CHAT.

CONCLUSION :

- CHAT.

Discrétion estimée : 100%

Efficacité estimée : 100%

Les Grands étaient si stupides.

Ils tournaient en rond, littéralement en rond, et finissaient toujours par revenir sur leurs pas, songea Dagobert en observant les Points Blancs par le hublot à l'arrière de la passerelle, son poste d'observation favori dans son nouveau Domaine personnel. Pourquoi ne pas rester dans un Grand Territoire confortable ? Par exemple un territoire chaud, sec, fourni en petites créatures à poursuivre et à déchiqueter ?

Une Boule s'approchait. Elle était verte et bleue, comme la plupart de celles qu'ils rencontraient pendant leurs explorations. Dagobert s'étira et bâilla. Ils allaient bientôt rejoindre un Grand Territoire. Il se souvenait de celui-ci – il ne fallait pas être un génie, après tout, pour lire les Points Blancs. Même certains Grands y arrivaient, surtout ceux à plumes, qui étaient un peu plus intelligents que le reste, il devait l'admettre.

Par exemple, Plumes-Noires avait compris qu'en lui procurant sous la table des Offrandes supplémentaires, elle pouvait faire de lui son allié.

Plumes-Marron, lui, avait l'intelligence de ne plus bouger quand Dagobert sautait sur ses genoux. Parfois, Dagobert restait le plus longtemps possible, jusqu'à ce qu'il soit l'heure des Offrandes, pour voir si

Plumes-Marron allait remuer. Il n'osait pas. Il connaissait sa place. Dagobert l'avait bien dressé.

Des voix lui firent pivoter les oreilles.

– Est-ce qu'on envoie la navette, comme la dernière fois ? demandait Plumes-Noires.

– Non, répondit Celle-qui-Commande. On y va tous ensemble. On ne se sépare plus. On ne restera pas trop longtemps, la pesanteur n'aura pas le temps de vous épuiser, Liitip et toi.

Elle serra ses longs coussinets préhensiles – Dagobert était un peu jaloux de leurs coussinets préhensiles, il n'avait pas peur de l'admettre, même s'ils avaient le défaut d'être dépourvus de griffes – autour de ceux de Petite-Cheffe, qui était allongée dans un siège avec les yeux fermés. Petite-Cheffe dormait souvent quand ils arrivaient près des Boules de couleur. Dagobert n'était pas stupide : il avait compris qu'il existait un rapport entre les deux.

– Kani, fais-nous atterrir aux coordonnées fournies par Souza Zeng.

De l'autre côté de la vitre, la Boule grossissait. Dagobert l'observa sans être impressionné. Il était un chat d'expérience. Il avait connu son comptant de Boules.

Le vert et le bleu et le blanc s'approchèrent, s'approchèrent encore, puis l'univers prit Feu de l'autre côté de la vitre, comme d'habitude. Il se lécha la patte tandis que son Domaine personnel tressautait et vibrait.

– Trajectoire correcte, commentait Plumes-Noires. 0,02 % d'écart.

– Ralentis, je vais te guider pour l'atterrissage, dit Celle-qui-Commande.

Dagobert, dans sa grande clémence, laissait Celle-qui-Commande diriger son Domaine à sa place. Les Grands avaient besoin de se sentir importants. Ils avaient besoin de s'agiter, de courir, de faire du bruit et de déranger des choses. Sans cela, ils n'avaient pas l'impression d'exister. C'était à la fois un peu puéril et attendrissant.

– Voilà, descends doucement… cinq mètres, quatre, trois, deux, un…

Un choc sourd. Dagobert guetta le moment où son Domaine, pour la première fois depuis bien longtemps, car longue était sa vie et interminable son histoire, s'immobilisait enfin. Les infimes vibrations qui le parcouraient et qui faisaient frémir ses moustaches soyeuses cessèrent enfin. Il poussa un petit soupir d'aise.

– Parfait, Kani. Beau travail.

Petite-Cheffe se réveilla. Honnêtement, Dagobert ne voyait pas en quoi elle méritait autant de félicitations. Qui avait terminé la dernière bouteille de lait entamé, sauvant ainsi ses Grands d'une souffrance horrible ? Et qui avait griffé Bruyant-Stupide alors qu'il enfonçait ses doigts dans les côtes de Plus-Petite-Sauvage, la faisant hoqueter jusqu'à ce qu'elle pleure ? Dagobert, voilà qui. Dagobert prenait soin de son équipage. Dagobert méritait des compliments. Mais, hélas, ces créatures sous-développées le comprenaient bien trop rarement. Toutefois, Dagobert était empli de mansuétude. Il leur pardonnait.

Il sauta à terre, habitué à la procédure qui suivait l'approche d'une Boule. Son nouveau Domaine était différent du précédent, mais Dagobert savait se montrer accommodant. Les Grands lui avaient rapidement installé un Oreiller à la place qui lui revenait, au sommet de la Boîte à Offrandes. La boîte aussi vibrait, même quand le reste du Domaine était immobile. Dagobert pouvait ainsi surveiller les Grands qui venaient quémander de quoi se sustenter. Il les laissait ouvrir la boîte et se servir, tant qu'ils lui glissaient une Offrande au passage. L'Ordre devait être respecté.

– Allons-y, les autres doivent être en train de se préparer, dit Celle-qui-Commande.

Il les suivit dans la coursive, puis se percha avec délicatesse sur les épaules de Petite-Cheffe quand celle-ci glissa par une échelle.

– Doucement avec tes griffes, Dago.

L'impudente manante. En signe de représailles, Dagobert enfonça ses griffes plus profondément dans sa combinaison. Elle poussa un sifflement mais accepta son sort, atterrit en bas de l'échelle et le saisit doucement pour le poser par terre, afin qu'il reprenne son chemin. Ces Grands, il suffisait de les éduquer un peu.

Il s'achemina dignement vers la soute tandis que ses trois sujettes le suivaient à distance respectueuse.

– Il a grossi du cul, ce chat, non ?

Enfin ! Une reconnaissance de sa supériorité. Dagobert était le maître de ce Domaine. La première place lui revenait dans toutes les matières, y compris celle de la graisse corporelle. Il ondula de son auguste derrière avec une profonde satisfaction.

– Ah, vous voilà, grommelait Bruyant-Stupide. Comme on connaît déjà l'endroit, on a laissé tomber les combinaisons.

– On reste à proximité du vaisseau, répondit Celle-qui-Commande. Lucas, tu as étudié les données sur la fleur ? Elle pousse dans quelles conditions ?

– C'est une sorte d'orchidée, répondit Calme-Sent-Bon. *Pseudobestiola felis*, la pseudobestiole du chat. Elle aime les températures fraîches, la brume et l'altitude. Les coordonnées de Victorio indiquaient bien une zone montagneuse.

– Ça correspond à mes souvenirs, intervint l'Étranger-Morose. (Dagobert réfléchissait encore à la façon dont il allait nommer son nouveau sujet. Ces choses prenaient du temps. Le Grand possédait une certaine dignité que Dagobert appréciait. Malgré son apparente sévérité, il avait instauré un rituel : il lui proposait toujours le fond de sa gamelle. Dagobert encourageait de telles initiatives.)

Je n'étais pas descendu du vaisseau, mais la vallée où nous venons d'atterrir ressemble à celle de l'époque.

Les portes du Domaine s'ouvrirent. Dagobert agita une moustache intéressée en observant de gros cailloux – très gros, assez gros pour boucher l'horizon, il en avait déjà rencontré dans d'autres Territoires – et une prairie d'herbes rousses qui s'étalait à leurs pieds. Il devait y avoir de petits animaux dans ces herbes. Des petits animaux agiles, effrayés, au sang chaud et aux os croustillants. Guilleret, il trottina sur la rampe et renifla ensuite le sol avec prudence. Peut-être était-ce le Domaine d'un autre Comme-Lui. La courtoisie était de mise.

– Elle ressemble à quoi, cette orchidée ?

– Petite, bleue et verte, avec une fleur qui ressemble vraiment à une tête de chat… Oh, regardez, en voilà une ! Et une autre là-bas !

Calme-Sent-Bon s'était accroupi et regardait quelque chose, l'air agité. Ah, ces Grands. Il suffisait d'un rien pour les distraire, songea Dagobert avec une affection condescendante. Daignant leur accorder un soupçon d'attention, il s'approcha en agitant la queue. Il ne fut pas surpris de découvrir un Pas-Bon. Les Grands étaient passionnés de Pas-Bons. Dagobert appréciait certains Pas-Bons, lesquels, paradoxalement, une fois cueillis, épluchés, coupés et cuits pouvaient se révéler assez Bons, mais on ne pouvait nier le manque total d'intérêt de la plupart d'entre eux. Vraiment. S'extasiait-il devant un caillou, lui ?

Leur simplicité d'esprit était contagieuse. Les autres Grands s'étaient éparpillés à la recherche des Pas-Bons, qu'ils cueillaient avec mille précautions, comme s'ils étaient précieux. Les Grands à plumes étaient restés dans le Domaine. Dagobert approuva leur prudence : ils étaient plus fragiles, il ne fallait pas qu'ils s'abîment. Le Très-Grand-Très-Pointu filait rapidement sur ses longues pattes noires et dures. Dagobert était plus prudent près du Très-Grand-Très-Pointu. Oh, ce dernier le traitait avec l'adoration qui lui était due, mais Dagobert l'avait vu en train de se battre, et reconnaissait sa valeur au combat. Si le Très-Grand-Très-Pointu avait été plus petit – et poilu, bien sûr, et équipé de moustaches, et aussi souple et terrifiant que Dagobert – il aurait presque fait un bon Comme-Lui.

– Hé, on en ramasse combien, de cette connerie ? lança Bruyant-Stupide.

– La molécule recherchée est contenue dans les stigmates, comme du safran. Gardez bien vos gants, on ne connaît pas tous ses effets. Par chance, il suffit d'une dose infime pour activer le vaccin. Quelques kilogrammes de fleurs suffiront.

– De toute façon, on veut juste prouver à Guo et à la mère de Liitip qu'on les a trouvées, non ? demanda Petite-Cheffe.

– Exactement.

###

Dagobert les abandonna à leur jeu puéril pour se consacrer à des tâches plus importantes. À savoir : explorer ces grandes herbes frémissantes. Il se faufila entre deux touffes, progressant sur ses pattes de velours. L'air embaumait d'odeurs étrangères et prometteuses. Des odeurs de terreur et de survie. Un petit mouvement attira son attention sur sa gauche. Il tourna lentement la tête en clignant des yeux. Là. Une Proie. Elle grignotait une racine, sans l'avoir aperçu. Dagobert se lécha les babines. Puis il bondit. La Traque avait commencé.

Il chassa un bon moment, sans grand sérieux, savourant de se dégourdir les pattes dans un endroit qui n'était pas métallique, sous le grand ciel ouvert. Il perdit sa proie, la retrouva, la perdit, puis en dénicha une autre,

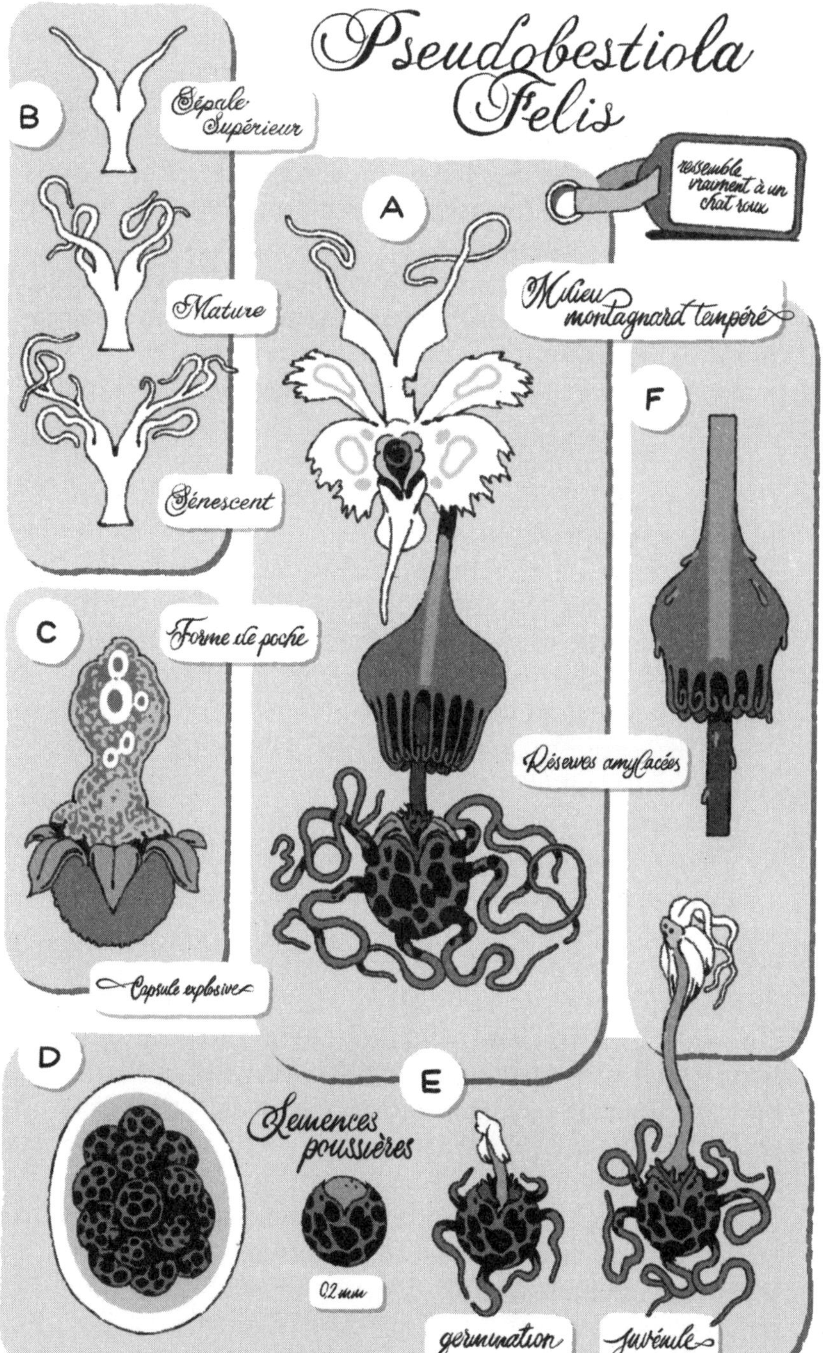
Pseudobestiola Felis
ressemble vraiment à un chat roux
A
B
Sépale Supérieur
Mature
Sénescent
Milieu montagnard tempéré
F
C
Forme de poche
Réserves amylacées
Capsule explosive
D
E
Semences poussières
0,2 mm
germination
juvénile

un peu plus grosse. Durant un bon moment, elle zigzagua frénétiquement entre les touffes d'herbe tandis qu'il la poursuivait avec indolence. Il continua de garder ses Grands à l'œil : en une occasion-dont-on-ne-parlait pas, ces derniers étaient partis sans lui. Ils n'étaient revenus qu'une éternité plus tard, débordant d'excuses, de caresses et d'Offrandes. Dagobert ne leur avait pas pardonné tout de suite, bien entendu. Néanmoins, après avoir estimé qu'ils avaient fait pénitence, il avait daigné les absoudre. Cette triste tache dans leurs relations ne valait guère la peine que l'on s'appesantît dessus, mais connaissant la distraction des Grands, Dagobert restait attentif afin qu'elle ne se répétât point.

Il finit par attraper la Proie, et s'amusa un temps de sa panique et de ses tentatives de fuite. Enfin, lassé, il lui rompit la nuque d'un coup de dents, avant de revenir vers ses sujets d'un pas léger. Son ventre grognait. C'était bientôt l'heure des Offrandes.

– Qu'est-ce que tu as trouvé, Dago ? Oh, beurk ! Lâche ça, c'est répugnant !

– C'est quoi ?

– Une sorte de mini-lapin, les mêmes que la dernière fois.

– Des *bomullkanin*, dit Plus-Petite-Sauvage.

Dagobert, serrant sa Proie entre ses dents, savourant le goût de sang frais sur ses papilles, resta à une distance prudente. Hors de question qu'on lui vole son dû. (Peut-être en ferait-il don à un sujet méritant et/ou pathétique, mais c'était une autre histoire.) Il observa Plus-Petite-Sauvage, une servante bien récente, elle aussi. C'était dans ce Territoire qu'ils l'avaient trouvée, se souvint-il. Elle connaissait l'endroit.

Il inclina la tête sur le côté. Elle ne semblait pas très joyeuse d'être revenue. Les Grands, qu'ils soient à plumes, nus ou à pinces, étaient d'une simplicité enfantine à comprendre. Un nouveau-né y serait parvenu. Plus-Petite-Sauvage ne montrait pas ses dents, ne poussait pas de bruits stridents, ne s'agitait pas comme les nus le faisaient quand ils étaient joyeux. Dagobert était déconcerté. Les Grands, habituellement, étaient toujours contents de revenir dans des endroits qu'ils connaissaient.

Il s'approcha d'un pas majestueux pour déposer la Proie devant elle. Peut-être, en goûtant la chair de ce Territoire, retrouverait-elle sa bonne humeur ?

Plus-Petite-Sauvage, assise sur un rocher, souffla bruyamment. Elle ne cria pas d'horreur, comme Petite-Cheffe, mais ne ramassa pas la proie non plus. À la place, elle tendit la main pour caresser le magnifique pelage de Dagobert. Il pouvait la comprendre. Il était difficile de résister à tant de splendeur. Avec un ronronnement, il se frotta contre ses jambes.

– Je sais, *kattunge*, murmura-t-elle. Ils ne sont même pas tout près. Sur un autre continent. À des milliers de kilomètres.

– Mmrrouu, confirma Dagobert.

– Et Kani a promis qu'ils ne les laisseraient pas me reprendre. Elle et les autres.

Cette fois, Dagobert ne répondit pas, perdu dans l'extase d'un ongle qui le grattait exactement au bon endroit sur la nuque… oui… *juste* là… *aaaaaaaaaah*…

Ses paupières se fermèrent de plaisir. Mou comme un morceau de guimauve, il la laissa le prendre sur ses genoux. Voilà. C'était comme ça qu'il méritait d'être traité.

Après un temps indéterminé, les grattouilles cessèrent. Indigné, il mordit la main devant son nez – sans trop de force, il fallait qu'il garde ses larbins en bon état. Plus-Petite-Sauvage était distraite par Celle-qui-Commande, qui l'avait rejointe sur le rocher voisin.

– On n'est pas obligés d'y retourner, disait celle-ci. On peut repartir comme on est arrivés, sans aller voir ce que ta colonie est devenue.

Plus-Petite-Sauvage attrapa les pattes avant de Dagobert et les agita devant lui, comme s'il était un jouet. Estomaqué par cet affront, il se laissa faire.

– Vous pensez que la Trialliance est allée les voir ? Après que vous les avez prévenus ?

– C'est le protocole. Ça fait plusieurs mois, je ne vois pas ce qui les en aurait empêchés.

– Qu'est-ce qui se passe, dans ces cas-là ?

– Je ne suis pas une spécialiste, je n'ai jamais accompagné ce genre de missions. D'après ce que je sais, la Trialliance tente une approche diplomatique. Certaines colonies se sont isolées par choix, d'autres par accident. Parfois, elles décident de quitter leur planète, parfois d'établir une liaison régulière avec le reste de la galaxie. C'est plus compliqué quand elles se montrent hostiles. Surtout si les conditions de vie sont… discutables. L'unité spécialisée de la Trialliance a des experts en éthique, en psychologie, en médecine. S'ils estiment que certaines sous-populations sont en danger, exploitées ou maltraitées par les autres, ils emploient parfois la force pour les emmener loin de là. Ce n'est pas toujours facile. Même malheureux ou malheureuses, un certain nombre d'entre eux préfère rester.

Les mains de Plus-Petite-Sauvage se resserrèrent sur les pattes délicates de Dagobert, qui poussa un miaulement de protestation. Elle le lâcha avec un murmure d'excuse. Il sauta par terre et entreprit de se lécher le poil, vexé. Ce n'étaient pas des manières !

– Vous pensez qu'ils ont pu emmener ceux qui voulaient partir ? Les enfants… les *utvalgte*, au moins les filles…

– Je ne sais pas. C'est impossible à dire. Mais si tu ne veux pas y retourner, nous pourrons nous renseigner sur Caskii. C'est ton choix, Rikke. Personne ne t'oblige à rien.

– Je crois que j'ai besoin de savoir. Vous… vous ne repartirez pas sans moi ?

– C'est promis. Je pense que Kani et Tycho nous arracheraient tous les yeux, de toute façon. Peut-être même Zkrreck.

– J'aime bien Zkrreck.

– Je crois qu'il t'aime bien aussi.

Dagobert, lassé par cette conversation qui ne portait pas sur le sujet le plus important – à savoir lui-même – s'en alla à la recherche d'une attention plus soutenue ou, à défaut, d'une occupation plus digne de son temps.

Les Grands rassemblaient leurs affaires, se dirigeant vers l'entrée du Domaine. Et voilà : à peine arrivés, ils repartaient déjà. Avec un soupir de regret, Dagobert contempla les herbes rousses qui s'agitaient sous la brise. Des herbes remplies de petites créatures qui n'attendaient que d'être poursuivies, comme le voulait leur nature. Heureusement, parmi ses innombrables qualités, Dagobert était philosophe. Et puis, au fond de lui-même, il appréciait de découvrir tous ces Grands Territoires. Naturellement, il prenait soin de marquer son passage : il trottina en rond, arrosant des buissons et des rochers d'un jet d'urine, frottant ses joues contre ceux qui lui plaisaient le plus. Il trouva même quelques troncs d'arbres pour s'y raccourcir les griffes et laisser sa signature ! Aaah, quelle bonne escale. Satisfait de son travail bien accompli, il rejoignit ses Grands, qui l'appelaient à pleins poumons. Ils avaient appris leur leçon. Qu'ils essaient de repartir sans lui, désormais !

– Dépêche, Dagobert. C'est déjà le milieu d'après-midi à la colonie.

Redressant la tête et la queue, il prit tout son temps pour grimper la rampe.

De retour dans son Domaine, tandis que les Grands vaquaient à leurs occupations légitimes, il rejoignit son trône sur la Boîte à Offrandes. Celui-qui-Parfois-Entendait-mais-Parfois-N'entendait-Pas passa devant lui. Dagobert réclama une Offrande d'un miaulement, en espérant que, ce jour-là, il entendrait. Il savait qu'il ne s'agissait pas de manque d'attention ou de dédain envers sa personne. Dagobert avait décidé de le prendre en pitié et, dans sa grande mansuétude, de ne pas le griffer pour lui signifier son courroux. Il suffisait parfois de l'interpeller d'un coup de patte.

Celui-qui-Parfois-Entendait-mais-Parfois-N'entendait-Pas, en cette occasion, l'entendit.

– Tu veux un morceau de cochon-thon ? demanda-t-il.

Sa voix était grave et grondante. Elle rappelait un peu à Dagobert, quand il était nouveau-né, les ronronnements de la cage thoracique de sa mère. Il miaula brièvement.

– Ne bouge pas.

Celui-qui-Parfois-Entendait-mais-Parfois-N'entendait-Pas ouvrit la Boîte à Offrandes, en dessous de Dagobert. Un courant d'air frais s'en échappa. Il frissonna, sentant tous ses poils se hérisser. C'était inacceptable ! Mais, bien qu'il protestât régulièrement, les Grands oubliaient de régler ce problème. Leur esprit étriqué l'effaçait instantanément. Enfin, ce n'était pas de leur faute. Ils faisaient de leur mieux.

– Tiens.

Une coupelle et un beau morceau d'Offrande apparurent devant lui. Dagobert, affamé par sa longue Traque, y plongea le museau sans attendre.

– Tu es le chat le plus inélégant de la galaxie.

Celui-qui-Parfois-Entendait-mais-Parfois-N'entendait-Pas plaisantait, bien entendu, puisqu'il grattouillait les oreilles de Dagobert en même temps. Humour discutable, mais Dagobert était prêt à lui pardonner à cause de la taille – vraiment généreuse – de l'Offrande.

Quand il eut terminé, il se lécha les babines, poussa un rot discret, puis sauta à terre pour suivre Celui-qui-Parfois-Entendait-mais-Parfois-N'entendait-Pas vers les entrailles de son Domaine. Ledit Domaine vibrait de nouveau. Ils étaient en route pour explorer un autre

Grand Territoire – ou, plus sûrement, retourner dans l'un de ceux qu'ils avaient déjà visités. Comme ils n'étaient pas restés longtemps dans le précédent, Dagobert savait que le trajet ne serait pas long. Ses sujets simplistes devenaient agités quand ils ne voyaient pas le ciel assez souvent.

Dans le Grand Hall de son Domaine, devant ses portes, il retrouva Plus-Petite-Sauvage, le nez collé contre un hublot, en train de guetter l'extérieur. Bruyant-Stupide et Calme-Sent-Bon discutaient un peu plus loin, assis sur un banc. S'ils avaient été des Comme-Lui, leurs queues touffues se seraient probablement entrelacées. Dagobert, une fois, avait même surpris Bruyant-Stupide en train de mordre la nuque de Calme-Sent-Bon, qui l'avait repoussé d'une gifle sur le visage. Certains comportements restaient universels, musa Dagobert, même parmi les espèces sous-développées.

Le Domaine se mit à bourdonner plus fort. Il sentit son estomac lui remonter vers la gorge. Ils descendaient, ce qui voulait dire qu'ils allaient bientôt arriver. Avec grâce, Dagobert s'assit devant les Portes. Puis il sentit une main l'empoigner par la peau du cou, et Celui-qui-Parfois-Entendait-mais-Parfois-N'entendait-Pas le souleva pour le percher sur son épaule.

– Reste là, Dago, on ne sait pas ce qui peut arriver.

Son Serviteur voulait le porter ? Dagobert n'allait pas protester. Sa nouvelle position lui permettait de contempler la situation comme il se devait : avec hauteur. De là, il dominait tout son peuple – à l'exception de Très-Grand-Très-Pointu, mais Dagobert lui accordait ce privilège.

Le Domaine s'immobilisa. Après quelques instants, les autres Grands les rejoignirent.

Ils restèrent un moment immobiles et silencieux. Oh, lui avaient-ils préparé une surprise ? songea Dagobert avec ravissement. Une cérémonie d'accueil digne de son rang ?

– On y va, alors ? demanda Petite-Cheffe.

– Si Rikke est sûre, répondit Celle-qui-Commande.

Tous les regards étaient tournés vers Plus-Petite-Sauvage, qui hocha la tête.

Les Portes s'ouvrirent.

Pas de cérémonie d'accueil, constata Dagobert avec un soupçon de déception en se laissant transbahuter par Celui-qui-Parfois-Entendait-mais-Parfois-N'entendait-Pas. À la place, il reconnut un Territoire qui ressemblait beaucoup au dernier avec les mêmes grandes herbes, les mêmes buissons et les mêmes arbres bas. Cependant, en plus des gros cailloux à l'horizon, se trouvait aussi une flaque d'eau qui brillait d'une lueur argentée. C'était une flaque d'eau moyenne, par opposition aux grandes flaques d'eau dont on ne voyait pas l'autre côté. Dagobert, de justesse, pouvait en faire le tour du regard – mais sa vision avait toujours été supérieure, il n'en était pas surpris.

– Ccel, Zkrreck, Liitip, vous restez à bord. Même si la Trialliance leur a rendu visite, ça m'étonnerait qu'ils vous accueillent à bras ouverts. On continue en contact radio. Si vous avez des visiteurs, ne bougez pas. Ne défendez le vaisseau que s'ils essaient d'y pénétrer.

– Oui, capitaine.

– Les autres, on s'approche en suivant la crête. Vu d'en haut, le village avait l'air calme. Tycho, tu te positionneras en retrait avec ton fusil. Tu me les as assez excités la dernière fois.

– Maiiis…

– Kani et Souza-Zeng, vous resterez avec lui en cas de repli. Si ça barde, droit vers le *Bourgogne* et vous lancez les moteurs. Lucas, Gwy, Rikke, avec moi.

Leur procession s'ébranla. Il manquait une fanfare, décida Dagobert, ou au moins quelques clairons pour annoncer son approche. La musique des Grands le laissait indifférent mais il devait reconnaître, en certaines occasions, leur goût du spectacle.

Ils suivirent le sommet de la colline en direction d'un rassemblement d'habitations, qui se nichaient au bord de la moyenne flaque d'eau. Dagobert se laissa transporter en agitant la queue et, de temps à autre, en donnant des coups de patte dans la joue de Celui-qui-Parfois-Entendait-mais-Parfois-N'entendait-Pas, quand il estimait que ce dernier marchait de façon trop brusque. Ah là là, il fallait tout leur expliquer.

À quelque distance de leur objectif, Petite-Cheffe, Bruyant-Stupide et l'Étranger-Morose restèrent en arrière. Dagobert et son escorte continuèrent leur chemin.

– Il n'y a personne, prononça Plus-Petite-Sauvage alors qu'ils pénétraient dans le rassemblement de maisons. Pourquoi il n'y a personne ?

Sa voix était tendue, ses yeux bleus fouillaient de tous les côtés. Pourquoi s'inquiétait-elle ? s'étonna Dagobert. Il était là pour les défendre, de toute façon.

– Je ne sais pas, dit Celle-qui-Commande. On dirait que c'est désert.

– Il n'y a plus rien dans les rues. Quelqu'un a tout emporté.

Calme-Sent-Bon, avec gentillesse, lui posa la main sur l'épaule.

– Peut-être qu'ils sont partis avec la Trialliance ?

Plus-Petite-Sauvage secoua la tête, comme si elle refusait de croire ce qu'il disait.

Dagobert, soudain, aperçut un Comme-Lui qui les observait depuis le sommet d'un muret. Sans prévenir, il sauta des épaules de Celui-qui-Parfois-Entendait-mais-Parfois-N'entendait-Pas et se dirigea en trottinant vers celui ou celle qu'il devait considérer, par défaut, comme son hôte ou son hôtesse. Il s'arrêta et se posa sur son arrière-train au pied du mur, enroulant sa queue autour de ses pattes.

– Salutations, dit-il respectueusement.

– Salutation, lui répondit le Comme-Lui.

C'était une Dame, au pelage court et gris, d'un certain âge. Le village devait être son Domaine, déduisit Dagobert. Il frémit des moustaches.

– Je te présente mes hommages, Dame, et je m'excuse de notre intrusion dans ton Domaine. Mes Grands sont des explorateurs qui aiment découvrir de nouveaux endroits. Ils sont simples d'esprit, comme le sont tous leurs semblables, mais ils savent se tenir.

La Dame agita la queue, d'un air qui trahissait son mécontentement.

– Tu n'es pas le bienvenu, Visiteur. (Elle soupira.) Tu n'es pas non plus le malvenu, mais sache que beaucoup de Grands ont visité mon Domaine ces derniers temps et qu'ils ont occasionné, avec le plus grand sans-gêne, beaucoup de chaos.

– Tu m'en vois bien désolé, Dame, répondit Dagobert avec sincérité.

Le chaos d'un Domaine n'était jamais une chose agréable.

– Je te remercie. Une grande partie de mes Serviteurs s'en est allée, en emmenant les membres de mon clan. Je suis la dernière ici.

– Quelle horreur ! s'indigna Dagobert. Quel manque de respect !

– En effet. Mes Grands ont bien essayé de nous défendre, mais en vain. (Avec un soupir, elle se lécha une patte.) Enfin, je suppose que c'est la vie. Tu peux entrer dans mon Domaine avec ton escorte, je ne t'en empêcherai pas. Néanmoins, mes Serviteurs restants sont agités. J'ignore comment ils réagiront.

– Je te remercie, Dame.

Du coin de l'œil, il aperçut Celui-qui-Parfois-Entendait-mais-Parfois-N'entendait-Pas qui s'approchait de lui. Sans protester, il se laissa soulever. Bon timing.

– Tu t'es fait une copine, Dago ?

Tout en se laissant emmener, il salua de loin la Dame. Cette dernière lui rendit son signe de tête et disparut derrière le muret.

– C'est sinistre, murmura Celle-qui-Commande tandis qu'ils s'avançaient dans la rue centrale. C'était comme ça, quand vous êtes venus ?

– Non, répondit Calme-Sent-Bon. Il y avait du monde et des affaires dans les rues. On dirait une ville fantôme. Tycho dirait que c'est glauque.

– Il aurait raison.

Plus-Petite-Sauvage avait pris la tête de leur escorte, explorait les ruelles transversales, ouvrait les portes des maisons pour regarder à l'intérieur. Elle appela même plusieurs fois, annonçant l'arrivée de Dagobert à qui voulait l'entendre. Brave petite.

Un cri les arrêta soudain, ou plutôt une série d'exclamations. Au bout de la rue, un petit groupe de Grands émergea d'un bâtiment et courut dans leur direction. Ils agitaient les bras. Dagobert se raidit et sortit ses griffes. Quand les Grands criaient en agitant les bras, les instants suivants s'annonçaient souvent agités.

BAM.

Dagobert resta impassible, habitué aux détonations des Grands. Un petit nuage de poussière vola devant les pieds de leur comité d'accueil, qui s'arrêta net. Les grands locaux portaient de longues tuniques et des colliers de perles grossières. Plus-Petite-Sauvage commença à leur parler à toute vitesse dans un dialecte dont Dagobert n'était pas coutumier.

En langage de tous les jours, il reconnaissait beaucoup de leurs paroles. Par exemple, « *Dagobert, non !* » signifiait que ses Grands étaient estomaqués devant son courage et son adresse. « *C'est qui le petit chat-chat du vaisseau, mmh ?* » rendait hommage à sa splendeur et à sa gravité. Cette fois, il dut reconnaître qu'il ne comprenait absolument rien, mais Celle-qui-Commande, Calme-Sent-Bon et Celui-qui-Parfois-Entendait-mais-Parfois-N'entendait-Pas semblaient avoir du mal à suivre, eux aussi.

Les Autres Grands, qui avaient pour la plupart les poils gris ou blancs, s'agitaient sans oser bouger d'un pas, l'écume à la bouche. Celle-qui-Commande finit par s'avancer vers eux. Avec sa combinaison impeccable et son air menaçant, elle était imposante.

– Ça suffit. Qui parle français ou anglais, ici ? Dites-nous ce qui se passe.

L'Autre-Grand qui semblait commander pointa Plus-Petite-Sauvage.

– C'est sa faute ! C'est votre faute à tous ! Après qu'elle est partie, les autres humains sont venus. Votre maudite Trialliance ! Ils sont venus avec les smnörgs, et avec leurs espèces de poulets géants, et ils ont emmené tout le monde !

– Tant mieux ! hurla Plus-Petite-Sauvage.

– Tais-toi ! postillonna l'Autre-Grand. À cause de toi, la colonie n'existe plus ! Il n'y a plus d'*utvalgte*. Il n'y a plus personne !

– Et pourtant, vous êtes encore ici, observa froidement Celle-qui-Commande. Pourquoi ?

L'Autre-Grand se troubla. Ses compagnons murmurèrent dans son dos. Dagobert, avec satisfaction, en déduisit que Celle-qui-Commande, son fidèle bras droit, leur avait imposé sa supériorité, de façon normale et appropriée. Non mais.

– Nous avons refusé de partir, grogna l'Autre-Grand.

– Et ils vous ont laissés. J'en déduis qu'ils n'ont pas forcé les autres, alors.

– Ils n'ont pas eu le choix ! Ils ont pris les enfants de force !

– Parce que vous étiez des monstres ! cria Plus-Petite-Sauvage. Parce que vous les battiez, et vous les affamiez, vous les obligiez à se taire et à… et à… à se reproduire !! On n'était que des enfants !!!

– Silence ! Tu n'es qu'une sale petite ingrate. C'est une chance que tes parents soient morts, ils mourraient de honte en te voyant défendre des étrangers !

– Mes parents vous auraient *cassé la tronche* ! hurla Plus-Petite-Sauvage de toute la force de ses poumons, comme si elle extériorisait une rage incommensurable.

Dagobert, dans sa jeunesse, s'était battu pour des Dames ; il avait arraché les oreilles de ses rivaux ; il avait cavalé sous des lunes de toutes les couleurs, dans des Territoires sauvages remplis de Proies et de Prédateurs ; il avait feulé, et il avait craché, et il avait hurlé, et il connaissait l'importance de, parfois, régler ses comptes avec ses griffes.

Il ne fut pas surpris quand Plus-Petite-Sauvage se jeta sur l'Autre-Grand, même si elle mesurait une tête de moins de lui. Elle le prit par surprise d'un coup de poing entre les cuisses. Bien visé. Dagobert, quand il devait se défendre contre les Grands, avait lui-même pris l'habitude d'y planter ses griffes. L'Autre-Grand poussa un cri aigu, à la fois de surprise et de douleur, et se plia en deux.

Calme-Sent-Bon s'avança d'un pas, comme pour les arrêter. Celle-qui-Commande le retint en arrière sans dire un mot.

Plus-Petite-Sauvage enchaîna d'un coup de pied dans le genou de son adversaire. Dagobert y reconnut l'entraînement efficace de Bruyant-Stupide. Le Grand bascula en avant, le nez dans la poussière. Ses compagnons, au lieu de le défendre, restèrent en arrière, effrayés. Dagobert renifla avec mépris.

Plus-Petite-Sauvage commença à bourrer le Grand de coups. Elle pleurait et serrait les dents en même temps.

– Vous êtes des monstres ! répétait-elle. Vous êtes des monstres ! Et tant mieux si les autres sont partis ! Je vous déteste !

Elle respirait vite, un peu trop vite, et finit par s'arrêter, toute tremblante. L'Autre-Grand gémissait comme un nouveau-né par terre, le visage en sang, pathétique.

Cette fois, Celle-qui-Commande laissa Calme-Sent-Bon intervenir. Il prit Plus-Petite-Sauvage dans ses bras, la détourna des Autres Grands et la serra très fort, emprisonnant ses bras dans les siens. Dagobert voyait parfois les Grands faire de telles choses pour se calmer entre eux. Elle sanglotait contre son épaule, le menton plein de morve. Ce n'était pas de la peur, puisqu'elle venait de vaincre les Autres Grands. Mais peut-être était-ce une autre peur, une peur passée, des fois où elle avait été vaincue, songea Dagobert. Parfois, le passé faisait plus peur que le présent. Parfois, le passé faisait si peur qu'il empêchait de se battre dans le présent. Il était content que Plus-Petite-Sauvage se fût battue ce jour-là.

Les Autres Grands pleuraient également. Ils sanglotaient de façon pitoyable, comprenant qu'ils avaient perdu, eux aussi. Celle-qui-Commande ignora celui qui se tortillait par terre et s'adressa à eux :

– La Trialliance vous a laissé un moyen de les contacter ? Répondez-moi.

– Oui, dit une Grande aux longs cheveux gris.

– Alors, la suite ne dépend que de vous. Vous avez déjà de la chance de ne pas être en prison. Allons-nous-en, proposa-t-elle à Dagobert et à son escorte.

Dagobert miaula son approbation. Ils en avaient terminé. Ils étaient venus, ils avaient vu, et ils avaient frappé entre les cuisses de leur ennemi. Il n'y avait rien à ajouter.

Il espérait juste que la Dame Comme-Lui n'en prendrait pas ombrage. Mais, après tout, c'était les Autres Grands qui avaient commencé à agiter les bras. Et s'ils étaient capables de se faire battre par Plus-Petite-Sauvage, c'était qu'ils ne valaient pas grand-chose.

Dagobert et son cortège s'en repartirent sur leurs pas. Avec politesse, Celui-qui-Parfois-Entendait-mais-Parfois-N'entendait-Pas lui demanda s'il voulait bien marcher. Dagobert accepta. À sa place, son Serviteur souleva Plus-Petite-Sauvage dans ses bras. Alors qu'ils grimpaient vers le sommet de la colline, les trois autres réapparurent. Petite-Cheffe s'avança vers eux en courant.

– Qu'est-ce qui se passe ? Tout le monde va bien ?

– Je crois qu'on peut dire que Rikke a mis une branlée au chef des Anciens, répondit Calme-Sent-Bon avec sourire et bonne humeur.

– Cool, décréta Bruyant-Stupide en arrivant à son tour. Quelqu'un a filmé ?

Ils s'éloignèrent vers le Domaine de Dagobert, qui scintillait sous le soleil. L'exploration était terminée, déduisit-il. Un peu trop rapide à son goût. Mais ils s'étaient battus, et ils avaient vaincu. C'était donc une bonne journée. Il songea trop tard qu'il aurait dû uriner sur le corps vaincu de son ennemi. Bah, tant pis. Il y en aurait d'autres. Puis un bref soupçon de regret, et de compassion, l'envahit en songeant à la Dame et à son clan disparu. Dagobert lui-même n'avait pas de descendance, du moins à sa connaissance. Toutefois, il avait de fidèles Serviteurs et il avait son trône au sommet de la Boîte à Offrandes. Le rêve de tout Comme-Lui. Que demander de plus ?

Le reste de ses sujets l'attendait dans le Hall de son Domaine. Il se laissa papouiller et grattouiller tandis que les portes se refermaient.

– Ça va ? demandait Petite-Cheffe à Plus-Petite-Sauvage, qui reniflait.

– Je pense que ça va aller.

Elles échangèrent un sourire.

– Tu lui as vraiment tapé dans les *bolas* ?

– Oui.

Cette fois, elles gloussèrent de rire.

Bruyant-Stupide surgit soudain et souleva Plus-Petite-Sauvage dans les airs.

– Je suis tellement fier de toi, morveuse !

– Lâche-moi, crétin, dit-elle lui tapant sur le bras.

– Je propose qu'on décongèle les dernières pizzas pour fêter ça !

Un chœur d'approbation lui répondit. Dagobert dressa l'oreille. Le mot « *pizza* » était devenu l'un de ses préférés. Souvent, de nombreuses Offrandes tombaient par terre.

– Attendez qu'on soit en macro-perce, décréta Celle-qui-Commande. Ccel, je te laisse calculer le retour vers Caskii. Essaie de ne pas nous perdre, cette fois. On va aller donner ses fichues fleurs à Guo.

– Et ensuite ? demanda Bruyant-Stupide qui tenait toujours, sous un bras, une Plus-Petite-Sauvage furibonde.

– Ensuite, on prend des vacances bien méritées.

– *Et ensuite ?* cliqueta Très-Grand-Très-Pointu d'un air curieux.

– Ensuite, on récupère le *Loquace* et on revend cette poubelle.

– Et ensuite ? demanda timidement Plumes-Marron.

Celle-qui-Commande sourit, se prenant au jeu.

– Si tu veux, tu soutiens ta thèse et on te trouve un bon parti.

– En ensuite ? demanda Calme-Sent-Bon d'un ton amusé.

– On part en quête d'une planète idéale pour la culture du cacao.

[Et ensuite ?] signa Celui-qui-Parfois-Entendait-mais-Parfois-N'entendait-Pas.

– On devient si riches que ce sera *répugnant* ! s'exclama Petite-Cheffe.

– Et on pourra se payer la tronche de Texugo ! ajouta Bruyant-Stupide d'un air ravi.

– Yeaaaaaah !

Les Grands de Dagobert se dispersèrent en bavardant avec animation. Il les observa, perché sur une caisse, agitant la queue avec indolence.

Petite-Cheffe s'arrêta devant lui et, gentiment, lui grattouilla les oreilles.

– Ça doit être simple d'être un chat, non ? Pas de grandes questions existentielles. Pas d'interrogations sur l'avenir. Juste ta pâtée du soir, une planète de temps en temps pour te dégourdir les pattes, et des rongeurs morts à déposer sur le tableau de commande.

Dagobert ronronna.

Ses Grands semblaient heureux. Tout allait bien dans le meilleur des mondes.

FIN

Remerciements

Les remerciements de ce roman débuteront de façon spéciale puisque j'ai eu l'incroyable opportunité, au cours de son écriture, de bénéficier de la bourse de création du Centre national du livre. Merci donc aux membres de la commission d'avoir reconnu la qualité de mon travail, et de m'avoir permis de travailler dans des conditions paisibles et encourageantes.

Je suis reconnaissante à ce formidable système qui permet, chaque année, à de nombreux auteurs et autrices de continuer à créer, pour le plus grand plaisir de leur public, sans s'inquiéter de savoir comment payer leurs coquillettes-jambon. Merci.

Un grand merci, comme toujours, à toute l'équipe des Éditions Sarbacane et plus particulièrement à Julia, dont les remarques enrichissent et affinent mes manuscrits. (Même quand j'ai pas envie et que *c'est nécessaire pour comprendre les persos Julia, quoi ça rajoute quatre pages de texte et alors ???* Désolée. Ne me lâche pas.)

Il n'y a pas qu'elle : sans Claudine, Camille, Anaïs et beaucoup d'autres, ce roman n'existerait pas.

Pour ce roman, tout spécialement, des millions de remerciements à Jacopo Starace pour ses formidables illustrations, qui donnent si bien vie aux personnages. (Moi aussi, c'est Kani ma préférée !) Le summum de mes talents se résumant aux bonshommes-bâtons, j'avoue que je reste époustouflée.

Une fois n'est pas coutume, je remercie mon entourage qui me soutient et qui me fiche la paix quand je lui annonce que je pars m'enterrer trois mois : mes parents, Anne, Lise, Mathilde, Mamie-Li et toute la bande de Vincennes.

Merci à mes amis qui me font toute la promotion du monde qu'ils peuvent : Ambroise, Aurèle, Dod, Virginie, Alex et Mélanie, Plumy, Aline et Lionel et les Orléanais, et tous les autres qui me font chaud au cœur à chaque fois.

Merci aux amis plus récents que je me suis faits en commençant à courir les salons ces deux dernières années : c'est incroyable de pouvoir parler de livres, de livres, de livres et de comparer nos expériences. Il y en a beaucoup, mais merci à Camille et Célia, surtout.

Merci, de façon viscérale et évidente, à Claire. Merci à ses colocs cinglés de Villejuif et particulièrement Maëva, pour ses conseils et contacts.

Être autrice, c'est également faire des recherches farfelues sur des sujets inattendus et récupérer de précieux conseils auprès de gens passionnés et passionnants :

Un grand merci à Jacques pour sa microconférence sur le modélisme ferroviaire.

Un merci hilare à Kévin pour son match inoubliable de Blood Bowl pendant une session de D&D, qui m'a donné l'inspiration pour le potatoball.

Et des remerciements émus pour Loeiza et ses conseils précieux concernant la représentation de la surdité, en particulier dans le chapitre du point de vue de Gwy.

Enfin, depuis la sortie de *Félicratie*, j'ai eu le bonheur et le privilège de participer à plusieurs dizaines de salons, de prix littéraires et de rencontres scolaires. J'y ai rencontré, à chaque fois, des équipes débordantes d'enthousiasme et de passion, des enseignants et des documentalistes prêts à tout, des jeunes (et moins jeunes) lecteurs et lectrices avec qui j'ai parlé de livres pendant des heures. Ces deux années ont été incroyables, et j'espère qu'elles vont être suivies de beaucoup d'autres. Merci à vous.

De la même autrice

DANS LA COLLECTION EXPRIM'

FÉLICRATIE

Suite à une invasion extraterrestre, les survivants humains deviennent les « chatons » des aliens, qui adorent les habiller en pyjama et les coiffer du matin au soir...

« Je m'appelle Yacine, j'ai 16 ans et mon boulot, c'est animal domestique pour extra-terrestres. Parce qu'ils ont gagné, ces couillons. Ils ont envahi la Terre. Et comme leur seul point faible, ce sont les poils de chat, ben croyez-moi qu'on n'a pas le cul sorti des ronces. »

Suivez les aventures post-apocalyptiques de Yacine, Rose, Diego et leurs cinq adorables ~~chats~~ armes mortelles à travers les égouts de Paris, la forêt de Sologne et l'espace suborbital ! Sauveront-ils la planète des terribles Smnörgasiens ? Yacine retrouvera-t-il sa dignité et un pantalon digne de ce nom ? Diego avouera-t-il être – comme tout le monde le soupçonne – un assassin professionnel ? Rose deviendra-t-elle encore plus badass qu'elle n'est déjà ?

Seul l'avenir répondra à ces questions existentielles...

« C'est un **immense** plaisir de lecteur ! »
France Inter

« Une **pépite** !!! »
La Revue des livres pour enfants

« Drôle, décapant et rythmé, c'est un **vrai régal** de plonger dans l'univers d'Hélène Lenoir. »
Citrouille

À découvrir aussi
DANS LA COLLECTION EXPRIM'

Fanny ABADIE, *Les Insoumis du blizzard*
Philippe ARNAUD, *Indomptables*
Philippe ARNAUD, *La Peau d'un autre*
Philippe ARNAUD, *Jungle Park*
Philippe ARNAUD, *La Proie*
Philippe ARNAUD, *Terre Promise*
Rolland AUDA, *L'Équipée volage*
Rolland AUDA, *Le Dévastateur*
Rolland AUDA, *Le Gouffre*
Anne-Gaëlle BALPE, *La Boîte*
Clémentine BEAUVAIS, *La Pouilleuse*
Clémentine BEAUVAIS, *Comme des images*
Clémentine BEAUVAIS, *Les Petites Reines*
Clémentine BEAUVAIS, *Songe à la douceur*
Clémentine BEAUVAIS, *Brexit romance*
Clémentine BEAUVAIS, *Âge tendre*
Clémentine BEAUVAIS, *Les Facétieuses*
Aurélie BENATTAR, *Luna Viva – Le tournoi des voyantes*
Sabrina BENSALAH, *Vers le bleu*
Sabrina BENSALAH, *Appuyez sur étoile*
Sabrina BENSALAH, *Diabolo fraise*
Estelle BILLON-SPAGNOL, *Amour, vengeance et tentes Quechua*
Estelle BILLON-SPAGNOL, *Y a pas que la vie*
Jérôme BOURGINE, *Bras de fer*
Jérôme BOURGINE, *Le Voyage impossible*
Jérôme BOURGINE, *Toute la vie*
Alexis BROCAS, *La mort, j'adore ! – Saison 1*
Alexis BROCAS, *La Honte de la galaxie*
Alexis BROCAS, *ASTRÉA*
Marion BRUNET, *Frangine*
Marion BRUNET, *La Gueule du loup*
Marion BRUNET, *Dans le désordre*
Thomas CARRERAS, *100 000 Canards par un doux soir d'orage*
Thomas CARRERAS, *50 Cents*
Axl CENDRES, *Aimez-moi maintenant*
Axl CENDRES, *Échecs et but !*
Axl CENDRES, *Mes idées folles*